CUBA LIBRE !

Régine Deforges

Cuba libre !

1955-1959

roman

Le Grand Livre du mois

IL A ÉTÉ TIRÉ DE CET OUVRAGE
QUARANTE EXEMPLAIRES
SUR PAPIER VERGÉ INGRES DE LANA
DONT TRENTE NUMÉROTÉS DE 1 À 30
QUINZE RÉSERVÉS À L'AUTEUR
ET CINQ HORS COMMERCE
NUMÉROTÉS DE H.C. I A H.C. V
LE TOUT CONSTITUANT
L'ÉDITION ORIGINALE

à Pierre,
qui m'a fait découvrir
la révolution cubaine.

Ce crime, partout où je le vois, je le dénonce. Cuba est majeure. Cuba n'appartient qu'à Cuba. Cuba lutte effarée, superbe et sanglante contre toutes les férocités de l'oppression. Vaincra-t-elle ? OUI.

José Martí

*Condamnez-moi, peu m'importe ;
l'Histoire m'acquittera.*

Fidel Castro

Il faut s'endurcir, mais sans jamais se départir de sa tendresse.

Ce genre de lutte nous donne l'occasion de devenir des révolutionnaires et d'atteindre au degré le plus élevé de l'espèce humaine, mais elle nous permet aussi de devenir des hommes ; que ceux qui ne se sentent pas capables d'atteindre ces deux étapes le disent et abandonnent la guérilla.

Ernesto Che Guevara,
quelque part en Bolivie

Cuba a besoin d'une grande leçon et il faut la lui donner, bientôt coulera le sang dans toutes les sphères, les voix grondent, la jeunesse se prépare à lutter, de faux leaders érigent leurs propres échafauds, jour après jour tombent dans les rues ceux qui préfèrent mourir dans la dignité, qui refusent le décorum, des hommes qui se suicident dans des assauts révolutionnaires...

Camilo Cienfuegos

LIVRE PREMIER

Léa n'en pouvait plus de ces conversations à propos de la guerre en Algérie et que reprenaient à chaque repas son mari et son beau-frère. Elle redoutait de voir François s'engager une nouvelle fois dans une bataille qu'elle jugeait perdue d'avance ; comme elle l'avait craint au moment de ce conflit d'Indochine d'où ils étaient revenus amers et meurtris.

– Tu n'iras pas en Algérie !... Jamais !

Léa se leva si brusquement qu'elle heurta son verre. Le vin se répandit sur la nappe.

– Que tu peux être maladroite ! s'exclama sa sœur Françoise en épongeant le liquide à l'aide de sa serviette.

François sourit à la violence de sa femme. La colère lui allait bien. Dans ces moments-là, il retrouvait l'adolescente farouche dont il s'était épris au premier regard. Les souffrances n'avaient pas réussi à tuer son fantastique appétit de vivre.

– Si tu as besoin d'exotisme, allons je ne sais où... dans des pays où les gens ne se massacrent pas, en Afrique noire, dans les îles Caraïbes. Ça fait si longtemps que j'ai envie d'aller à la Martinique, là où Maman est née, ou à Cuba. Elle adorait Cuba... Oh oui, allons à Cuba ! Tu te souviens, Françoise, comme elle nous parlait de son voyage de noces à La Havane, des bals, des courses dans de grosses voitures américaines sur le Malecón, des musiciens au coin des rues, des grosses négresses dansant la rumba... ?

– Sois réaliste, ma chère sœur, tout cela a dû changer. Au lieu de toujours penser à voyager, tu ferais mieux de réfléchir à la proposition qu'Alain et moi, nous t'avons faite.

Le regard douloureux de Léa aurait dû l'arrêter.

– Pendant que tu te baladais en Indochine, nous avons, seuls, fait fructifier Montillac...

– Ne parlons pas de cela devant les enfants ! coupa Alain.

– Au contraire, parlons-en... Qui s'est occupé de ses enfants, pendant toutes ces années ?

François s'était levé et s'était rapproché de Léa qu'il entoura de ses bras.

– Jamais nous ne vous remercierons assez d'avoir pris soin d'eux, Alain et vous. Cependant, vous oubliez, chère Françoise, que Léa a contribué financièrement à l'exploitation du domaine dans des proportions qui ne sont pas négligeables. Mais cela est sans importance...

– Sans importance ? s'emporta Françoise. On voit bien que vous avez l'argent facile et que ce n'est pas en travaillant, comme Alain, dix-huit heures par jour, que vous l'avez gagné ! Après la guerre, nous n'avions plus que cette pauvre terre, nous étions ruinés et, sans le labeur acharné de mon mari...

– Je t'en prie, ma chérie, pense à ce qu'ils ont enduré. Nous avons beaucoup travaillé, c'est vrai, mais c'est grâce à Léa et à François que nous avons pu rendre à Montillac son lustre d'antan. Nous leur en sommes entièrement redevables et je comprends très bien que Léa n'ait pas envie de vendre ce qui lui appartient autant qu'à toi.

– La terre devrait appartenir à ceux qui la cultivent...

– Ma chère belle-sœur, je ne vous savais pas à ce point révolutionnaire, ironisa François.

– Moquez-vous, cela vous est commode, vous ne vivez pratiquement pas ici.

– Vous en êtes-vous jamais demandé la raison ? fit doucement François.

Françoise haussa les épaules.

– À notre retour d'Indochine, vous nous avez très vite fait comprendre que nous étions indésirables. J'ai tenu quelque temps pour Léa. Je pensais que cela s'arrangerait : les affaires marchaient, les enfants s'entendaient bien, il n'y avait pas vraiment de problèmes. Que s'est-il passé ? Vous connaissez l'attachement de votre sœur pour Montillac, c'est son lieu d'ancrage autant que le vôtre, là où elle recouvre ses forces...

– Laisse, François, l'interrompit Léa.

Elle lui prit la main et l'entraîna hors de la salle à manger.

– S'il te plaît, Charles, occupe-toi des petits... Nous allons faire un tour.

On était au mois d'avril 1956. L'hiver, très rigoureux cette année-là, n'avait pas encore cédé la place au printemps. Un soleil aigrelet avait du mal à réchauffer la nature frigorifiée. Les jeunes feuilles des arbres se repliaient, frileuses, sur elles-mêmes. Sans s'être concertés, enveloppés dans leur chaud manteau, Léa et François marchaient d'un bon pas vers le calvaire de Verdelais. Depuis sa petite enfance, c'était toujours la direction qu'empruntait la fille de Pierre Delmas quand elle était en colère ou débordante de tristesse. Ils allaient en silence à travers les vignes. Arrivée devant la maisonnette de Bellevue, Léa jeta un regard désemparé autour d'elle. Les souvenirs douloureux se bousculaient, mêlés à ceux de son enfance sauvageonne ; son corps eut un brutal élan comme pour échapper à leur emprise. Fuir, elle voulait fuir ! Un sanglot la secoua, son pas s'accéléra ; François avait du mal à la suivre. Essoufflé, il s'arrêta pour allumer une cigarette, regardant l'élégante silhouette s'éloigner, furieux de ne savoir soulager son chagrin.

Quand il la rejoignit, elle était assise sur les marches du calvaire, des larmes coulaient le long de ses joues. Ému, il la prit dans ses bras et la berça comme un enfant. Peu à peu, elle se calma.

– Tu ne vas pas aller en Algérie ? dit-elle d'une petite voix.

– Je ne pense pas, je suis trop vieux.

– Oui, tu es trop vieux ! trop vieux ! s'écria-t-elle, éclatant en sanglots.

Atteint par tant de détresse, il la serra contre lui. Quand trouverait-elle enfin la paix ?...

Il la revit au bord du fleuve Rouge, si menue dans sa robe blanche, tenant sur sa poitrine un enfant qui n'était pas le leur, à la fois si fragile et si forte, le regardant venir à elle avec un tel émerveillement, un tel bonheur, une telle confiance dans leur amour, malgré les horreurs vécues et ce bébé aux yeux bridés. Ils s'étaient regardés longuement, sans se toucher, l'enfant entre eux. Bourru, Samuel Irving, le pilote fou de Diên Biên Phu, l'avait pris par la manche de sa chemise neuve, cadeau des Viêts, et entraîné vers la jeep, écartant sans ménagement les jeunes filles qui leur tendaient des fleurs ou agitaient de petits drapeaux vietnamiens. Les *bô dôi*[1], chargés d'escorter les prisonniers libérés, furent rondement priés par le pilote d'aller se faire voir ailleurs...

Le 31 août 1954, Jean Sainteny était revenu à Hanoi à la demande du président du Conseil, Pierre Mendès France. Et il avait fallu toute l'autorité du nouveau délégué général du gouvernement de la République française auprès de la République démocratique du Viêt-nam pour obtenir des médecins militaires de l'hôpital Lanessan que Léa puisse rester auprès de son mari. Sainteny n'avait pu cacher son émotion en revoyant Tavernier. Il se sentait responsable de l'avoir envoyé dans la tourmente indochinoise. La présence de Castries, Langlais, Bigeard, Lalande et de tant d'autres, en observation à l'hôpital depuis leur libération, eux aussi survivants de la cuvette de Diên Biên Phu, ne suscitait pas, chez lui, un tel malaise : ceux-là étaient des professionnels de la guerre. Quand le délégué général se fut assuré que Tavernier et sa femme étaient bien installés, il exigea que l'on remît à plus tard l'interrogatoire du rescapé. À la demande de François, il donna des ordres pour que l'on recherchât le lieutenant Thévenet et l'adjudant Maréchal qui avaient été faits prisonniers en même temps que lui.

1. Soldats du Viêt-minh.

Grâce à Philippe Müller, Léa engagea une jeune Vietnamienne à qui elle confia sa fille. La pauvre femme, amie de la famille du Métis, avait vu son bébé tué dans ses bras lors des derniers combats. Elle sembla renaître quand elle tint l'enfant contre elle. La nouvelle *assam*[1] eut un geste singulier : elle glissa le bout de son sein tari entre les petites lèvres qui se mirent à téter goulûment. Et, bientôt, du lait coula le long du menton du bébé sous les regards extasiés de la nourrice ; un pacte venait d'être scellé. Rassurée, Léa put se consacrer à François qui, très affaibli, était saisi d'une mauvaise fièvre. Dans son délire, il appelait Léa, luttant pour la protéger contre des ennemis imaginaires. Bouleversée, elle tamponnait doucement le front et la maigre poitrine trempés de sueur. Au bout d'une semaine, la fièvre tomba, le laissant sans forces. Quand il leva les yeux et la reconnut, craignant d'être la victime d'un mirage, il les referma aussitôt. Il ne les rouvrit qu'en sentant des lèvres fraîches parcourir son visage rongé de barbe. Il voulut se redresser, mais sa trop grande faiblesse l'en empêcha.

– Ne bouge pas, mon amour. Tout ira bien, nous sommes à nouveau réunis.

Léa sentait la nécessité d'une franche explication sur la naissance de l'enfant. Chaque matin, à son réveil, elle se promettait de parler à François, guettait le moindre signe qui lui permettrait de raconter ce qui s'était passé, ce qu'elle avait dû endurer pour le retrouver. L'humeur chan-

1. Nourrice.

geante du malade la désemparait : il était tour à tour joyeux de la voir, puis, d'un ton dur, lui demandait de le laisser seul. Elle voyait sa colère, devinait son chagrin et s'en voulait de ne pas trouver le courage de dire simplement les choses.

Un soir, étendus côte à côte sur le lit étroit, les nerfs tendus, ils demeuraient les yeux ouverts sur la nuit, bercés par le bourdonnement des hélices du ventilateur qui brassait l'air au-dessus de leurs têtes.

– Je t'en prie, parle-moi, dis quelque chose, murmura Léa.

Rien n'indiqua qu'il eût entendu.

– Parle-moi, redit-elle plus fort.

Jamais elle n'avait ressenti aussi vivement qu'à ce moment-là l'hostilité d'un corps. Et il ne s'agissait pas de celui du premier venu, mais du corps de l'homme qu'elle aimait. Le souvenir de leurs retrouvailles, quelques années auparavant, sur le pont Paul-Doumer, ajoutait à son désarroi. Où était l'homme qui l'avait aimée avec frénésie, rattrapant jour et nuit le temps perdu ? Alors ils étaient insatiables l'un de l'autre. Aujourd'hui, ils se retrouvaient comme barricadés à l'intérieur d'eux-mêmes ; on aurait dit qu'ils avaient peur. Pourtant, rien dans leur caractère ne les inclinait à sombrer dans ce marasme. Léa se redressa et contempla la forme sombre qui ne bougeait pas. « Je vais mourir s'il ne m'aime plus », pensa-t-elle. Doucement, elle s'allongea sur lui. Il se raidit, mais ne la chassa pas. Peu à peu, sous ses baisers, sous ses caresses, il s'abandonna. Quand elle sentit son sexe se dresser, les mots vinrent naturellement pour lui exprimer son bonheur de l'avoir retrouvé. Dans l'obscurité, elle arracha ses vêtements et, le chevauchant, l'enfonça en elle. Ils eurent un même cri :

leurs corps se reconnaissaient. La bouche collée à son oreille, il l'insulta avec des mots sales qui trahissaient son désespoir. Elle le laissa dire, rencontrant dans ses injures un surcroît de plaisir.

Les jours qui suivirent leur permirent de se redécouvrir, de refaire connaissance. François portait dans sa chair la marque des souffrances endurées. Celles de Léa n'étaient pas visibles, mais seraient plus difficiles à guérir.

Le plus grand désordre régnait dans la capitale du Tonkin : populations catholiques en fuite vers le Sud, approvisionnement malaisé d'une ville désertée par ses commerçants, surveillance contraignante des magasins et des entrepôts, arrestation de pillards, troupes errantes d'enfants métis abandonnés et que les religieuses de l'orphelinat tentaient de rassembler, déballage à même les trottoirs des pauvres biens de ceux qui s'apprêtaient à fuir le Viêt-minh et que les charognards que l'on rencontre dans toutes les débâcles achetaient à vil prix... Et tout cela se déroulait au vu et au su des représentants étrangers – Canadiens, Indiens, Polonais – de la Commission internationale de contrôle mise en place à la suite des accords de Genève signés le 21 juillet 1954.

Au bout de trois semaines, l'état de François leur permit de s'installer dans une maison confortable prêtée par la famille de Philippe Müller, où se trouvaient déjà la petite Claire et sa nourrice. C'est dans cette maison que le général

Salan, adjoint du général Ély, commissaire général et commandant en chef, vint prendre de leurs nouvelles. Les deux hommes ne s'étaient pas revus depuis que le général lui avait donné l'autorisation de partir pour la région de Chieng, à la recherche de Léa.

– J'ai eu bien du souci à cause de votre équipée, dit Salan en lui serrant la main.

– J'ai une dette envers vous, mon général, je ne l'oublierai pas.

– Laissons cela. J'ai su que vous vous étiez bien battu à Diên Biên Phu. Rien ne vous y obligeait.

François haussa les épaules en jetant un coup d'œil vers Léa.

– Vous avez fait partie du convoi 42. J'ai appris par vos camarades survivants ce que vous avez supporté... mais enfin, vous êtes vivant. J'ai eu un mal fou à obtenir du général Tan Tien Dung, chef de la délégation de l'Armée populaire, que tous les prisonniers nous soient remis. J'ai dû le menacer de demander à Mendès France de dénoncer les accords de Genève. Mais le déficit est lourd : sur les 14 590 prisonniers ou disparus, nous n'avons retrouvé que 8 516 hommes[1]. Mais ce sont nos soldats vietnamiens qui ont payé le tribut le plus accablant : moins de dix pour cent nous ont été rendus... Je dois vous laisser, Tavernier. Il me reste, avant de quitter à jamais cette terre que j'aime et sur laquelle je suis arrivé pour la première fois en 1924, à m'acquitter de bien pénibles corvées... Comme de fermer nos cimetières, celui de « la Conquête », par exemple, et celui où reposent nos soldats morts. Je veux que le général Ély

1. Ces chiffres sont ceux donnés par le général Salan dans ses *Mémoires* ; d'autres sources ne donnent pas les mêmes.

trouve tout en ordre après mon départ. Adieu. Il y a peu de chances pour que nos chemins se croisent une nouvelle fois.

– Qui sait, mon général ? dit François en se levant.

– Mes hommages, Madame.

– Au revoir, général.

Dans la matinée du 9 octobre, Léa sortit de la maison, rue des Pavillons, dans le quartier chinois, pour essayer de mettre un peu d'ordre dans ses pensées. Le temps était légèrement couvert, les rues s'étaient vidées de leurs petits commerces habituels et de leur clientèle. Plus de vieilles femmes aux dents laquées, accroupies devant leurs fourneaux portatifs, de fumeurs assis sur leurs talons, de mendiants se traînant sur des trottoirs défoncés, à la recherche d'une improbable pitance, plus d'enfants piailleurs, de jeunes filles coquettes, pas même de chiens galeux fouillant les immondices. Il n'y avait rien, pas un bruit, pas un être vivant. Tout à ses réflexions moroses, Léa ne remarqua pas ce nouvel état de choses et se dirigea vers le quai Clemenceau. Le long du fleuve Rouge stationnaient des camions militaires dans lesquels étaient assis, tête baissée, des soldats. Bientôt, le grondement d'une colonne de tanks emplit l'air : le retrait des troupes françaises avait commencé. Immobile, le cœur serré, Léa regarda le convoi se diriger vers le pont Paul-Doumer. Le vieux pont de fer tremblait de toute sa longue carcasse rouillée. En provenance de la Citadelle, par la rue des Graines, une interminable file d'automitrailleuses attendait son tour. À l'entrée du pont se tenaient des officiers français et vietnamiens. Les visages étaient tendus, les gestes rares. Parmi eux, quelques journalistes, des photographes tentaient sans joie de faire leur travail. Tout se déroulait dans le calme, avec une discipline parfaite, sans autre bruit que celui des moteurs, dans une sorte de grisaille, comme si toutes couleurs avaient été gommées. Aucun drapeau ne flottait, aucune banderole. Léa s'assit sur la pierre de seuil d'une maison délabrée. Ses bras enserrant ses jambes repliées, elle resta, se balançant par moments d'avant en arrière, jusqu'au départ du capitaine Salanié, puis jusqu'à celui du colonel d'Argencé qui, après un dernier salut à l'officier viêt-minh, s'éloigna à pied, appuyé sur sa canne. Le vieux soldat, le visage baigné de larmes, tentait de retarder le moment de l'ultime rupture avec ce pays qu'il avait appris à aimer.

Alors monta de la ville une rumeur et, bientôt, surgit de toutes parts une foule brandissant des fleurs, des portraits de Hô Chi Minh, des milliers de drapeaux écarlates marqués de l'étoile jaune. La marée rouge submergea la grisaille. Le président de la RDVN[1], Hô Chi Minh, pouvait entrer dans sa capitale. Ce qu'il fit le lendemain, précédé par la division 308 qui avait investi Diên Biên Phu.

Peu avant leur départ de Hanoi, Léa et François furent invités, en compagnie de Jean Sainteny, à une réception au *Gougal*, ancien palais du gouvernement général, par le nouveau chef de l'État vietnamien. Ils furent reçus avec chaleur par Hô Chi Minh qui embrassa Léa, les yeux humides.

1. République démocratique du Viêt-nam.

– Je suis très heureux que vous ayez réussi à retrouver votre mari, vous avez plus de chance que bien des femmes vietnamiennes. Avez-vous continué de pratiquer le *viêt vô dao*[1] ? Vous étiez fort douée.

– Je n'en ai pas eu le loisir, Monsieur le Président.

– C'est dommage, ajouta-t-il en se tournant pour saluer François.

– Vous avez une femme exceptionnelle, Monsieur Tavernier, je vous en félicite. Quelles sont vos intentions ? Allez-vous rester au Viêt-nam ? continuer vos affaires ? Vous êtes le bienvenu. « Nous nous sommes battus loyalement pendant huit ans, tout cela est fini maintenant. Nous pouvons travailler ensemble avec la même loyauté, mais, cette fois, pour le bien de nos peuples et pour le profit commun*. »

– Je n'avais pas envisagé de rester, Monsieur le Président. Nous avons hâte de rejoindre nos enfants. Nous verrons par la suite.

– « Nous avons beaucoup à faire et nous ne pouvons pas tout faire en même temps. Ce que nous souhaitons, c'est que vous vous chargiez, vous, les Français, de maintenir l'activité économique de ce pays. Pour cela, nous avons besoin de vos entreprises et nous désirons qu'elles demeurent. »

– Encore faut-il leur inspirer confiance, dit Jean Sainteny qui avait entendu la conversation.

– Nous nous y efforcerons, répondit Hô Chi Minh.

Il s'éloigna pour aller accueillir l'ambassadeur d'Union soviétique, M. Lavritchev.

1. Forme de judo pratiqué au Viêt-nam.

* Les passages figurant entre guillemets dans ce roman sont la reproduction de propos ou de récits authentiques.

L'ancien maquisard avait changé : « Ses épaules s'étaient voûtées, sa barbiche et ses cheveux avaient blanchi et, par contraste, sa peau paraissait plus jaune et plus polie, à la façon d'un vieil ivoire. Si le corps avait gardé sa minceur juvénile, le visage s'était rempli. Il était même devenu un peu poupin, acquérant ainsi la bénignité qu'il convenait au personnage du "bon oncle". Ce qui n'avait pas changé, c'était le feu et la mobilité du regard et, dans le maintien, cet inimitable mélange de réserve et de vivacité[1]. »

Pham Van Dong, maintenant vice-Premier ministre et ministre des Affaires étrangères, vint les saluer à son tour, vêtu d'un strict uniforme gris qui soulignait sa minceur élégante. Dans son beau visage ascétique brillait le même regard brûlant et profond. De ses lèvres épaisses s'échappait encore ce rire discordant qui surprenait toujours.

Le surlendemain, Léa et François embarquèrent à Haiphong à bord du *Pasteur*. La traversée de la baie de Halong fut, pour Léa, un supplice ; dans chaque jonque, elle croyait apercevoir Kien. Le fantôme du beau Métis la poursuivait jusque dans sa cabine, toutes les fois qu'elle prenait sa fille entre ses bras. Philomène – c'était le nom chrétien de l'*assam* qui n'avait pas voulu quitter l'enfant – s'étonnait des larmes de sa maîtresse quand celle-ci serrait le bébé contre elle. Superstitieuse, comme beaucoup de Vietnamiennes, elle murmurait des prières incantatoires qui n'avaient rien de catholique.

1. Jean Sainteny, *Face à Hô Chi Minh.*

L'émotion avec laquelle Léa retrouva Charles et ses enfants, Adrien et Camille, fut si forte que la jeune femme se trouva mal. Elle resta un long moment sans connaissance. Quand elle revint à elle, sa violente crise de sanglots effraya Camille qui se réfugia en hurlant dans les jupes de Françoise. Celle-ci décocha à sa sœur un regard dépourvu de tendresse qui n'échappa pas à François. Charles s'approcha de celle qu'il considérait comme sa mère et, avec des mots tendres, parvint à calmer ses pleurs. Quand, enfin, Léa lui sourit à travers ses larmes, il fut inondé de bonheur.

– Mon grand, lui dit-elle de cette voix douce qu'il aimait, tu es un homme, maintenant !

À quatorze ans, Charles était élancé pour son âge, mince, presque maigre, très sportif. On devinait que, d'ici peu, il aurait un corps d'athlète. Son goût pour le sport ne l'empêchait pas d'être un élève brillant, passionné d'histoire et de littérature. Il avait pris au sérieux son rôle d'aîné et s'était occupé d'Adrien comme d'un frère ; grâce à lui, le gamin de six ans savait lire couramment. Il était le chef incontesté de la petite bande de gosses de Montillac ; outre les enfants de Léa, ceux de Françoise l'adoraient également. Il n'avait pas son pareil pour inventer des jeux, construire des cabanes, monter un Meccano, grimper dans les arbres et plonger dans la Gironde. Avec lui, les promenades à vélo, les pique-niques, les balades en carriole se transformaient en expéditions d'où ils revenaient tous épuisés et ravis. C'était un garçon tour à tour gai et mélancolique, qui ressemblait à son père avec les yeux de sa mère. Les deux se disputaient son joli visage adolescent.

Peu à peu, Léa et ses enfants redevinrent familiers. Et, bientôt, la vieille maison retentit de leurs cris de joie. Ils avaient accepté avec bonheur leur petite sœur à qui Adrien trouvait une « drôle de tête ». Philomène, au début, avait tenté de soustraire le bébé à leurs caresses un peu vives, mais elle y avait renoncé devant les sourires avec lesquels sa « nourrissonne » les accueillait.

Depuis le retour de sa sœur, Françoise avait du mal à cacher son exaspération. Tout lui était prétexte à réflexions de plus en plus désobligeantes sur « ceux qui en prenaient à leur aise », « qui profitaient du travail des autres », et sur ce qui revenait le plus souvent : « l'absence de sentiment maternel » de sa cadette. Un jour, elle alla même jusqu'à lui dire :

– Je ne comprends pas comment tu as osé nous ramener cette bâtarde...

La gifle envoyée par Léa lui coupa la parole.

– Ne redis plus jamais ça ! Claire est notre enfant. Comment peux-tu même penser de pareilles choses ? Toi qui as été tondue, ton fils dans les bras !...

La pâleur qui envahit le visage de Françoise fit ressortir la marque des doigts de Léa.

– Tais-toi !... Comment peux-tu, toi, me rappeler ces horreurs ?

– Il le faut bien, puisque tu sembles les avoir oubliées. T'ai-je jamais insultée pour avoir couché avec un Allemand ?

– Non, mais tu y penses sans cesse, comme les commerçants de Langon et les bourgeois de Bordeaux...

– Tu es complètement folle ! Tout le monde a oublié ces vieilles histoires.

– C'est ce que tu crois. Alain reçoit des lettres anonymes racontant mes nuits de débauche avec les occupants. Il ne m'en parle plus, mais, à son air, je vois bien quand il en a reçu une nouvelle.

Léa eut un élan de pitié envers sa sœur.

– C'est immonde ! Qui peut agir ainsi ?

– N'importe qui. Rappelle-toi toutes ces dénonciations pendant la guerre ; les archives de Bordeaux en sont pleines. Et toutes n'étaient pas anonymes.

– Cela dure depuis longtemps ?

– Presque deux ans, depuis que les affaires marchent mieux. Comme si on voulait nous faire payer notre réussite.

– Tu n'agis pas autrement qu'eux.

– Comment cela ? Je ne vois pas le rapport.

– Le rapport ?... Tu me fais payer d'avoir aidé à la renaissance de Montillac...

– Cette renaissance est le résultat du travail d'Alain.

– Je ne le conteste pas. Tu le dis et le redis sans cesse, comme si nous en doutions. Je vous suis très reconnaissante à tous deux d'avoir relevé Montillac et d'avoir pris soin de mes enfants. De cela, je te serai toujours redevable. Viens, embrassons-nous... Papa et maman ne seraient pas contents de nous voir nous chamailler.

Elles s'embrassèrent comme autrefois, et, pendant quelques jours, la maisonnée renoua avec la gaieté. Mais les rancœurs et les angoisses de Françoise étaient trop fortes pour que l'harmonie familiale durât.

Trois mois après leur retour, Léa et François s'installèrent à Paris avec leurs enfants, dans l'appartement de la rue de l'Université. Il avait été décidé que Charles terminerait son année scolaire à Bordeaux, puis les rejoindrait à la rentrée suivante. Sur les recommandations de Jean Sainteny, François avait espéré un temps se voir confier un poste au ministère des Affaires étrangères par Pierre Mendès France, le président du Conseil. Celui-ci, à son retour d'Indochine, l'avait longuement reçu, lui demandant comment il voyait l'avenir des relations franco-vietnamiennes, écoutant attentivement ses réponses. Rien, cependant, n'était sorti de cet entretien. Déçu, François avait sollicité une audience auprès du général de Gaulle qui la lui avait finalement accordée, rue de Solférino. Il en était reparti avec ce conseil du Général :

– Prenez du champ, occupez-vous de vos affaires et renoncez pour l'instant à celles de l'État.

Il avait suivi, non sans regrets, la suggestion de l'homme du 18-Juin.

L'année 1955 avait passé très vite pour Léa, occupée à aménager sa demeure, aidée de Philomène et de Mme Germain, une brave femme, veuve elle aussi. On avait loué une grande maison à Arcachon pour l'été, et François avait fait de nombreux voyages à Lyon afin d'y régler ses affaires. Charles allait au lycée Montaigne après avoir déposé chaque matin Adrien qui venait d'entrer à l'école de la rue Saint-André-des-Arts. Jacques Soustelle avait été nommé gouverneur général de l'Algérie, une nouvelle station de radio, *Europe n° 1*, faisait la conquête de la jeunesse, Edgar Faure avait succédé à Pierre Mendès France, Paul Claudel était décédé après le triomphe, à la Comédie-Française, de *l'Annonce faite à Marie*, le peintre Nicolas de Staël s'était suicidé à Antibes, rejoignant dans l'éternité Albert Einstein et Teilhard de Chardin, quatre-vingts spectateurs avaient trouvé la mort aux Vingt-Quatre Heures du Mans, Louison Bobet avait remporté son troisième Tour de France, on avait saisi *l'Humanité* et *France-Observateur* pour leurs articles sur la guerre d'Algérie, l'Algérie où l'état d'urgence avait été décrété, Juan Perón avait été renversé en Argentine, Mohamed V, sultan du Maroc, réinstallé sur son trône, avait été triomphalement accueilli par son peuple à Rabat, Maurice Utrillo était parti retrouver sa mère, Suzanne Valadon, James Dean, idole des jeunes, s'était tué au volant de sa Porsche, Ngô Dinh Diêm avait été proclamé président du Viêt-nam du Sud après la destitution de l'empereur Bao Dai, les soldats du contingent embarquaient pour l'Algérie en chantant *le Déserteur*, la chanson de Boris Vian, le prix Goncourt avait été attribué à Roger Ikor pour son roman *les Eaux mêlées*, tandis qu'André Dhôtel avait obtenu le Fémina pour *le Pays où l'on n'arrive jamais*.

Ils étaient retournés à Montillac pour Noël et les vacances de Pâques.

Au lendemain de la scène pénible entre les deux sœurs, François Tavernier descendait à grandes enjambées, cigare aux lèvres, le cours d'Alsace-Lorraine. Tout à ses pensées, il heurta un passant qui fumait lui aussi un cigare, lequel, sous le choc, lui échappa des lèvres.

– Excusez-moi, souffla François en le ramassant.

– *¡ Mire por donde camina, coño*[1] *!* s'écria l'homme en reprenant le cigare qu'il regarda avec dégoût avant de le jeter dans le caniveau.

– *¿ Le ofrezco otro*[2] *?* dit Tavernier en tendant son étui.

Grommelant, l'homme en saisit un, l'examinant avec l'œil du connaisseur.

– *Gracias*, lâcha-t-il en relevant la tête. *Tavernier !... ¿ Usted no es François Tavernier*[3] *?*

Pendant un court instant, ils se dévisagèrent.

– Ramón Valdés ! s'exclama François en ouvrant les bras.

Sans chercher à cacher leur émotion, les deux hommes s'étreignirent.

– *¡ Compañero ! ¡ Qué gusto verte después de tantos años*[4] *!*

– Viens, allons prendre un verre, proposa François en espagnol. Je veux que tu me racontes comment cela s'est terminé pour toi, après les adieux de Barcelone...

Dans un café de la place de la Comédie, ils passèrent l'après-midi à évoquer leurs souvenirs de la guerre d'Espagne. Combattant républicain de la première heure, le communiste Ramón Valdés avait été un des chefs de François Tavernier lors de son engagement dans les Brigades internationales, en octobre 1936. Plus âgé de quelques

1. Regardez où vous marchez, merde !
2. Puis-je vous en offrir un autre ?
3. Tavernier !... Vous n'êtes pas François Tavernier ?
4. Camarade ! Quel bonheur de te retrouver au bout de tant d'années !

années, l'ouvrier espagnol s'était pris de sympathie pour ce « fils de bourgeois » – ainsi l'appelait-il affectueusement – qui, bien que non communiste, était venu combattre aux côtés des républicains. Valdés avait vu sa femme et ses deux fillettes massacrées par les franquistes. Consumé de haine et de désespoir, il n'avait survécu que pour se venger, tentant d'éliminer le plus grand nombre possible de nationalistes. Incorporé à la XIVe brigade, dans le bataillon « Commune de Paris » composé en majorité de communistes belges et français et placé sous les ordres du colonel Jules Dumont – qu'on avait surnommé « le colonel Kodak » tant il aimait à prendre des poses avantageuses devant l'objectif –, François, après avoir reçu un entraînement sommaire à la base d'Albacete, avait rejoint les brigadistes de Madrid. Madrid d'où de jeunes gens de toutes nationalités, Français, Hongrois, Anglais, Polonais, Belges, antifascistes italiens, Russes blancs, Irlandais, Allemands antinazis... commandés par des romanciers ou des poètes comme Ludwig Renn, Mata Zalda, John Cornford, Ralph Fox, Gustav Regler... partirent à l'assaut des troupes nationalistes, au milieu des chênes verts, en chantant *l'Internationale* dans toutes les langues.

« C'est ici, à Madrid, que se trouve la frontière qui sépare la liberté de l'esclavage. C'est ici, à Madrid, que deux civilisations incompatibles s'affrontent dans une grande lutte : amour contre haine, paix contre guerre, la fraternité du Christ contre la tyrannie de l'Église... C'est Madrid. Madrid se bat pour l'Espagne, pour l'Humanité, pour la Justice, et, du manteau de son sang, elle abrite tous les êtres humains ! Madrid ! Madrid ! » s'était exclamé à la radio, le 8 novembre 1936, le député républicain Fernando Valera.

De part et d'autre, le carnage avait été effrayant. Blessé, François avait été sauvé par Ramón qui, bien qu'atteint lui-même, avait réussi à traîner le jeune Français à l'abri des balles. Après avoir été soignés à l'hôtel *Ritz* transformé en hôpital, ils furent renvoyés au camp d'Albacete que Ramón quitta aussitôt pour rejoindre le colonel Villalba, commandant républicain de la place de Malaga. C'est là qu'il fut une nouvelle fois blessé tandis qu'il protégeait l'exode de la population et que l'*Escuadrilla España* d'André Malraux livrait son dernier combat aérien. Les deux hommes s'étaient retrouvés à Teruel, la nuit de Noël, dans les caves du couvent de Santa Clara, en compagnie d'un reporter-photographe hongrois d'une agence parisienne, Alpha-Press. Son nom était Blèmia Borowicz, mais tous l'appelaient Boro. Il faisait si froid que les moteurs gelaient et que les armes s'enrayaient. Bloqués par une tempête de neige qui avait duré quatre jours, privés d'eau, de vivres et de médicaments, ils étaient parvenus à franchir les lignes nationalistes et à rallier les débris des différentes brigades qui se regroupaient à Barcelone. C'était dans cette ville qu'ils avaient appris l'annexion de l'Autriche par l'Allemagne nazie, le 11 mars 1938.

François avait à son tour sauvé la vie de Ramón, au cours de la bataille de l'Èbre, en l'arrachant aux mains des Marocains. Ils devaient être les seuls rescapés de leur bataillon. Passé l'offensive de l'Èbre, les républicains avaient cru à une possible victoire. Mais, à l'Assemblée des Nations unies, le retrait des Brigades internationales avait été décidé avec l'accord de Juan Negrín[1] et de Staline.

1. Juan Negrín López (1887-1956) : président du gouvernement républicain en 1937, fut déposé en 1939 par une junte militaro-anarchiste.

À Barcelone, le 15 novembre 1938, les survivants des Brigades avaient défilé en bon ordre sous les acclamations de la foule qui leur lançait des fleurs, et en présence de Negrín. Le poing levé, la *Pasionaria* [1] les saluait. Les immenses portraits de Staline, Negrín et Azaña[2] dominaient les rues. Des années après, ces hommes qui avaient fait le sacrifice de leur vie se souviendraient du discours vibrant de la *Pasionaria* :

Mères ! Femmes ! Lorsque les années auront passé et que les blessures de la guerre seront cicatrisées ; lorsque le souvenir des jours de détresse et de sang se sera estompé dans un présent de liberté, d'amour et de bien-être ; lorsque les rancœurs seront mortes et que tous les Espagnols sans distinction connaîtront la fierté de vivre dans un pays libre – alors, parlez à vos enfants ! Parlez-leur des Brigades internationales ! Dites-leur comment, franchissant les océans et les montagnes, passant les frontières hérissées de baïonnettes, épiés par des chiens dévorants avides de déchirer leur chair, ces hommes sont arrivés dans notre pays comme des croisés de la liberté. Ils abandonnèrent tout, leurs amis, leur village, leur maison, leurs biens, père, mère, épouse, frères, sœurs et enfants, et vinrent nous dire : "Nous voici. Votre cause, la cause de l'Espagne, est la nôtre. C'est la cause de toute l'humanité éprise de progrès." Aujourd'hui, ils s'en vont. Beaucoup d'entre eux, des milliers d'entre eux restent ici, avec, comme linceul, la terre espagnole, et

1. Dolorès Ibàrruri (1895-1989) : député aux *Cortes*, membre du Comité central du Parti communiste espagnol ; se réfugia en Union soviétique après la chute de la République espagnole. Ne revint dans son pays qu'en 1977.

2. Manuel Azaña y Díaz (1880-1940) : président de la République élu en 1936 ; se réfugia en France en 1939.

tous les Espagnols se souviennent d'eux et leur gardent les sentiments les plus profonds.

Camarades des Brigades internationales ! Des raisons politiques, des raisons d'État, le salut même de cette cause pour laquelle vous avez offert votre sang avec une générosité sans limites, font que vous repartez, certains d'entre vous dans leur pays, d'autres vers un exil forcé. Vous pouvez partir la tête haute. Vous êtes l'Histoire. Vous êtes la légende. Vous êtes l'exemple héroïque de la démocratie solidaire et universelle. Nous ne vous oublierons pas, et, quand l'olivier de la paix se couvrira de nouveau de feuilles mêlées aux lauriers victorieux de la République espagnole, revenez ! Revenez à nos côtés ! Ici trouveront une patrie ceux qui n'en ont pas ! Des amis, ceux qui sont privés d'amitié, et tous, l'affection et la reconnaissance du peuple espagnol...

Le lendemain, François Tavernier quittait Barcelone sur un bateau affrété par le gouvernement français, en direction de Marseille. Ramón Valdés, lui, rejoignit ses camarades. Il avait combattu jusqu'au 27 mars 1939, jour de la reddition des armées républicaines. Fait prisonnier par les nationalistes, il avait réussi à s'enfuir et à passer la frontière espagnole, aidé par des Basques. Arrêté par la police française, il avait été interné au camp de Gurs. De là, il avait écrit à Tavernier, mais n'avait jamais reçu de réponse. Quand, à son tour, la France était entrée en guerre, il avait demandé à se battre ; ce qui lui avait été refusé avec dédain. Ulcéré, il s'était à nouveau évadé, avait gagné Bordeaux d'où il s'était embarqué pour le Mexique. Là, des réfugiés républicains l'avaient accueilli. Deux ans plus tard, il s'était installé à Cuba où il avait fait fortune dans la canne à sucre et le tabac. Il souhaitait à présent se lancer dans l'importation de vin et c'était pour cela qu'il se trouvait à Bordeaux.

À son tour, François résuma sa vie depuis son départ de Barcelone, évoquant la France occupée, la Résistance, la chute de Berlin, son séjour en Argentine et la guerre d'Indochine dont il était revenu si meurtri.

Les deux anciens compagnons se parlaient simplement, sans chercher à embellir aucune de leurs actions, regagnant spontanément une confiance qui les avait quittés depuis longtemps. Entre eux, nul besoin de fioritures : ils n'avaient rien à se prouver. Ils savaient qui était l'autre et sentaient, sans avoir à se le dire, que le temps n'avait fait que confirmer leur valeur. Quant à leurs défauts respectifs, les circonstances ne leur avaient pas permis de les connaître ; ils ne savaient l'un de l'autre que droiture, courage et abnégation, de l'ironie et une totale absence d'illusions sur la nature humaine.

– Depuis ton retour d'Indochine, que fais-tu ?

– J'ai remis de l'ordre dans mes entreprises qui avaient souffert de mon absence. Mais je suis indécis ; la vie que j'ai menée ces vingt dernières années ne me prédispose pas à reprendre mes affaires comme si rien ne s'était passé. D'autre part, j'ai maintenant une famille et je ne peux continuer à vivre de mes rentes. J'avais pensé un moment, et pour faire plaisir à Léa, investir à Montillac en achetant d'autres vignes pour agrandir la propriété. Mais sa sœur voit notre éventuelle installation d'un mauvais œil.

– Pourquoi ne pas acheter un autre domaine, si tu te plais dans la région et si faire du vin t'intéresse ?

– Cela n'aurait pas de sens. Pour Léa, c'est Montillac ou rien.

– Rachète-le.

– Ma belle-sœur ne l'entend pas ainsi ; elle veut même racheter les parts détenues par Léa.

– Je ne vois qu'une solution : viens t'installer à Cuba !

– Je pourrais bien te prendre au mot, dit François en riant. D'autant que ma femme meurt d'envie de connaître l'île.

– Alors, c'est dans la poche ! D'ailleurs, n'avez-vous pas, en France, un proverbe qui dit : « Ce que femme veut, Dieu le veut » ?

– Mais que ferais-je, là-bas ?

– Ne ris pas, je parle sérieusement. J'ai une proposition à te faire... Non, ne dis rien... laisse-moi parler ! J'ai besoin de quelqu'un, à La Havane, en qui je puisse avoir une totale confiance et qui ne manque pas de courage pour maintenir la mafia à distance. Je passe le plus clair de mon temps dans mes plantations de tabac et de canne. Ma femme, qui est malade, préfère vivre à Santiago d'où est originaire toute sa famille ; ce qui m'oblige à des déplacements longs et fatigants. Même si tu ne restais qu'un an ou deux, cela me rendrait un immense service. De plus, il y aurait pas mal d'argent à gagner... Fais-moi l'amitié d'y réfléchir.

– Je ne connais rien à la culture de la canne ni à celle du tabac...

– Tu apprendras vite. Je ne te demande pas de me répondre maintenant, mais de réfléchir à ma proposition.

Pendant un moment, les deux amis fumèrent en silence.

– À quel hôtel es-tu descendu ?

– Au *Grand Hôtel*.

– On passe prendre tes bagages et je t'emmène à Montillac. Tu feras la connaissance de ma femme et de mes enfants, et tu pourras voir pour ton vin ; celui de la propriété n'est pas mal.

– Je ne veux pas te déranger...

– Tu plaisantes ? J'avais parlé de toi à Léa, elle souhaitait te connaître.

– Je suis tellement heureux de t'avoir retrouvé que je te suis où tu voudras !

Ils allèrent au *Grand Hôtel* d'où François téléphona à Montillac pour annoncer l'arrivée de son ami.

Ramón fut accueilli à bras ouverts par Léa ; sans lui, elle n'aurait pas eu le bonheur de rencontrer François. L'accueil de Françoise fut courtois. Alain Lebrun, après lui avoir fait visiter les chais et déguster les vins de différentes années, reçut avec enthousiasme les offres d'achat du Cubain. Son souci était de ne pas avoir les réserves suffisantes pour satisfaire d'emblée la demande de Valdés.

Dès lors, tout alla très vite. Ramón Valdés affréta un cargo, le *Désirade*, armé par la Compagnie générale transatlantique. Il s'agissait d'un citernier de quatre mille tonneaux, assurant des transports de vin et sur lequel il était aussi possible de louer quelques cabines. Le Cubain les réserva à leur intention. Tout se trouva prêt dans les temps : le vin de Montillac emplissait les cuves du navire, les travaux ordonnés pour la villa retenue à La Havane furent vite en voie d'achèvement, les robes commandées par Léa livrées dans les délais, les affaires lyonnaises de François réglées au mieux. Les enfants étaient impatients de partir et, malgré les rapports tendus entre les deux sœurs, leurs adieux furent émouvants. Elles se quittèrent les larmes aux yeux, se promettant d'écrire souvent.

LIVRE DEUXIÈME

La traversée fut l'occasion, pour Charles, de se rapprocher de François. Bien qu'habitué à lui depuis l'enfance, inconsciemment jaloux de l'époux de Léa, il le craignait plus qu'il ne l'aimait. Les conversations des deux amis à propos de la guerre d'Espagne, les réponses qu'ils faisaient à ses questions lui montrèrent ce qu'avait été l'engagement de François auprès des républicains, ces « rouges, bouffeurs de curés et violeurs de nonnes », comme disaient ses camarades de lycée, à Bordeaux. Il comprit mieux pourquoi, en Indochine, les sympathies de Tavernier étaient allées à ceux qui combattaient pour l'indépendance de leur pays.

– Penses-tu la même chose à propos de l'Algérie ? demanda-t-il un jour.

François réfléchit avant de répondre.

– Sur le fond, oui. Mais les données ne sont pas tout à fait identiques. L'Algérie est française depuis plus de cent ans. Les descendants de quinze mille colons, envoyés par Louis-Philippe pour le peuplement et l'exploitation des nouveaux territoires, se sentent chez eux là-bas au même titre qu'un Auvergnat ou un Bordelais se sent chez lui en France. Pour eux, l'Algérie c'est la France, c'est la terre qu'ils ont cultivée et où reposent leurs ancêtres. Aux héritiers des premiers colons se sont joints des Alsaciens et des

Lorrains qui refusèrent d'être prussiens, les déportés de 1848, de la Commune, des Juifs, des Espagnols, des Italiens, des Corses fuyant la pauvreté de leur île. Toute cette population hétéroclite, venue d'horizons divers, mais presque toujours poussée par la nécessité ou la misère, aux opinions politiques divergentes, aux fortunes disparates, oublie ses désaccords et se retrouve unie pour combattre l'indépendance réclamée par une partie du peuple musulman.

– Est-il impossible d'envisager que les non-musulmans puissent continuer à vivre avec les musulmans dans une Algérie indépendante ?

– On peut l'envisager, mais cela semble utopique. Jamais les Français de là-bas n'accepteront d'être gouvernés par les Arabes, et les Algériens, de leur côté, n'accepteraient pas la présence des anciens colonisateurs. De plus, le fanatisme religieux, jugulé jusque-là par la présence française, commence à s'étendre. Dans les Aurès, on a coupé le nez et les oreilles à ceux qui avaient été surpris en train de boire de l'alcool ou de fumer. Jusqu'à présent, les « pouvoirs spéciaux » réclamés par Robert Lacoste, en mars dernier, et le rappel de deux cent mille jeunes gens sous les drapeaux n'ont pas donné grand-chose.

– Tu seras rappelé, toi ?

– Je ne crois pas, je suis trop vieux.

– Toi, tu ne seras jamais vieux ! s'exclama Charles.

François s'en voulut d'éprouver du plaisir à la réflexion du garçon. « Vieux con », pensa-t-il en étirant sa grande carcasse. À quarante-trois ans, avec son visage marqué, sa bouche aux lèvres sensuelles, ses yeux moqueurs, son sourire enjôleur découvrant une mâchoire de carnassier, sa chevelure épaisse et cette façon souple de mouvoir son corps mince et musclé, Tavernier était un homme séduisant, plaisant aux femmes sans déplaire aux hommes.

Allongé torse nu au soleil, il fumait un cigare, les yeux abrités par un chapeau de paille, et laissait vagabonder sa pensée, s'arrêtant parfois sur tels ou tels souvenirs, écartant les plus pénibles, souriant à d'autres : le bonheur de ses retrouvailles avec son compagnon de lutte et de souffrance, les jeux bruyants des enfants et Léa, si belle, si différente des autres femmes, auprès de laquelle, chaque matin, il se réveillait avec joie. Il lui était fidèle sans peine, malgré de nombreuses sollicitations. Deux ou trois fois, il avait été sur le point de céder, mais Léa, avertie par un sixième sens, avait su détourner, par ses audaces amoureuses, ces ardeurs vers elle.

Le ballon d'Adrien, s'abattant sur sa poitrine, l'arracha à ses rêveries.

– Pardon, papa, fit le gamin en détalant à toutes jambes.

Ses pensées reprirent leur cours : avait-il eu raison de s'embarquer avec toute sa famille pour Cuba qui ne se révélerait sans doute pas un endroit aussi idyllique que l'imaginait Léa ? L'homme qui y avait pris le pouvoir par un coup d'État, en mars 1952, Fulgencio Batista, n'était, selon Ramón Valdés, qu'un tyran sanguinaire aux ordres de la mafia de Miami et de la CIA. Haï du peuple cubain, notamment à la suite des tortures puis de l'exécution des soixante-huit prisonniers faits lors de l'attaque conduite par un certain Fidel Castro contre la caserne de la Moncada, à Santiago, le 26 juillet 1953, il entretenait une police qui terrorisait la population.

Tavernier s'était séparé sans regrets de l'entreprise familiale dont le prix de vente lui permettrait de vivre sans soucis pendant quelques années, ou d'investir dans de nouvelles affaires. On verrait bien... Pour l'heure, il allait s'initier au marché de la canne et à celui du tabac.

Il souleva son chapeau et, d'un geste précis, jeta le mégot de son cigare par-dessus bord. Puis il se rallongea.

Ils abordèrent à Santiago de Cuba en fin de matinée pour une escale de quarante-huit heures. Ils en profitèrent pour visiter la ville pendant que Ramón Valdés voyait ses correspondants après être allé embrasser sa femme. Ce premier contact avec Cuba enchanta Léa. Installée à la terrasse du vieil hôtel *Casa Grande*, dominant l'ancienne place d'armes et lieu de rencontre des habitants, elle regardait un couple se déhancher de façon suggestive sur les rythmes d'un orchestre de six musiciens dont le plus jeune devait atteindre les soixante-quinze ans... La lente et provocante promenade des mulâtresses attirait les yeux comme un aimant. Des matrones affublées de couleurs criardes houspillaient leurs marmots tandis que des vieillards, droits et secs dans leur *guayavera*[1] immaculée, dodelinaient de la tête au rythme du boléro.

Ils dînèrent dans un mauvais restaurant de la calle Heredia, mais les nombreux daiquiris leur firent oublier la médiocrité de la nourriture. Ils regagnèrent le bateau en calèche, passablement éméchés et chantant à tue-tête *« Solamente una vez... »*.

1. Chemise traditionnelle à petits plis sur le devant, portée par-dessus le pantalon.

Ils entrèrent dans la baie de La Havane au soleil couchant. La tête appuyée contre l'épaule de François, Léa regardait la ville qui s'offrait dans la splendeur des derniers rayons ; une brise tiède soulevait ses cheveux, l'air sentait la marée, le goudron et les épices. Charles expliquait à Adrien les manœuvres d'accostage. Camille, assise sur un rouleau de cordage, continuait à jouer avec sa poupée. Quant à Philomène, portant la petite Claire, elle attendait de pouvoir enfin abandonner le bâtiment pour se retrouver seule à s'occuper de « sa » fille.

Le capitaine et son équipage vinrent saluer leurs passagers. Ils se séparèrent avec émotion, comme quand on quitte pour longtemps de vieux amis. Ces longs séjours passés en mer avaient créé des liens qui se dénoueraient avec le temps mais laisseraient le souvenir de moments de gaieté et d'harmonie.

Sur le quai, un homme vêtu d'un complet blanc s'avança, le panama à la main :

– M. et Mme Tavernier, n'est-ce pas ? Je suis Jean-Claude Perrault, attaché à l'ambassade de France. Son Excellence M. Grousset m'a chargé de vous accueillir et de vous souhaiter la bienvenue à Cuba. J'espère que votre traversée a été bonne. Avant de venir, je suis passé à l'hôtel *Nacional* pour vérifier que tout était en ordre.

– Merci, Monsieur Perrault, notre voyage a été excellent. L'hôtel se trouve-t-il loin du port ?

– Non, pas très, Monsieur Tavernier. Ici, nous sommes dans la vieille ville, l'hôtel est dans le Vedado, sur le Malecón. Dans votre appartement, vous trouverez un guide et des plans de La Havane ainsi qu'une brochure faite par l'ambassade, qui indique tout ce qu'il faut savoir et qui n'est pas forcément noté dans les guides. Si vous le voulez bien, nous pouvons y aller. J'ai trois voitures à votre disposition. *¡ Charlie, encárgate de las maletas*[1] !

– *Si, señor*[2].

Léa, François et Ramón Valdés montèrent dans la voiture de l'attaché, tandis que Philomène et les enfants s'installaient à bord de la deuxième et que Charlie chargeait les bagages dans la dernière.

La nuit était tombée.

Tous phares allumés, de grosses américaines de couleurs vives, conduites intérieures ou cabriolets, roulaient le long du Malecón contre lequel les vagues venaient se briser. De jolies filles vêtues de pantalons corsaires, de fourreaux aussi moulants qu'une seconde peau, ou de robes juponnées qui soulignaient leur taille fine, juchées sur les hauts talons de leurs escarpins, prenaient des poses aguichantes en faisant signe aux automobilistes. Des véhicules ralentissaient et, parfois, s'arrêtaient. Des familles entières, assises sur le muret de la promenade, regardaient le manège avec indifférence. Des gamins se poursuivaient tandis que d'autres proposaient aux promeneurs des gobelets de café très fort. Ils dépassèrent un marchand de glace qui poussait sa boutique peinte d'un rose criard en agitant une clochette :

1. Charlie, occupe-toi des bagages !
2. Bien, monsieur.

– *¡ Los mejores helados ! ¡ Fresa y chocolate ! ¡ Los mejores de La Habana*[1] *!*

Autour d'un cabriolet Ford arrêté, une dizaine de jeunes gens dansaient au rythme de la musique qui s'échappait de l'autoradio.

– Voici votre hôtel, dit l'attaché d'ambassade en désignant une énorme construction flanquée de deux tours carrées.

Le bâtiment était perché sur un promontoire qui se détachait, brillant de lumière, sur le ciel noir. Par une rue en pente, ils contournèrent l'établissement et pénétrèrent dans la cour d'honneur. Les voitures s'immobilisèrent sous la voûte de l'entrée. Sans précipitation, des grooms et des bagagistes s'avancèrent. En haut de l'escalier, un homme en jaquette les attendait. Il s'inclina en baisant la main de Léa. Dans un français mâtiné d'un accent chantant, il lui dit :

– Bonsoir, Madame Tavernier, soyez la bienvenue. Je suis le directeur. Si vous avez besoin de quoi que ce soit, n'hésitez pas : je suis à votre disposition.

Léa le remercia avec un sourire.

– C'est un honneur pour mon établissement de vous recevoir, Monsieur Tavernier. Son Excellence M. l'Ambassadeur m'a personnellement recommandé de faciliter en tout votre séjour parmi nous. Désirez-vous dîner au restaurant ou bien préférez-vous être servis dans votre appartement ?

– Nous ne savons pas encore, nous verrons plus tard.

– Bien sûr. Le service dans les chambres est assuré vingt-quatre heures sur vingt-quatre.

1. Les meilleures glaces ! Fraise et chocolat ! Les meilleures de La Havane !

Le directeur tint à les accompagner lui-même jusqu'à leurs portes. Les enfants, passant d'une pièce à l'autre, se déclarèrent ravis de leur installation.

Après le départ de l'attaché et du directeur, ils décidèrent d'un commun accord de se faire servir dans les chambres.

Le lendemain, un cabriolet Studbaker et une conduite intérieure Pontiac furent livrés à l'hôtel par un concessionnaire des marques américaines. Pour ses premières sorties dans La Havane, Léa demanda un guide tandis que Ramón et François partaient pour la province de Pinar del Río. L'Espagnol avait hâte de lui montrer ses domaines. Léa se retrouva seule pour emménager, inscrire les enfants à l'école et Charles à l'Université.

La spacieuse villa, entourée d'un magnifique jardin, se situait dans le quartier résidentiel de Miramar. La maison, louée avec ses domestiques et ses meubles, appartenait à une riche famille américaine qui avait dû regagner les États-Unis. Grâce aux services de l'ambassade, les inscriptions scolaires furent simplifiées. Charles, accepté à la faculté de droit de l'université de La Havane, s'inquiétait, malgré sa bonne connaissance de l'espagnol, de ne pas comprendre ce que disaient les Cubains. Dans la même situation, Léa le rassura en lui affirmant que, d'ici la rentrée, il se familiariserait avec cette façon d'avaler la moitié des mots. Elle avait raison : au bout d'un mois, ils comprenaient sans peine leurs interlocuteurs. Très vite, Adrien et Camille s'exprimèrent facilement en espagnol. Quant à la petite Claire, elle baragouina indifféremment l'une et l'autre langue, mélangées de mots vietnamiens.

Quinze jours plus tard, François revint de son voyage sur les terres de Ramón Valdés, enchanté de ce qu'il avait vu et du travail à assurer. Ce changement de vie l'amusait. Léa et les enfants en étaient heureux aussi. Les petits, en attendant l'école, passaient leurs journées à la piscine du *Country Club* ou sur la plage. Léa avait couru les magasins pour améliorer la décoration de la maison, visité les antiquaires en compagnie de la femme de l'ambassadeur, tandis que Charles sillonnait à vélo les rues de La Habana Vieja, du Vedado, du Cerro et de Miramar.

Pendant les trois semaines que François passa à La Havane, le couple Tavernier devint la coqueluche des dîners d'ambassade, du monde des affaires et du milieu culturel. Leurs photos furent publiées dans les revues *Bohemia* et *Carteles*. À la réception qu'ils donnèrent pour fêter leur installation à Cuba, le Tout-La Havane se précipita. Le président Batista, accompagné de son épouse, tint à venir en personne leur souhaiter la bienvenue, au grand déplaisir de Ramón, séjournant dans la capitale pour cette occasion. Cette visite provoqua un malaise qui fut long à se dissiper. Heureusement, l'orchestre cubain qui jouait dans le jardin le fit peu à peu disparaître.

Bien que de deux ou trois ans le cadet de ses camarades de la faculté de droit, Charles se fit très vite des amis parmi les étudiants, curieux de tout ce qui venait de France ; ses talents de basketteur firent le reste. D'ailleurs, ce fut lors d'un match au *Stadium del Cerro* qu'il fit la connaissance d'un autre joueur, étudiant en architecture et président de la FEU[1], José Antonio Echeverría. Son aîné d'une dizaine d'années, José Antonio se prit de sympathie pour ce jeune Français qui n'avait pas son pareil pour loger le ballon à distance dans le panier du camp adverse. Après le match, ils allèrent boire un café à la terrasse de l'hôtel *Colona*, accompagnés par Fructuoso Rodríguez et de José Machado. Les Cubains le bombardèrent de questions sur la France, le général de Gaulle, la guerre, la Résistance... et la Révolution française. Charles les renseigna de son mieux.

– C'est mon beau-père, dit-il en parlant de François, qui pourrait mieux vous répondre. Il connaît le général de Gaulle et il a combattu les nazis. Il a même fait la guerre d'Espagne.

– Contre Franco ? questionna José Machado d'un ton hésitant.

– Évidemment ! rétorqua Charles, un peu condescendant.

Ses nouveaux amis hochèrent la tête, approbateurs.

Cette rencontre allait permettre à Charles de commencer son éducation politique. *Manzanita*[2] ou *el Gordo*[3], comme le surnommaient affectueusement ses camarades, avait été arrêté plusieurs fois par la police de Batista et vivait dans une semi-clandestinité. En décembre 1955, José Antonio Echeverría avait fondé un Directoire révolutionnaire en vue

1. *Federación Estudiantil Universitario.*
2. Petite Pomme.
3. Le Gros.

de lutter contre le dictateur, en compagnie de Fructuoso Rodríguez, José Machado, Juan Pedro Carbó, Faure Chomón, Joe Westbrook et quelques autres. En tant que président de la FEU, il assistait à de nombreux congrès d'étudiants à travers l'Amérique latine, profitant de ses rencontres pour faire connaître et prêcher la lutte des Cubains contre Batista. À Mexico, il venait de signer au nom du Directoire un pacte avec le chef du Mouvement du 26-Juillet[1], Fidel Castro, scellant l'unité de la jeunesse cubaine dans le but de renverser le gouvernement en place à La Havane.

Ce 27 novembre, avec d'autres étudiants, Charles défila contre le régime de Batista. La manifestation fut brutalement dispersée par les forces de l'ordre et, frappé à coups de matraque et à coups de pied, il fut embarqué à destination du poste de police.

– *¿ ¡ Pero tú eres francés*[2] *?!* s'exclama le policier qui examinait ses papiers.

L'homme les montra à son supérieur qui, perplexe, se gratta la tête.

– *¿ Dónde viven tus padres*[3] *?* aboya-t-il.

Une heure plus tard, Léa pénétrait dans le poste, telle une furie.

1. Par référence à l'attaque par Fidel Castro et cent cinquante de ses compagnons de la caserne de la Moncada, à Santiago, le 26 juillet 1953.
2. Mais tu es français !
3. Où habitent tes parents ?

– *¿ Dónde está*[1] *?*

– Je suis là, tout va bien.

– Que t'ont-ils fait ? souffla-t-elle, atterrée.

Ses cheveux et sa chemise poissés de sang offraient un tableau spectaculaire.

– Les brutes !... Je vais déposer plainte...

– Je t'en prie, Léa, n'en fais rien. Partons, je t'expliquerai.

Rouge de colère, elle signa le registre qu'on lui tendait.

– *De ahora en adelante, póngale el ojo a su hijo, Señora*[2], lui recommanda le policier en lui restituant les papiers de Charles.

Léa enfonça ses ongles dans les paumes de ses mains pour s'empêcher d'exploser. Dehors, une troupe de policiers entouraient la voiture. Ils s'écartèrent à leur approche, lâchant des propos graveleux. La violence avec laquelle elle démarra les fit bondir en arrière.

Charles et Léa furent à la ville en un temps record. Sans desserrer les dents, elle nettoya la plaie qu'il portait au front et lui fit couler un bain. Lorsqu'il fut enveloppé dans un peignoir d'éponge, elle se versa un verre de rhum, alluma une cigarette et dit :

– Raconte.

L'enthousiasme avec lequel Charles parla de la nécessité de faire la révolution, de l'oppression subie par le peuple cubain, de l'ignorance dans laquelle il était maintenu, de

1. Où est-il ?
2. Dorénavant, ayez votre fils à l'œil, Madame.

l'exploitation des masses par des propriétaires sans scrupules, des brutalités policières, de la dictature économique des États-Unis, des politiciens véreux, etc., l'aurait fait sourire si elle n'avait su que les sbires de Batista ne plaisantaient plus dès qu'ils entendaient le mot « révolution ». N'était sa qualité de Français, Charles aurait croupi quelques jours en prison. Elle s'entendit objecter un peu sottement :

– Mais, ce n'est pas ton pays...

– Je suis citoyen du monde, la Révolution sera mondiale ou ne sera pas ! rétorqua le garçon avec le plus grand sérieux.

Les cheveux en broussaille, pieds nus, vêtu d'un peignoir bleu ciel, il s'était prononcé si solennellement qu'elle éclata de rire. Furieux, il se leva, le rouge aux joues, tout en maintenant son peignoir qui glissait. Sa maladresse le rendait touchant.

– Tu me déçois. J'aurais espéré que toi, au moins, tu comprendrais !

Léa sentit monter en elle une colère proportionnée à la peur qu'elle avait éprouvée.

– Comprendre quoi ?... Que tu risques de te faire tuer dans un combat qui n'est pas le tien ?...

– Ce n'était pas non plus celui de François, en Espagne. Et lui, cependant, il a bien combattu aux côtés des républicains !

– Ce n'est pas la même chose !

Tout en s'exprimant ainsi, elle se savait avoir tort et que, partout où il y avait oppression, il y aurait des hommes pour se lever et dire *non* ! N'avait-elle pas dit non à l'Allemagne nazie, autrefois, et pris le risque d'y perdre la vie parce qu'elle refusait l'occupation de son pays ? À présent, c'était Charles, son petit Charles qui, à son tour, disait non. Une profonde lassitude l'envahit : elle qui avait espéré connaître ici la joie de vivre au soleil, loin des violences, de la haine, de la guerre, oublier dans un monde futile les souffrances endurées, jouir enfin du calme et de la paix, elle se réveillait sur une île où enlèvements, viols et tortures étaient devenus si fréquents que la presse ne leur consacrait plus guère que quelques lignes.

Les attentats se multipliaient ; leurs auteurs se montraient de plus en plus audacieux. Commandée par Reinol García, l'attaque de la caserne Giocuria, à Matanzas, le 29 avril 1956, et qui s'était soldée par un bain de sang, avait donné le ton. Le 27 octobre, un attentat commis au cabaret *Montmartre* par deux jeunes gens du Directoire révolutionnaire coûta la vie au colonel Blanco Rico, chef du SIM[1], et au commandant en chef des unités blindées, Marcello Tabernilla. Tous deux étaient venus entendre la célèbre chanteuse Katina Rainieri en compagnie de leurs épouses. Le coup plongea la population dans la peur des représailles, et le gouvernement dans une inquiétude pleine de haine qui le poussa à donner l'assaut à l'ambassade haïtienne où des rescapés de l'attaque de la caserne Giocuria et des étudiants recherchés avaient trouvé refuge. Après avoir forcé l'entrée, avec à leur tête le chef de la police, le général Rafael Salas Canizares, et le chef du bureau des enquêtes, le colonel Orlando Piedra, les policiers massacrèrent les dix garçons. Un seul, Israel Escalona,

1. Service de renseignement de l'armée.

portait une arme. Mais, avant d'être abattu à son tour, celui-ci eut le temps de la décharger sur le détesté Salas Canizares, le blessant mortellement au ventre. À la suite de ces événements, il y eut de nombreuses arrestations tandis que Batista mobilisait de puissants moyens militaires avec l'appui des États-Unis, représentés par leur ambassadeur à La Havane. Par ce biais, une escadrille d'avions à réaction lui fut remise en même temps que de l'artillerie de campagne et de grandes quantités d'armes destinées aux troupes d'infanterie[1]. Dans la plupart des grandes villes de l'île, à Cienfuegos, Santa Clara, Matanzas ou Pinar del Río, des jeunes gens envahissaient les rues en appelant la population à se soulever. À Santiago, Frank País et Pepito Tey prenaient la tête de vingt-huit révolutionnaires armés de grenades et de cocktails Molotov et tentaient de s'emparer du poste de police, défendu par soixante-dix policiers et quinze militaires équipés de fusils mitrailleurs, aux cris de « Vive la Révolution ! » et « Vive le Mouvement du 26-Juillet ! ». Malgré les incendies, les fusillades, les patrouilles des soldats de Batista, la population soigna les blessés, cacha ceux qui étaient poursuivis, les nourrit et leur procura des armes.

Un nouveau coup fut porté au gouvernement par l'annonce du débarquement de Fidel Castro et de ses compagnons, le 2 décembre, à quatre-vingt-un kilomètres à l'ouest de Santiago de Cuba, sur la Playa de las Coloradas. La présence sur place d'importantes forces militaires et policières, de tanks, de navires de guerre, de garde-côtes, d'avions de combat et de transport ne suffit pas à s'y opposer. À Alegra del Pio, le 5 décembre, l'armée attaqua par

1. Carlos Franqui, *Journal de la Révolution cubaine.*

surprise Fidel et ses compagnons, exténués par une traversée sur le *Granma* effectuée dans des conditions épouvantables, et par leur marche harassante à travers les marécages de la région. Plusieurs compagnons de Fidel Castro périrent. D'autres furent blessés. Les survivants s'égarèrent parmi les marigots et les cannaies. Douze seulement atteignirent le pic Turquino qui domine de ses 1 994 mètres la région de la Sierra Centra. La presse annonça la mort de Fidel.

Dans le but de disperser les étudiants, l'Université ferma ses portes sur ordre de Batista. Désœuvré, Charles errait autour de l'Alma Mater dans l'espoir de rencontrer des camarades. Mais la présence des forces de police devait les décourager, car il n'en aperçut aucun. Quelques jours avant Noël, il fit la connaissance, à la cafétéria du *Habana Hilton*, de trois sœurs dont l'aînée était en fin d'études à la faculté de droit. Elle avait participé au rassemblement du 27 novembre.

– La police t'a relâché, tu as eu de la chance ! Mon frère, lui, est toujours en prison. Il paraît qu'ils l'ont torturé, confia-t-elle à voix basse.

Dès cet instant, les quatre jeunes gens devinrent inséparables. Virginia, Suzel et Carmen étaient les filles du docteur Constantino Pineiro del Villar, un cardiologue réputé à La Havane, et d'Aurora Marquez-Pineiro, qui avait abandonné une carrière de danseuse étoile pour se consacrer à ses enfants. Ils habitaient une vieille demeure de style colonial dans le Vedado. Très affectée par l'arrestation de son fils, la mère ne quittait plus la chambre, tandis que le père multipliait les démarches pour le faire libérer. On le leur rendit à la veille de Noël. Après avoir découvert des traces de brûlures de cigare sur le torse d'Armando, le docteur Pineiro fit une déclaration à la presse pour dénoncer les méthodes policières. Pendant plusieurs semaines, Armando vécut replié sur lui-même, refusant de prononcer le moindre mot au sujet de son arrestation et de son emprisonnement. Il passait de longues heures allongé sur son lit, le regard vide, à fumer cigarette sur cigarette. La seule personne qui parvenait à le sortir de son abattement était Charles avec lequel il écoutait des disques d'Elvis Presley et de Beny Moré.

À l'occasion du Nouvel An, et comme le voulait la tradition, la colonie française fut invitée à une réception donnée par l'ambassade de France. François et Léa y furent présentés à ceux que l'on appelait les « Vieux Français », dont les familles s'étaient installées à Cuba du temps de la colonie espagnole ou après la Première Guerre mondiale. Quelques membres du gouvernement cubain et du milieu des affaires assistaient à la soirée. Après les salutations d'usage, tout le monde trinqua à la nouvelle année. Les servantes martiniquaises de l'ambassade, portant le costume traditionnel de leur île, allaient d'un groupe à l'autre, brandissant leur plateau. Des mains avides se saisissaient des coupes de champagne. Léa renonça à s'approcher de l'immense buffet pris d'assaut par une horde d'affamés. Canapés de foie gras, de jambon ou de caviar, charcuteries des diverses provinces de France, fromages et pâtisseries importés par avion et à grands frais furent engloutis en un tournemain.

Des dames de la Société de bienfaisance française entouraient François en minaudant dans l'espoir de l'intéresser au sort de compatriotes tombés dans le besoin. Elles l'invitèrent à venir prendre le thé à la *Manzana de Gomez*, au Parque Central, siège de l'association. Il réussit à s'en débarrasser en leur assurant qu'il serait ravi de se rendre à leur invitation. Il profitait d'un instant de relative solitude pour allumer un cigare quand une jolie femme au décolleté vertigineux lui prit le bras.

– Monsieur Tavernier, je compte sur vous pour la grande réception de l'Union française. Il n'y aura que le gratin : nos dîners sont beaucoup plus chic que ceux de l'ambassade.

– Ce sera un plaisir pour moi, répondit François en s'inclinant.

Assise à l'écart, Léa observait avec amusement le ballet de ces femmes autour de son mari. C'est vrai qu'il était séduisant ! Très élégant, dans son costume de lin blanc qui accentuait son hâle et faisait ressortir l'éclat de ses yeux, il les dominait de sa haute taille avec cette désinvolture qui les fascinait toutes.

– Vous avez l'air bien songeuse, jolie Madame, dit l'ambassadeur, une assiette à la main. Tenez, j'ai réussi à sauver quelques bouchées de cette invasion de criquets, ajouta-t-il en la lui tendant.

Léa remercia en souriant.

– *El ministro de Salud desea despedirse, Su Excelencia*[1], annonça un domestique.

– Excusez-moi, fit l'ambassadeur en s'éloignant.

1. Votre Excellence, le ministre de la Santé désire prendre congé.

Charles devint un habitué de la maison du docteur Pineiro. Peu à peu, les rires et les jeux revinrent dans la vaste demeure. Les trois jeunes filles ne juraient plus que par leur nouvel ami et Aurora Marquez lui était reconnaissante de distraire Armando de ses affreux souvenirs. Les deux jeunes garçons s'échangeaient disques et livres et commentaient leurs lectures avec feu. Un jour, Charles entra dans la chambre de Carmen en oubliant de frapper. Virginia et une de leurs amies s'y trouvaient également. L'apercevant, les jeunes filles dissimulèrent précipitamment des morceaux d'étoffes rouge et noir sous le lit.

– À quoi jouez-vous ? leur demanda-t-il.

– À rien..., fit Carmen. Je te présente Urselia Díaz Baez ; nous nous sommes connues au cours d'anglais. Urselia, je te présente Charles d'Argilat, un Français qui est étudiant en droit.

Les deux jeunes gens se serrèrent la main. Urselia était une jolie brune à la poignée de main franche et au regard droit.

– Alors, c'est vous le Français dont ne cessent de me parler Virginia et Carmen ? Je suis heureuse de faire votre connaissance. On m'a dit que vous étiez à la manifestation du 27 novembre. C'est bien, mais pourquoi y étiez-vous ? Ce n'est pas votre cause...

– La défense de la liberté est la même dans tous les pays.

Les trois jeunes filles échangèrent un regard de connivence.

– Tu crois qu'on peut lui faire confiance ? chuchota Urselia à l'oreille de Carmen.

Celle-ci acquiesça d'un hochement de tête.

– Jusqu'où iriez-vous pour la défense de la liberté ? demanda Urselia.

Charles était un garçon qui réfléchissait toujours avant de parler. Il les regarda longuement une à une.

– Je crois qu'on peut mourir pour défendre la liberté, répondit-il simplement, comme une chose évidente.

« Tu vois », disait l'expression de Carmen à l'intention d'Urselia. Celle-ci se baissa et sortit les morceaux de tissu dissimulés sous le lit.

– Nous fabriquons des drapeaux pour les prochaines manifestations. Tu peux nous aider, si tu veux. Mais jure sur la Vierge de n'en souffler mot à personne. Si tu nous trahissais, tu serais un homme mort !

Charles jura. Pendant un moment, ils travaillèrent en silence, coupant, cousant, fixant les bannières sur des hampes de bois.

– Si on mettait de la musique ? suggéra Virginia.

– Oh oui ! Mets le dernier disque de Beny Moré, proposa Carmen.

Charles fouilla parmi les pochettes multicolores répandues sur le tapis. La voix chaude de l'idole de la jeunesse cubaine emplit la pièce. Bientôt, ils abandonnèrent leurs travaux de couture et se mirent à danser. Les filles riaient, se moquant de la maladresse de Charles.

– Attends, je vais te montrer, dit Carmen en lui prenant la main. Là... c'est bien !... Continue... D'ici peu, tu danseras comme un vrai Cubain.

La musique et les rires attirèrent Armando.

– Vous en faites, un bruit ! Vous m'avez réveillé...

– Dormir, c'est du temps perdu ! s'écria Urselia. Viens, quand on danse, on oublie ses soucis !

Et elle entraîna aussitôt le jeune homme qui, pris par le rythme, entra dans la danse en reprenant les paroles de la chanson.

Quand le disque se termina, ils se laissèrent tomber, tout essoufflés, sur le lit, froissant les drapeaux sous leur poids.

– Si j'avais eu un disque de Beny Moré en prison, cela m'aurait semblé moins dur, observa Armando en se redressant.

Sa réflexion jeta un froid sur la petite assemblée. Ils se relevèrent tous, vaguement gênés. Armando remarqua alors les pièces de tissu et devint tout pâle.

– Vous êtes folles, de faire ça ici ! Vous voulez qu'on se fasse tous arrêter ?

Fébrilement, il ramassa les drapeaux, les roula et déclara d'une voix nerveuse :

– Il faut brûler tout ça.

Urselia et les sœurs Pineiro le regardaient d'un air consterné. Avec douceur, Charles lui retira les étendards des mains.

– Ne t'inquiète pas, je vais les emporter chez moi. Jamais la police n'aura l'idée de venir les chercher là-bas. Quand vous en aurez besoin, je vous les rapporterai.

– Tu as raison, approuva Armando. Je vais chercher un sac de sport pour les transporter.

Après son départ, ils restèrent quelques instants silencieux.

– Comme il a changé ! s'étonna Urselia.

Charles vint au secours de son ami.

– Il ne faut pas lui en vouloir. Il a beaucoup souffert pendant sa détention.

– L'a-t-on torturé ? interrogea Urselia.

– On n'en sait rien, répondit Virginia. Il n'a rien voulu dire ni à papa ni à maman.

– Ton père est médecin, il doit savoir, reprit Urselia.

– Peut-être, mais il n'en parle pas. Qu'en penses-tu, Charles ?

– Je pense qu'il faut le laisser tranquille avec ça. S'il n'a pas envie d'en parler, c'est son droit. Je comprends très bien ce qu'il doit ressentir en voyant ici des insignes révolutionnaires.

Armando revint, muni d'un grand sac de toile bleue dans lequel il fourra les emblèmes. Comme les hampes dépassaient, il les cassa.

Urselia et Charles quittèrent ensemble la maison Pineiro.

– Où habites-tu ? Je te raccompagne, si tu veux.

– Merci, mais j'habite à Guanabacoa. C'est à cinq ou six kilomètres de La Havane. Je vais prendre l'autobus, il est direct. Et toi, dans quel quartier es-tu logé ?

– À Miramar.

– C'est un quartier chic ! Les drapeaux y seront en sécurité. Fais quand même attention, cela peut être dangereux.

Charles haussa les épaules en fixant le sac sur le porte-bagages de son vélo.

– D'ici quelques jours, si tu es toujours dans les mêmes dispositions, je te confierai peut-être un message à transmettre.

– Quand tu voudras, dit-il calmement.

Songeuse, elle le regarda s'éloigner.

– Charles ! On te demande au téléphone, appela Léa.

– Allô ?... Oui, c'est moi... D'accord, on se retrouve dans une heure au *Colona*. Salut.

– Qui était-ce ? s'enquit Léa.

– Une amie de la fac. Les cours vont peut-être reprendre, elle veut m'en parler.

– Bien, mon chéri. Ne rentre pas trop tard.

– Je serai de retour pour le dîner... Au fait, as-tu réfléchi pour la Vespa ? demanda-t-il d'un ton câlin.

– C'est tout réfléchi : c'est non ! La circulation est beaucoup trop dangereuse, ici. Ils conduisent comme des fous, ils ignorent totalement le code de la route... et puis, tu es trop jeune !

– Mais j'ai dix-sept ans !

– C'est bien ce que je dis.

Boudeur, Charles descendit les marches de la véranda et enfourcha son vélo. Sa mauvaise humeur tira un sourire à Léa. Elle était sûre que son cadeau d'anniversaire serait le bienvenu...

Urselia n'était pas à la terrasse du *Colona* et Charles pénétra dans l'établissement. À l'intérieur, il l'aperçut qui écoutait attentivement trois jeunes gens discutant entre eux avec animation. L'un d'eux était José Antonio Echeverría.

– Bonjour, le Français, dit-il en lui tendant la main.

– Vous vous connaissez ? demanda Urselia, surprise.

– Le monde est petit... C'est lui dont tu me parlais ?

– Oui.

José Antonio le regarda attentivement.

– Je crois qu'on peut lui faire confiance.

De son côté, Charles dévisageait, fasciné, le président de la FEU qu'il savait recherché par la police. *El Gordo* était devenu une légende vivante dans le milieu universitaire. Son courage face aux hommes de main de Batista forçait l'admiration de tous et ses articles publiés dans la revue *Bohemia* étaient lus et commentés avec passion. Il fit signe à Charles de se joindre au petit groupe et reprit son exposé. Il s'exprimait d'une voix sourde et cependant vibrante :

– « La FEU a toujours été aux côtés du peuple. Sa lutte s'est toujours située au niveau des intérêts supérieurs de la Nation. C'est pourquoi elle défend les intérêts foulés aux pieds par la dictature, et c'est pourquoi elle défend les droits des ouvriers, les acquis sociaux que le régime est en train de supprimer. Nous comprenons les besoins des classes laborieuses ignorées par la dictature actuelle et trahies par les leaders nationaux ; nous préparons une vaste campagne de mobilisation en faveur des droits que la République avait légitimement concédés aux ouvriers après de longues années de lutte. La FEU ne connaît qu'un seul chemin vers la paix à Cuba : la Révolution. Il n'y aura pas d'autre solution pour les citoyens que de continuer la lutte en vue de la satisfaction définitive des revendications qui constituent les objectifs fondamentaux de la Révolution cubaine. Les étudiants et l'ensemble des jeunes se trouvent actuellement seuls sur ce chemin. L'impotence et l'inertie des soi-disant classes dirigeantes du pays ont déposé sur nos épaules un poids qui cependant ne nous accable pas. Nous croyons que les étudiants et la jeunesse, en union avec la classe ouvrière, la paysannerie et les professions libérales, seront capables de réaliser les idéaux révolutionnaires qui constituent l'essence même de notre Nation. »

Tous approuvèrent en silence. Echeverría, les joues rouges, le front luisant de sueur, s'épongea avec un mouchoir. Il vida son verre de Coca-Cola tiède et se tourna vers Charles :

– Retiens bien cela, Français : la Révolution se gagne avec le concours de tous, intellectuels et ouvriers, paysans et citadins. C'est par l'union que l'on chasse ceux qui oppriment le peuple. Sans cette unité, la Révolution ne triomphe qu'un temps et risque de se transformer à son tour en une dictature aussi répressive et sanglante que la précédente. Si tu veux être des nôtres, tu es le bienvenu. Te sens-tu la force de combattre à nos côtés ?

– Oui.

– Dans ce cas, rentre chez toi. Urselia te transmettra nos instructions en temps utile.

Deux jours plus tard, Urselia lui donnait rendez-vous à *Las Delicias de Medina*[1], à l'angle de la rue L et de la 27e. Charles trouva facilement l'endroit qui était l'un des lieux de rencontre favoris des étudiants de l'Université. En revanche, il eut du mal à se frayer un passage parmi la foule jeune et bruyante qui emplissait la salle. Il finit par découvrir Urselia occupée à déguster une glace à la fraise en compagnie d'une jeune femme et d'une fillette de trois ou

1. Les Délices de Médine.

quatre ans. Elle le remarqua à son tour et lui fit signe. Charles se faufila jusqu'à elles.

– C'est le Français dont je t'ai parlé. Il ira porter le paquet à ta place.

– Tu es sûre de lui ? interrogea la jeune fille.

Pour toute réponse, Urselia haussa les épaules.

– Voici mon amie, Aleida Fernández Chardiet, et sa petite fille. C'est elle qui prend le relais. Va où elle te dira. Tu feras ton rapport, demain, chez Carmen. Je vous laisse, à présent ; je dois m'en aller.

Après le départ d'Urselia, ils se regardèrent, gênés. La petite fit heureusement diversion en renversant sa glace au chocolat sur sa jolie robe blanche. Tout en essayant de nettoyer le vêtement, Aleida lui donna à voix basse l'adresse où il devait déposer le paquet dont il avait été question.

– Devant l'entrée de l'immeuble qui fait l'angle de la rue Valle et de la rue Hospital, une Pontiac bleue est garée. Sur la vitre arrière, il y a une photo de l'équipe de *béisbal*[1] de l'Université ; le visage d'un des joueurs a été gratté. Tu ouvriras la portière, côté trottoir, et tu mettras ce paquet sous le siège. Voilà.

– C'est tout ?

– Oui. Ensuite, tu t'en vas sans te presser et sans regarder derrière toi... Ah si ! Une chose : avant de déposer le paquet, assure-toi que tu n'as pas été suivi par une *perseguidora*[2].

– Mais qu'est-ce que c'est ?

Aleida le regarda avec commisération :

1. Base-ball.
2. Suiveuse.

– Une voiture de la police. Je ne sais pas comment te traduire ça...

– À quoi les reconnaîtrai-je ? Je suppose qu'il n'y a pas écrit « Police » dessus...

– Les gens de la SIM utilisent des Oldsmobil et sont presque toujours quatre par voiture. Maintenant, va-t'en. Il ne faut pas qu'on nous voie trop longtemps ensemble. Si on te questionne sur moi, dis que tu avais besoin de l'adresse de mon père pour tes frères et sœurs.

– Je ne comprends pas...

– Mon père est pédiatre, c'est le docteur Miguel Fernández Tosco. Tu as bien des frères et sœurs en bas âge ? ajouta-t-elle, agacée.

– Oui, mais... vous avez pris des renseignements sur ma famille ?

– Évidemment ! Qu'est-ce que tu crois ?

Adoptant une allure désinvolte, Charles quitta *Las Delicias de Medina*, le colis enveloppé de papier brun sous le bras, et marcha sans se presser jusqu'à l'endroit où il avait attaché son vélo. Il fixa le ballot sur son porte-bagages. « On dirait des livres », pensa-t-il en démarrant.

En moins d'un quart d'heure, il arriva rue Valle. Une Pontiac bleue se trouvait bien garée à l'endroit indiqué. Il s'immobilisa en face et regarda autour de lui. Rien qui ressemblât à une *perseguidora.* À ce moment de la journée, le carrefour était calme et quelques piétons y déambulaient sans hâte. Charles traversa, ouvrit la portière et glissa l'objet de sa mission sous le siège. Sans se retourner, il reprit sa bicyclette et s'éloigna, remontant la rue Valle en direction de l'Université. Au pied du grand escalier de l'Alma Mater, fermé par une frise de barbelés, des soldats en arme montaient la garde. Il descendit en roue libre la rue San Lazaro et déboucha sur le Malecón. Le ciel et la mer étaient magnifiques et se confondaient dans des dégradés de gris allant du plus sombre au plus clair, barrés des rayons or d'un soleil qui jouait à cache-cache avec les nuages. Une vague plus haute que les autres l'éclaboussa. C'était un des jeux favoris des gamins de La Havane que de battre à la course les vagues qui déferlaient sur la promenade, sans se soucier des voitures qui n'évitaient pas toujours les jeunes imprudents. Mais ce risque faisait partie du plaisir et il n'était pas un garçon qui n'eût ainsi montré son courage aux filles, sous peine de passer pour un *maricón*[1].

Tout en pédalant, Charles jetait des coups d'œil derrière lui, mais ne remarqua toujours pas la moindre *perseguidora*. En revanche, l'armée avait établi un barrage au bas de l'hôtel *Nacional* et fouillait les automobiles. Charles s'arrêta, mais un soldat à l'air borné lui fit signe de passer. Le cœur battant, il s'éloigna, surpris d'avoir éprouvé une si grande peur à la vue des uniformes. « Il va falloir que je m'aguerrisse », se dit-il. Cela lui fit penser à sa mère : il n'avait pas de souvenirs de son visage, seulement celui d'une silhouette courant vers lui, bras ouverts, et d'une douce présence quand il s'endormait. Souvent, Léa lui avait parlé de Camille, lui représentant son courage et combien elle l'aimait. Quand il avait été plus grand, il avait voulu connaître les circonstances exactes de sa mort. Avec des mots simples, dominant son émotion, Léa lui avait raconté

1. Homosexuel.

l'attaque de la ferme Carnélos[1] par les Allemands et les miliciens, puis comment Camille en était venue à lui confier son enfant.

Que de fois il avait pleuré en contemplant la photo de ses parents ! Comme ils étaient jeunes et beaux ! Enfant, il s'était juré de se montrer digne d'eux et de combattre toutes les formes d'oppression, tous les fascismes. Il voulait devenir avocat afin de défendre les droits des opprimés. Mais ce qu'il craignait par-dessus tout, c'était de ne pas posséder leur bravoure. Pour ce faire, il avait endurci son corps, muant le garçon malingre qu'il était en athlète. Ce qu'il désirait aussi, mais cela, il n'en était pas lui-même conscient, c'était éblouir Léa. Rien ne comptait davantage à ses yeux que l'opinion de la jeune femme pour l'amour de laquelle il se devait d'accomplir de grandes choses. Il n'était pas suffisant de demeurer un brillant étudiant en droit attendant la réouverture de l'Université, il lui fallait aussi agir. François avait évoqué la possibilité, si les cours ne reprenaient pas à La Havane, de l'envoyer poursuivre ses études aux États-Unis. C'était certes une solution, mais, au fond de lui, Charles ne souhaitait pas s'éloigner de Cuba. Il y avait des choses à faire ici.

– Je pourrais travailler...

– Pourquoi pas ? avait rétorqué François.

Charles parvint sans encombre dans Miramar au moment où le soleil se couchait.

1. Voir *Le Diable en rit encore*.

Dans le salon rose donnant sur la véranda, Léa et François prenaient un verre en compagnie de Ramón Valdés. Léa se leva et vint l'embrasser.

– Tu es tout salé !

– Ce sont les vagues du Malecón.

– Va te changer, on va bientôt passer à table.

LIVRE TROISIÈME

À partir de ce jour, Charles mena une double vie. Le matin, il étudiait avec un professeur de droit au chômage depuis la fermeture de l'Université, tandis que, l'après-midi, il travaillait au cabinet de Me Eduardo Gutiérrez, qui avait fait ses études avec Fidel Castro et servait parfois d'intermédiaire entre le Mouvement du 26-Juillet et le Directoire révolutionnaire. Le soir, il ressortait, souvent en cachette de Léa, pour rejoindre les membres du Directoire. Surpris un jour par François alors que celui-ci revenait inopinément de Pinar del Río, il lui avait dit aller retrouver une jeune fille.

– Va, mon garçon, c'est de ton âge.

– S'il te plaît, ne dis rien à Léa. J'ai peur qu'elle m'interdise de sortir.

– Rassure-toi, je garderai ton secret. Dis-moi, elle est jolie ?

– Mieux que ça ! répondit-il en faisant rouler son vélo sur la pelouse.

Ce qu'il n'avouait pas, c'est qu'il n'avait que deux matinées de cours par semaine et ne devait qu'un après-midi sur deux chez l'avocat. Il employait le reste de son temps à distribuer des journaux clandestins qu'il récupérait sous des sièges de salle de cinéma, dans les toilettes des grands hôtels, ou derrière la statue d'un saint lépreux de la cathédrale de La Havane. Il lui arrivait aussi de porter des messages à *Radio-Reloj*, aux sympathisants de l'Université et de la presse. Quand il participa à son premier attentat, il eut l'impression de monter en grade. Avec Carmen Pineiro, il incendia, à l'aide d'un cocktail Molotov, des *perseguidoras* à la *Ambar-Motors*, et un poste de police dans le Vedado. Il eut moins de succès avec les bombes déposées aux casinos du *Nacional* et du *Capri* : elles n'explosèrent pas, mais semèrent la panique parmi la clientèle composée en majorité d'Américains. Son calme et son audace impressionnèrent les dirigeants du Directoire qui s'étaient montrés réticents devant cette recrue étrangère imposée par José Antonio Echeverría. C'est d'ailleurs en venant porter un message d'Echeverría à Carlos Franqui, à la revue *Carteles*, qu'il fit la connaissance de ce fils de coupeur de cannes originaire de la province de Las Villas. Charles avait lu le texte de l'entretien que lui avait accordé Fidel Castro, publié dans la revue en 1955. Il bombarda l'ancien communiste de questions auxquelles celui-ci répondit par monosyllabes. Âgé de trente-cinq ans, Carlos Franqui avait abandonné ses études à la demande du Parti communiste. « Un militant comme toi doit consacrer son existence au Parti et vivre en révolutionnaire plutôt que d'aller décrocher des titres à l'Université », lui avaient déclaré Blas Roca, Ordoqui et Grovart, du Comité central de la rue Carlos-III. La mort dans l'âme, mais heureux de participer à la « transformation de l'humanité », le jeune homme de vingt et un ans était parti dans la région de Fomento avec vingt-cinq pesos en poche et un costume neuf sur le dos. Pendant une année, il s'était employé à créer des syndicats, à veiller aux élections ouvrières, à fomenter des grèves, à prononcer des discours contre le fascisme et les grands propriétaires. À son retour à La Havane, il était riche de son expérience des milieux ouvriers et paysans. Là, il côtoya les dirigeants et les cadres embourgeoisés du Parti. Mais, dès lors que le Parti communiste fut légalisé et que certains de ses membres entrèrent dans le gouvernement de Batista[1], il commença à déchanter. Après avoir été quelque temps à la tête des Jeunesses socialistes, il fonda le magazine *Mella*, puis travailla comme correcteur au journal *Hoy* où il découvrit un communisme répressif et bureaucratique : « Le journal était le cimetière de la Révolution et des révolutionnaires. » En 1946, il quitta la presse et le Parti sans un mot. Rejeté par tous, il mena une vie de misère, dormant dans les parcs, chez des voyous, se fit tour à tour coupeur de cannes, vendeur de cartes postales et pratiqua bien d'autres petits métiers. Pour douze pesos par semaine, les poètes Tallet et Nuñez Olano lui trouvèrent une place de correcteur au journal *Luz*. Il continua de participer à « des actions qui lui semblaient justes ». Il s'engagea dans une expédition contre le dictateur dominicain Trujillo, qui se termina à la prison de Columbia : il en fut libéré à la suite d'une grève de la faim. Au cours de

1. Le 15 janvier 1934, le sergent Fulgencio Batista, devenu colonel, renversa le gouvernement de Ramón Grau San Martín avec l'accord tacite des États-Unis. Dirigeant le pays en sous-main, il réussit, après la proclamation de la Constitution de 1940, à se faire élire Président. Vaincu aux élections de 1944, il se retira à Miami. Mais, appuyé par les Américains, il reprit le pouvoir par un coup d'État militaire le 10 mars 1952, et se réinstalla à la Présidence.

cette opération, il rencontra Carlos Guttérrez Menoyo, Daniel Martín, Pichirilo Mejías et Fidel Castro. Rentré à La Havane, il survécut grâce à la famille Cabrera Infante. La capitale de Cuba était alors en proie à la plus totale corruption, les gangsters politiques et ceux de la mafia menant de véritables batailles rangées dans les rues sans que la police intervînt. Profitant de cette situation délétère, Batista s'empara à nouveau du pouvoir. Pas un coup de feu ne fut tiré. La résistance au nouveau régime s'organisa aussitôt. L'*Alma Mater*, journal clandestin de l'Université, fut imprimé dans les caves de la faculté de droit. À l'occasion de la fête du Travail, le 1er mai, se tint au cimetière de Colón une cérémonie en hommage à Carlos Rodríguez, assassiné par la police ; Carlos Franqui y retrouva Fidel Castro. Le 28 janvier 1953, une manifestation monstre fut organisée pour le centenaire de la naissance de José Martí[1], au cours de laquelle des milliers de personnes défilèrent dans les rues de La Havane, scandant des slogans hostiles à Batista. Les précédait un nombre impressionnant de jeunes avec, à leur tête, Castro. Ils portaient des flambeaux dans lesquels un clou était enfoncé et qui, chauffé à blanc, serait devenu une arme dangereuse en cas d'affrontement avec les forces de l'ordre. Le 26 juillet de la même année, Fidel Castro, en plein carnaval, attaqua la caserne de La Moncada, à Santiago, à la tête de deux cents révolutionnaires. Parmi eux, on comptait la présence de deux femmes, Melba

1. José Julian Martí : né à La Havane en 1853, mort en 1895. Écrivain et homme politique. Exilé dès l'âge de seize ans en raison de ses opinions révolutionnaires, il fit ses études en Espagne. Il vécut au Mexique, au Venezuela, au Guatemala et à New York. Rentra en 1895 à Cuba où il fut tué.

Hernández et Haydée Santamaría. Le coup se solda par un échec. La moitié des insurgés périrent au cours de l'assaut. Quant aux autres, l'armée les exécuta sauvagement. Très peu parvinrent à s'enfuir, mais ils furent arrêtés dans les jours qui suivirent. Castro était de ceux-là. Retenu de son côté à La Havane, Franqui n'avait pas pris part à cette attaque qui, cependant, alerta l'opinion mondiale et déclencha le processus révolutionnaire. Le procès des survivants s'ouvrit le 21 septembre dans une atmosphère tendue.

À Santiago, le 19 octobre, en présence de six journalistes, mais gardé par cent hommes, Fidel prononça cinq heures durant un réquisitoire dénonçant la politique de Batista, la corruption, les exactions, la misère du peuple cubain... suivi de l'exposé de son propre programme politique, soutenu par les accusés. Essoufflé et vibrant, il conclut ses propos sur ces mots : « Je termine ma défense, mais je ne le ferai pas, comme les autres avocats, en demandant l'acquittement de l'accusé ; je ne peux le demander alors que mes compagnons subissent déjà, à l'île des Pins, une ignominieuse captivité. Envoyez-moi auprès d'eux pour partager leur sort, car il est normal que les hommes honorables soient tués ou captifs dans une République où la présidence est assurée par un criminel et un voleur... Condamnez-moi, cela est sans importance, l'Histoire m'acquittera. » Fidel Castro fut condamné à dix-neuf ans de travaux forcés au pénitencier de l'île des Pins.

Carlos Franqui rentra à La Havane et s'employa à diffuser clandestinement le texte de la plaidoirie qui, passant de main en main, se répandit à travers l'île entière, au grand dam de Batista. Malgré une répression brutale, une agitation croissante s'empara des milieux populaires et universitaires. Afin de calmer un peu les esprits et tenter de recouvrer un semblant de popularité, Batista signa, le 13 mai 1955, une loi d'amnistie en faveur des prisonniers de l'île des Pins. Cela ne suffit pas. En avril 1956, cinquante-six jeunes gens du Directoire révolutionnaire se lancèrent à l'assaut de la caserne de Matanzas. Tous périrent. La répression se fit de plus en plus dure. Les Cubains exilés réunirent alors des fonds pour l'achat d'armes et de munitions. Et, en décembre 1956, Castro et ses compagnons, du M-26 quittèrent le Mexique, où ils s'étaient expatriés, à bord d'un yacht, le *Granma*. Là-bas, un ancien capitaine de la Légion étrangère espagnole, le colonel Bayo, les avait entraînés à la guérilla. Ils débarquèrent au sud de Cuba et se réfugièrent dans la Sierra Maestra où ils reçurent l'aide des paysans de la région. Deux jours avant leur débarquement, Frank País avait attaqué Santiago. Carlos Franqui, qui travaillait à la revue *Carteles*, servit de relais entre le Directoire et le M-26, en liaison avec Pepe Suarez. Cet ancien de La Moncada ne croyait guère aux capacités d'action du Directoire, en raison de la faiblesse de son armement. Pourtant, on ne compta pas un jour ni une nuit sans sabotages orchestrés par Aldo Vera et Faustino Pérez, lequel avait été délégué par Fidel aux fins de réorganiser le mouvement et de réunir toutes les armes disponibles pour la Sierra Maestra. *Revolución*, le journal clandestin dirigé par Franqui, qui tirait à vingt mille exemplaires, continua de paraître en dépit des persécutions et des perquisitions. En février 1957, la publication dans le *New York Times* d'une interview de Fidel Castro mit fin aux rumeurs colportant la mort du rebelle. Recueillie par Herbert Matthews, un journaliste américain réputé, elle était accompagnée de photos de guérilleros de la Sierra Maestra. Enthousiasmé par ces articles, Charles s'employa à les diffuser. Et, après les dirigeants du Directoire, Carlos Franqui fut séduit à son tour par ce jeune Français qui exécutait les missions qu'on lui confiait avec une exactitude et une précision dont ne faisaient pas toujours preuve les Cubains eux-mêmes.

En février, Mario García, directeur du théâtre *Montmartre*, avait invité Édith Piaf à donner une série de récitals. Léa alla l'écouter en compagnie de Charles. Elle contempla, émue, la mince silhouette vêtue de noir dont s'échappaient deux blanches mains, et la beauté qui émanait de ce visage anguleux et pâle. Dans ce corps fluet, la puissance de la voix frappait. Debout, Léa applaudit à tout rompre. L'accueil des Havanais fut plus réservé. Ils paraissaient déconcertés par la sobriété de la tenue de la célèbre chanteuse, habitués qu'ils étaient au strass et aux plumes des artistes du *Tropicana* et autres cabarets. Pour un peu, ils se seraient plaints de ne pas en avoir eu pour leur argent ! Comme Léa, Charles fondit sous le charme et accepta avec joie de retourner au *Montmartre*. À sa demande, Léa invita Carmen Pineiro. Mais, alors qu'Édith Piaf interprétait *l'Hymne à l'amour* (*« ... Que m'importe / si tu m'aimes / Je me fous du monde entier... »*), Carmen étreignit vivement la main de son compagnon. Charles, qui, jusqu'à ce jour, n'avait vu en elle qu'une camarade, en fut troublé. Durant toute la chanson, leurs doigts ne se quittèrent pas. Le geste et l'émotion qu'il leur causa à tous deux n'échappèrent pas à Léa. Elle sourit au jeune couple. Comme Charles avait changé, depuis leur arrivée ! Non seulement il avait encore gagné quelques centimètres, mais son comportement était différent : il semblait perpétuellement sur ses gardes et elle retrouvait chez lui des gestes, des attitudes qui avaient été les siens pendant l'Occupation, quand elle portait les messages de la

Résistance. Elle se revit pédalant en danseuse pour monter la côte de Langon. Qu'était devenue sa bicyclette bleue ?... Elle porta machinalement la main à ses lèvres comme pour retenir un cri.

– Qu'as-tu ? demanda Charles, inquiet.

Sans retirer la main qu'elle plaquait avec force contre sa bouche, Léa le regardait comme si elle le voyait pour la première fois.

– Mais qu'y a-t-il, Léa ? Tu es toute pâle...

– Rien, rien... C'est la chaleur, sans doute... Rentrons, si tu veux bien.

Dehors, c'était la cohue. Les voituriers, débordés, se frayaient avec peine un chemin dans l'encombrement. Pour tromper son impatience et son angoisse, Léa marchait de long en large devant le théâtre, indifférente aux regards appuyés des hommes. Comme pour la soustraire à la concupiscence des mâles cubains, Charles lui prit le bras d'un geste protecteur.

– Que tu es belle ! murmura-t-il en la serrant contre lui.

Léa appuya la tête contre son épaule ; elle était folle de se mettre pareilles idées en tête, il n'avait rien de commun avec ces poseurs de bombes, ces révolutionnaires barbus que donnait à voir le *New York Times* ! Curieusement, l'un d'eux lui avait rappelé son amoureux argentin, le gentil Ernesto... Mais il était aussi absurde de vouloir le reconnaître parmi les guérilleros de la Sierra que d'imaginer Charles en conspirateur ! Tous deux étaient étrangers à Cuba et à ce qui s'y passait. Le séduisant Argentin devait maintenant exercer la médecine dans les beaux quartiers de Buenos Aires. Quant à Charles, il étudiait sérieusement, son professeur était content de lui, tout comme Me Gutiérrez. Et la charmante jeune fille qui l'accompagnait ce soir n'avait rien d'une *pasionaria*. Rassérénée, elle donna un gros pourboire au voiturier et s'installa au volant de la Studbaker. Les deux jeunes gens montèrent auprès d'elle.

– Je n'habite pas très loin, fit Carmen. J'aurais pu rentrer à pied.

– Il n'en est pas question, rétorqua Léa tout en allumant la radio.

La voix de Célia Cruz s'éleva dans le soir.

Charles raccompagna Carmen jusqu'à sa porte et attendit qu'elle fût entrée pour rejoindre Léa. La rue San Miguel était déserte, la nuit était superbe, presque fraîche. Ils roulèrent lentement le long du Malecón. Pendant un moment, une voiture de la police se maintint à leur hauteur, puis s'éloigna. Parvenus à destination, ils prirent un verre sur la terrasse de la maison avant de se coucher, parlant du prochain voyage que Léa devait effectuer à Pinar del Río où François était retenu par une grève qui s'était déclenchée dans les ateliers de fabrication de cigares. Charles, qui avait craint un instant la perspicacité de Léa, s'ingénia à n'aborder que des sujets tendres et légers. Pour finir, ils allèrent se coucher sans avoir évoqué le climat tendu qui régnait à La Havane.

Trois jours après le tour de chant d'Édith Piaf, Léa partit pour Pinar del Río au volant de sa voiture, laissant ses enfants à la garde de Philomène et des domestiques. Un moment, elle avait pensé emmener les deux aînés rendre visite à leur père. Son désir d'être seule avec François l'avait emporté. Contre l'avis de l'ambassadeur, qui trouvait imprudent qu'elle voyageât seule, elle emprunta la route côtière plutôt que la Carretera Central qu'on lui avait dite encombrée de camions, d'automobiles et de chars à bœufs. La Carretera Norte se révéla d'une circulation tout aussi périlleuse. La conduite l'absorba jusqu'à Bahía Honda où elle fit halte pour déjeuner, sur la place de l'église, à l'*Hosteria dos Amigos* dont la tonnelle, ombragée de beaux arbres, lui avait paru accueillante. Quand elle pénétra dans la pénombre fraîche de l'auberge, les consommateurs, tous des hommes, la dévisagèrent. Certains émirent des claquements de langue approbateurs. Léa s'installa à une table et appela la serveuse, une jolie métisse qui s'approcha en traînant les pieds.

– *Quisiera almozar. ¿ Se puede*[1] *?*

– *¡ Claro ¡ Hay sofrito*[2]*, sopa de camarones*[3] *y ajiaco*[4]*, Señora*[5].

– *Está bien... Tráigame sofrito y ajiaco, con una cerveza*[6].

La bière était fraîche, la nourriture correcte et le café délicieux. Un vieux guitariste jouait, assis à côté de la porte, des airs nostalgiques et sensuels, ajoutant à l'agrément de la halte. Elle s'attarda en fumant un petit cigare. Peu à peu, les clients s'en allèrent, la saluant au passage d'un claironnant :

– *¡ Hasta luego, Señora*[7] *!*

1. Je voudrais déjeuner. Est-ce possible ?
2. Fondue d'ail et d'oignon hachés revenus dans l'huile d'olive et relevée de poivron vert.
3. Soupe de crevettes.
4. Ragoût de porc et de haricots.
5. Bien sûr, il y a du *sofrito*, une *sopa de camarones* et de l'*ajiaco*.
6. Très bien. Apportez-moi du *sofrito* et de l'*ajiaco*, avec une bière.
7. Au revoir, Madame !

Il ne resta que le patron, avachi derrière son comptoir, et le vieux musicien qui s'assoupit sans lâcher sa guitare, le mégot aux lèvres. Tout était si calme, tout à coup, qu'une douce léthargie envahit Léa. Songeuse, elle pensait à François, à cet amour qui existait entre eux deux, si fort que rien n'avait pu l'entamer, malgré toutes les vicissitudes passées. La petite Claire elle-même avait noué un lien supplémentaire : cette enfant était bel et bien la leur. Ils avaient trouvé dans l'île un bien-être égoïste, refusant de voir ce qui s'y passait. Seul sujet à demeurer épineux entre eux : l'Algérie et la guerre qui s'y déroulait. En dépit des lettres que lui adressait Jean Lefèvre et des nombreux journaux français qu'ils recevaient, Léa se refusait à la moindre discussion là-dessus. Même les questions que posait Charles n'étaient pas parvenues à entamer sa détermination. « Qu'on leur donne leur indépendance et qu'on n'en parle plus ! » lâchait-elle pour clore la conversation lorsqu'on en venait à évoquer ce problème. Elle savait François en rapport avec des membres du gouvernement français et redoutait que ceux-ci ne fissent de nouveau appel à lui pour une raison ou pour une autre. La vie qu'elle s'était construite ici lui plaisait et elle était décidée à la préserver à tout prix.

La propriété de Ramón Valdés se situait à l'ouest de Pinar del Río, à quelques kilomètres de Vinales, dans cette région fertile où l'on peut voir des roches calcaires en forme de cônes, recouvertes de végétation, les *mogotes*, qui donnent une configuration étrange au paysage.

Assis sous la véranda entourant la vaste maison de style colonial, François et Ramón fumaient leur cigare. Ils se levèrent ensemble quand la voiture vint s'immobiliser au pied du perron. François jeta son cigare et descendit les marches quatre à quatre. « Ce qu'il est jeune ! » pensa Ramón avec une pointe d'envie. Léa se laissa aller dans les bras qui l'entouraient. Que c'était bon de se retrouver ! François lui laissa à peine le temps de saluer son ami et l'entraîna vers ses appartements où il la déshabilla en un tournemain. Elle se débattit pour la forme, excitant son désir. Quand, enfin, il la pénétra, elle s'abandonna et céda au plaisir qui l'envahissait.

La cloche annonçant le dîner les arracha à leur bienheureuse somnolence. En se bousculant comme des gamins, ils prirent une douche rapide. Quand ils s'attablèrent, la nuit était tombée.

– Cela fait plaisir de voir un couple marié depuis si longtemps s'aimer comme de jeunes tourtereaux, dit Ramón avec un bon sourire. Mais, ajouta-t-il, avec une femme aussi belle que la tienne, cela se comprend...

« C'est vrai, pensa Léa, jamais mon désir de lui ne s'est amoindri, et, chaque fois qu'il me manifeste le sien, cela me flanque toujours un coup au creux de l'estomac. Mais quand je ne serai plus jeune... ? »

– Pourquoi cet air sombre ? demanda François.

– M'aimeras-tu encore quand je serai toute vieille ?

Il sourit, lui prit la main et la baisa :

– Comme si tu ne le savais pas !... Tu es, avec les enfants, avant eux, même, ce que j'aime le plus au monde : tu es ma femme. Je n'aurais jamais pu vivre avec une autre. Je t'aime pour tes qualités et tes défauts, parce que j'ai sans cesse peur de te perdre, peur que tu en aimes un autre, parce que tu es imprévisible, fière et courageuse, parce que avec toi je ne m'ennuie jamais, et que...

– Si je dérange votre duo, dites-le-moi...

– Excuse-moi, Ramón. Mais cette femme...

Il n'acheva pas, la regardant avec une intensité presque douloureuse.

– Chère Madame, je m'en veux de le retenir si souvent loin de vous.

– J'aime l'attendre. Quand il n'est pas là, je l'imagine, mais, s'il est trop longtemps absent, j'ai peur qu'il ne revienne pas.

Au cours des jours qui suivirent, Léa accompagna François dans ses tournées à travers les plantations de tabac, visita des fabriques de cigares, les écoles et l'hôpital créés par Valdés. Les ouvriers et les employés de l'Espagnol avaient un air de prospérité que n'arboraient pas les autres habitants de la région. Cependant, ici comme ailleurs, des grèves avaient eu lieu, « *por una cuestión de principios*[1] », comme l'avait concédé un des contremaîtres.

De leur côté, Adrien et Camille réclamaient leur mère. À regret, Léa reprit la route. François devait les rejoindre une semaine plus tard.

Après un voyage sans encombre, Léa retrouva ses enfants et la villa de La Havane. Tout à la joie de revoir ses petits, elle ne s'inquiéta que tardivement de l'absence de Charles. Il était dix heures du soir quand elle téléphona chez le docteur Pineiro et le demanda.

1. Pour le principe.

– Mon mari est sorti, répondit son épouse, Aurora Marquez. Mais nous n'avons pas vu Charles depuis hier.

– Votre fille Carmen est-elle chez vous ?

L'hésitation de Mme Pineiro fut perceptible.

– ... Non... Carmen est chez une amie.

Mal à l'aise, Léa raccrocha. On sonna à la grille du jardin. Ricardo, le vieux gardien-jardinier, revint, suivi de Charles encadré par deux policiers.

– *Buenas noches, Señora. Hemos preferido traer nosotros mismos a su hijo de vuelta*[1].

– *¿ Qué pasó*[2] *?*

– *Esperemos que nada grave... Se hallaba en el lugar dónde unos terroristos fueron detenidos*[3].

– *¡ Pero mi hijo no tiene nada que ver con eso*[4] *!*

– *Ojalá, Señora. Luego recibirá una convacatoria por parte del jeje de la policia. Buenas noches, Señora*[5].

Quand ils furent partis, Léa posa un disque d'Édith Piaf sur le pick-up.

– Donne-moi à boire, dit-elle en s'asseyant.

D'un trait, elle vida le verre de rhum qu'il lui avait versé, tandis que la voix sublime envahissait la pièce : « *... J'm'en fous pas mal, il peut m'arriver n'importe quoi, j'm'en fous pas mal...* »

– Sers-toi, donne-m'en un autre et assieds-toi.

1. Bonsoir, Madame. Nous avons tenu à raccompagner nous-mêmes votre fils.
2. Que s'est-il passé ?
3. Rien de grave, nous l'espérons... Il se trouvait à l'endroit où des terroristes ont été arrêtés.
4. Mais mon fils n'a rien à voir avec ces gens-là !
5. Nous le souhaitons, Madame. Vous recevrez prochainement une convocation de la part du chef de la police. Bonsoir, Madame.

Charles obéit, les traits tirés, visiblement très las.

– Maintenant, explique-moi.

Connaissant Léa, il savait qu'elle ne le lâcherait pas tant qu'elle n'aurait pas reçu de réponse satisfaisante. Malgré sa fatigue, il se résigna à raconter :

– Je prenais un verre avec des copains de l'Université au café d'Ernesto Vera, au coin des rues Aguila et San Lazaro, quand la police a fait irruption. Ils ont arrêté tout le monde. Puis on nous a conduits dans les locaux de la SIM, on nous a fouillés et le colonel Faget nous a interrogés séparément. Plus tard, c'est le colonel Piedra qui m'a posé de nouvelles questions sur les ateliers d'imprimerie clandestins, sur les responsables d'un groupe de propagande anti-Batista, sur des caches d'armes... J'ai répondu que j'étais un étudiant étranger et que je ne comprenais pas de quoi il me parlait, que je venais dans ce café pour la première fois et que je n'y connaissais personne en dehors de mes quelques amis étudiants.

– Carmen Pineiro était avec toi ?

Il se troubla.

– Pourquoi me demandes-tu ça ?

– Elle n'était pas chez elle quand j'ai appelé, juste avant que tu n'arrives.

Charles devint très pâle et se leva brusquement.

– Je dois sortir.

– Il n'en est pas question.

– Je t'en prie, Léa, c'est très grave... Elle... elle risque la mort !

Pendant quelques instants, ils luttèrent du regard.

– Je t'accompagne.

Après s'être assurés qu'aucune voiture de la police ne stationnait alentour, ils prirent la direction du centre en évitant le bord de mer où les contrôles étaient fréquents. Charles lui demanda de se diriger vers l'Université. En silence, ils roulèrent jusqu'à la rue Valle. Là, descendu seul de voiture, Charles entra dans un immeuble et en ressortit quelques minutes plus tard.

– Il faut que je téléphone.

– Allons à l'hôtel *Inglaterra*, le concierge me connaît, c'est le cousin de Ricardo.

Parvenus tous deux à l'hôtel, Léa alla s'installer au bar et commanda un daiquiri. Il y avait beaucoup de monde à cette heure, des hommes presque exclusivement, et des entraîneuses. Au piano, une blonde fatiguée en robe du soir interprétait des airs sirupeux. Un Américain, débraillé et saoul, le verre en main, s'évertuait à pousser la chansonnette. Charles revint au bout d'une demi-heure, désemparé.

– Elle n'est nulle part. Personne ne l'a vue.

– As-tu appelé chez ses parents ?

Il fit signe que oui, les sourcils froncés par une intense réflexion.

– Je ne vois que la gare..., murmura-t-il.

– Que dis-tu ?

– Il faut aller à la gare, lança-t-il en se levant.

En face de l'hôtel, le long du Parque Central, des chauffeurs de taxi les interpellèrent. Sur les conseils de Charles, Léa emprunta la rue Bernaza, puis la rue Egido, un quartier de la vieille Havane peu connu de la jeune femme. Devant les grilles de la gare se tenait une sorte de marché de nuit, avec ses restaurants et ses buvettes fréquentés par une population pauvre qui trouvait là à se nourrir à bon marché et, en abondance, un rhum de qualité douteuse. Comme toujours à La Havane, des musiciens jouaient et chantaient dans presque chaque gargote. De grosses négresses, le cigare aux lèvres, dansaient, balançant avec entrain leur énorme derrière.

– Ne t'arrête pas là, ils vont tous venir. Tourne à gauche.

Léa obéit et s'engouffra dans une rue étroite bordée de maisons basses. Sur l'une d'elles flottait le drapeau cubain.

– C'est la maison natale de José Martí, signala Charles.

À sa demande, Léa remonta la capote de la voiture et bloqua les portières. Il descendit. Seule dans l'obscurité, elle alluma une cigarette, écoutant décroître son pas. D'une fenêtre ouverte s'échappa le raffut soudain d'une dispute. Des chats se battaient dans le caniveau en poussant des miaulements de rage et de douleur. Un couple faisait l'amour dans l'encoignure d'un porche, éclairé par intermittence par l'enseigne au néon rouge d'un bar sordide. Léa les envia. Un bruit de course détourna subitement son attention. Elle regarda dans le rétroviseur : Charles revenait ventre à terre. Elle déverrouilla précipitamment la portière de droite.

– Vite ! dit-il en se jetant sur le siège, je l'ai trouvée. Fais marche arrière, fonce tout droit vers le port et prends l'Avenida Desamparados, elle longe la gare... Attention ! c'est complètement défoncé, par là... là... le passage de droite... Éteins tes phares, on est dans l'enclave des chemins de fer...

– Mais je n'y vois plus rien !

– On y est, arrête-toi.

Deux silhouettes sorties de nulle part se dressèrent, en soutenant une troisième. Charles s'affaira pour aider à allonger le blessé, puis s'installa auprès de lui, calant précautionneusement sa tête sur ses genoux.

– Vous venez avec nous ? chuchota-t-il.

– Non, la police a notre signalement... On va se débrouiller. On est en sécurité, ici... Viens au rapport dès demain.

Ils sortirent sans encombre du quartier de la gare, puis roulèrent encore quelques instants dans le plus grand silence. Léa conduisait droit devant elle, le cœur battant.

– Je la reconduis chez elle ?

– Non, la maison est sans doute surveillée. Il faut lui trouver un médecin.

– Mais... et son père ?

– On ne peut pas le prévenir maintenant, c'est trop risqué. Il faut trouver quelqu'un d'autre... Tu dois bien en connaître un...

– Excuse-moi, ce n'est pas ma faute si nous sommes tous en bonne santé, fit-elle, agacée.

Elle s'en repentit aussitôt.

– Pardonne-moi, reprit-elle, je suis un peu dépassée... Que lui est-il arrivé ?

– Ils l'ont torturée... et violée ! cracha-t-il.

La voiture fit une embardée, faillit accrocher un poteau en montant sur le trottoir, s'immobilisa enfin en retrouvant le milieu de la chaussée.

– Quoi ? ! s'exclama-t-elle en se retournant, incapable de contrôler son émotion.

– Ne reste pas là, on va se faire repérer.

Un sanglot la jeta le front contre le volant, subitement assaillie par des souvenirs qu'elle croyait être parvenue à oublier. Les horreurs vécues en France, en Argentine ou en Indochine la rattrapaient, la submergeaient, là, maintenant, alors même que Charles et la petite avaient le plus urgent besoin de son aide. Le jeune homme posa la main sur son épaule.

– Pousse-toi, je vais conduire, lui dit-il gentiment.

Au prix d'un effort dont il ne pouvait imaginer ce qu'il lui coûtait, elle se redressa.

– Non, cette fois, ça ira. Je vous ramène à la maison.

Ce n'est que le surlendemain que le docteur Pineiro put se rendre au chevet de sa fille. Quand il ressortit de la chambre où Léa l'avait soignée puis veillée, il avait vieilli de dix ans. Il se laissa choir dans un fauteuil et, la tête entre les mains, pleura. Quand il se fut un peu calmé, Léa lui tendit un verre d'eau.

– Mon enfant... ma petite enfant..., murmurait-il, hébété, tandis que de grosses larmes glissaient le long de ses joues, avant de se perdre dans sa moustache.

– Comment la trouvez-vous ?...

Il eut un geste évasif.

– Vous allez porter plainte ?

– Non, souffla-t-il.

– Mais pourquoi ? La police torture vos enfants... les viole... les assassine, et vous ne faites rien... ? s'emporta Léa.

Il redressa brusquement la tête et lui lança un regard de haine.

– Vous ne pouvez pas comprendre, vous êtes étrangère à Cuba ! Ma femme et moi, nous luttons depuis des années pour la démocratisation de ce pays, mais la misère et la corruption sont telles que les gens n'ont plus la force de se battre. Je sais que vous pensez à ces jeunes qui ont pris le maquis dans la Sierra Maestra, à ceux qui posent des bombes à La Havane ou à Santiago. Oui, c'est vrai, il subsiste un grand désir de liberté et de justice parmi le peuple cubain, mais la répression s'est faite atroce depuis que ce gouvernement funeste n'hésite plus à souiller nos filles, à bafouer notre honneur...

– Mais... il faut alerter la presse, l'opinion publique doit être informée !

– Les Cubains sont très bien informés, rassurez-vous. Quant à la presse, elle est loin d'être libre... Au moment de l'arrestation de notre fils, nous avons déposé une plainte pour coups et blessures. Elle n'a jamais abouti. À la suite de quoi, nous avons été en butte à mille tracasseries...

– Mais là, il y a eu viol !

– Justement, nous devons préserver l'honneur de notre fille. Tous les parents d'ici feraient la même chose.

Léa le regardait, atterrée.

– Pensez-vous que la police soit au courant de la présence de Carmen chez vous ? demanda-t-il.

– Je ne le pense pas, mais comment en être sûr ?

– Avez-vous prévenu votre mari ?

– Non, je ne me fie pas au téléphone.

– Vous avez eu raison. Je reviendrai chercher Carmen la nuit prochaine, aux alentours de quatre heures du matin, avec la camionnette d'un maraîcher qui est un ami. C'est le seul véhicule qui ne semblera pas insolite à une heure pareille. Charles est-il ici ? Je voudrais lui parler.

– Il est sorti très tôt et ne m'a pas dit où il allait ; j'ai seulement remarqué qu'il s'était habillé d'un vieux pantalon, d'une chemise délavée et de chaussures de tennis poussiéreuses. Surprenant, pour un garçon ordinairement plus coquet...

– Que vous a-t-il dit au sujet de Carmen ?

– Pas grand-chose... Il semblerait qu'elle ait été arrêtée à la sortie d'un cinéma avec des exemplaires de *Revolución* sur elle. Des hommes en civil l'auraient poussée dans une voiture et emmenée. C'est en tout cas ce qu'a raconté à Charles celui qui accompagnait Carmen. Il a réussi à s'enfuir à temps, puis à donner l'alerte. Avec d'autres camarades, il n'a pas eu de mal à identifier l'endroit où on l'avait conduite : une cave donnant sur une ruelle, derrière le couvent de Santa Clara, et dont la SIM se sert pour certains de ses interrogatoires. Après plusieurs heures de guet, ils l'ont récupérée, prostrée, abandonnée derrière de vieilles caisses par ses bourreaux. Ceux-ci s'étaient évanouis pour une raison inconnue... Mais, craignant de les voir revenir, les camarades de Carmen l'ont transportée clandestinement dans le secteur de la gare où ils disposent de plusieurs cachettes.

– Vous a-t-il parlé du Directoire révolutionnaire ? s'enquit encore le docteur Pineiro.

– Non... de quoi s'agit-il ?

– C'est un des mouvements révolutionnaires du pays qui regroupe plus particulièrement des étudiants, des universitaires, et qui s'est fortement implanté à La Havane, contrairement au M-26 de Fidel Castro qui couvre surtout la province de l'Oriente, au sud de l'île.

– Vous pensez que Charles pourrait faire partie de ce Directoire ?

– Tout porte à le croire... Quel jour est-on ?

– Mercredi, je crois... Oui, mercredi 13 mars. Pourquoi ?

Sans répondre, il se leva et se dirigea vers la porte.

– Merci pour tout ce que vous avez fait pour Carmen. Sa sœur, Suzel, peut-elle venir lui rendre visite ? Je pense que Carmen serait rassurée de l'avoir auprès d'elle, ajouta-t-il sans se retourner.

– Naturellement, elle peut même s'installer ici, si elle le désire.

– Je vous remercie, mais ce ne sera pas nécessaire. Si tout se passe comme je l'espère, dès demain j'emmènerai Carmen en lieu sûr.

Le médecin parti, Léa retourna dans la chambre où la jeune fille avait été installée. Elle avait fini par s'assoupir, mais dormait d'un sommeil agité, poussant des gémissements, se débattant par instants. Des larmes perlaient au coin de ses paupières fermées. Ici et là, sur son joli visage, les traces laissées par les coups avaient viré au bleu.

Une heure plus tard, Suzel Pineiro se présenta à l'entrée en compagnie de deux jeunes gens.

– Bonjour, Madame Tavernier. Papa a jugé prudent de nous entourer de quelques précautions..., dit-elle en désignant ses deux gardes du corps. Cela ne vous dérange pas ?

– Non, au contraire, cela va me permettre d'aller en ville.

Dès le début de la matinée, Charles avait rejoint le groupe embusqué dans un sous-sol de la 19e Rue. Echeverría finissait d'écrire l'allocution qu'il prononcerait plus tard, après la prise de *Radio-Reloj*. Ses compagnons vérifiaient le bon fonctionnement des carabines M-1 et des deux rifles Johnson. Tous étaient tendus et la plupart refusèrent de goûter au maigre repas préparé par l'un d'eux. Charles, lui, se restaura de bon appétit. Vers trois heures, Julio García Olivera vint les chercher. À trois heures dix, trois voitures quittèrent la 19e Rue avec, à leur bord, quinze hommes en armes. Charles avait pris place dans le deuxième véhicule, en compagnie de José Antonio Echeverría, Fructuoso Rodríguez et Joe Westbrook. La voiture d'Otto Hernández et de Carlos Figueredo devait se garer devant l'entrée de la station de radio, celle conduite par Juan Nuyri, au carrefour de la rue M et de la 21e pour en interdire l'accès. L'itinéraire à suivre pour atteindre le studio d'où José Antonio devait lancer son appel avait été reconnu à l'avance par Julio García et José Azzeff, guidés par le journaliste Floreal Chomón, par ailleurs membre du Directoire. Tout se déroula comme prévu : José Azzeff et Pedro Valdés Brito partirent en éclaireurs et revinrent leur annoncer que la voie était libre ; le soldat qu'ils rencontrèrent, en faction dans un couloir, ne fit aucune difficulté pour remettre son revolver à Echeverría qui l'enfourna aussitôt dans sa poche. Ils firent irruption dans le studio où se tenaient les présentateurs, Hector de Soto et Floreal Chomón. Il était alors trois heures et vingt et une minutes. Sous la menace de l'arme de José Antonio, Hector de Soto lut le communiqué suivant :

« *Radio-Reloj.* Nous informons que le Palais présidentiel vient juste d'être attaqué. Un groupe important de civils non identifiés, armés de fusils et d'armes automatiques, a ouvert le feu sur le Palais présidentiel, engageant un rude combat contre la garnison. Bénéficiant de l'effet de surprise, les attaquants ont réussi à pénétrer à l'intérieur du palais où, rapporte-t-on, le président de la République, Fulgencio Batista, se trouvait en train de travailler... On signale de nombreuses pertes civiles et militaires. De nouveaux contingents de civils sont arrivés sur les lieux et, postés à proximité, tirent sur le palais. *Radio-Reloj* continuera à vous informer. »

Des messages publicitaires furent ensuite diffusés, Floreal Chomón vantant tour à tour une marque de cigares, de la morue de Norvège, un institut d'apprentissage de l'anglais et un produit chocolaté assurant « un parfait équilibre alimentaire ».

Joe Westbrook fit alors son entrée dans le studio. Puis, après une nouvelle minute de messages publicitaires, Hector de Soto donna lecture d'un certain « Rapport officiel de l'état-major de l'Armée », fabriqué de toutes pièces par le Directoire :

« Notre correspondant dans la cité militaire, Luis Felipe Bríon, nous informe que, depuis quelques instants, les troupes et les officiers de l'Armée, de la Marine et de la Police, rassemblés dans la caserne Cabo Parrado, au camp de Colombia, ont pris le commandement des forces armées et ont rendu public le communiqué suivant : "Face à la grave crise que traverse la Nation, les officiers et sous-officiers qui composent les instituts militaires de notre pays, veillant à l'accomplissement de leur devoir le plus sacré, à savoir la sauvegarde de la paix publique, et répondant au sentiment de la majorité de ses membres, ont relevé de leurs commandements le général Tabernilla et d'autres officiers de haut rang, partisans du dictateur Batista." »

Le soi-disant « rapport officiel » fut diffusé une seconde fois, puis suivi par le message publicitaire d'un magasin de fourrures. Enfin, le présentateur revint à l'actualité du jour :

« *Radio-Reloj* vous informe : compte tenu de la portée des événements qui ont lieu en ce moment, le président de la Fédération estudiantine universitaire et leader du Directoire étudiant, José Antonio Echeverría, va procéder à la lecture d'une allocution destinée au peuple cubain :

« "Peuple de Cuba ! Au moment où je vous parle, le dictateur Fulgencio Batista vient d'être exécuté. Il s'agit d'un acte révolutionnaire. Le peuple de Cuba est allé lui régler son compte dans sa propre tanière du Palais présidentiel. Et c'est nous, le Directoire révolutionnaire, qui, au nom de la Révolution cubaine, avons donné le coup de grâce à ce régime ignominieux. Cubains qui m'entendez : on vient d'éliminer..." »

Un incident technique empêcha la fin de la transmission de l'allocution du président de la FEU :

– Maintenant, tous à l'Université ! cria-t-il en se précipitant dans le couloir.

De nombreux membres du personnel de *Radio-Reloj* qui avaient entendu les messages et l'allocution stationnaient dans le couloir et les escaliers ; ils s'écartèrent pour laisser place à Echeverría et à ses compagnons qui poussaient devant eux Floreal Chomón et Hector de Soto. Ils se dirigèrent vers l'ascenseur. En passant devant la régie centrale, José Antonio s'écria :

– J'avais demandé qu'on détruise cette saloperie !

Il tira plusieurs rafales en direction des appareils. Les vitres volèrent en éclats.

L'ascenseur n'arrivant pas, ils prirent par l'escalier. Dans la rue, la confusion atteignait son comble, des gens couraient en tous sens, certains s'aplatissaient au sol, à même le trottoir ou entre des voitures qui barraient le passage, toutes portières ouvertes. José Antonio monta dans le véhicule au volant duquel se trouvait Carlos Figueredo et lança à l'adresse de son ami José Azzeff :

– Tu sais quoi, *Moro*[1] ? Je peux mourir tranquille, maintenant !

Les deux autres voitures démarrèrent. L'embouteillage causé par le chantier de l'hôtel *Hilton* les sépara. Carlos Figueredo continua dans la rue M jusqu'à la rue Jovellar, traversa la rue L, puis longea l'Université. Tout à coup, ils se trouvèrent nez à nez avec une *perseguidora*. Ordre avait été donné de retarder par tous les moyens les renforts qui convergeraient vers le Palais présidentiel. Le conducteur stoppa sa voiture en travers de la rue. Quand le véhicule de police vint les heurter, Carlos fit feu. Aussitôt, les policiers répliquèrent par une rafale de mitraillette qui brisa net le pare-brise. Personne ne fut blessé. Suivi par ses camarades, Echeverría jaillit hors de la voiture tout en tirant.

– Rejoignez l'Alma Mater ! eut-il le temps de hurler avant d'être touché.

Charles se précipita pour lui porter secours, mais quelqu'un le plaqua au sol. José Antonio se releva et sortit de sa poche le revolver pris au soldat à *Radio-Reloj*. Il tira à bout portant à l'intérieur du véhicule de police : un flic assis à l'arrière s'abattit. Le visage blême, couché dans son costume sombre, il avait l'air de s'être assoupi.

En se courbant, Carlos Figueredo, Fructuoso Rodríguez et Charles détalèrent en direction de l'Université. À l'entrée de la rue J, ceux qui avaient participé à l'occupation de *Radio-Reloj* avaient mis une mitrailleuse de calibre 30 en

1. De « Maure ».

batterie. Une autre se trouvait pointée sur le *Castillo del Principe* depuis la terrasse de la faculté d'architecture. La petite bande était sans nouvelles de l'attaque du Palais présidentiel et on n'entendait que de rares coups de feu.

Sous les beaux arbres de l'Université, une ambiance lugubre régnait : le peuple de Cuba ne venait pas les soutenir et seul un mécanicien était parvenu à franchir les cordons de police. L'un des chefs du Directoire, Faure Chomón, frère de Floreal Chomón, quoique blessé, réussit à les rejoindre à la barbe des policiers. À ses camarades il fit le récit de l'assaut lancé contre le Palais et de son échec, en dépit de l'audace et de la vaillance des insurgés. Parmi eux, plusieurs avaient trouvé la mort. Un bref instant, Chomón perdit connaissance. Quand il revint à lui, il demanda :

– Je ne vois pas Echeverría... ?

Tous gardèrent la tête baissée. Fructuoso Rodríguez parla d'une voix sourde en regardant droit devant lui.

– *El Gordo* est tombé comme un brave. Au mépris de sa vie, il s'est avancé vers une voiture de police et a tiré sur les flics à travers la vitre. Il est tombé à terre, s'est redressé sur les genoux, il a sorti un revolver et s'est remis à tirer à travers la vitre. C'est à ce moment-là qu'une rafale de mitraillette l'a achevé.

Aidé de Juan Nyuri, Faure Chomón se releva péniblement et dit d'une voix sobre :

– Je dois me faire soigner.

– Va chez ma mère, au 9 de la Ronda, lui recommanda Enrique Rodríguez Loeches. Regarde ce qui se passe de ce côté-là ! s'écria-t-il aussitôt en pointant le doigt vers la 23e Rue.

Une longue colonne de chars et de véhicules blindés montait vers eux.

Après le départ de Faure Chomón, la petite troupe se réunit au rez-de-chaussée du rectorat pour dresser un premier bilan. Certains étaient d'avis de se battre jusqu'à la mort, d'autres de se planquer et d'attendre des conditions plus favorables à la reprise de la lutte. Charles gardait le silence. « Que pouvons-nous faire ? pensa-t-il. Nous sommes moins de quinze. » Il fut convenu de se retirer en emportant les armes et de se retrouver aux points de rendez-vous habituels. L'arme au poing, ils quittèrent la colline de l'Université et tentèrent de regagner leurs caches. Charles partait avec Fructuoso Rodríguez quand ils furent rejoints par Armando Hernández et Julio García Olivera. Dans la rue J, ils arrêtèrent une camionnette des *Cafereras Nacional* et forcèrent le conducteur à en descendre. À cet instant, une Studbaker surgit en trombe.

– Monte ! hurla Léa.

Profitant de son hésitation, Armando démarra sur les chapeaux de roues tandis que Charles bondissait dans la Studbaker. Léa opéra un rapide demi-tour. Des gens couraient en longeant les murs, des ambulances passaient à vive allure, toutes sirènes hurlantes, tandis que des policiers prenaient position à tous les carrefours. Avec sang-froid, Léa se faufilait à travers une circulation devenue plus anarchique encore qu'à l'ordinaire, évitant savamment les piétons affolés et les automobilistes désorientés. Enfin, ils débouchèrent à tombeau ouvert sur le Malecón, déserté ce jour-là par ses promeneurs habituels.

LIVRE QUATRIÈME

L'attaque du Palais présidentiel et l'occupation du studio de *Radio-Reloj* eurent pour conséquence de placer la police et l'armée de Batista en état d'alerte permanent. Les arrestations furent nombreuses et les nouveaux prisonniers vinrent rejoindre, au *Principe*, ceux qu'on avait déjà arrêtés les jours précédant le 13 mars. Parmi eux, Carlos Franqui, détenu le 7 mars, était maintenu sans nouvelles de sa femme et de sa mère. Il dissimulait son angoisse de la mort en réconfortant ses camarades. De la prison, il put malgré tout faire parvenir une lettre à Frank País, à Santiago :

Frank,

Nous sommes à peu près deux cents prisonniers : plus de cent du M-26, une quarantaine du Directoire révolutionnaire, une vingtaine des Groupes authentiques de Menelao, et à peu près dix communistes. Les communistes ne croient pas à l'insurrection. Ils critiquent les sabotages et la guérilla. Ils disent que nous faisons le jeu des terroristes au pouvoir. Ils disent que le Mouvement du 26-Juillet est putschiste, aventuriste et petit-bourgeois. Ils s'obstinent à croire à leur hypothétique « mobilisation de masse » et à leur classique slogan « Unité, Unité ». Les communistes ne comprennent pas la nature de la tyrannie et ne croient pas à la possibilité de la Révolution, dont ils se disent cependant les seuls représentants. C'est un parti bureaucratique, réformiste et politicard, qui ne surmontera jamais ses limitations. Il y a ici un groupe important de gens du Directoire. Ils ont été très atteints par l'échec de l'attaque du Palais. Ils sont proches de nous, à quelques différences près : par exemple, sur le rôle de La Havane, surestimé par eux et sous-estimé par nous, sur l'intérêt de frapper au sommet, sur la lutte dans la Sierra ; ils sont préoccupés par le caudillisme[1] *de Fidel, par les critiques formulées par celui-ci vis-à-vis de l'attentat contre Blanco Rico, critiques qui, en effet, n'étaient pas justes...*

Les événements du 13 mars avaient empêché le docteur Pineiro de venir chercher sa fille. Carmen resta donc à la villa de Miramar en compagnie de sa sœur. Pour ne pas alarmer les domestiques, les deux gardes du corps se retirèrent.

Carmen se remettait lentement des sévices qu'elle avait subis. Elle fit l'admiration de Léa en refusant de s'apitoyer sur son sort.

Le surlendemain de l'attaque du Palais, un policier se présenta à la villa, porteur d'une convocation aux noms de M. et Mme Tavernier. Il était stipulé qu'ils devaient y déférer en compagnie de leur fils, Charles d'Argilat.

À l'heure dite, Léa se présenta avec Charles qui avait revêtu le costume de l'étudiant de bonne famille.

1. De *caudillo*, dictateur. Entre goût du pouvoir personnel et culte de la personnalité...

– M. Tavernier n'est pas avec vous ? interrogea l'officier de police, un homme svelte dans un costume beige clair et dont les lèvres minces étaient soulignées d'une fine moustache aussi sombre que ses cheveux.

– Il est pour ses affaires dans la région de Pinar del Río. Je n'ai pas réussi à le joindre.

– Madame, ce ne sera qu'un interrogatoire de routine. Votre ambassadeur s'est porté garant de votre famille. Il est regrettable que la fermeture de l'Université empêche ce jeune homme de poursuivre ses études. Cette oisiveté forcée l'a amené à fréquenter des gens peu recommandables... Il prend, je crois, des cours particuliers et travaille chez un avocat ? C'est très bien. Envisagez-vous de demeurer longtemps à La Havane ?

– Cela dépend de mon mari.

– Oui, bien sûr, je comprends, fit l'officier en se levant.

– Nous pouvons partir ? demanda Léa en se levant à son tour.

– Mais oui, chère Madame. J'ai été très heureux de faire la connaissance d'une aussi belle femme que vous... Mais, croyez-moi, Madame, restez en dehors de l'agitation politique. Faites du shopping, allez à la plage ou au club, jouez au bridge... Amusez-vous : Cuba est un paradis !

– Pas pour tout le monde, si j'en juge par les événements de ces derniers jours..., ne put-elle s'empêcher de répondre.

Aussitôt, elle s'en repentit.

– Madame, vous êtes une étrangère et ce qui se passe ici ne vous regarde nullement. Nous n'aimons pas que l'on vienne mettre le nez dans nos affaires ni recevoir de leçons. Je vous le répète *très amicalement*, Madame : ne vous mêlez pas de politique. Sinon, s'il devait y avoir une prochaine fois, je pourrais me montrer moins... compréhensif. C'est aussi valable pour vous, jeune homme. Dorénavant, mes services vous garderont à l'œil. Tenez-vous-le pour dit.

Léa salua froidement. L'entretien, qui avait ravivé le souvenir de l'interrogatoire que lui avait fait subir l'impitoyable Massuy[1], avenue Henri-Martin à Paris, l'avait mise mal à l'aise. Elle avait éprouvé la même peur, le même dégoût. Cet Esteban Ventura était semblable à Massuy : un tueur dénué de tout scrupule.

Dans les rues, l'armée patrouillait maintenant et les forces de police procédaient au contrôle des piétons. Il pesait sur La Havane une atmosphère lourde et tendue. Des frises de barbelés et des monticules de sacs de sable entouraient l'Université. Les groupes de plus de cinq personnes étaient fermement priés de se disperser. Léa et Charles remontèrent la rue San Lazaro.

– Je n'aime pas cette rue, dit Léa, « c'est une fausse rue. Je veux dire qu'à première vue, à son début, on dirait la rue d'une ville telle que Paris, Madrid ou Barcelone. Ensuite, elle se révèle médiocre, profondément provinciale. Puis, en arrivant au parc Maceo, elle s'élargit pour devenir l'une des avenues des plus désolées et des plus laides de La Havane. Implacable au soleil, obscure et hostile la nuit, ses seuls points de repos restent le Prado, la Beneficencia et le perron de l'Université. Ah, il y a une chose, oui, qui me plaît dans San Lazaro : c'est, aux premiers pâtés de maisons, la surprise de la mer[2]... ».

– Tu parles de cette rue comme Cabrera Infante.

– Qui est-ce ?

1. Voir *101, avenue Henri-Martin.*
2. Guillermo Cabrera Infante, *Trois Tristes Tigres.*

– Un journaliste, un écrivain, je ne sais pas très bien... Je l'ai rencontré avec Carlos Franqui à la revue *Carteles*. Il est amoureux fou de sa ville dont il connaît le moindre recoin ; surtout les bars louches et les boîtes de nuit !

Ils tournèrent dans la rue Espada et marchèrent jusqu'à la rue Principe dans laquelle ils avaient garé leur voiture. Léa s'installa, songeuse, mais resta les mains sur le volant, le regard vague.

– Quelque chose ne va pas ? s'enquit Charles.

Elle tourna la tête vers lui et le dévisagea comme si elle le rencontrait pour la première fois.

– J'ai le sentiment de ne rien savoir de toi, d'être en présence d'une personne étrangère. Je dois me pincer pour me croire bien sûre que tu es l'enfant que j'ai vu naître. Je ne peux m'empêcher de penser à ta mère qui t'a confié à moi. Elle serait en droit de me reprocher de ne pas t'avoir suffisamment protégé...

– Ne dis pas cela, fit-il en la serrant contre lui. Maman, si elle était bien telle que tu me l'as décrite, ne t'adresserait aucun reproche. Elle comprendrait que, me trouvant ici dans de pareilles circonstances, je me sois rallié à ceux qui combattent la dictature. Vous n'avez pas agi autrement, elle et toi, en France...

– Sans doute, mais c'était notre pays, et puis nous étions occupés...

– Et quand vous étiez, François et toi, en Argentine, vous n'étiez pas dans votre pays, vous luttiez pourtant pour une cause qui n'était pas la vôtre : c'était pour la justice !

– Oh, la justice...

Léa sentit Charles se raidir et comprit que le ton désabusé qu'elle avait employé l'avait choqué. Haussant les épaules, elle mit le contact. Le jeune homme l'arrêta.

– Qu'y a-t-il ?

– Attends-moi ici. Surtout, ne bouge pas.

Il enjamba la portière et s'éloigna à grands pas.

– Charles !... Reviens !

Trois policiers qui traversaient la rue se retournèrent et la regardèrent. L'un d'eux hésita à venir vers elle, mais un de ses compagnons le retint. Son cœur ne se remit à battre que lorsqu'elle les vit poursuivre leur chemin. Entre-temps, Charles avait disparu. Furieuse et inquiète, elle alluma nerveusement une cigarette.

Depuis l'attaque du Palais présidentiel, Charles était resté sans nouvelles de ses camarades. Un instant plus tôt, il avait cru reconnaître l'un d'eux ou, plus exactement, ce jeune communiste ami de Joe Westbrook, Armando Marcos Rodríguez que tout le monde surnommait *Marquitos* en raison de son arrogance, de ses prétentions intellectuelles et de ses gestes efféminés. Il n'était pas aimé et on ne le supportait qu'à cause de ses liens d'amitié avec Joe. Charles non plus n'éprouvait aucune sympathie pour lui. Marquitos se disait opposé à l'insurrection comme moyen de renverser Batista. Fructuoso Rodríguez et Juan Pedro moquaient son manque de courage. On évitait de parler devant lui des actions à entreprendre, des lieux de rencontre, des adresses qui servaient de refuge ou de casernement. Il ne devait pas savoir où vivaient les responsables du Directoire. Cependant, il fréquentait l'appartement 201 du 7 de la rue Humboldt, loué par un ami de Joe, Gustavo Pérez Cowley. L'immeuble possédait l'avantage d'occuper une situation stratégique, à la fois proche de l'Université, de *Radio-Reloj*, des grands hôtels et du quartier des affaires. L'évasion sur le Malecón n'avait pas non plus été pour rien dans le choix de cet appartement.

Charles saisit le bras d'Armando qui sursauta, poussant un cri. Quand il se retourna, son visage était trempé de sueur.

– Bonjour, Marquitos ! Excuse-moi de t'avoir fait peur. Tu n'aurais pas vu Joe et Fructuoso, par hasard ?

– Je n'aime pas que l'on m'appelle comme ça. Surtout un étranger... Moi aussi, je cherche Joe. Si tu le vois avant moi, dis-lui que je passerai ce soir rue Humboldt.

– Ce ne sera pas la peine...

– Comment vas-tu, vieux ? demanda un jeune homme en posant sa main sur l'épaule de Marquitos.

« Il est fou de se balader comme ça », pensa Charles.

Joe Westbrook, ses cheveux noirs soigneusement plaqués à la gomina, le visage pâle et imberbe, avait l'air d'un garçon très convenable – rien d'un dangereux révolutionnaire comparable à ceux de la Sierra Maestra...

– Marchons, souffla-t-il. Si nous restons ici à parler, nous allons nous faire remarquer... Je suis content de te revoir, Français. Toi aussi, Marquitos.

Ils marchèrent en chahutant comme font d'insouciants jeunes gens.

– Que voulais-tu me dire ? demanda-t-il un peu plus loin à Marquitos.

– Rien... Je voulais juste savoir si tu avais besoin de quelque chose.

– Je te remercie. Je suis retourné chez moi : tout va bien.

– Tu sais, si je peux t'aider...

– Oui, je sais.

Charles fut frappé par le ton sur lequel Joe lui avait répondu. On percevait une sorte de lassitude dans sa voix, comme s'il ne croyait pas aux paroles de l'autre.

– Tu nous offres le café ? lança-t-il avec trop de désinvolture.

– Avec plaisir, s'empressa Marquitos.

– Tiens, le vendeur de café d'Infanta n'est pas là, remarqua Charles.

– C'est à cause des rassemblements, la police les a interdits. Allons sur la Rampa, proposa Marquitos.

– Ça va nous prendre trop de temps, objecta Charles. Ma mère m'attend.

– Tu as raison, va. Nos mères ont bien assez souvent l'occasion de s'inquiéter pour nous, conclut Joe en le serrant dans ses bras.

« Comme elle est belle », pensa Charles en rouvrant doucement la portière. Léa s'était réfugiée dans le sommeil, ainsi qu'elle faisait souvent quand elle était soucieuse ou qu'elle devait seulement faire preuve de patience. Cette faculté de s'endormir n'importe où amusait François. Au faible bruit, elle se réveilla, légèrement ébouriffée.

– Je n'aime pas que tu me fausses compagnie de cette façon. As-tu déjà oublié les menaces de ce policier ? Qui te dit qu'il ne nous a pas fait suivre ? Tant que Carmen sera à la maison, il faut éviter de nous faire remarquer.

– Tu as raison, je n'y ai pas pensé.

– Eh bien, penses-y ! Ou alors, reste tranquille, si tu ne veux pas nous faire tous arrêter !

Penaud, Charles acquiesça ; il avait encore beaucoup à apprendre. Ils roulèrent lentement et en silence jusqu'à la villa.

Adrien et Camille coururent vers eux en criant :

– Maman, maman... Papa est là !

François s'avançait, tenant Claire dans ses bras.

– Enfin, te voilà ! souffla-t-elle en se blottissant contre lui.

De sa main libre, il lui releva le visage et posa les lèvres sur les siennes. La petite riait et gesticulait, donnant des baisers tantôt à l'un, tantôt à l'autre.

– Toi, laisser Madame et Monsieur, intervint Philomène en enlevant l'enfant des bras de son père.

On aurait dit que les deux aînés n'attendaient que cela. Ils se précipitèrent sur François, bousculant leur mère.

– Papa, rappelle-toi, tu avais promis de m'emmener à la pêche...

– Papa, Mlle Hadriana dit que je suis la meilleure du cours de danse...

– Papa, j'ai battu Julio au tournoi de tennis de l'école...

– Papa, tu restes avec nous, maintenant ? Je ne veux plus que tu partes !

– Je reste assez longtemps pour t'emmener à la pêche, Adrien. Et toi, Camille à la vanille, pour aller te voir danser.

– Hourra ! Hip, hip, hip, hourra ! s'exclama Adrien en exécutant autour de ses parents une sorte de danse du scalp, aussitôt imité par sa sœur.

– Calmez-vous, les enfants, dit Léa en riant, heureuse de leur joie. Voilà Philomène qui vient vous chercher pour déjeuner. Allez, vite !

Agrippés aux pans de la tunique de Philomène, les petits rentrèrent sans cesser de sautiller. La jeune Vietnamienne riait avec eux.

– J'aime bien l'entendre rire, dit Léa en les suivant du regard.

François resserra son étreinte ; les souvenirs de l'Indochine revenaient en force.

– Nous avons reçu des nouvelles de Lien, annonça la jeune femme. Elle a créé un orphelinat à Hanoi pour les enfants estropiés.

– Je la reconnais bien là, murmura François. Chère Lien... la vie n'aura pas été douce pour elle. Nous aurions dû insister pour qu'elle vienne en France.

– Non, François. Sa place est là-bas, elle aurait trop souffert de rester éloignée de son pays.

– Tu as raison, elle n'aurait pas été heureuse en France : les Français n'aiment guère les étrangers. Pour bon nombre d'entre eux, elle n'aurait été qu'une *nhà quê*[1]... J'ai eu tes messages hier seulement, mais ce n'était pas très clair. En revenant d'un voyage à l'île des Pins avec Ramón, nous avons appris ce qui s'était passé ici et à Santiago. Gonflé, le coup de *Radio-Reloj* ! Et complètement idiot... Batista a dû avoir chaud aux fesses pendant l'attaque de son palais... Où étiez-vous, pendant ce temps-là ? Et Charles ? Hé ! où vas-tu ? Tu pourrais quand même venir me dire bonjour...

Charles s'approcha comme à regret.

– Ça n'a pas l'air de te faire très plaisir, de me revoir ?

– Ce n'est pas ça, lâcha le garçon, embarrassé, en jetant un coup d'œil du côté de Léa.

1. « Paysanne » en vietnamien.

Elle fit celle qui n'avait rien remarqué. L'échange n'avait toutefois pas échappé à François. « Que me cachent-ils, ces deux-là ? » se demanda-t-il.

– Allez, raconte ! ordonna-t-il en lui prenant le bras. Bon Dieu, tu as encore grandi, tu vas bientôt me dépasser.

Ils entrèrent, suivis de Léa. Le téléphone sonna à cet instant et François décrocha.

– Allô ?... Oui, c'est moi... Je ne comprends pas... Quand ?... D'accord, demain à neuf heures.

Il reposa lentement le récepteur et se tourna vers eux, le front soucieux.

– Qui était-ce ? demanda Léa.

– La police... Cela n'a pas l'air de vous étonner... Vous ne dites rien ? Ce M. Esteban Ventura avait l'air de bien vous connaître, pourtant. Je n'aime pas cela : la police de ce pays est aussi corrompue que son maître, Batista. Et ça ne me plaît pas qu'elle s'intéresse à ma famille. J'ai besoin de savoir pourquoi. Surtout, dites-vous que la vérité nous fera gagner du temps.

– Tu parles, ou tu préfères que ce soit moi ? demanda Léa à Charles tout en se dirigeant vers une tonnelle fleurie qui s'élevait à quelques pas de la maison.

Charles réfléchissait à toute vitesse : qu'avait-il le droit de révéler ? La police ne semblait pas avoir de preuves de son appartenance au Directoire, ni de sa participation à l'assaut de *Radio-Reloj*, ni de la présence de Carmen à Miramar. Léa comprit intuitivement son dilemme.

– Je vais parler à ta place ; comme je ne sais pas grand-chose, cela ne risquera pas de t'embarrasser... À la veille du 13 mars, nous avons donc recueilli ici une camarade de Charles, Carmen, après les tortures et le viol que des policiers lui avaient fait subir. Jusqu'à aujourd'hui, son père, qui est médecin, n'a pu venir la reprendre sans risque. Pour tout le monde, y compris pour la police, elle est portée disparue. C'est très étonnant, d'ailleurs, qu'il n'y ait eu d'indiscrétions ni de la part des enfants, ni de celle des domestiques...

– Les enfants sont au courant ?

– Non, pas vraiment, mais ils posent des questions : pourquoi est-ce que le docteur est venu ? pourquoi la porte d'une chambre reste-t-elle toujours fermée ? Etc.

– Cette jeune fille doit partir au plus vite, elle n'est certainement plus en sécurité ici et sa présence nous met tous en danger. Vous n'avez pas d'autres nouvelles du même genre à m'apprendre, non ?

Léa et Charles s'entre-regardèrent.

– J'ai retrouvé Charles portant un revolver aux abords de l'Université, le 13 mars...

François fronça les sourcils.

– Essaies-tu de me dire que ce garçon a participé au coup du 13 mars ?

Léa fit oui de la tête. Contre toute attente, il éclata de rire.

– Toi qui voulais une vie tranquille au soleil, ne plus être mêlée à des conflits, à des guerres... Te voici en pleine révolution ! Que veux-tu, ma chérie, il faut te faire une raison : la vie bourgeoise, lisse, sans gros soucis, ce n'est pas pour toi.

– Et cela te fait rire ?

– Avoue qu'il y a de quoi ! s'exclama-t-il en la prenant dans ses bras.

À son tour, Léa fut prise d'un fou rire, au grand étonnement de Charles. Décidément, il ne comprenait rien à cet homme et à cette femme.

– Madame ! On vous demande au téléphone, cria Philomène depuis la véranda.

Quand elle fut entrée dans la maison, François se tourna vers Charles ; il ne riait plus.

– Jusqu'à quel point es-tu engagé dans cette aventure ?... Je ne te demande pas de détails. Il est important que je le sache pour prendre les dispositions qui s'imposent.

– J'étais avec Echeverría au moment de son assassinat.

– Je vois... Tu es beaucoup plus compromis que je ne pensais. Léa est-elle au courant ?

– Très partiellement.

– De toute façon, elle en sait déjà trop. Quant à toi, attends-toi à être arrêté d'un moment à l'autre.

– Mais Ventura...

– Tu ne t'imagines tout de même pas qu'il ne sait pas à quoi s'en tenir à ton sujet ? Qu'en pensent tes camarades révolutionnaires ?

– Je n'en sais rien.

– Il va falloir que tu quittes Cuba... Non seulement tu es en danger, mais tu es dangereux pour les autres... Nous reprendrons cette conversation plus tard. Voici Léa qui revient.

Elle s'assit entre eux deux, très pâle sous son hâle. D'un trait, elle vida le verre qu'elle tenait à la main.

– Encore une catastrophe ? s'enquit François.

– Ils ont arrêté le docteur Pineiro... le père de Carmen.

– Alors, ils ne vont pas tarder à rappliquer ici... Charles, va chercher ton amie, je vais l'emmener.

– Où ? s'écria Charles.

– À l'ambassade de France, c'est le seul endroit que je vois pour le moment... J'espère que l'ambassadeur ne lui refusera pas l'asile politique.

Charles se précipita dans la villa et revint peu après, soutenant Carmen.

– Bonjour, Mademoiselle. Je suis le père de Charles. Vous a-t-il mis au courant de notre projet ?... Bien. Ne bougez pas d'ici, je vais chercher ma voiture.

Peu après, il rangeait la voiture à proximité immédiate de la tonnelle. Après avoir aidé Carmen à s'allonger sur le siège arrière, il la recouvrit d'un plaid.

– Monte, ordonna-t-il à Charles.

– Je viens avec vous, dit Léa.

– Non, reprit François. Tu restes ici, tu effaces toutes les traces de son passage et tu attends que nous revenions.

Le cœur serré, elle les regarda s'éloigner.

En fin d'après-midi, quand Esteban Ventura et ses hommes se présentèrent au domicile de la famille Tavernier, ils tombèrent en pleine réunion mondaine. Léa vint à lui, fraîche et élégante dans une robe de cocktail très décolletée.

– Bonjour, Monsieur le commissaire... ou commandant ? Ne m'en veuillez pas, je ne connais rien aux grades des officiers cubains, minauda-t-elle.

– Ah, c'est vous, Ventura ? Qu'est-ce qui vous amène chez ma charmante amie, Mme Tavernier ? demanda le ministre de l'Intérieur, Santiago Rey, en prenant le bras de Léa.

– M. Ventura me croit une dangereuse révolutionnaire, roucoula-t-elle, appuyant la tête contre l'épaule du ministre.

– Une révolutionnaire ! ? Vous plaisantez, chère amie ?

– Je le voudrais bien, soupira Léa, mais M. Esteban nous a déjà convoqués, mon fils et moi.

Malgré sa corpulence, le ministre bondit vers le chef de sa police et l'agrippa au revers du costume.

– Triple imbécile ! lui souffla-t-il dans la figure, vous n'êtes pas capable de faire la différence entre une grande dame et une révolutionnaire ? !

– Mais, Monsieur le ministre...

– Taisez-vous, abruti ! Vous voulez créer un incident diplomatique ? L'ambassadeur de France est ici avec l'ambassadeur du Brésil et le consul de Grande-Bretagne...

– Cependant, Monsieur le ministre...

– Il suffit. Retirez-vous, nous reparlerons de tout cela plus tard.

– Vous prendrez bien un verre, tout de même, Monsieur Ventura ? susurra gracieusement Léa.

Esteban Ventura ne répondit pas et sortit. Sur un signe de lui, ses hommes lui emboîtèrent le pas.

– Il n'a pas l'air content, fit Léa en haussant les épaules. À votre avis, Monsieur le ministre, que venait-il faire ici ?

Santiago Rey lui lança un regard dépourvu d'aménité.

« Elle en fait un peu trop », pensa François qui avait entendu les propos de sa femme. Ce n'était certes pas le moment de se mettre à dos le puissant ministre de l'Intérieur !

– Ah, Monsieur le ministre, venez, les interrompit-il. Je voudrais vous offrir quelques échantillons de ces cigares dont je vous ai parlé, tout à l'heure, à l'ambassade. L'avis d'un connaisseur tel que vous me sera précieux.

Les deux hommes se dirigèrent vers le fumoir, accompagnés de l'ambassadeur du Brésil et du consul britannique.

Soudain seul avec Léa, M. Grousset, l'ambassadeur de France, lui glissa à voix basse :

– Votre mari m'a fourré dans un sacré pétrin. Je risque les pires ennuis pour avoir recueilli une terroriste.

– Oui, mais elle, elle risque la mort.

– Vous ne trouvez pas que vous exagérez un peu ?

– Malheureusement, vous savez bien que non.

– Et je suppose que vous n'avez pas idée du temps qu'il nous faudra la garder ?

– Non, son père a été arrêté, il ne peut donc s'occuper d'elle.

– Nous allons essayer de lui faire gagner Miami. Mais cela ne sera pas facile, elle court le risque de se faire arrêter sitôt les portes de l'ambassade franchies... Puis-je me permettre un conseil ? Vous devriez vous aussi aller à Miami pour vous faire oublier quelque temps. Qu'en pensez-vous ?

– Il faudra que j'en parle avec mon mari...

La porte du fumoir se rouvrit et les quatre hommes sortirent derrière la fumée bleue de leurs cigares.

– Remarquable ! s'extasiait le ministre.

Il tira une profonde bouffée qui allongea encore son grand nez et fit trembloter son double menton. Humides, les lèvres épaisses qui suçotaient le *puro* étaient obscènes. Léa détourna la tête pour dissimuler son dégoût.

– Je compte sur vous ce soir, n'est-ce pas ? J'ai invité quelques amis pour la première du nouveau spectacle du

Tropicana. Vous verrez, c'est magnifique. Une de mes amies, Miranda, est le clou du spectacle : elle est divine... Une chute de reins comme seules les Cubaines en possèdent... Un bijou ! Mettez votre plus belle robe, chère Madame...

Esquissant un pas de rumba, Santiago Rey se dirigea vers la sortie, prestement suivi d'un jeune homme obséquieux, au teint olivâtre et aux cheveux luisants de brillantine. François l'accompagna jusqu'à sa voiture où deux gorilles ouvrirent les portières.

– J'ai mal entendu, dit Léa au retour de son mari. Nous allons au *Tropicana* avec lui ?

– Nous n'avons pas le choix. Il faut absolument qu'il nous croie inoffensifs et uniquement préoccupés de cigares, de dollars et de plaisirs...

Ils remontèrent les marches de la véranda où les trois diplomates les attendaient.

– Merci, mes amis, de vous êtes prêtés à cette comédie.

– Mon cher Tavernier, il ne faudrait pas que cela se reproduise trop souvent. Le plus délicat, à présent, sera de les faire sortir du pays...

– D'autant plus que, depuis l'affaire de l'ambassade de Haïti, nous faisons l'objet d'une surveillance redoublée, ajouta l'ambassadeur du Brésil.

– Un de nos agents m'a fait savoir qu'un bateau partira pour Miami d'ici quarante-huit heures. J'ai déjà fait réserver quatre places à bord, annonça le consul britannique.

– Pourquoi quatre ? demanda Léa.

– Il vaut mieux trop que pas assez, on ne sait jamais...

– Je vous remercie.

Quand ils eurent pris congé, Léa se laissa tomber dans un fauteuil. François vint s'asseoir sur l'accoudoir et l'attira à lui.

– Crois-tu que tout se passera bien ? chuchota-t-elle.

Sans répondre, il resserra son étreinte. Ils demeurèrent un instant silencieux.

– Je suis vraiment obligée d'aller au *Tropicana* avec ce type répugnant ?

– Ce n'est pas le moment de lui déplaire... Tu as entendu ce qu'il a dit ? Va te faire belle.

– N'est-ce pas imprudent de laisser les enfants seuls ?

– J'attends d'un instant à l'autre des amis de Ramón. Ce sont des hommes à lui ; ils ont combattu ensemble en Espagne.

– Tu penses décidément à tout.

– Quand j'ai su que tu avais cherché à me joindre à plusieurs reprises, je me suis dit que quelque chose ne tournait pas rond. Ramón, qui connaît bien ce pays, a tout de suite été de mon avis. C'est lui qui a pris contact avec eux. Qui avons-nous à la maison, en dehors de Philomène et de Miguel ?

– Personne. Les autres ne dorment pas ici.

La nuit était tombée, une nuit douce parcourue par une légère brise venue de l'océan. Dans un coin du jardin, le ruissellement de l'eau d'arrosage sur les feuilles apaisait, des effluves de terre chaude et mouillée leur parvenaient, et, par moments, on distinguait le bruit des vagues. Dans l'air planait comme une langueur.

– On est bien ici, murmura Léa.

« Quel animal ! pensa François en la regardant s'étirer. C'est la femme la plus bouleversante que je connaisse. »

Il la souleva jusqu'à lui prendre les lèvres dans un baiser possessif. Les bras de Léa l'attirèrent, le firent basculer sur elle.

– Attention, je suis trop lourd, fit-il en tentant de se dégager.

– J'aime sentir ton poids sur moi, lui confia-t-elle en reprenant ses lèvres.

– Hum...

Léa entrouvrit les yeux et écarta la main qui emprisonnait son sein. Dérangé, François tourna la tête. Charles les regardait affectueusement.

– Euh... excusez-moi !

– Ne t'excuse pas, répondit François en se redressant. Nous devons nous préparer pour aller essayer de donner le change au *Tropicana*.

– Vous sortez ?

– Tu crois que ça m'amuse ? s'exclama Léa en se levant. Si tu n'avais pas cru bon de faire la révolution, nous ne serions pas obligés de faire la cour à ce gros porc !

Charles rougit et baissa la tête. Ce grand garçon bâti en athlète avait soudain l'air de ce qu'il était en fait : un adolescent trop vite grandi. François vint à son secours.

– Moi, ça ne me déplaît pas qu'il se soit rangé aux côtés de ses camarades étudiants. C'est à son âge qu'on se donne corps et âme pour la liberté. Plus tard, cela devient beaucoup plus difficile... Deux amis de Ramón Valdés vont s'installer ici pendant quelque temps. Cela va se savoir et c'est très bien : ça leur montrera que nous sommes sur nos gardes...

– Mais alors, ils vont être sûrs que Charles a participé à l'affaire de *Radio-Reloj* et que nous avons hébergé quelqu'un que la police recherche..., l'interrompit Léa.

– Je ne crois pas. C'est habituel, à Cuba comme dans toute l'Amérique latine, d'avoir des gardes du corps. Plus on en a, plus on est considéré... On a sonné à la grille, ce doit être eux. Va te changer, j'y vais.

La foule qui se pressait à l'entrée du *Tropicana*, dans le quartier Marianao, était bruyante et gaie. Les Américaines se reconnaissaient à l'abondance de leurs bijoux, aux couleurs pastel de leurs robes, à leurs coiffures apprêtées et à leurs compagnons, décontractés dans leurs smokings blancs. Les Cubains, le plus souvent moustachus, tenaient serré le bras de leurs compagnes aux toilettes rutilantes, tout en surveillant de l'œil les autres mâles. Une très grande femme à la longue chevelure acajou, superbe, juchée sur de hauts talons, s'avançait, étroitement moulée de satin blanc. La blancheur de son fourreau rehaussait la couleur tabac de sa peau. Des hommes à l'allure efféminée dans leurs costumes voyants l'entouraient tandis qu'elle jouait avec son boa de plumes. L'étrange spectacle attira le regard de Léa, qui dévisagea la femme. Celle-ci s'en rendit compte et lui sourit, découvrant des dents lumineuses. Léa lui retourna son sourire.

– Tu fais du charme aux belles Amazones, maintenant ? plaisanta François.

– Elle est magnifique ! Je n'ai jamais vu une femme pareille...

– Viens, je sens que tu lui plais aussi.

Situé dans un quartier excentré, le *Tropicana* passait pour le cabaret qui, à La Havane, offrait les meilleures attractions et présentait les plus belles danseuses du monde.

L'endroit était assez surprenant et surgissait, illuminé, au sommet d'une rue bordée d'arbres, parmi une végétation tropicale où bruissaient de nombreuses fontaines. Des tables rayonnaient en éventail autour de la vaste scène. Des lianes se balançaient au-dessus, tombant des arbres qui la surplombaient, dans lesquels des plates-formes étaient disposées. De jeunes femmes dévêtues y dansaient. Des projecteurs multicolores balayaient le décor. Dans un coin de la scène, un orchestre cubain jouait une mélodie lascive. À travers la salle à ciel ouvert, les garçons allaient de table en table, chargés de lourds plateaux. L'orchestre avait du mal à couvrir le brouhaha des conversations. De temps à autre, le rire perçant d'une femme dominait. Un serveur conduisit Léa et François vers une table qui bordait la scène. Les voyant s'avancer, Santiago Rey, qui s'y trouvait attablé en compagnie d'une femme outrageusement fardée et de deux individus aux mines patibulaires, se leva.

– Chère Madame, merci de vous être faite si belle pour moi, c'est un honneur, fit-il en baisant la main de Léa. Asseyez-vous près de moi, voulez-vous ? Vous connaissez mon amie, Mme Magali Figueredo ? C'est une des personnes les plus influentes de La Havane. Elle connaît tout le monde et est très écoutée de notre Président. Elle parle le français et connaît bien votre pays.

– C'est vrai, j'aime beaucoup la France. Quand mon pauvre mari vivait encore, nous allions à Paris deux fois par an pour assister aux défilés de haute couture.. Ah, Paris ! J'adore ! Christian Dior, la rue de la Paix, le *Ritz*, la *Tour d'argent*, les Champs-Élysées, le bois de Boulogne, *Maxim's*... Je m'y sens chez moi. Vous aimez Paris, Madame ?

– Pas du tout, je préfère la campagne.

La bouche de Mme Figueredo forma un « oh » d'étonnement.

– Quelle horreur, la campagne ! Moi, je ne peux pas vivre en dehors des villes. Et La Havane, vous aimez ?

– Beaucoup.

Cette fois, les lèvres ébauchèrent un « ah » de soulagement.

À cet instant, le boa de la grande femme en blanc frôla les épaules nues de Léa quand elle inclina sa haute taille vers Rey.

– Alors, mon petit ministre, on ne salue plus ses vieux amis ? roucoula-t-elle, enveloppée des effluves d'un parfum lourd et capiteux.

– Alfredo ! Vieille canaille... Je te croyais au *Principe* !

– Tu sais bien, mon mignon, qu'on ne me garde jamais longtemps dans ce genre d'endroit. Notre cher gouverneur tient trop à la vertu de ses prisonniers et de ses geôliers... Mais présente-moi plutôt la jolie dame qui est avec toi.

Léa demeura surprise : aucun des hommes attablés ne s'était levé pour saluer l'inconnue, ce qui, chez les Cubains, était inhabituel, les femmes faisant ordinairement l'objet d'une grande prévenance, au moins formelle. Santiago Rey se leva cependant et, très cérémonieux, fit les présentations :

– Chère Madame Tavernier, permettez-moi de vous présenter Alfredo García Olivera, également connu sous le nom de « la Belle Freddy »... ou encore, pour les dames, sous celui de Freddo. Mon cher, ajouta-t-il en se tournant vers François, il n'a pas son pareil pour séduire les honnêtes femmes. On ne compte plus celles qui se sont déshonorées pour lui ou qui se sont suicidées par amour pour lui...

Stupéfaite, Léa les regardait, hésitant à comprendre. Alfredo se pencha vers elle, effleurant son épaule de ses lèvres.

– Pour une aussi jolie femme, vous avez de bien mauvaises fréquentations, lâcha-t-il d'une voix rauque.

Le ministre de l'Intérieur partit d'un gros rire.

– Ne l'écoutez pas, chère Madame, il aime à plaisanter. Quant à toi, *bujarrone*[1], tu as de la chance que je t'aime bien... sinon, je te renverrais en prison ! Assieds-toi, le spectacle va commencer.

– Merci, je préfère me promener. Je reviendrai tout à l'heure. Bonne soirée, Madame.

Encore sous le coup de la stupeur, Léa regardait, incrédule, s'éloigner la voluptueuse silhouette.

– Je vois que cela vous étonne, chère Madame. La Havane, savez-vous, est pleine de surprises de ce genre. Mais Alfredo est incontestablement la plus réussie de nos créatures androgynes.

– Elle... il aime les hommes ?

– Pas du tout, c'est le plus grand coureur de jupons de la capitale. À côté, don Juan était un bénédictin. Garçon !... Champagne ? Whisky ?

– Non, merci. Je préférerais un daiquiri.

Des trompettes annonçant le début du spectacle couvrirent le brouhaha. Le présentateur, en costume mauve bordé de paillettes, bondit sur la scène.

– « *Showtime !* Mesdames et Messieurs, *Ladies and Gentlemen*. Je vous souhaite à tous, Mesdames et Messieurs, une très bonne soirée. *Good evening, Ladies and Gentlemen*. Le *Tropicana*, le cabaret le PLUS fabuleux du monde... *Tropi-*

1. Homosexuel.

cana, the most fabulous night-club in the WORLD... présente... *presents*... son nouveau spectacle... *its new show*... où des artistes de renommée continentale... *where performers of continental fame*... vont se charger de vous transporter dans le monde du merveilleux... *they will take you all to the wonderful world*... extraordinaire... *of supernatural beauty*... et beau... *of the Tropics*... Les joyeux Tropiques pour vous, chers compatriotes !... Les tropiques au *Tropicana*[1] ! »

Léa, étourdie par ce baragouinage mi-anglais, mi-espagnol, se laissa aller contre le dossier de son siège. À son esprit engourdi ne parvenaient que quelques bribes de cette présentation qui n'en finissait pas.

– « ... Aimable public, public aimable, peuple de Cuba, la terre la plus belle du monde... Mais, avant que ce rideau d'argent et lamé d'or qui est la gloire de cette scène prestigieuse du *Tropicana*, le cabaret le plus luxueux du monde, ne s'ouvre sur les plus belles femmes des Caraïbes, je voudrais saluer quelques amis de ce palais de la joie : la charmante Vivian Smith Corona Alvarez del Real qui fête ce soir son quinzième anniversaire... Meilleurs vœux, Vivian... Nous allons chanter l'*Happy Birthday* à Vivian. Allons-y ! *Happy birthday to you, Happy birthday to you, Happy birthday to Vivian, Happy birthday to you !* Allez, un petit effort, tous en chœur, tous ensemble[2]... »

Sur les injonctions de l'homme en mauve, le public ne se fit pas prier davantage pour chanter à pleine voix. Santiago Rey, Magali Figueredo et les deux gorilles entonnèrent le refrain.

1. Guillermo Cabrero Infante, *Trois Tristes Tigres*.
2. *Ibid.*

– « ... Nous avons aussi l'honneur de compter parmi notre *select* assistance le colonel Cipriano Suarez Damera, honorable militaire et homme distingué, accompagné comme toujours de sa belle, aimable et élégante épouse, Arabella Longoria de Suarez Damera. Nous vous souhaitons une bonne soirée, mon colonel, ainsi qu'à votre dame. J'aperçois par là, à cette table, oui là, près de la piste, le sénateur et publiciste Viriato Solaun, habitué de ce temple du plaisir, le *Tropicana*[1] ! » Près de la piste également, Mesdames et Messieurs, notre ministre de l'Intérieur, M. Santiago Rey, un habitué lui aussi, et en charmante compagnie, comme toujours... Bienvenue, Monsieur le ministre, que je remercie pour la remarquable tenue de ses policiers. On applaudit le ministre à qui nous souhaitons une très agréable soirée dans cet endroit de rêve qu'est le *Tropicana*...

Chacune des personnes nommées, subitement éclairées par un projecteur, se levait, adressait un salut au présentateur et, sous les applaudissements, levait son verre en direction de l'assistance. Le visage rouge et luisant de Santiago Rey rayonnait de satisfaction.

– « ... Et maintenant... *and now*... Mesdames et Messieurs... *Ladies and Gentlemen*... Public averti et connaisseur... *Discriminatory public*... Sans traduction... *Without translation*... Sans paroles, mais avec de la musique et une saine et joyeuse détente... Pour vous !... *To you all !* Notre premier grand show de la soirée... au *Tropicana* ! En avant la musique ! Place au théâtre !... *Curtains up*[2] *!* »

1. *Ibid.*
2. *Ibid.*

« Ouf ! » pensa Léa quand le bonimenteur eut cessé. La scène fut aussitôt envahie par une escouade de jolies filles aux longues jambes voilées de bas résilles qui se confondaient avec la couleur de leur peau, leurs traînes emplumées volant au nez du premier rang de spectateurs. Les hommes les observaient, un sourire figé sur les lèvres. La plupart des jeunes femmes se trémoussaient d'une façon mécanique, sans plaisir apparent. Seules deux ou trois mulâtresses chaloupaient avec bonheur. L'une d'elles lança une œillade au ministre qui tourna écarlate. Il eut un petit geste de la main, ridicule et pitoyable.

– C'est Miranda, chuchota-t-il à l'adresse de Léa. Elle est belle, n'est-ce pas ?

– Très, approuva sincèrement Léa.

Les numéros se succédèrent : acrobates, chanteurs, danseurs de tango, chanteuse brésilienne... entrecoupés par les girls qui changeaient de tenue entre chaque apparition.

– Excusez-moi, dit Léa en se levant. Je vous en prie, restez assis...

Elle s'éloigna entre les tables, en quête d'un peu d'air. On étouffait près de la scène. Appuyée contre l'une des colonnes de l'entrée du cabaret, elle alluma une cigarette, indifférente aux regards qui la déshabillaient. Dans son for intérieur, Léa ne souhaitait qu'une chose : rentrer chez elle.

– Vous avez faussé compagnie à cette fripouille de Rey ?

Près d'elle, la pose nonchalante et la dominant d'une bonne tête, Alfredo fumait un gros cigare.

– Pourquoi dites-vous que c'est une fripouille ?

– C'est de notoriété publique. Il touche des pots-de-vin sur l'attribution des licences de chaque nouvel hôtel-casino, comme pour l'autorisation d'ouverture de chaque établissement de jeux dans les hôtels existant déjà, comme le *Nacional*, le *Capri*, le *Habana Hilton*, le *Plaza*, le *Saint John's*... et j'en oublie. Quant à son âme damnée, Ventura, il passe chaque soir dans les casinos ramasser son pourcentage sur les gains...

– Ventura ? murmura Léa.

– Oui, Ventura. Le capitaine Esteban Ventura Novo et ses tueurs n'ont pas leur pareil pour se faire remettre des fonds et extorquer, sous la menace ou même par la torture, l'argent des récalcitrants. Ce sont des chiens ! Et Rey, l'homme lige de Batista, ferme les yeux sur les crimes du capitaine. Qu'avez-vous ?... Vous vous sentez mal ?... Garçon, un verre d'eau !

Alfredo aida Léa à s'asseoir.

– Vous êtes toute pâle ! Voulez-vous que j'aille chercher votre mari ?

– Non, merci, ça ira... Pourquoi m'avez-vous dit tout cela à propos de...

– J'ai eu tort, pardonnez-moi. C'est peut-être l'un de vos amis ?

– Oh non !

Son exclamation fit sourire le travesti.

– Vous me rassurez. Cependant, pour votre sécurité, n'ébruitez pas ce que je vous ai appris. Mais pourquoi diable tout cela vous inquiète-t-il autant ?

– Ventura est venu chez moi, ce soir.

Alfredo la regarda attentivement. Sous l'effet de la chaleur, son maquillage se dégradait peu à peu ; sur ses joues et son menton apparaissait le reflet bleu d'une barbe naissante.

– Soyez très prudente, ne sortez pas seule, et dites toujours où vous allez. En toute circonstance, faites attention à qui vous parlez. La police de Batista a des espions partout, particulièrement chez les résidents étrangers.

– Oh, mon Dieu !

– Tenez, buvez... Excusez-moi, je ne suis qu'un idiot, je vous alarme sans doute pour rien.

– Hélas ! soupira-t-elle en se tordant les mains.

– Calmez-vous, votre mari se dirige vers nous. Si vous aviez besoin de quelque chose, laissez-moi un message au bar du *Capri*. Vous voyez où c'est ?... Au nom de Cubita Bella. Demandez Domenico. Vous vous souviendrez ?... (Puis, s'adressant à François, parvenu à leur hauteur :) Cher Monsieur, vous avez une épouse dé-li-cieu-se. Il ne faudrait pas me pousser beaucoup pour que je vous l'enlève, lança-t-il en se déhanchant.

– Je serais alors obligé de vous casser la gueule, toute jolie créature que vous soyez...

– Ah, continue ! Quel homme ! C'est comme ça que je les aime...

– Va te faire foutre, gronda François en le bousculant.

– Oh, le méchant ! Frapper une faible femme ! Au secours !... À moi !

– Que se passe-t-il ? Tu fais encore du scandale ? Alfredo, je t'ai prévenu..., intervint Santiago Rey.

– Mais non, mon cœur, je plaisantais. Ton ami a cru que je faisais la cour à sa femme.

– Comme si tu n'en étais pas capable ! grommela le ministre. Tu ferais mieux d'aller te raser, sinon sous ta perruque, tu vas faire peur aux dames... aux vraies !

Alfredo s'éloigna avec des mines de duchesse offusquée.

– Excusez-moi, Monsieur le ministre, ma femme ne se sent pas très bien : la chaleur...

– Oui, je comprends. Je suis désolé, petite Madame. J'espère quand même que le spectacle vous a plu ?

– C'était magnifique, Monsieur le ministre, et la jeune Miranda est merveilleuse ; c'est une grande actrice ! dit Léa en tendant sa main.

– Ah, vous trouvez aussi ? Oui, c'est une véritable artiste, elle ira loin. Merci d'être venue. Reposez-vous, je ferai prendre de vos nouvelles.

Ils revinrent par les rues bordées d'arbres des quartiers résidentiels. Devant certaines propriétés, des hommes en armes montaient la garde. Les artères étaient désertes. Dans Miramar, tout paraissait calme. L'un des amis de Ramón était assis dans l'ombre de la véranda, l'autre effectuait sa ronde au jardin. Ils n'avaient rien remarqué d'anormal alentour.

LIVRE CINQUIÈME

Charles attacha son vélo à un poteau électrique en face du sous-sol de la 19e Rue, dans le Vedado, d'où ils étaient partis avec Echeverría pour l'attaque de *Radio-Reloj*. Un policier était toujours posté à l'angle de la 19e et de la rue B, près de l'annexe de la Compagnie des téléphones. Comme la plupart de ses camarades, Charles n'aimait pas cet endroit qui ne possédait pas d'issue sur l'arrière. Il vit entrer dans l'immeuble Fructuoso Rodríguez, maintenant secrétaire général du Directoire révolutionnaire et qui allait bientôt avoir un enfant. L'ambiance, dans le sous-sol, était sinistre et tendue. Une odeur de nourriture en décomposition, de tabac froid et de transpiration empuantissait le sombre local. Une simple ampoule pendue au plafond éclairait faiblardement la pièce. Quelques membres du Directoire, rescapés de l'attaque du Palais présidentiel, discutaient, assis sur des matelas. En dépit de son bras blessé, Faure Chomón tournait la manivelle de la ronéo, imprimant la déclaration qui venait d'être mise au point, approuvée par la majorité et signée des membres du Comité exécutif. Une belle jeune femme, Natalia Bolívar, empilait les feuillets. La pénombre et les armes qui gisaient à portée de main rendaient l'atmosphère plus angoissante. Blessé à la cuisse lors des combats, épuisé, les yeux profondément cernés, José Machado se déplaça lourdement pour faire place à Charles. *Machadito*, comme le surnommaient affectueusement ses compagnons, ne dormait plus. Il se sentait à bout et commençait à songer à l'exil.

– Deux semaines pour me reposer et bien dormir, rêvait-il à haute voix. Ensuite, je rentre et je reprends la lutte.

Mary Pumpido apporta des victuailles, des cigarettes et les journaux. Non, elle n'avait pas encore découvert de nouvelles caches : les gens devenaient méfiants. Dès qu'elle aurait déniché l'endroit idéal, elle les préviendrait ; l'appartement de la rue General-Lee ne lui paraissait plus très sûr. Julio García Olivera entra à son tour et alla taper sur l'épaule de Machadito.

– L'ambassade du Brésil accepte de te donner asile lundi prochain, le 22, dans un appartement loué par Gustavo Pérez, un ami de Joe. Tu pourras dire merci à Aquiles Capablanca.

– L'architecte ?

– Oui. Demain, tu déménages. On va rue Humboldt, au numéro 7, avec Gilberto[1], Fructuoso et Juan Pedro.

– Tant mieux, je n'en pouvais plus de ce trou à rats.

– Charles, tu es le moins repéré d'entre nous. Tu iras surveiller les alentours de la rue Humboldt. Si tu remarques quelque chose de bizarre, tu donnes l'alerte. Si tu es arrêté, pleure, appelle ta mère, dis que tu es français... Ils y regarderont à deux fois avant de tabasser un étranger.

Le plein soleil avait contraint le policier à traverser la 19e Rue pour se réfugier à l'ombre. Il ne prêta aucune

1. Nom porté par Joe Westbrook dans la clandestinité.

attention au jeune homme qui passa à vélo devant lui. Charles descendit la rue jusqu'au front de mer. Là, des buvettes étaient installées au pied de la falaise que dominait l'hôtel *Nacional* ; en raison du Vendredi saint, elles étaient presque toutes fermées. Rue P, en face du cabaret *Montmartre*, il entra dans un café fréquenté par les ouvriers de la Santé Motors Company, vide lui aussi. Le barman qui sommeillait, la tête appuyée sur le bar, leva un œil mi-endormi.

– *Una Coca-cola, por favor*[1].

Au prix d'un effort inouï, l'homme se redressa et ouvrit derrière lui la porte du réfrigérateur. À tâtons, il prit une bouteille, la décapsula sous le comptoir. Avec la même lenteur, il se saisit d'un verre qu'il emplit de glaçons. Il le posa enfin devant son client.

– *Un dólar*[2], marmotta-t-il.

Charles paya puis alla se placer près de la porte tandis que le bonhomme reprenait son somme. Au bout d'une heure, il repartit sans avoir rien observé d'insolite. « Je reviendrai demain », pensa-t-il.

À Miramar, il trouva Léa occupée à faire réciter une fable de La Fontaine à Adrien.

– Je monte prendre une douche, dit-il.

Quelques instants plus tard, Léa pénétrait dans sa chambre.

1. Un Coca, s'il vous plaît.
2. Un dollar.

– Un bateau appareille demain dans la soirée pour Miami. Nous le prendrons ensemble, avec Carmen et sa sœur. L'ambassade s'est occupée des visas.

– Ce n'est pas possible ! Mes amis ont besoin de moi.

– Et moi, j'ai besoin que tu sois vivant ! Tu resteras à Miami le temps qu'il faudra pour te faire oublier. François s'est entendu avec un correspondant de Ramón Valdés qui accepte de te loger. Tu travailleras chez Me Duval, un avocat français marié à une Américano-Cubaine.

– Je vois que vous avez tout organisé ! Vous auriez pu me demander mon avis...

– Excuse-nous, mais il y avait urgence...

– Et toi, combien de temps resteras-tu à Miami ? reprit-il après une pause.

– Le moins longtemps possible, les enfants ont besoin de moi.

– Moi aussi, j'ai besoin de toi, murmura-t-il.

Léa l'attira à elle.

– Tu vas me manquer, mon grand, mais j'ai trop peur qu'il t'arrive quelque chose.

– A-t-on des nouvelles du père de Carmen ?

– Aucune. Sa femme multiplie les démarches, sans succès. On l'éconduit partout, tout juste poliment.

– Et Armando ?

– Je ne sais pas. Il va bien, je crois... Prépare les livres que tu souhaites emporter ; moi, je m'occupe de tes vêtements.

– Comment s'appelle le bateau ?

– Le *Santa Carmen*, je crois. Ramón Valdés vient dîner. Il nous accompagnera jusqu'au bateau, lui annonça-t-elle en quittant la chambre.

Une ambiance morose planait sur le dîner. Chacun restait plongé dans ses pensées. Charles ne voyait aucun moyen de prévenir de son départ précipité ses camarades du Directoire. Ils lui avaient confié la surveillance de la rue Humboldt pour le lendemain, il devait coûte que coûte s'acquitter de sa mission. Demain, à la première heure, il se rendrait à la 19e Rue pour les avertir. À Miami, peut-être serait-il en situation de leur être utile ?

Charles quitta la villa de Miramar avant le lever du jour. Il s'était muni de son passeport et d'un sac de sport dans lequel il avait jeté une brosse à dents, une chemise, un caleçon et des chaussettes. Au dernier moment, il glissa dans le maigre bagage *Jadis et Naguère*, de Paul Verlaine, que Léa venait de lui offrir. Avant de le ranger, il l'avait ouvert au hasard et était tombé sur ce vers souligné au crayon bleu :

La vie est triomphante et l'idéal est mort...

« L'idéal est mort » avait été surligné avec rage. Mais Léa se trompait, l'idéal n'était pas mort, seule la mort pouvait le tuer. Il griffonna un mot annonçant qu'il serait au départ du bateau. Les amis de Ramón Valdés, toujours en faction sous la véranda, ne s'étonnèrent pas de le voir enfourcher son vélo et traverser la pelouse ; aucune instruction ne leur avait été donnée à son sujet.

En cette veille de Pâques, l'avenue Almendares était déserte. Ouvriers et fonctionnaires dormaient encore, paressant en attendant l'heure de se rendre à la plage. Les fêtards les plus attardés venaient seulement de rentrer se coucher et seules quelques femmes déjà lasses s'en allaient faire le ménage des bureaux de grandes compagnies américaines ou chez des patrons toujours insatisfaits. Avenue de La Paz, le soleil se levait comme à regret. Sur le pont enjambant le rio Almendares, trois soldats débraillés avalaient un café que leur avait servi un marchand ambulant. Près du cimetière de Colón, les marchandes de fleurs commençaient à installer leurs éventaires avec des gestes lents ; les harangues et les gesticulations seraient pour plus tard... Il prit la rue Zapatta et descendit le Paseo ; des jardiniers arrosaient les massifs de fleurs d'où montait une âcre odeur de poussière mouillée. Hormis un policier, personne ; mieux valait attendre que la rue s'animât un peu. Il poursuivit son chemin vers la mer, roula doucement jusqu'à la rue O. Rue Humboldt, tout était paisible. Le café où il s'était rendu la veille n'était pas encore ouvert. Il eut envie d'un chocolat chaud et se souvint qu'à l'hôtel *Sevilla*, il en avait bu un bon en compagnie d'Isabel et de Carmen. Les militaires étaient encore nombreux aux alentours du Palais présidentiel. Devant l'hôtel, des chauffeurs de taxi attendaient leurs premiers clients. Dans le patio, une seule table était occupée. Le chocolat y était aussi savoureux que dans son souvenir, et les petits pains briochés délicieux. Il se fit reproche du plaisir qu'il prenait en pensant à ses camarades entassés dans l'infect sous-sol de la 19e Rue. Il commanda un café, fuma une cigarette. Autour de lui, des touristes américains s'installaient en s'interpellant bruyamment. Il paya et sortit ; il était huit heures et demie.

Il reprit son vélo pour repasser par la rue Humboldt. Aux fenêtres, des ménagères se saluaient en secouant leurs draps. En bas, des chiens fouillaient les caniveaux. Le café avait ouvert et, comme il y arrivait, Armando Marco Rodríguez, dit *Marquitos*, entrait au 7 de la rue. Charles allait l'apostropher quand il aperçut deux policiers qui venaient dans sa direction. Ce n'était certes pas le moment de se faire remarquer : d'un vigoureux coup de pédales, il s'éloigna. Sur la Rampa, lès filles et garçons qui y monnayaient leurs charmes se montraient encore peu nombreux. Plus loin, des policiers montaient la garde devant *Radio-Reloj* et, aux alentours des jardins Coppelia, des marchands de glaces ou de pâtisseries prenaient leurs quartiers. On comptait maintenant deux agents de police stationnés devant l'immeuble de la Compagnie des téléphones. Ils discutaient ensemble avec véhémence sans prêter la moindre attention à ce qui se passait autour d'eux. Charles se glissa dans l'entrée de l'immeuble et frappa, selon le signal convenu, à la porte du sous-sol.

– Il n'y a personne... Ils sont tous partis et ils m'ont pas dit où... À l'École de pharmacie, peut-être, lâcha le gardien, derrière lui, de sa voix traînante.

L'École de pharmacie constituait l'un des *acuartelamientos*[1] des clandestins du Directoire qui, presque chaque jour, devaient changer de point de chute. Elle était située entre la rue Galiano et la rue San Nicolás, à faible distance de l'hôtel *Sevilla*. Il repartit dans cette direction mais décrivit un détour afin d'éviter d'éveiller les soupçons en parcourant trop fréquemment le même chemin. Dans un couloir de la grande bâtisse, le directeur de l'École dut le

1. Refuges, casernements...

reconnaître pour l'avoir quelquefois croisé en compagnie des membres du petit groupe. Il lui confia qu'à sa connaissance, ses amis n'avaient pas passé la nuit à l'intérieur de l'établissement. Où, alors ? Il l'ignorait.

Le reste de la matinée ne fut qu'allées et venues entre les différentes caches qu'il leur connaissait. Mais, en dépit de tous ses efforts, il ne put établir le moindre contact avec ceux qui l'avaient chargé de surveiller les abords de la rue Humboldt. Sans plus de directives, il se décida à respecter la consigne et, comme la veille, s'attabla à son poste d'observation dans le café de la rue P. L'heure du déjeuner était maintenant arrivée et quelques tables étaient occupées. Deux fortes femmes, aux derrières rebondis que moulaient des jupes étroites, s'empressaient au service. Charles commanda une portion de *tostones*[1] et un Coca-Cola. Son repas terminé, et n'ayant toujours rien remarqué de suspect, il résolut de se rendre à la librairie de la rue Carlos-III qui servait parfois de boîte aux lettres au groupe. Quand il déboucha dans l'avenue, le soleil tapait fort, il était presque trois heures. Devant la boutique, un jeune homme regardait la vitrine. Charles reconnut Marquitos. Que pouvait-il bien faire ici ? Et comment connaissait-il cette adresse ? Charles s'immobilisa à quelques mètres de lui, s'effaçant derrière un arbre. Marquitos lança un regard à la ronde, puis s'éloigna d'un pas rapide, traversa la chaussée et entra au 902. Quelques instants plus tard, il en ressortait aux côtés du chef de la police, le redouté Esteban Ventura. Le cœur battant la chamade, Charles se rejeta derrière le tronc. Les deux hommes se dirigeaient vers une Plymouth garée le long du trottoir. Ils y montèrent. Le trouble s'était

1. Bananes frites et préalablement écrasées.

emparé de Charles : que faisait donc l'ami de Joe Westbrook en compagnie de ce tortionnaire ? La méfiance que Fructuoso et Machadito témoignaient au jeune ami de Joe lui revint en mémoire. Il se devait de les prévenir au plus vite. Il décida de se rendre au 7 de la rue Humboldt. À l'angle des rues San Francisco et San Martín, il fut arrêté par un barrage de police qu'il n'avait repéré que trop tardivement. Les forces de l'ordre procédaient au contrôle de l'identité de tous les passants, qu'ils fussent automobilistes, cyclistes ou piétons. Un fonctionnaire examina attentivement son passeport et l'interrogea sur les raisons de sa présence dans ce quartier. Puis, il héla son supérieur qui vint à son tour interroger le jeune homme. Plus de deux heures s'écoulèrent ainsi ; il était environ cinq heures et demie de l'après-midi quand il fut à nouveau libre de ses mouvements. Des *perseguidoras* le dépassèrent, toutes sirènes hurlantes.

Quand il arriva en vue de la rue Humboldt, d'autres véhicules de la police en barraient l'accès. Il était près de six heures à sa montre. Esteban Ventura descendit de l'une des voitures, pistolet au poing, faisant signe à ses hommes de le suivre. Ils montèrent rapidement jusqu'à l'appartement 201 dont ils défoncèrent la porte à grands coups de crosses. Quatre membres du Directoire s'y tenaient, à demi vêtus : Joe Westbrook, Fructuoso Rodríguez, Juan Pedro Carbó et José Machado Rodríguez. Dans le tumulte qui suivit l'irruption des policiers, Joe parvint à s'éclipser, puis à gagner par l'extérieur l'appartement du rez-de-chaussée qu'habitait seule une vieille dame. Effrayée, celle-ci poussa un cri en le voyant surgir au beau milieu de son salon. Joe la rassura comme il put et la supplia de le dissimuler. Tremblante, elle acquiesça de la tête sans pouvoir articuler un mot. Rapidement, pourtant, des coups frappés à la porte de l'appartement retentirent. « Police ! » hurlait-on de l'autre côté du battant. Westbrook résolut dans l'instant de ne pas exposer la vieille femme. Il jaillit hors de l'appartement, bousculant Ventura qui lui faisait face dans l'embrasure de la porte, et parcourut quelques mètres dans le corridor avant d'être fauché par une rafale de mitraillette en provenance de la cage d'escalier. De son côté, Juan Pedro avait essayé de se ruer vers l'ascenseur. Il fut criblé de balles à l'instant où il l'atteignit. D'un même bond, Machadito et Fructuoso s'étaient jetés au travers d'une fenêtre. Ils tombèrent de l'autre côté, dans l'étroit couloir de l'agence d'automobiles Santé Motors Company qu'une grille pourvue de solides barreaux fermait. Dans sa chute, Machadito s'était fracturé les deux chevilles. En dépit de la douleur, il se traîna jusqu'à l'entrée du passage. Attirés par le raffut, des employés de l'entreprise accoururent et, découvrant les deux hommes blessés, leur crièrent de tenir pendant qu'ils allaient chercher la clef. Fructuoso reprit connaissance, mais ne parvint pas à se redresser. De l'autre côté de la grille, les employés s'activaient pour l'ouvrir quand ils furent violemment écartés par les policiers. L'un d'eux introduisit le canon de sa mitraillette entre deux barreaux.

– Ne nous tuez pas ! cria Machadito. Nous sommes sans armes...

Une rafale l'atteignit en pleine poitrine, tandis qu'une seconde abattait Fructuoso. Celui-ci retomba lourdement alors qu'il approchait de son compagnon en rampant.

Penchés aux fenêtres, les habitants de la rue observaient cet inhabituel déploiement de forces. Esteban Ventura entrait et ressortait de l'immeuble en souriant, la mine satisfaite. Pétrifié, Charles vit les corps ensanglantés de ses amis qu'on tirait jusqu'au trottoir par les cheveux. Depuis les fenêtres, les voisins hurlaient leur révolte. Indifférents aux cris de protestations, les agents traînèrent les cadavres jusqu'au coin de la rue, à quelques mètres de l'endroit où se tenait Charles. Sur leur passage, des femmes se signaient. Une courte rafale d'arme automatique arrosa les façades d'immeubles, forçant les spectateurs à s'abriter. Une ambulance franchit les barrages et vint s'immobiliser non loin du groupe de badauds auquel Charles s'était mêlé. On hissait les dépouilles à l'arrière. Seul le visage de Joe était demeuré intact. « Le Français », ainsi que Westbrook avait coutume de l'appeler gentiment, contempla longuement ce visage qui, à présent, semblait dormir. Dans les larmes qu'il tentait de refouler, Charles se jura de le venger.

Et, tandis que l'on emmenait aussi les employés qui avaient tenté de porter secours aux jeunes révolutionnaires, Charles demeurait hébété à regarder les véhicules des forces de l'ordre quitter peu à peu la place.

– *¡ Hombre, no te quedes ahí !* l'apostropha un inconnu d'un certain âge. *¿ O quieres que a ti también te lleven*[1] *?*

Il s'éloigna mécaniquement, poussant son vélo à côté de lui. Un moment plus tard, il se retrouvait rue Infanta, non loin des locaux du journal *Carteles*. La publication sortait le dimanche et des journalistes, quelques secrétaires travaillaient encore. Tous avaient déjà été mis au courant de la fusillade de la rue Humboldt. Certains ne cachaient pas leur colère ; ce fut encore pire lorsque Charles leur fit le récit des événements. Des femmes pleuraient, les hommes se détournaient pour dissimuler leur émotion. Carlos

1. Ne reste donc pas là !... Tu veux te faire embarquer aussi ?

Franqui ignorait encore tout : il se trouvait alors en reportage à Santiago.

La nuit était tombée quand Charles se mit en route pour le port afin d'y rejoindre Léa, Suzel et Carmen.

Une voiture arborant le drapeau français venait de s'immobiliser à la hauteur de la passerelle. Trois hommes en descendirent, encadrant immédiatement les jeunes Cubaines qui montèrent à bord en jetant des regards angoissés derrière elles. À son tour, la Pontiac de François se gara près de la coupée. En apercevant Charles, Léa demeura un instant immobile, puis courut vers lui. Elle le serra contre elle avec fureur.

– J'ai eu si peur !

Comme il allait parler, elle mit ses doigts sur ses lèvres.

– Ne dis rien, je suis au courant. Le ministre de l'Intérieur a annoncé que de dangereux criminels venaient d'être éliminés...

François s'approcha de lui et lui tendit la main.

– Va, tu reprendras la lutte plus tard. La cause pour laquelle tu as choisi de te battre est juste. Mais, dans ce genre de combat, il faut savoir prendre du champ afin de mieux se préparer. Ne vois pas dans cet exil forcé une punition, mais plutôt du temps donné à la réflexion. J'ai mis dans ton bagage quelques ouvrages qui pourront t'aider à comprendre les différents courants politiques et révolutionnaires qui agitent les pays d'Amérique latine... Sois prudent dans les propos que tu pourras échanger avec les exilés cubains : certains sont à la solde de Batista ; même recommandation concernant certains Américains qui pourraient appartenir à la CIA...

Ramón Valdés l'embrassa. Charles gravit la passerelle à son tour tandis que Léa et François s'étreignaient.

– Tu prendras bien soin des enfants, n'est-ce pas ?...

François, l'attaché d'ambassade et l'Espagnol regardèrent longuement le bateau se détacher du quai. Il entrait dans le chenal quand une voiture de la police déboucha en trombe sur le quai, freina brusquement à proximité, pour stopper dans un nuage de poussière. Esteban Ventura se rua à l'extérieur, les yeux injectés de sang, l'haleine empestant le rhum.

– Où sont votre femme et votre fils ? hurla-t-il.

– C'est à moi que vous posez cette question ? s'enquit François d'un ton hautain.

En même temps, il allumait nonchalamment une cigarette.

– Mme Tavernier a le plaisir d'accompagner son fils à destination de Miami, expliqua, très « vieille France », l'attaché d'ambassade.

– Et vous avez tenu à les escorter, n'est-ce pas ? écumait Esteban.

– Son Excellence, se trouvant empêchée, m'a expressément dépêché pour saluer Mme Tavernier en son nom. C'était la moindre des choses, vous en conviendrez...

La sirène du *Santa Carmen* annonça que le bâtiment venait de quitter le chenal et pointait maintenant vers la haute mer.

Rouge d'une rage impuissante, Ventura regagna son véhicule.

– Je plains les malheureux qui auront affaire à lui cette nuit, laissa tomber l'attaché en tendant la main à Tavernier. Bon courage, ajouta-t-il.

– Merci pour tout ce que vous avez fait. Dites à M. Grousset que c'est avec plaisir que je dînerai, demain, à l'ambassade.

Les trois hommes se séparèrent et reprirent leurs voitures. François démarra, roula un temps le long du chenal, puis ralentit alors qu'il avait atteint le Malecón. Un moment, il considéra les petites lumières du *Santa Carmen* qui déclinaient dans l'obscurité du large.

LIVRE SIXIÈME

Le désarroi de Charles, de Carmen et de Suzel était tel que les trois jeunes gens se trouvèrent d'abord dans l'incapacité de s'organiser. La ville était fréquentée par de richissimes vieillards en quête de chair fraîche et par des exilés cubains qui tentaient de reconstituer le mode de vie qu'ils avaient connu sur l'île. Carmen et Suzel Pineiro avaient trouvé refuge chez un ami de leur père, le docteur Guillermo Navarro Luna, un psychanalyste qui s'était enrichi en soignant de prospères veuves américaines. Il vivait en compagnie de son épouse dans une magnifique propriété du quartier résidentiel, loin des zones excentrées et surpeuplées où vivotaient la plupart de ses compatriotes réfugiés. Il n'entretenait d'ailleurs que peu de relations avec eux. Jeune étudiant sans le sou, il n'avait dû de poursuivre ses études qu'à la générosité du père du docteur Pineiro, médecin lui-même. Redevable à la famille Pineiro, il lui avait été impossible de refuser l'hospitalité aux deux filles de son ami. Quant à Charles, il avait trouvé à se loger chez le correspondant de Ramón Valdés, espagnol lui aussi, Lazaro Cardenas. Cardenas était un brave homme doté d'un caractère jovial, s'amusant d'un rien, si heureux qu'il était d'avoir échappé aux geôles franquistes.

Deux jours seulement après son arrivée, Charles rencontra Faure Chomón qui s'apprêtait à rembarquer pour Cuba. Chomón demeurait très affecté par la disparition tragique de ses camarades et se reprochait de ne pas s'être trouvé auprès d'eux au moment ultime. Avec de l'argent récolté auprès des exilés, il comptait à présent se procurer des armes destinées à chasser le dictateur et à détruire le monde bourgeois qui s'était réjoui de l'échec de l'attaque du Palais présidentiel comme de la mort du leader de la FEU.

– « La classe exploitante et dirigeante de cette société pervertie, déclarait-il à qui voulait l'entendre, s'est mise totalement à nu sur la place publique, dans un acte de confession où elle semblait clamer à tue-tête : Nous sommes nombreux à être responsables ! Oui, nous sommes les tyrans, les exploiteurs, les voleurs, les assassins, les cocaïnomanes, les fumeurs de marijuana ! Oui, c'est nous et nous voici avec tout l'argent, tous les canons crachant le sang des morts du peuple ! Que personne ne bouge ! Regardez comme nous sommes forts ! Batista n'est pas seul ! Jamais la bourgeoisie n'a été capable d'ouvrir ses portes à son ennemi mortel : l'insurrection armée. Aucun combattant n'a pu se mettre à l'abri dans aucun de ses petits palais, à moins d'y entrer la mitraillette au poing. Les hommes d'action qui vivent dans la clandestinité ont trouvé à se planquer dans les ruelles, les bicoques de pauvres, de même que l'Armée rebelle se terre dans les montagnes et chez les paysans. Non, jamais on ne trouvera refuge dans les palais de la bourgeoisie, jamais on ne verra un combattant partager le pain d'un bourgeois ! »

À Miami, Léa acheta le scooter dont rêvait Charles. Il n'en éprouva pas la joie escomptée ; quelque chose de lui était resté sur les trottoirs de La Havane. À bord du *Santa*

Carmen, c'est en sanglotant qu'il avait raconté l'assassinat de ses camarades. Dans les jours qui suivirent leur débarquement en Floride, il se réveillait chaque nuit, en proie à des crises de larmes et d'angoisse que seule la présence de Léa parvenait à apaiser. Celle-ci avait dû se résoudre à téléphoner à François et à lui annoncer qu'elle différerait son retour jusqu'au moment où elle jugerait Charles en état d'assumer seul sa nouvelle vie. Un instant, elle avait songé à le renvoyer en France, mais il s'y était vivement opposé. Puis il avait surmonté son chagrin pour venir en aide à Carmen qui revivait sans cesse le viol dont elle avait été victime. « Comme ils sont jeunes ! » pensait Léa, attendrie par la sollicitude dont ils faisaient montre l'un envers l'autre.

Le travail chez Me Duval se révéla plus intéressant qu'ils ne l'avaient craint, prenant, même, et contribua ainsi à le distraire de ses sombres pensées. Rassérénée, Léa quitta enfin Miami à la mi-juin, promettant de venir leur rendre visite avec les enfants pour les fêtes de Noël.

Quand elle fut de retour à la villa de Miramar, Adrien et Camille lui manifestèrent leur joie avec force cris et embrassades. Il n'en fut pas de même pour la petite Claire. Celle-ci la repoussa en lui disant :

– Pourquoi toi, partie ? Toi, méchante !

Dès qu'elle essayait de la prendre, la fillette hurlait et courait se réfugier entre les bras de son père ou, le plus souvent, dans ceux de Philomène qui l'emportait, la cajolant et dissimulant tant bien que mal sa satisfaction. François consola Léa en se montrant un amant exigeant et un mari empressé à satisfaire ses désirs les plus extravagants.

La Havane baignait dans une atmosphère de bains turcs. Nue sur son lit, Léa contemplait les pales du ventilateur qui tournaient, accrochées au plafond. La mousseline de la moustiquaire frissonnait comme une voile sous une brise légère. La sueur perlait entre les seins de la jeune femme qui se tournait et se retournait sur les draps froissés, à la recherche d'un peu de bien-être. Depuis son retour, elle luttait contre un ennui profond, incapable de s'intéresser longtemps à la moindre chose. Pourtant, les retrouvailles avec l'homme qu'elle aimait s'étaient révélées délicieuses. Leurs corps se comprenaient sans le besoin des mots. En dépit de tant d'années passées à se prendre, à se caresser, leur désir était intact et continuait à les émerveiller. Mais François avait dû reprendre la route de Pinar del Río, la laissant seule à la compagnie de ses pensées moroses.

Pour se changer les idées, elle attira à elle une pile de journaux. Santiago Rey y avait les honneurs du *Monde* sous le titre : « Attentats, sabotages et accrochages entre les troupes régulières et les rebelles de Fidel Castro ». Plus loin dans l'article, le ministre de l'Intérieur annonçait l'arrestation de trente-cinq terroristes accusés de complot. Un autre numéro rapportait que seize des insurgés débarqués du yacht *Corinthia*, dans la baie de Cabonico, avaient été abattus en compagnie de leur chef, Calixto Sánchez White. Depuis le 31 mai, le président Batista avait pris personnellement le commandement des opérations de lutte contre les insoumis.

Les nouvelles qu'on recevait d'Algérie étaient tout aussi mauvaises : attentats, massacres, tortures constituaient le lot quotidien des musulmans comme des pieds-noirs, des appelés comme des fellaghas. La fameuse bataille d'Alger que François avait suivie avec passion s'était soldée par des centaines de morts de part et d'autre. La censure empêchait les lettres des soldats français de parvenir à leur famille dès lors qu'elles faisaient état d'accrochages avec les rebelles, de la mort d'un camarade ou d'un acte de torture. Depuis cette lettre dans laquelle Jean Lefèvre avait dénoncé les pratiques des paras du général Massu, chef de la 10e division parachutiste, auquel Robert Lacoste – le ministre résident – avait confié la mission du maintien de l'ordre, Léa n'avait plus reçu aucun signe de sa part. De son côté, l'ambassade de France avait transmis à François Tavernier une missive du général Salan, marquée du sceau « Confidentiel », que celui-ci était bien en peine d'interpréter :

Mon cher Tavernier,

Même dans votre île lointaine, je suppose que vous êtes au courant des événements d'Algérie et je crois vous connaître assez bien pour deviner que vous vous languissez de ne pas y prendre part. Depuis ma nomination à la tête des Armées, en novembre 1956, je n'ai pas chômé, malgré les embûches dont ma route a été parsemée. Le 16 janvier dernier, comme d'habitude, je travaillais dans mon bureau qui donne sur la place d'Isly. Je le quittai à la nuit tombée, ayant rendez-vous avec M. Robert Lacoste au gouvernement général, quand un énorme fracas, comme on n'en avait jamais entendu dans Alger, a ébranlé tout l'édifice. Le ministre s'écria : « Quelle connerie viennent-ils encore de faire ? » C'est alors qu'on est venu m'annoncer : « C'est chez vous ; le commandant Rodier est blessé. » J'ai mis mon képi, bondi dans ma voiture et rejoint la Xe région à toute allure. Ma femme m'attendait devant la porte et m'a dit : « Rodier est mort. » Quand j'arrivai dans mon bureau, l'électricité était éteinte et des lampes à acétylène jetaient des éclairs sur une pièce où il n'y avait plus de carreaux aux fenêtres. Devant ma table, sur le tapis, une ogive de roquette brûlait. À la place même où se trouvait mon sous-main était venu s'échouer, détaché du mur, un bloc de granit. Je pénétrai dans le bureau du cabinet militaire. Là, le spectacle était atroce. Dans un coin de la pièce, derrière son bureau, Rodier avec une énorme blessure au flanc gauche, la poitrine ouverte. Le malheureux avait été presque partagé en deux. Bien que la guerre m'ait souvent montré des cadavres affreusement mutilés, je ne puis oublier ce spectacle. C'est un miracle que l'on n'ait pas relevé d'autres victimes. Ce n'était d'ailleurs pas le commandement Rodier qui était visé par les tueurs embusqués dans l'immeuble d'en face, mais moi, général Salan. Ce qui me fut confirmé par l'entretien que j'eus quelques jours plus tard avec le commandant Henry, chef de la Sécurité militaire, et le lieutenant-colonel de Schacken, chef de mon Deuxième Bureau. « Mon général, me dit l'un d'eux, après l'attentat au bazooka, il devient indispensable que vous soyez mis au courant des bruits qui courent, si désobligeants soient-ils. Depuis le 15 décembre dernier, vous faites ici l'objet d'une campagne de diffamation dont l'origine se situe à Paris : vous êtes tenu, avec Mendès France, pour l'homme qui a bradé l'Indochine, et Mme Salan est présentée comme la propre sœur de l'ancien président du Conseil. Commandant en chef en Indochine, vous auriez fait sauter les parachutistes sur des positions solidement tenues par les Viêts, pour les faire massacrer. Vous êtes désigné comme le responsable de la perte de Diên Biên Phu et comme celui qui livra l'Indochine à Hô Chi Minh. Vous ne seriez donc venu en Algérie que pour livrer le pays au FLN... Cette odieuse campagne a touché des gens qui ne vous connaissent pas et qui, très sensibles aux attentats, sont portés à accepter toutes les fausses rumeurs. Nous estimons que ni le FLN ni le PCA[1] *ne sont responsables de l'attentat, mais qu'il s'agit plutôt d'Algérois dirigés depuis Paris. Ce qui est certain, c'est que ces calomnies n'ont commencé à circuler qu'après la visite du général Cogny et des civils qui l'accompagnaient, le 15 décembre dernier. » À l'écoute de cet exposé, je demeurai sans voix. Qu'on m'accuse d'avoir bradé l'Indochine et de vouloir « larguer » l'Algérie, le fait, assorti de calomnies odieuses, dépassait tout ce que je pouvais imaginer. Pareille infamie m'atteignait dans ma réputation de chef, moi qui avais toujours protégé mes hommes !*

Le lendemain, je réunis mon état-major et je mis les officiers au courant. Ils en étaient déjà informés et m'assurèrent de leur confiance. On a arrêté des comparses mais les chefs, dont je tairai les noms, se trouvent à Paris. Alger est un véritable merdier ! Le FLN emploie de très jeunes filles pour poser des bombes dans les cafés, les cinémas, les stades. Les patrouilles de nuit s'intensifient et c'est vingt-quatre heures sur vingt-quatre que les paras s'emploient, frappent aux maisons et invitent les habitants à ne pas se prêter au jeu du FLN. Massu, Bigeard et ses « léopards » font du bon travail. Malheureusement, à Paris, nous sommes l'objet d'attaques personnelles et journalistiques répondant aux appels angoissés des chefs rebelles qui sentent le danger que représente pour eux l'action de la 10ᵉ DP et des unités détachées. Le FLN a été déçu par le fait que le vote final de l'ONU, quoique prudent, ne nous a pas été défavorable. Cela a jeté un certain désarroi chez nos adversaires. À Alger même, des divergences – oh, bien restreintes – se font jour. Dans l'Armée, les cas de renoncement à

1. Parti communiste algérien.

la forme de lutte que nous sommes obligés de mener restent infimes. Un seul, cependant, émane d'un général : Bollardière, en complet désaccord avec le général Massu, son chef hiérarchique. Je lui ai accordé une permission de trente jours. Et il a trompé ma confiance en écrivant, dans un hebdomadaire que vous devez avoir lu, les raisons de son opposition. Nous remportons sur le terrorisme quelques victoires. Bigeard a procédé à l'arrestation de Larbi Ben M'Hidi, un des chefs du FLN. À la presse, le porte-parole de Robert Lacoste a annoncé qu'il s'était pendu dans sa cellule à l'aide de lambeaux de sa chemise. Il n'en est rien : il a été fusillé. Bigeard, qui avait de la sympathie et même du respect pour lui, lui a fait rendre les honneurs militaires. Mais, à Ben M'Hidi, adversaire honorable, a succédé un proxénète notoire, Yacef Saadi, type du véritable voyou, sans grand courage. Il sait utiliser les filles, qu'il choisit jolies et aguichantes. L'arrestation de Me *Ali Boumendjel, au domicile duquel de nombreux documents ont été découverts, a permis au colonel Fossey-François de remonter plusieurs filières du réseau de transmissions FLN. Malheureusement, dans le but évident de se soustraire à la justice, Boumendjel s'est donné la mort, le 23 mars, après une première tentative infructueuse, quelques jours auparavant. Le fait est grave, car l'avocat était détenteur de renseignements précieux. De plus, on nous reproche d'avoir acculé Boumendjel au suicide. Ce qui est d'autant plus faux que nous avions encore besoin de ses révélations, les premières que nous avions recueillies promettant beaucoup. À cette accusation sans fondement contre notre action s'en ajoute une autre, celle du doyen de la faculté de droit d'Alger, M. Peyrega. Dans une lettre du 16 mars adressée à* France-Observateur *qui l'a reproduite, ainsi qu'à* l'Humanité *et* le Monde, *il accuse les parachutistes de l'exécution sommaire de deux musulmans, le 26 janvier 1957, rue du Chevalier-de-Malte. Le ministre de la Défense nationale a prescrit immédiatement une enquête confiée à l'IGAME*[1] *d'Alger et au procureur de la République. L'enquête a abouti à prouver que la relation de l'événement, qu'elle émanât du doyen Peyrega ou de* l'Humanité, *était une version fausse et diffamatoire. Une minutieuse exégèse des documents et des témoignages rassemblés a très vite permis de démêler le vrai du faux. L'enquête a déterminé que ce n'était pas un parachutiste qui avait tiré, mais un militaire du 9*e *zouaves, identifié, et qui a rendu compte par écrit de son comportement, qu'il ne s'agissait pas de deux musulmans, mais d'un seul, enfin que celui-ci venait de commettre un attentat et qu'il s'enfuyait sans répondre, sans doute, aux sommations d'usage. Ces attaques ouvertes ou sournoises produisent, sur le moral de la troupe, une impression pénible. Aussi ai-je adressé, le 28 mars, un message au ministre de la Défense. Le 5 avril, à l'issue du Conseil des ministres qui se tenait sous la présidence de M. René Coty, le ministre résident Robert Lacoste, présent au Conseil, m'a câblé pour me dire la satisfaction du gouvernement sur les résultats obtenus : amélioration de la situation militaire, réduction massive, à Alger en particulier, du nombre de victimes, passé de cent trente en janvier à trente-deux en mars, retour de la confiance de la population musulmane. Le Conseil a tenu à renouveler à l'Armée et à l'Administration l'assurance de la gratitude de la Nation ; il entend protester avec indignation contre une campagne organisée par les ennemis de la France, qui tend à présenter notre Armée et notre Administration civile comme employant systématiquement, en Algérie, des méthodes répressives contraires au respect de la personne humaine, et proclame, au contraire, l'admiration du pays envers les sept cent mille hommes qui, en une année, se sont succédé en Algérie pour y*

1. Inspecteur général de l'Administration en mission extraordinaire, super-préfet assumant alors les pouvoirs civils et militaires.

assurer le retour à la paix et à l'amitié franco-musulmane, alors que certains voudraient les présenter comme des tortionnaires.

Entre-temps, un événement important s'était produit : le voyage du général de Gaulle au Sahara, le 11 mars. Il est arrivé à seize heures précises dans son Skymaster, don du général Eisenhower, en compagnie du colonel de Bonneval et de MM. Guichard et Foccart. Nous avons rejoint Colomb-Béchar où nous attendait Robert Lacoste. Après un dépôt de gerbes au monument de la Croix de Lorraine, le Général est allé au-devant de la foule et a serré des mains. Son entretien avec Lacoste terminé, il m'a reçu. Je n'avais jamais eu, jusque-là, d'entretien prolongé avec lui. « Il faut battre la rébellion, m'a-t-il dit. Ne vous laissez pas troubler par les critiques parisiennes ! Elles ont été souvent mon lot, jadis, et j'ai été terriblement attaqué par la presse de l'époque. Je ne m'en suis pas préoccupé. Faites votre travail et remplissez votre mission sans faiblesse ! » Il a ajouté à brûle-pourpoint : « Pourquoi m'avez-vous désobéi avec le général Leclerc, en Indochine ? Pourquoi avez-vous franchi le 16ᵉ parallèle pour débarquer à Haiphong ? » Je ne comprenais pas et lui fis remarquer que c'était lui-même qui avait prescrit au général Leclerc de se porter à Hanoi, en août 1946, alors qu'il se trouvait encore à Kandy. Le Général n'a rien répondu, branlant la tête en signe de dénégation. Il a repris la parole et m'a assené : « Alors, Salan, cette affaire de bazooka... Sans doute faut-il voir son origine dans les sanctions que vous avez infligées à des soldats, en Indochine, et qui, depuis, vous en voulaient. » Je suis resté pantois, mais me suis vite repris : « Non, mon général, il ne s'agit nullement de gars d'Indochine, ils me sont bien trop attachés, mais d'une sordide affaire politique. Lorsque le procès aura lieu, croyez-moi, vous en découvrirez vous-même toute la gravité. » Le Général m'a jeté un regard sans aménité, puis, comme si rien ne s'était passé, il m'a dit : « À tout à l'heure, au dîner. »

Depuis, je ne cesse de repenser à cette conversation...

Vous vous demandez sans doute, en lisant cette longue missive, où je veux en venir. C'est simple : rejoignez-moi à Alger. Vous n'appartenez ni à l'Armée, ni à la politique, vous êtes un homme libre, espèce rare de nos jours, et j'ai besoin d'un civil de votre trempe. Si vous me donnez votre accord de principe, je trouverai le moyen de vous faire venir en Algérie, comme j'avais trouvé le moyen qui vous a permis de partir à la recherche de votre femme à travers le Tonkin. Répondez-moi par retour de courrier.

Mes respects à votre charmante épouse,

Salan.

François Tavernier reposa, perplexe, les feuillets sur son bureau. Leur lecture lui procurait un malaise. Il fallait que le général Salan fût bien troublé pour les avoir rédigés et envoyés. Par la presse, Tavernier avait suivi le développement de ce qu'elle appelait l'« affaire du bazooka » ainsi que de la bataille d'Alger. Plus récemment, il avait lu dans *l'Express* le récit « Lieutenant en Algérie », de Jean-Jacques Servan-Schreiber, et suivi les polémiques à propos de la torture pratiquée par certains éléments de l'armée française, tant dans *Témoignage chrétien* que dans *l'Humanité*. Comme dans le cas de l'Indochine, il pensait que la France n'avait plus rien à faire en Algérie. Bien sûr, subsistait le problème des Français installés là-bas depuis deux ou trois générations et qui considéraient cette terre comme la leur. Que pensait le général de Gaulle de tout cela ? On l'entendait peu. Depuis 1952, il avait multiplié les voyages en Afrique, en Guyane, en Nouvelle-Calédonie, à Madagascar, à Djibouti, éprouvant le besoin de la ferveur des foules pour oublier l'« ingrate patrie ». Avait-il définitivement renoncé au pouvoir, ou attendait-il patiemment, telle une araignée, que vienne son heure, laissant à des compagnons dévoués le soin de tisser la toile à sa place ?

La lettre de Salan réveillait en lui des amertumes qu'il croyait avoir oubliées. Le refus du gouvernement de le voir participer à la mise en place des nouveaux liens unissant la France à l'Indochine, à cause de ses sympathies pro-viêt-minh, l'avait profondément blessé. Il s'en voulait d'avoir insisté auprès de Mendès France, alors président du Conseil et ministre des Affaires étrangères. C'était sans doute pour l'amadouer qu'on lui avait remis les insignes d'officier de la Légion d'honneur. Pour la première fois depuis son arrivée à Cuba, il regretta de ne pas être en France. Mais que lui importait le bourbier algérien dans lequel le pays s'enlisait ? Il n'avait rien pu faire en Indochine, alors qu'il connaissait le lieu et les hommes. Quel pourrait bien être son rôle dans une région du monde qu'il ne connaissait pas ?

Ici, personne avec qui en parler ; trop de milliers de kilomètres séparaient la métropole des Caraïbes. L'ambassade de France à La Havane avait suffisamment de problèmes à traiter sur place pour s'intéresser à ceux que posait cette guerre en Algérie – l'Algérie qui, de toute façon, était terre française et devait le rester. La plupart des conversations avec ses compatriotes établis sur l'île se résumaient à cela.

Oui, le général Salan devait se sentir bien seul pour lui avoir demandé de le rejoindre.

LIVRE SEPTIÈME

Ma chère Léa,

À Montillac, tout va bien. Les enfants sont en bonne santé et les affaires sont florissantes. Tout serait parfait sans le drame algérien. Chaque jour nous apprend de nouveaux massacres, de nouvelles tueries. Des familles de la région sont durement éprouvées par le départ des jeunes hommes. En gare de Bordeaux, il y a eu des manifestations de pacifistes auxquelles se sont joints les communistes. On parle beaucoup de tortures sur la personne des Algériens. Notre voisin, François Mauriac, a pris fait et cause contre ces pratiques qui déshonorent, si elles sont vraies, l'Armée française. Nous avons lu, dans le Monde, *qu'il y avait eu un putsch à Cuba, que les attentats et les sabotages étaient fréquents. Qu'en est-il exactement ? Tes lettres ne nous en donnent aucune idée. N'est-ce pas dangereux pour les enfants ? Si cela devait s'aggraver, reviens ou, pour le moins, renvoie les enfants. Alain et moi serons heureux de les accueillir. Toi qui pensais que la vie à Cuba serait une fête, tu dois être bien déçue. Quoi qu'il en soit, prends garde à toi, ne t'expose pas. Charles a-t-il pu reprendre ses études ? Tu ne nous dis rien à son sujet...*

Nous avons eu de gros orages qui nous ont faire craindre le pire pour la vigne. Mais le Bordelais a été épargné, ce qui n'est pas le cas de Toulouse et de sa région.

Cuba libre !

Donne-nous vite de vos nouvelles. Tout le monde, ici, se joint à moi pour vous dire notre affection,

Françoise.

La missive de Françoise avait mis deux mois pour parvenir à La Havane. Manifestement, elle avait été ouverte. Avec humeur, Léa jeta la lettre sur le lit. Qu'avaient-ils tous à lui rappeler la sottise de son désir de connaître une vie heureuse à Cuba ? François avait bien tenté de lui dresser un rapide aperçu des différents régimes politiques en vigueur dans les Caraïbes, elle lui avait fermé les lèvres d'un baiser, ajoutant qu'elle préférait ses rêves à la réalité ; il avait ri et lui avait rendu son baiser sans plus chercher à l'instruire.

Depuis quelque temps régnait dans la capitale cubaine un climat de tension difficilement supportable : contrôles multiples, perquisitions et attentats quotidiens, manifestations brutalement dispersées par la police. À Miramar, quartier jusque-là préservé, on évitait à présent de sortir après la tombée de la nuit. Quelques riches villas avaient même été abandonnées par leurs propriétaires. Cependant, jamais les fêtes n'avaient été aussi nombreuses dans la bonne société, les ambassades et les grands hôtels. Des avions déversaient chaque jour leur lot d'Américains qui venaient de Miami pour se précipiter dans les casinos ou les boîtes de nuit. On s'amusait toujours beaucoup à La Havane.

Léa commençait à se sentir un peu lasse de l'existence futile et mondaine qu'elle menait. Les enfants avaient leur vie propre, leurs camarades, leurs jeux, et Philomène accaparait affectueusement la petite Claire. François s'absentait de longues journées, la laissant livrée à elle-même. Elle avait épuisé les joies de la découverte, celles de l'ancienne Havane, des bars que fréquentait le vieil Hemingway, des plages de Varadero, de la piscine du *Country Club*, des salles de jeu, des promenades en mer ou des séances de cinéma en fin d'après-midi...

Durant ces derniers jours du mois d'août, une chaleur accablante pesait sur la ville. Par désœuvrement, Léa avait accepté l'invitation d'Alfredo García Olivera, le travesti rencontré au *Tropicana*. La veille, elle l'avait croisé devant la cathédrale, affublé cette fois d'un pantalon corsaire d'un vert criard, d'un chemisier rose noué sous la poitrine et d'une perruque blonde. Ses mines et ses propos l'avaient fait rire. Il n'en avait pas fallu davantage pour qu'elle acceptât de le revoir.

La fraîcheur prodiguée par le climatiseur du *Floridita* tomba sur ses épaules nues. Léa frissonna en regardant autour d'elle. La salle était bondée et des Américains en chemisettes à fleurs s'agglutinaient autour du bar en interpellant bruyamment le barman. Elle passa entre les tables sous l'œil intéressé des hommes envieux des femmes. Pas la moindre somptueuse créature, qu'elle fût blonde ou brune. Elle s'apprêtait à se faufiler jusqu'au bar quand une main se posa sur son bras. Un métis dont les yeux verts brillaient dans un beau visage glabre, assez grand, élégant dans son costume blanc, lui souriait.

– J'ai cru que vous ne viendriez plus, dit-il sans lui lâcher le poignet.

Surprise, Léa tenta un instant de se dégager, puis éclata de rire.

– C'est vous ?

– Oui... Venez, on nous regarde.

Il l'entraîna jusqu'à sa table où un cigare achevait de se consumer.

– Que voulez-vous boire ?

– La même chose que vous.

– Antonio ! cria-t-il en se levant dans la direction du barman. Deux daiquiris, s'il te plaît.

– Bien, Monsieur Alfredo.

– Je vous ai bien eue, fit-il en se rasseyant.

– Vous pouvez le dire ! répondit-elle en le dévisageant.

– Ma mère aussi s'y perd. Elle ne s'habitue pas. Elle ne sait jamais, quand elle se lève, si c'est un fils ou une fille qu'elle va croiser dans sa salle de bains !

– Vous vivez avec votre mère ?

– Oui. Cela a l'air de vous étonner... ? Je suis un fils aimant et une fille attentive...

– Je n'en doute pas.

– Comment me préférez-vous, en femme ou en garçon ?

– Je ne connais ni l'une, ni l'autre. Je trouve la femme très belle, troublante. L'homme ?... Je ne le trouve pas mal non plus, mais... moins surprenant. Et vous, lequel préférez-vous ?

– Ça dépend.

– Ça dépend de quoi ?

– De l'endroit où je me trouve, des gens que je rencontre... Quand je suis une femme, je me sens plus forte, plus désirable. Homme, je dois assumer une virilité toute cubaine, qui me fatigue parfois.

Un serveur en veste rouge posa les verres sur la table.

– Antonio les a préparés comme vous les aimez, Monsieur Alfredo.

– Merci, Luis... À votre santé, Madame Tavernier !

Léa leva son verre.

– Comment le trouvez-vous ?

– Délicieux. Vous venez souvent ici ?

– Presque chaque jour.

– Toujours en homme ?

– Ça dépend...

– Encore !

– Eh oui, c'est une question d'humeur et d'heure. La femme ne paraît en général qu'à la tombée du jour... Je sais ce à quoi vous pensez : hier, devant la cathédrale, il faisait grand jour. Mais j'avais mes raisons...

– ... dont vous préférez ne pas parler.

Alfredo ne releva pas, le visage soudain tendu, les yeux rivés sur l'entrée.

– Qu'avez-vous... ? Ai-je dit quelque chose qui vous a déplu ?

– Non... Vous voyez l'homme, là-bas, celui qui tient la fille en jaune par la taille ?

– Oui...

– Regardez-le bien... pour ne pas oublier ses traits. Et, si vous le croisez un jour sur votre chemin, prenez vos jambes à votre cou, ou bien faites une prière.

– Mais... pourquoi ?

– C'est un assassin, un des hommes de main de Ventura, le plus dangereux, le plus cruel peut-être. Il aime faire souffrir... et tout particulièrement les jeunes filles ou les très jeunes garçons. Aucun de ceux qui ont dû passer entre ses mains n'en est ressorti indemne.

– Comment s'appelle-t-il ?

– Fernando Arguedas.

– C'est un policier ?

– Non, il fait partie de la mafia. Pour le compte de Meyer Lansky, l'ancien bras droit de Lucky Luciano – qui fut aussi le conseiller de Batista pour la réforme des jeux –, il contrôle les hôtels et les casinos qui appartiennent à l'Organisation. Dans le port de La Havane, il supervise le transit de la drogue de l'Asie vers l'Amérique...

– La réforme des jeux... ?

– Eh oui... Batista et le gouvernement américain, lassés d'être accusés de tricherie par les touristes qui perdaient des fortunes à la *cubola*, au *razze-dazzle* ou autres, ont décidé de sévir, en quelque sorte de moraliser l'industrie des jeux, et d'expulser les joueurs professionnels. Grâce à une police secrète composée d'hommes de Batista et de quelques autres issus de la mafia, les casinos de Cuba sont devenus les plus honnêtes du monde ! Plusieurs vols quotidiens y amènent des régiments de joueurs américains, assurés désormais de la régularité des jeux. Jamais autant d'argent n'a circulé à La Havane, et jamais notre île n'a autant mérité son surnom de « bordel de l'Amérique ». Le parrain juif et le dictateur métis se frottent les mains... Ça te fait rire ? C'est la marque de Cuba, ça : ici, on doit toujours donner aux vérités les plus amères un petit goût de burlesque pour les faire avaler...

– Et Arguedas, alors ?

– Arguedas, lui, depuis son fief du cabaret *le Sans-souci*, garde la haute main sur la plupart des trafics et des réseaux de prostitution. À l'occasion, il sert aussi d'indic à Ventura qui, en échange, ferme les yeux sur certains de ses excès... sans oublier d'accepter au passage de confortables pourboires. Ces deux bandits s'entendent à merveille et se rendent volontiers de mutuels services : enlèvements, séquestrations, menaces, extorsions, viols, tortures ou meurtres... L'amie de votre fils a eu affaire à lui.

– Comment le savez-vous ?

– Nous autres, créatures hybrides, nous circulons dans tous les milieux et nous savons nous y fondre, tels des caméléons. Nous participons de la sorte au spectacle de la rue. Noctambules, nous surprenons bien des confidences, je dirais même que nous les attirons. Les nuits de La Havane ne sont pas avares de débauches et de crimes. La maison où le viol de Carmen Pineiro a eu lieu appartient au père d'un copain qui travaille occasionnellement pour Arguedas. Ce soir-là, ce type, qui y planque ses cigarettes américaines de contrebande, s'y trouvait. C'est lui qui a alerté les autres étudiants.

– Vous ne jugez pas bizarre qu'un trafiquant de cigarettes informe des étudiants révolutionnaires ?

– Ce n'est pas si simple... À Cuba, il faut savoir se débrouiller. Les sympathies de ce pote vont plutôt au Directoire. Mais il faut bien manger... d'autant que son père lui a coupé les vivres parce qu'il refusait de collaborer avec la police.

– Ce Fernando Arguedas, vous avez déjà été en contact avec lui ?

D'un trait, Alfredo vida son verre.

– Venez, partons.

Il détourna la tête en passant devant l'homme de main de Ventura qui le suivit du regard tout en tirant sur son cigare. Dans la rue, la chaleur humide les enveloppa. Ils restèrent un instant immobiles sur le trottoir.

– J'ai faim, dit Léa.

– Quelle bonne chose ! Moi aussi. Je vous emmène à ma cantine... c'est aussi celle de papa Hemingway.

– La *Bodeguita del Medio* ? J'y suis allée quelquefois dans le vain espoir d'y apercevoir le grand homme, ou encore Errol Flynn...

– J'ai eu plus de chance que vous : moi, je les ai rencontrés et je me suis même saoulé avec eux. Beaucoup d'artistes cubains fréquentent la *Bodeguita* ; ce n'est pas cher, et la cuisine est honnête... Ça vous va ?

La nuit était tombée ; la lumière des magasins et celle des réverbères s'étaient allumées avant celles, éblouissantes, des phares de rutilantes voitures qui s'avançaient pare-choc contre pare-choc. La foule se pressait, rue Obispo, nonchalante, attirée par les vitrines éclairées des boutiques de luxe qui s'y alignaient : parfumeries, bijouteries, librairies, merceries ou chapelleries... L'acajou du comptoir de la pharmacie Johnson, ses pots en faïence étincelaient. Hors des salons de thé se répandait une bonne odeur de gâteaux au chocolat. Devant le grand marchand de vins et liqueurs, des hommes fumaient leur cigare, un verre à la main. Un groupe d'Américains tapageurs sortait de l'hôtel *Ambos Mundos*. Sur le muret entourant le square de la place d'Armes, des familles entières regardaient passer les piétons tandis que des gamins se poursuivaient dans les allées en se faufilant entre les jambes des promeneurs. Place de la Cathédrale, de vieilles femmes se dirigeaient à petits pas vers l'édifice religieux pour entendre l'office du soir.

Rue Empedrado, les clients de la *Bodeguita del Medio* barraient la chaussée, bavardant et buvant. Alfredo s'y fraya un chemin, salué au passage par des habitués. Certains commentaient la présence de Léa à ses côtés.

– *Mira eso. ¡ Tremenda Eva, caballero*[1] *!*

– *Una hembra como ésa, no es pa'ti solo, mi hermano*[2]*...*

– *¡ Alfredo, preséntamela, coño ! Segurito que ella me anda buscando*[3]*.*

Alfredo les repoussait en riant, heureux de son effet.

– *Apártense. Déjenle paso a esta dama*[4]*.*

Tous obtempéraient d'un air bon enfant. Au comptoir, Angel et Ignacio officiaient.

– *¡ Alfredo, mi socio ! Tú andas bien acompañado, eh, compay ! Bueno, está corre por mi. ¿ Qué tomar ? ¿ Mojitos*[5] *?*

Sans attendre leur réponse, Ignacio posait déjà deux verres glacés devant eux.

– *Estamos parti'os, Ignacio. ¿ Qué tienes por ahí*[6] *?*

– *Hay picadillo a la habanera o moros y cristianos*[7]*.*

– Vous devriez essayer les *moros y cristianos*, ce sont les meilleurs de La Havane... après ceux de ma mère, bien sûr !

– Alors, va pour les *moros y cristianos*.

Ils s'assirent devant un guéridon coincé contre le mur, que garnissaient les portraits dédicacés de chanteurs, de

1. Non, mais regarde. Super, la nana, mon vieux !
2. Une fille pareille, tu ne vas pas la garder pour toi tout seul, dis...
3. Alfredo, présente-moi donc ! Je suis sûr que je suis son type.
4. Écartez-vous, les amis. Faites place à une dame.
5. Alfredo, mon pote ! Te voilà en bonne compagnie, dis donc ! Allez, c'est ma tournée. Que prenez-vous ? des *mojitos* ?
6. Ignacio, on crève la dalle. Qu'est-ce que tu as à nous proposer ?
7. Ce soir, il y a un *picadillo à la habanera* et des *moros y cristianos*.

vedettes de cinéma, d'écrivains ou de joueurs de base-ball. Tous étaient venus un jour ou un autre goûter les célèbres *mojitos*. Trois musiciens s'installèrent à même le trottoir et attaquèrent un cha-cha-cha. Aussitôt, les Cubaines se mirent à balancer leurs reins et, bientôt, ce fut toute la rue qui se trémoussa sur l'air de la *Enganadora*.

Léa ne se lassait pas au spectacle de la joie de vivre des Havanais.

– En France, vous avez aussi de la musique dans les rues ? demanda Alfredo en portant à sa bouche une bonne portion de haricots.

La question fit resurgir dans l'esprit de Léa le souvenir de ce kiosque, au jardin du Luxembourg, où la Garde républicaine jouait le dimanche, celui de la fanfare municipale de Saint-Macaire et le visage de l'accordéoniste aveugle qui accompagnait sa femme, au carrefour Buci, quand elle interprétait les chansons de Fréhel ou de Piaf ; elle tendait les partitions au public attroupé autour d'elle, qui reprenait en chœur les refrains. Petite, à Bordeaux, Léa obligeait souvent son père à demeurer sur un trottoir, écoutant longuement les chanteurs de rue ou les joueurs d'orgue de Barbarie. Comme elle aurait aimé alors tourner la manivelle ou passer la sébile dans le public, un petit singe perché sur son épaule !

– Bien sûr qu'il y a de la musique dans nos rues. Mais ce n'est pas la même.

– Cela n'a pas d'importance. Un pays sans baladins est un pays triste. La musique permet de supporter bien des choses... Vous aimez ? ajouta-t-il en désignant le plat.

– Beaucoup... mais une fois de temps en temps : c'est très nourrissant !

– C'est la nourriture de base des Cubains, vous savez ? Il faudra que vous veniez goûter celui que prépare ma mère. Rien à voir avec celui-ci. Voulez-vous autre chose ?

– Oui, une glace et un café.

– Je prendrai la même chose... *¡ Angel, dos helados y dos cafés*[1] *!*

Trois belles filles firent leur entrée et allèrent s'installer au bar de l'épicerie-buvette sous les sifflets des hommes. Des bouffées de leur parfum lourd et sucré vinrent agacer les narines de Léa qui fronça le nez.

– Je déteste les parfums trop forts.

Alfredo se leva et se dirigea vers les filles qui gloussèrent en le voyant.

– *¿ Cómo, Freddy, todavía no estás lista*[2] *?*

– *Hóla, Olivia. ¿ Te has bañado en agua de colonia o qué, mujer ? Te echas demasiado. Ya te he dicho que una dama decente se perfuma con delicadeza*[3].

– *¡ Qué delicadeza ni que mierda ! ¿ Oyes, Marilyn ? La monstrua de Freddy quiere darnos lecciones de como hay que vivir... ¡ Ah ! ¡ Ahora entiendo ! La señora... discúlpe, el señor está en muy buena compañía. Usted me perdona, mi cielo... ¡ Salud, Señorita*[4] *!* lança-t-elle à l'adresse de Léa tout en levant son verre.

1. Angel, deux glaces et deux cafés !

2. Eh bien, Freddy, t'es pas encore prête ?

3. Salut, Olivia. T'es tombée dans ta bouteille d'eau de toilette ? T'en mets trop. Je t'ai déjà dit qu'une dame comme il faut doit se parfumer avec délicatesse.

4. Délicatesse, mon cul ! T'entends ça, Marilyn ? La grande Freddy qui veut nous donner des leçons de savoir-vivre... Ah, je vois, Madame... pardon, Monsieur est en galante compagnie. Excuse-nous, chérie... *Salud*, Mademoiselle !

– *¡ Vístete, mujer !... Que nos esperan a la once*[1], poursuivit celle qu'on venait d'appeler Marilyn.

– *Tienes razón. Váyanse, enseguida las alcanzo*[2].

Léa avait allumé un cigarillo et fumait, les yeux mi-clos, en s'appuyant nonchalamment au dossier de sa chaise.

– Vous êtes vraiment une très belle femme, assena-t-il en se rasseyant.

– Merci... Vos amies ne sont pas mal non plus. Elles aussi, ce sont... ?

– Des travelos ?... Oui. Plutôt réussis, non ? Elles ont beaucoup de succès, plus que moi, à vrai dire, parce qu'elles, elles aiment les hommes. Nous nous produisons au cours de soirées spéciales chez de riches amateurs où nous chantons, nous dansons... Ce soir, nous donnons un spectacle ; je ne l'ai su que ce matin et je n'ai pas pu vous prévenir. À présent, il serait temps pour moi de repasser chez moi me changer... Vous m'accompagnez ? C'est à deux pas... Ne craignez rien, ma mère sera là...

Alfredo habitait un bel immeuble délabré du dix-huitième siècle qui se dressait dans une petite rue, derrière la place d'Armes. Un vaste escalier aux marches de pierres ébréchées s'élevait le long de murs couverts de graffiti obscènes. Les balustres brisés y étaient remplacés par des piquets de bois maintenus à l'aide de fil de fer. Une odeur de lessive et de friture flottait dans la maison. L'appartement était au premier étage. Une porte décrépite s'ouvrit et une femme noire, qui avait dû être belle, toute vêtue de blanc, s'encadra dans l'embrasure, un gros cigare fiché entre

1. Tu devrais quand même aller t'habiller... On est attendus pour onze heures.

2. Tu as raison. Partez devant, je vous rejoindrai.

ses lèvres peintes. Après un bref regard à son fils, elle inspecta Léa de la tête aux pieds. Sans doute fut-elle satisfaite de l'examen, car elle rabattit largement le battant et s'effaça pour la laisser passer. L'étroite entrée était encombrée de plantes en pot plus ou moins flétries, de cages à oiseaux vides, de statuettes aux formes grossières, mais aussi de saints en plâtre coloriés de teintes criardes : il y avait là Thérèse de l'Enfant-Jésus, François d'Assise, Bernadette Soubirous. La petite pièce baignait dans une lumière rouge.

– Vous êtes la Française dont mon fils m'a parlé ? Vous êtes très belle, pour une Blanche.

– Maman, offre-lui quelque chose à boire, veux-tu ? Je dois me préparer.

– Asseyez-vous dans ce fauteuil, vous y serez bien... Je venais de me préparer un café, en voulez-vous ?

Sans attendre la réponse, elle tendit à Léa une délicate tasse de porcelaine.

– Ne faites pas attention au désordre, il y a eu une cérémonie, tout à l'heure.

Elle écarta le rideau imprimé qui séparait la pièce, découvrant une sorte de chapelle aux murs ornés de feuillages, de guirlandes de papier aux vives couleurs, de fleurs artificielles, d'écharpes en soie et de broderies fanées. Sur le sol recouvert d'une natte étaient posés des plats contenant de la nourriture, un énorme gâteau à la crème du plus beau rose, un plateau rempli de pièces de monnaie et de billets de banque. Entourant une sorte de figurine à la tête surmontée d'une plume et d'un morceau de métal rouillé, un coquillage marquant la place de la bouche et des yeux, de grosses bougies achevaient de se consumer.

– C'est Eleggua, celui qui ouvre les portes du bonheur ou du malheur, qui montre le chemin et tient les clés du destin. Il aime les hommages et les offrandes. Alfredo et moi, nous ne manquons jamais de le fêter, chaque lundi, et de lui faire brûler une bougie afin qu'il nous guide et nous protège... C'est un dieu très puissant, ajouta la femme en baissant la voix.

Alfredo, qui portait à présent une culotte de soie blanche ornée de dentelles, entra brusquement, perché sur des hauts talons.

– Maman, tu as encore touché à mon maquillage, je ne retrouve plus mon rouge à lèvres ! Je t'ai déjà demandé cent fois de ne pas te servir de mes affaires !

– Tu ne vas pas nous faire tout un drame pour un vieux bout de rouge à lèvres dont la couleur, soit dit en passant, ne t'allait pas du tout.

– Parce que tu trouves qu'elle te va, à toi ? Tu ne t'es pas regardée !

– Vous voyez comment il ose parler à sa mère ? Ce voyou, ce fils indigne à qui j'ai tout sacrifié... Tant d'ingratitude me tue !

– Arrête ta comédie, Maman, et dis-moi plutôt où tu as mis ce rouge.

– Tiens, le voilà ! s'exclama-t-elle en fouillant dans ses jupons blancs.

Le tube brillant atterrit entre les mains d'Alfredo.

– Mais... il n'en reste presque plus ! Tu l'as mangé, ou quoi ?

La mère se détourna, hautaine, tapota ses cheveux, arrangea une guirlande. Elle sursauta au claquement de la porte.

– Ne faites pas attention, ce n'est pas un mauvais garçon mais, par moments, il est comme une fille quand elle a ses périodes... Vous voyez ce que je veux dire ?

Léa se détourna tant elle avait du mal à conserver son sérieux. Balançant ses larges hanches à travers la pièce, Teresa poursuivait comme se parlant à elle-même :

– ... je n'ai sans doute pas fait assez de dons à Chango, et c'est pour ça que la virilité de mon fils est chancelante. Il se venge de mes prières à sa maîtresse, la déesse de l'Amour, l'épouse d'Orula, la belle Ochun...

La grosse femme s'approcha de Léa.

– Les dieux sont jaloux, il ne faut jamais en privilégier un par rapport aux autres. Pour me punir, Olofi, le créateur de l'Univers, a permis à ses *orishas*[1] de faire que mon enfant soit à la fois fille et garçon. Tout cela est de ma faute, je n'ai pas assez prié Orula...

– Orula, c'est saint François d'Assise, n'est-ce pas ?

Teresa lui lança un regard inquisiteur.

– Vous vous intéressez à la *santería* ?

– Il est difficile, quand on vit à Cuba, d'échapper au culte des *orishas*. Chaque famille cubaine, qu'elle soit chrétienne ou non, possède les siens, m'a-t-on dit...

– Pas seulement les familles cubaines...

– Maman ! Tu l'embêtes, avec tes histoires.

Cette fois, la transformation d'Alfredo se révéla si spectaculaire que sa mère, pourtant habituée, s'exclama :

– Que tu es belle, ma fille !

Fascinée, Léa le dévorait des yeux, une bizarre faiblesse au creux des genoux. Comment imaginer qu'un sexe d'homme se cachait sous ce fourreau moulant de satin rose,

1. Saints de la *santería*.

que cette taille élégante, ces épaules rondes, ces bras minces, ces mains fines, ces jambes longues, parfaites et lisses, ce visage ravissant, ces lèvres peintes, ces cheveux soigneusement coiffés n'étaient pas ceux d'une femme ? Se trouvait là, devant elle, quelque chose de profondément dérangeant et troublant. De son côté, Alfredo se sentait flatté, amusé, aussi, par son regard admiratif. Il lui adressa un sourire ravageur en tournant sur lui-même.

– Comment me trouvez-vous ? Suis-je assez chic pour sortir avec vous ?

– Vous êtes magnifique ! lâcha-t-elle avec une fougue qu'elle regretta aussitôt.

Il lui prit le bras, l'attira à lui et lui chuchota dans les cheveux :

– C'est vous qui êtes magnifique !

La chaleur, son parfum capiteux, le souffle dans son cou, la poigne ferme la firent vaciller. Il s'en aperçut et resserra son étreinte. Les paroles de Santiago Rey revinrent à l'esprit de Léa : « Il n'a pas son pareil pour séduire les honnêtes femmes... » Furieuse contre elle-même, elle se dégagea brusquement.

– Excusez-moi, mais je dois rentrer, à présent... Au revoir, Madame, je suis heureuse d'avoir fait votre connaissance.

– Alfredo va vous raccompagner, les rues de La Havane ne sont pas sûres pour une belle jeune femme seule. Dieu te protège, mon fils, sois prudent !

Ils s'embrassèrent.

Freddy s'agenouilla rapidement devant l'autel, fit le signe de la croix, baisa le bout de ses doigts et toucha le sol. Sa mère approuvait d'un hochement de tête.

La moiteur de la nuit les enserra. Les hommes les suivaient des yeux, leur lançant des invites très précises auxquelles Freddy répondait en cambrant les reins de façon provocante ou par une apostrophe tout aussi crue.

– Arrêtez de les aguicher, s'écria Léa, ils vont nous sauter dessus !

– Mais non. Avec moi, vous ne risquez rien.

Ils arrivèrent à la station de taxis, escortés par cinq ou six jeunes gens plus entreprenants que les autres. Un des chauffeurs s'avança vers eux.

– Besoin de quelque chose, Freddo ?

– Salut, Pepe. Conduis-nous loin de ces mâles en rut !

Alfredo poussa Léa dans la voiture et, se retournant, retroussa sa jupe et agita son sexe en direction des suiveurs. Stupides, les garçons demeurèrent quelques secondes figés sur place. Quand ils recouvrèrent leurs esprits et s'élancèrent en vociférant, le véhicule avait déjà pris de la vitesse.

– Tu devrais arrêter de les provoquer... Un jour, ils te casseront la gueule, dit Pepe alors qu'il évitait une grosse Chevrolet.

La manœuvre eut pour effet de projeter ses deux clients l'un contre l'autre.

– Fais donc attention, Pepe !... Tu vas nous casser la gueule avant eux.

– Allons, allons, Freddo, tu sais bien que je suis le Fangio des chauffeurs de taxi...

– Fangio ou pas, lève le pied ; on n'a pas la police au cul !

– Comme tu veux, fils. Où allons-nous, par le fait ?

– Chez le docteur Hasselbacher. Tu connais, n'est-ce pas ? Et mets-nous un peu de musique, s'il te plaît.

Ils roulèrent quelques instants au rythme d'un mambo.

– Mais... ce n'est pas la direction de Miramar, s'étonna Léa.

– Non, je vous emmène avec moi. Je crois que vous n'êtes jamais allée dans un endroit qui ressemble à celui où nous nous rendons.

– Possible, mais vous auriez pu me demander mon avis !

– Ne faites pas votre mijaurée. Vous êtes comme moi, vous aimez l'imprévu, vous aimez vous amuser...

– C'est vrai. Mais j'aime aussi choisir mes amusements.

– Soyez gentille : ça me ferait plaisir que vous m'accompagniez...

Le ton câlin eut raison du début de mauvaise humeur qu'éprouvait Léa. Elle prit le parti d'en rire.

Ils suivaient la vía Blanca en direction de Matanzas. Léa gardait les yeux fermés.

– Nous arrivons, indiqua Alfredo.

Dans la lumière des phares, un panneau surgit : Léa eut à peine le temps de lire : Santa María del Mar. Un vent marin s'engouffra dans l'habitacle de la voiture. Ils traversèrent le bourg. À la sortie, le chauffeur ralentit puis s'arrêta devant un porche où se tenaient deux hommes, pistolet à la ceinture. Les gardiens s'approchèrent, reconnurent Alfredo et ouvrirent les battants du portail. Là-bas, au bout de l'allée, d'une maison généreusement éclairée provenait une musique mexicaine.

– On ne nous a pas attendus pour commencer la fête, fit remarquer Alfredo en ouvrant la portière. Tu restes dehors, ajouta-t-il à l'adresse du chauffeur.

Il prit le bras de Léa.

– Faites exactement ce que je vous dirai : dans quinze minutes, demandez à aller à la salle de bains, je vous y rejoindrai. Jusque-là, soyez gaie et naturelle.

– Pourquoi me dites-vous cela ?

Il n'eut pas le temps de répondre, un homme se dirigeait vers eux.

– Bonsoir, Freddy. Tu nous amènes une nouvelle ? Elle est parfaite, on jurerait une vraie femme !

Alfredo éclata de rire.

– Docteur, cela va vous étonner, mais Madame est une femme... Elle est française et c'est une amie. Elle était seule, ce soir ; je me suis permise de l'inviter.

– Tu as bien fait... Tu n'as pas peur de la concurrence ?

– Docteur, roucoula-t-il, je sais trop où vont vos préférences...

– Il ne faut être sûr de rien, très cher. Je pourrais très bien être amené à faire une exception... Ainsi, vous êtes française, Madame... Madame ?

– Tavernier.

– J'ai vu ce nom-là quelque part... Dans *Carteles* ou *Bohemia*, peut-être.

– Dans les deux, docteur. Mme Tavernier est une amie de notre Président et du ministre de l'Intérieur.

– Vous connaissez notre cher Santiago Rey ? Il va sûrement passer ce soir... Soyez la bienvenue, conclut-il en s'effaçant devant le seuil.

Une quinzaine de personnes, debout près d'un vaste buffet, se restauraient en bavardant. Les trois travestis rencontrés plus tôt à la *Bodeguita del Medio* y minaudaient, un verre à la main. Apercevant Alfredo, ils s'avancèrent en roulant des hanches.

– Il est dans une cabane derrière la serre... il y a un gardien à l'entrée, chuchota Olivia sans cesser de sourire.

– Il est salement amoché, souffla Marilyn dans un grand rire.

Les yeux de Léa allaient de l'une à l'autre, cherchant à décrypter l'énigmatique conversation.

Le maître de maison venait à eux en compagnie d'un homme que Léa reconnut aussitôt.

– Monsieur Greene !... La dernière fois que nous nous sommes vus, c'était à Hanoi, n'est-ce pas ? Vous vous souvenez ?

– Comment pourrait-on oublier une aussi jolie femme ? fit-il en lui baisant la main. Que faites-vous donc à Cuba ?

– J'allais vous poser la même question.

– M. Graham Greene prépare un roman, il a besoin de se frotter à un peu tous les milieux de notre île, les plus officiels comme les plus interlopes..., compléta son hôte.

– Vous ne pouviez mieux tomber que chez le docteur Hasselbacher, renchérit Alfredo avec componction.

– Mesure tes paroles ! siffla le maître de maison.

– Mon cher petit docteur, je plaisantais... Si on ne peut plus s'amuser chez vous, je ne viendrai plus, déclara Alfredo en s'éloignant avec des airs offusqués.

Graham Greene prit le bras de Léa et l'entraîna vers un canapé.

– Asseyons-nous, voulez-vous ? C'est surprenant de vous retrouver ici... On m'a dit que c'était un des lieux les plus mal famés de tous les environs de La Havane et que les soirées qui s'y déroulaient étaient dignes du marquis de Sade.

– On exagère sans doute beaucoup... Comment êtes-vous venu ? Vous comptez rester longtemps ?

– Je ne sais pas vraiment... J'ai loué une voiture avec un chauffeur ; il m'attend près de la serre. C'est une fripouille superstitieuse, mais il connaît tous les endroits louches de La Havane. C'est lui qui m'a présenté au docteur Hasselbacher et qui m'a fait découvrir les spectacles porno du *Shanghai*, un théâtre où, pour un dollar et vingt-cinq cents, on peut voir des gens forniquer sur scène. « C'est aussi peu exaltant que de voir un mari remplissant honnêtement ses devoirs. » Quant à moi, je préfère les numéros de lesbiennes du *Blue Moon*... Vous connaissez ?

Léa fit « non » de la tête, tout en jetant un rapide coup d'œil à sa montre.

– Je vous y emmènerai...

– Je ne crois pas que mon mari serait d'accord ! s'esclaffa-t-elle... Excusez-moi, je reviens.

Léa se leva et se dirigea vers une des jeunes femmes qui faisaient le service dans une tenue qui dévoilait leurs jambes et leurs seins.

– Où se trouvent les toilettes, s'il vous plaît ?

– Par ici, je vais vous montrer.

Au bout d'un assez long couloir, elle indiqua une porte. Derrière, une sorte de boudoir tendu de tissu rose s'ouvrait. Deux larges coiffeuses juponnées se faisaient face, encadrant de hauts miroirs qui dissimulaient des portes. Le sol était recouvert d'un épais tapis, l'éclairage était doux, l'air parfumé. Léa s'assit devant une des coiffeuses et prit son poudrier. Aucun bruit ne lui parvenait ; les murs devaient être capitonnés. Alfredo fit irruption.

– Nous n'avons pas beaucoup de temps... Je vous ai amenée pour faire diversion, mais votre présence se révèle encore plus intéressante que prévu, du fait de votre rencontre avec Greene.

– Je ne comprends pas très bien ce que vous voulez dire...

– Jurez-moi de ne pas vous emporter.

– Mais...

– Jurez !

– Lâchez-moi, vous me faites mal.

– Jurez !

– Je le jure...

– Voici : un de nos amis est retenu prisonnier ici, il a été torturé et nous allons le faire évader. Il y a déjà une voiture garée près de la serre, là où notre ami est détenu...

– Mais... c'est la voiture de Greene !

– Je sais, je sais... nous, nous allons y cacher le docteur Pineiro...

– Le docteur Pineiro ?...

– Oui... Vous, vous allez simuler un malaise, vous trouver mal, que sais-je ? Et vous demanderez à l'écrivain de vous raccompagner.

– Mais enfin... vous rendez-vous compte de la gravité de la situation dans laquelle vous me mettez ? !

– Bien sûr, mais je n'avais pas le choix. C'est aujourd'hui l'unique occasion à s'être présentée depuis des semaines. Il n'y a que quinze jours que nous avons repéré la trace du docteur Pineiro... Avant d'être conduit ici, il a dû séjourner dans les différentes prisons que la police tient secrètes. À chaque fois, il a été torturé... Nous savons maintenant que Ventura et ses sbires lui ont aussi posé des questions sur vous et sur votre famille. Il n'a rien dit...

Vous voyez, vous aussi, vous êtes concernée par cet enlèvement.

– En me conduisant ici, vous saviez que vous m'ameniez dans la gueule du loup !

– Je ne l'ignore pas. C'est un risque que nous avons calculé... Le temps presse, à présent : acceptez-vous de nous aider ?

– Ai-je vraiment le choix ?

Alfredo se contenta de hausser les épaules tandis que Léa se maudissait d'avoir accepté de le suivre. Par sa légèreté, elle s'était mise une nouvelle fois dans une situation inextricable. S'il lui arrivait quelque chose, personne n'aurait idée de la rechercher dans cet endroit perdu. Une pensée lui perça le cœur : les enfants étaient restés seuls à la villa de Miramar ! Machinalement, elle rajusta ses cheveux face au miroir. Il lui renvoya l'image d'une belle jeune femme bronzée, mais au regard égaré. Elle sera les poings et se tourna vers Freddy qui se repoudrait.

– Que dois-je faire ?

La moue satisfaite de son compagnon lui parut insupportable.

– Vous allez regagner le salon, rire, danser, faire semblant de vous amuser... Mais ne cessez pas de surveiller le docteur Hasselbacher. Aux alentours d'une heure, avec les copines, nous ferons notre numéro de strip-tease. À ce moment, seul le centre de la pièce restera éclairé. Quand je serai nu, vous vous dirigerez vers Greene et vous le prierez de vous raccompagner en prétextant un malaise.

– Et s'il insiste pour rester ?

– Vous vous ferez pressante.

– Et si c'est le docteur Hasselbacher qui se propose pour me raccompagner ?

– Il n'en fera rien, je le connais : il en pince pour Marilyn qui est la seule, dit-il, à savoir lui rendre sa... vigueur.

Sans un mot, Léa rejoignit les salons où des couples s'étaient mis à danser une rumba avec une telle sensualité qu'un instant, elle en fut émue. Un homme grand, assez séduisant, l'invita et la prit contre lui sans plus de façons. Léa ne résista pas et, bientôt, leurs deux corps se balançaient sur le tempo troublant de la danse. Il devint vite impossible d'ignorer l'état dans lequel se trouvait son cavalier. Un sourire narquois aux lèvres, Léa accentua le mouvement de ses hanches. Un long tressaillement l'avertit de l'orgasme de son partenaire. Elle s'écarta mais, d'un geste possessif, il la plaqua entre ses jambes. L'orchestre s'interrompit, délivrant Léa du même coup. Elle s'échappa.

– Mes chers amis, s'écria le docteur Hasselbacher, je vous propose à présent de porter un toast en l'honneur du célèbre écrivain britannique qui nous fait l'honneur d'être des nôtres ce soir, j'ai nommé M. Graham Greene, auquel j'associe une ravissante Française, Mme Tavernier !

Tous levèrent leur verre de bon cœur.

– Et que la fête continue ! s'exclama le médecin en se laissant tomber sur un canapé.

Les lumières baissèrent, la musique reprit et les couples s'enlacèrent de nouveau. Le danseur de Léa se rapprocha et la prit par la taille.

– Vous permettez, Monsieur ? s'interposa Graham Greene en attirant la jeune femme.

L'homme réprima un mouvement de mécontentement puis, sous le regard sans aménité de Léa, s'inclina.

– Je vous préviens, je danse très mal, dit l'homme de lettres en la prenant dans ses bras.

Ils dansèrent en silence pendant quelques instants.

– Que faites-vous ici ? Ce n'est guère la place d'une femme telle que vous... Vous n'êtes pas venue pour vous distraire : je vous sens inquiète, tendue...

Léa ne répondit pas et s'appliqua à suivre le pas malhabile de son partenaire. Il dut s'en rendre compte, car il se mit à rire :

– Je suis un piètre danseur, n'est-ce pas ? On s'arrête ?

– Non, continuons, s'il vous plaît.

Il y avait dans sa voix quelque chose de si pressant qu'il reprit tout de suite le mouvement et dansa jusqu'à la pause suivante de l'orchestre. L'un des musiciens s'avança sur le devant de l'estrade :

– Mesdames et Messieurs ! aboya-t-il. Vous allez maintenant pouvoir admirer le numéro, célèbre dans toute La Havane, que vont nous offrir quelques-unes des plus belles femmes de Cuba !

Sous les applaudissements et les rires, il se retira tandis qu'on éteignait les lumières une à une. Dans l'obscurité, Léa chercha la main de Graham Greene. Soudain, un faisceau lumineux cerna de rouge le centre de la salle. À même le sol, d'abord recroquevillée, une femme se mit à bouger lentement les bras. D'un saxophone montait une longue plainte. Lorsque la femme se redressa, Léa fut saisie : elle reconnut Alfredo. Le saxo semblait ordonner chacun de ses mouvements dont la nonchalance démultipliait les effets. Toute l'assistance demeurait suspendue au moindre de ses gestes ; leur suggestivité la plongeait dans un trouble érotique grandissant. Quand la robe tomba, il y eut un frémissement. La guêpière serrée faisait ressortir sa cambrure, accentuant la rondeur de ses fesses couleur tabac. Penché, tournant sur lui-même, il les ouvrait, les écartait, faisant apparaître le lien de son cache-sexe. Il introduisit un doigt, le saxophone gémit et, dans l'assistance, on entendit de nombreux soupirs. Auprès de Léa, un couple entreprenait les gestes de l'amour sans cesser d'observer la scène. Perchées sur de hauts talons dorés, les jambes d'Alfredo, dans leurs bas irisés, paraissaient interminables. À son tour, la guêpière tomba. La dentelle de l'étroit porte-jarretelles tranchait sur la peau sombre. Le triangle de satin blanc se distendit. Le saxo haletait quand le tissu céda à la pression d'un sexe triomphant qui se balança sous d'admiratives exclamations. Elles redoublèrent quand, provocant, Alfredo le branla face à son public. Parmi l'auditoire, on commençait à l'imiter. Le saxo s'essouffla peu à peu puis, soudain, lança trois ou quatre râles, ponctuant l'éjaculation de l'artiste et la jouissance des spectateurs. Le saxo expira dans une ultime plainte.

Les yeux écarquillés, Léa ne se rendait pas compte qu'elle écrasait dans la sienne la main de Graham Greene.

– Vous me broyez les os, chère Madame !

Confuse, elle desserra les doigts. Le Britannique pliait et dépliait les siens.

– Quelle poigne !... Le show vous a plu ?

Alfredo, aussi nu qu'un ver, passa devant elle. On ralluma quelques-uns des éclairages.

– Monsieur Greene, s'il vous plaît, pourriez-vous me raccompagner ? Je ne me sens pas très bien...

– Vous ne voulez pas voir la suite ?

– Non... je vous en prie !

Elle se leva et fit mine de vaciller. Greene passa en hâte son bras autour de sa taille. Le docteur Hasselbacher vint vers eux en titubant.

– Mme Tavernier est souffrante, lui annonça Greene. Je vais la ramener chez elle.

L'hôte eut un rire gras.

– Vous êtes bien pâle, en effet. C'est notre bel Alfredo qui vous met dans cet état-là ? Allez donc prendre un peu l'air, cela va aller mieux.

– Non, non, je ne crois pas... Depuis quelque temps, je suis sujette à d'épouvantables maux de tête... Je vous remercie de votre accueil. Soyez assez aimable, je vous prie, pour faire savoir à Alfredo que je m'en vais. Saluez-le pour moi.

– Eh bien, allez-y, puisqu'il n'y a pas moyen de vous retenir. J'espère avoir le plaisir de vous revoir. Monsieur Greene, un de mes chauffeurs peut reconduire Mme Tavernier...

– C'est très gentil, je vous remercie, mais je préfère la raccompagner moi-même. Nous sommes de vieilles connaissances et je me sens un peu responsable d'elle.

– À votre aise... Le ciel est magnifique, tout est si paisible !

Dans la voiture, le chauffeur somnolait, la tête appuyée contre le volant. Graham Greene le secoua. L'homme se redressa, les cheveux embroussaillés.

– Qu'est-ce que c'est ? !... Qu'est-ce qu'il y a ? !...

– Calmez-vous, ce n'est que moi... Nous rentrons.

– Oui, Monsieur ; bien, Monsieur.

Il s'extirpa du véhicule et ouvrit la portière en s'inclinant devant la dame qui accompagnait son client. Léa monta, s'attendant à tout instant à voir surgir Ventura et ses policiers. Mais tout était tranquille, la nuit douce et étoilée. Le docteur Pineiro se trouvait-il dans le coffre de la voiture ?

Le portail s'écarta à leur approche tandis que les gardes armés leur faisaient un signe de la main. Devant eux, la route se découpa dans les phares.

– Où allons-nous, Monsieur ? Dans le Vedado, on vient d'ouvrir une fumerie d'opium ? Elle est tenue par une Vietnamienne qui est, paraît-il, très honnête...

– Ce n'était pas le cas de ton revendeur de cocaïne : une vraie merde !

– Peut-être, mais c'était pas cher...

– Encore trop cher pour de la poudre boriquée.

– Moi aussi, on m'avait eu. Maudit marchand de journaux ! Un escroc, *señor* ! J'avais confiance en lui. J'en ai été de cinq shillings de ma poche, puisque je vous ai remboursé.

– C'est vrai, Pepe, tu as été correct... Mais fais donc attention, tu vas nous jeter dans le fossé... Pourquoi ralentis-tu ?

– Iiii... il y a un barrage, jeta-t-il en bégayant.

– Et alors ? Arrête-toi...

Le taxi s'immobilisa à la hauteur d'un jeune policier qui brandissait une torche électrique.

– Sortez ! ordonna-t-il.

Léa ne parvenait plus à contrôler le tremblement de ses jambes. Une voiture venant de la direction de La Havane s'arrêta, tous phares allumés. Éblouis, l'écrivain et sa compagne portèrent les mains devant leurs yeux.

– Que se passe-t-il encore ? jappa l'homme corpulent qui en descendait.

– Police ! Vos papiers...

– Imbécile ! Je suis le ministre de l'Intérieur, regarde-moi !

– Oh, excusez-moi, Monsieur le ministre... on avait ordre de contrôler tous les véhicules...

– Mais pousse-toi donc, abruti, je ne peux pas voir les jambes de cette jeune dame...

Dans le halo qui la déshabillait, Léa regarda s'avancer Santiago Rey.

– Mme Tavernier !... Ça, c'est une surprise !... Mais que faites-vous ici, sur cette route, en pleine nuit ?

– Je revenais de chez le docteur Hasselbacher... Je vous présente M. Graham Greene, l'écrivain britannique.

– Je connais M. Greene... Bonsoir, Monsieur. Pourquoi rentrez-vous si tôt ?

– Bonsoir, Monsieur le ministre. J'ai pour ma part un papier à terminer et, de son côté, Mme Tavernier ne se sentait pas très bien.

– Quel dommage ! Les soirées du docteur Hasselbacher sont tellement amusantes. Vous êtes sûrs de ne pas vouloir revenir ?

– Non, vraiment. Une autre fois, ce sera avec plaisir, Monsieur le ministre.

– Je l'espère de tout cœur... Au revoir, chère Madame. Vous avez de bien jolies jambes... *¡ Déjenlos pasar*[1] *!* Adieu, Monsieur Greene.

Ils roulèrent en silence jusqu'à l'entrée de La Havane. Durant tout le trajet, Léa avait guetté le moindre bruit qui

1. Laissez-les passer !

aurait pu provenir du coffre. Si le docteur Pineiro s'y trouvait, que devait-elle faire, à présent ? Alfredo ne lui avait donné aucune instruction supplémentaire.

– Où dois-je vous déposer ? demanda Greene.

– À Miramar, si cela ne vous ennuie pas.

– Pas le moins du monde... Vous avez l'air fatigué. Vous connaissez bien Santiago Rey ? Vous sembliez terrorisée...

– J'avais peur que le capitaine Ventura ne soit avec lui.

– Vous avez des raisons de le redouter ?

– Tout le monde, à La Havane, a des raisons d'être effrayé par ce type.

Au Parque Martí, le chauffeur tourna dans l'avenue de Los Presidentes, puis emprunta la 23e Rue.

– Pourquoi passez-vous par là ? s'enquit Léa.

– Je crois que nous sommes suivis...

– Prends la première à droite, ordonna Graham Greene.

Le conducteur obéit.

– Ils sont toujours derrière nous, observa-t-il.

– Prends à gauche, cette fois.

La voiture bondit sur le trottoir et poursuivit sa route en zigzaguant, sans parvenir à semer ses poursuivants.

– Tu crois que c'est la police ?

– Non, Monsieur, les flics n'ont pas de Chevrolet...

Ils longèrent à vive allure le mur du cimetière Colón jusqu'à la 29e Rue à la hauteur de laquelle la Chevrolet les dépassa et se mit brutalement en travers du passage. Le chauffeur fut forcé d'immobiliser son taxi. Trois hommes, le visage dissimulé par une cagoule, jaillirent de la seconde voiture. Un seul portait ostensiblement une arme.

– Descendez, siffla l'un d'eux.

Pepe, mains en l'air, sortit le premier en tremblant de tout son corps.

– Ne me faites pas de mal... Je n'ai pas d'argent !

– Qui te parle d'argent, abruti ? Tourne-toi contre le mur et ferme bien les yeux.

Malgré la cagoule qui l'étouffait, Léa venait de reconnaître la voix d'Alfredo. Elle se plaça sans un mot près du chauffeur, non sans avoir remarqué que l'un des hommes se hâtait d'ouvrir le coffre. De son côté, Graham Greene, que l'aventure contrariait, refusait de quitter son siège.

– Monsieur Greene, ne nous obligez pas à employer la force ; je n'aurais aucun plaisir à frapper un écrivain célèbre...

– Quoi ?... Vous me connaissez ? fit-il, saisi.

Greene fut si surpris qu'il descendit à son tour.

– Face au mur, s'il vous plaît. Nous empruntons votre véhicule. D'ici quelque temps, nous vous en enverrons un autre... Inutile d'appeler, l'endroit est désert et, de toute façon, personne ne vous viendra en aide.

Les trois hommes grimpèrent dans le taxi et démarrèrent en trombe. Pepe se rongeait les poings de rage et de désespoir en regardant s'éloigner son gagne-pain. Graham Greene ralluma son cigare et Léa s'assit sur une grosse pierre qui maintenait fermé un portail de bois vermoulu.

– Ne restons pas là, conseilla Pepe. Le quartier n'est pas sûr, la nuit.

– Non, restons, objecta Léa. Ils ont dit qu'ils enverraient une voiture nous chercher.

– C'est curieux, remarqua Greene, j'ai l'impression que... vous savez qui sont nos agresseurs...

– Quelle... quelle drôle d'idée ! répliqua-t-elle d'une voix enrouée.

– Eh bien, attendons, puisque vous semblez si sûre de vous.

Un quart d'heure plus tard, une Lincoln s'arrêta à proximité.

– Montez, leur lança le conducteur.

Malgré sa réticence, le chauffeur du taxi volé s'assit auprès de lui.

– Ne t'inquiète pas, ton taxi est garé devant la gare... Je vous dépose au *Nacional*, Monsieur Greene ?

– Va pour le *Nacional*, laissa tomber l'écrivain d'un ton las.

Ils roulèrent en silence jusqu'à l'hôtel.

– Descends là, toi aussi, intima le conducteur de la Lincoln au Cubain. Monsieur Greene, excusez-nous pour le contretemps. Je raccompagne Madame.

– Au revoir, Monsieur Greene.

– Vous êtes certaine que vous voulez rentrer avec cet homme ?

– Oui, oui, n'ayez aucune inquiétude.

– Eh bien, bonne nuit, Madame.

La voiture longea le Malecón. La nuit était très noire, le ciel se confondait avec la mer. Une immense fatigue s'empara de Léa qui ferma les yeux et s'abandonna à l'arrière du véhicule. Quand elle les rouvrit, ils arrivaient devant la grille de la villa. Des appels de phares percèrent la pénombre. Le conducteur répondit au signal.

– Jusqu'à présent, tout va bien, murmura-t-il en coupant le contact.

Deux silhouettes sombres qui en soutenaient une troisième se profilèrent tout près de la voiture.

– N'ayez pas peur, lui dit l'homme, ce sont nos amis.

– Oh non ! bredouilla Léa.

– Nous n'avons pas d'autre issue, rétorqua Alfredo par la vitre baissée. La planque où nous pensions conduire le docteur a été découverte par la police cet après-midi. Il faut que vous le cachiez chez vous quelque temps.

Sans répondre, Léa sortit sa clé et ouvrit le portail. Sous leurs pieds, le crissement des graviers retentit dans le silence nocturne. Plus haut, les appliques lumineuses de la galerie entourant la maison paraissaient jeter des lueurs hostiles.

« J'ai peur, pensa Léa. Pourquoi François n'est-il jamais là quand j'ai besoin de lui ? »

Malgré son angoisse, sa mauvaise foi la fit sourire.

– Enfin, te voilà, ce n'est pas trop tôt !

– François ! cria-t-elle en s'élançant.

Ses bras se refermèrent sur elle.

– Là, là, ça va, ne tremble plus, je suis là... Qui sont ces messieurs ? Que signifie ?... Pourquoi ces armes ?

– Entrez vite.

Sans ménagements, Alfredo les poussa vers l'intérieur de la maison. Ses compagnons portèrent le docteur Pineiro jusqu'à un canapé. Le vieil homme laissa échapper une plainte.

– Il faut appeler un médecin, s'empressa l'un d'eux. Il a l'air très mal en point.

– Va-t-on m'expliquer de quoi il retourne ? exigea François Tavernier sans lâcher sa femme. Et d'abord, à qui ai-je l'honneur ?

Alfredo, le maquillage défait, reprit la parole :

– Nos noms n'ont pas d'importance, Monsieur. Nous nous sommes servis de votre femme pour faire évader notre ami. Maintenant, vous devez vous aussi nous aider ; sinon, le docteur est un homme mort.

– J'ai l'impression de vous avoir déjà vu... Je me trompe ?

– Maman, maman, j'ai fait un vilain rêve !

Immobile dans une chemise de nuit chiffonnée, la petite Claire clignait des yeux dans la lumière éblouissante. Elle tenait son ours en peluche par la seule patte qui restait à l'animal.

– J'ai fait un vilain rêve, répéta-t-elle en se jetant dans les bras de sa mère.

– Ce n'est rien, ma chérie, viens te recoucher, je vais te chanter une chanson.

Elle souleva l'enfant qui lui sourit puis, rassurée, referma les yeux. L'ours tomba ; elle s'était rendormie sur l'épaule de sa mère. Léa sortit, emportant Claire. Alfredo ne fit rien pour la retenir.

– Messieurs, rangez vos armes, à présent, coupa François. En deux mots, de quoi s'agit-il ?

Devant leur hésitation, il reprit :

– Je n'ai pas de temps à perdre... et vous non plus !

Alfredo intervint :

– Vous avez hébergé Carmen Pineiro ; voici son père. L'endroit où nous pensions l'abriter, avant de le faire fuir vers Miami, a été investi par Ventura et sa clique. Aucun de nos casernements n'est plus sûr, et l'état du docteur ne nous permet pas de prendre le risque de le conduire de cache en cache. En cas d'assaut, il serait incapable de fuir rapidement.

– Vous n'ignorez sans doute pas que nous avons déjà eu affaire au capitaine Ventura et que tous nos faits et gestes font probablement l'objet d'une surveillance.

– Nous y avons tous réfléchi ; ils ne penseront justement pas que vous oseriez dissimuler quelqu'un chez vous... Malgré tout, en tant qu'étrangers, vous ne risquez pas grand-chose...

– Vous appelez « pas grand-chose » le risque de nous faire enlever ou assassiner ?

– Ce risque existe, mais il est minime.

– C'est un risque que je peux accepter de courir pour moi-même, mais que je n'ai pas le droit d'imposer à ma femme ni à mes enfants.

– Il a raison.

Tous se retournèrent. Le docteur Pineiro s'était redressé et tentait de se lever. Ses forces le trahirent et il retomba sans connaissance. François décrocha le téléphone.

– Que faites-vous ? bondit Alfredo.

– J'appelle un médecin.

– Mais...

– Ne vous inquiétez pas, c'est un Français, il soigne ma famille... Allô, Antoine ?... Oui, je sais, il est tard... C'est très urgent, venez immédiatement... Soyez discret et passez par la petite porte de derrière... Oui, merci infiniment.

Il raccrocha.

– Il sera là dans une dizaine de minutes. Voulez-vous boire quelque chose ?

Sans attendre la réponse des trois hommes, il s'empara d'une bouteille posée sur un plateau et remplit les verres.

– Du rhum, ça vous va ?

– Il est salement amoché... il faudrait le conduire à l'hôpital, conclut le docteur Antoine Guimard en rangeant son stéthoscope.

– Impossible, murmura le blessé. Il y a des mouchards dans tous les hôpitaux.

– Votre état est sérieux, cher confrère.

– Je le sais, mais je suis toujours vivant... ce qui ne durera pas si vous me conduisez à l'hôpital.

– Pouvez-vous le soigner ici ? interrogea François.

– Oui, mais...

– Alors, faites-le.

– Enfin, Tavernier, nous risquons des ennuis !

– Acceptez-vous, oui ou non, de le soigner ?

– Ai-je vraiment le choix ? Je n'ai pas envie d'être accusé de non-assistance à personne en danger...

– Merci, mon vieux. Je savais que je pouvais compter sur vous.

– N'en parlons plus... Faites-le porter dans une chambre. Je vais déjà lui faire une injection, nettoyer ses plaies et les suturer. Si tout va bien et avec un peu de chance, il pourra quitter cette maison dans trois ou quatre jours. D'ici là, je ne réponds pas de sa vie.

Trois quarts d'heure plus tard, le docteur Guimard redescendait.

– Il s'est assoupi. Je repasserai dans la soirée... Avez-vous quelqu'un pour demeurer auprès de lui ?

– Je m'en chargerai, trancha Léa qui venait d'entrer.

Cinq jours plus tard, le docteur Pineiro pouvait envisager de partir. Alfredo García Olivera s'était entendu avec le patron d'un petit bateau de pêche de San Francisco de Paula. Le bonhomme, qui accompagnait souvent Ernest Hemingway à la pêche, sortait facilement en mer sans que les autorités portuaires lui cherchent noise. Le prix Nobel devait recevoir dans sa propriété l'ambassadeur de France et des amis français qui étaient de passage. C'est tout naturellement que Grousset demanda aux Tavernier de l'accompagner. D'abord caché dans le coffre de la voiture de François, le docteur Pineiro fut ensuite déposé sans encombre dans un café ami donnant sur le port. Alfredo l'y attendait. François dut écourter les adieux afin de ne pas se faire remarquer en arrivant trop tard chez l'écrivain.

Là, une petite foule se pressait dans le salon-bibliothèque et dans le bureau de l'auteur du *Vieil Homme et la mer*. Un verre à la main, il vint accueillir les nouveaux arrivants :

– Soyez la bienvenue, jolie Madame, dit-il en français. Que voulez-vous boire ?

– Auriez-vous un daiquiri ou un *mojito* ?

– Bien sûr... Je vois que vous vous êtes convertie aux boissons locales. Nous avons tout cela, mais je ne vous promets pas qu'ils seront aussi bons ici qu'au *Floridita* ou à la *Bodeguita del Medio.*

– Que je vous rassure, chère Madame, on ne sent pas la différence, fit Graham Greene en s'avançant vers Léa, le visage congestionné. Vous êtes bien rentrée ? ajouta-t-il en chuchotant.

– Oui, merci... Monsieur Greene, puis-je vous présenter mon mari, François Tavernier ?

– Je suis enchanté, Monsieur. Vous avez une bien jolie femme, mais, entre nous, vous ne devriez pas la laisser seule à La Havane...

Sa phrase lâchée, il s'éloigna en titubant légèrement.

– Qu'a-t-il voulu dire ? s'inquiéta François en prenant le bras de son épouse.

– Je t'expliquerai...

Quand ils quittèrent San Francisco de Paula, ils ne marchaient guère plus droit que Graham Greene.

LIVRE HUITIÈME

L'avant-veille de Noël, Léa et François partirent pour Miami avec les enfants, emmenant Philomène avec eux. La joie de les revoir fut si forte pour Charles qu'il dut sortir précipitamment afin de cacher ses larmes. Il n'en pouvait plus de Miami, de cette course perpétuelle à l'argent, des femmes couvertes de bijoux et de fourrures malgré les trente degrés à l'ombre, de ces sanglantes bagarres entre Cubains, de ces réunions de comploteurs qui rejouaient pour la énième fois l'attaque de la Moncada ou du Palais présidentiel de La Havane. Mais ce qui lui était le plus insupportable, c'était la totale absence de vie culturelle. À Miami, lire, écouter de la musique classique paraissait aux autochtones des activités d'un autre âge. À deux reprises, il avait croisé Carlos Franqui, délégué du Mouvement du 26-Juillet aux États-Unis, venu à Miami pour y rencontrer les membres du Directoire et du M-26 en exil. Surtout, Franqui souhaitait recueillir les fonds nécessaires à l'achat d'armes et de vivres pour les combattants de la Sierra Maestra. Ces entrevues avaient dispensé au jeune homme comme une bouffée d'air frais. L'ancien communiste s'était pris d'amitié pour ce jeune Français exalté qui rêvait de révolution. Ils échangèrent des livres qu'ils se promirent de commenter quand ils se reverraient.

Le docteur Pineiro avait repris des forces et envisageait désormais de s'installer à New York avec sa famille. Accueilli avec joie par les exilés cubains, il avait pourtant refusé de s'intégrer à leur groupe et de participer aux réunions qui s'y tenaient : la Révolution triompherait sans lui car, affirmait-il, les révolutions dévorent leurs enfants, et les chefs qui leur survivent se muent peu à peu en dictateurs ; il ne se rendrait pas complice de ce qu'il considérait comme inévitable. Ce que le docteur Pineiro n'avouait pas, c'est qu'il désirait éloigner ses propres enfants des lieux où ils avaient déjà tant souffert. Carmen, émue par les tortures subies par son père et oubliant les siennes, faisait semblant d'acquiescer. Mais, au fond, sa résolution était inentamée : à la première occasion, elle retournerait à Cuba et rejoindrait Fidel Castro. Avec Charles, ils passaient des nuits à échafauder leur départ clandestin. Quand Léa et François quittèrent Miami à destination de La Havane, leur décision était prise.

Dès son arrivée, François fut convoqué par l'ambassadeur de France.

– Durant votre absence, j'ai reçu plusieurs messages à votre intention de MM. Sainteny et Foccart, mais aussi du général de Gaulle.

– Et que me veulent-ils ? demanda nonchalamment François.

– Je n'en sais rien.

– Vous ne me ferez pas croire que vos services en ignorent le contenu !...

Le trouble de l'ambassadeur répondit pour lui.

– Les voici. Si vous avez des réponses à donner, nous pouvons les acheminer dans les meilleurs délais.

Quand il fut seul, François ouvrit la première missive ; elle était de Jean Sainteny, et des plus laconiques :

Venez de toute urgence, la France a besoin de vous.
Votre ami,

Sainteny.

– Diable ! murmura-t-il en décachetant la deuxième.

Jacques Foccart en était l'auteur. De lui, Tavernier ne savait presque rien, si ce n'est qu'il s'était illustré en tant que l'un des chefs de la Résistance, en Mayenne, et qu'il était devenu conseiller pour l'Union française auprès du général de Gaulle dont on le disait très proche.

Le général de Gaulle me charge de vous faire savoir que votre présence s'impose auprès de lui. Je vous attends au plus vite rue de Solférino.

Foccart.

« Et de trois », pensa-t-il en déchirant la dernière enveloppe avec une émotion qu'il se reprochait.

Mon cher Tavernier,

Vous devez en avoir assez de vous prélasser sous les cocotiers en attendant le triomphe de Fidel Castro. J'ai une mission de la plus haute importance à vous confier, dont je ne peux rien vous dire ici. Prenez le premier avion, je vous attends.

C. de Gaulle.

François fourra les lettres dans sa poche et sortit sur la terrasse de la résidence. C'était le soir, les jets d'eau s'étaient mis en route et une bonne odeur de terre mouillée lui flatta les narines. Un petit chien ridicule vint se frotter contre sa jambe. Il le repoussa du pied.

– Vous n'aimez pas les chiens ? questionna dans l'ombre une voix française et féminine à l'accent chantant.

La flamme d'un briquet éclaira un bref instant un visage pâle surmonté d'une masse de cheveux roux. François s'approcha.

– Venez près de moi, Monsieur Tavernier. J'aime la nuit à La Havane, elle est tout à la fois douceur et violence... Vous aimez la nuit, Monsieur Tavernier ?

– Cela dépend.

– Cette nuit, par exemple ? Il y a dans l'air quelque chose de profondément sensuel, vous ne trouvez pas ?

– Si vous le dites...

– Vous n'êtes guère loquace, Monsieur Tavernier. Venez donc vous asseoir près de moi... Vous n'avez pas changé.

François obéit.

– Nous nous connaissons ?

– Nous nous sommes croisés à l'ambassade de France à Buenos Aires où mon frère était conseiller.

– Vous êtes sûre ? En général, je n'oublie pas les jolies femmes que j'ai rencontrées.

– J'étais une gamine, à l'époque, et vous n'aviez d'yeux que pour une belle Juive au regard tragique que vous sembliez vouloir protéger contre elle-même.

François se leva. L'évocation de Sarah, si inattendue, le bouleversait. L'espace d'un instant, il la revit dansant avec Léa.

– J'étais là, le soir de son dernier tango avec celle que vous avez épousée par la suite. Elles étaient magnifiques, terrifiantes et si... troublantes ! Leur audace, leur beauté stupéfièrent l'assistance. Personne ne fut surpris par la tragédie qui suivit cette danse... Vous en souvenez-vous, Monsieur Tavernier ?

– Taisez-vous !

Boire, il lui fallait boire quelque chose de fort pour chasser l'image atroce de Sarah, morte, le front marqué de cette croix gammée qu'elle avait elle-même dessinée, avec son rouge à lèvres, sur son crâne rasé. Il rentra dans la résidence.

– Je vous cherchais, Tavernier... Mais... qu'avez-vous ? On dirait que vous avez vu un fantôme.

Les dents serrées, il grinça :

– Il y a de ça... Je prendrais bien un verre, si c'est possible.

– Mais servez-vous, s'empressa l'ambassadeur en désignant une table basse surchargée de bouteilles. Tenez...

François saisit le premier flacon venu et versa l'alcool à ras bord. Un peu de liquide coula sur ses doigts. Il vida le verre d'un coup et le remplit aussitôt.

– C'est le contenu des lettres qui vous affecte à ce point ? s'enquit le diplomate.

François lui jeta un regard dépourvu d'aménité.

– Qui est la jeune personne qui se trouve dans le jardin ?

Grousset éclata de rire.

– C'est Angela qui vous a mis dans cet état ? Cela ne m'étonne pas, elle n'a pas sa pareille pour exaspérer le monde. Angela Tabucci est une cousine de ma femme. Ses parents sont de riches propriétaires argentins d'origine italienne. Leur fille leur en fait voir de toutes les couleurs : après des études mouvementées et un mariage raté, elle effectue un tour du monde pour se distraire. Et comme elle a entendu dire que c'était la révolution à Cuba, elle a trouvé amusant de venir voir comment ça se passe, une révolution... J'ai essayé de dissuader Angela de venir, mais ma femme a insisté sous prétexte qu'elle-même s'ennuyait ici. Inutile de vous préciser que je tremble à l'idée de ce que peuvent inventer deux femmes oisives... Vous voyez ce que je veux dire...

François voyait très bien, mais s'abstint de tout commentaire.

– Vous parliez de moi ?

Angela se tenait debout à l'entrée du grand salon, son petit chien dans les bras.

– Je ne vous présente pas, vous avez déjà fait connaissance, reprit M. Grousset. Tu veux boire quelque chose ?

– Du champagne. Je déteste ces horribles boissons cubaines à base de rhum. Vous les aimez, vous, Monsieur Tavernier ?

– Beaucoup, mais excusez-moi, je dois partir.

– Déjà ! Nous n'avons pas eu le temps de bavarder... Je vous en prie, emmenez-moi faire un tour dans les bars de La Havane, mon cousin refuse d'y aller...

Sa moue boudeuse de petite fille capricieuse tira un sourire à François.

– Qu'est-ce qui vous fait croire que je suis un pilier de bar ?

– Je n'ai pas dit ça, mais les Cubains sont si *macho* que, dès qu'ils voient une femme seule, ils veulent la prendre sous leur protection.

– Acceptez-la, ils sont mieux à même que moi de vous balader dans La Havane *by night* !

Furieuse, elle jeta le petit chien sur un canapé.

– Vous êtes comme tous les hommes : à peine mariés, ils deviennent pantouflards et prennent du ventre.

François éclata de rire.

– Voilà un portrait peu flatteur, ne croyez-vous pas, cher ami ?

L'ambassadeur haussa les épaules.

– Si vous êtes prête, venez. Je ne veux pas que vous ayez de moi l'image d'un mari en pantoufles !

– Oh, merci ! Je savais bien que vous n'aviez pas changé... Je vais chercher mon sac, j'en ai pour deux minutes.

Elle s'élança en courant, suivie du chien qui jappait.

– Mon cher Tavernier, il ne fallait pas vous croire obligé...

– Ça me distraira... Que feriez-vous, à ma place ?

– Je ne comprends pas...

– Arrêtez de finasser, vous connaissez le contenu de ces lettres.

– En admettant... Pour ce qui me concerne, si on me donnait l'occasion de quitter ce foutu pays, je la saisirais. Mais de là à aller me fourrer dans le guêpier algérien, mes compétences et mon bon sens ne me le permettraient pas... Vous, c'est bien différent. Vous connaissez la plupart des protagonistes du drame qui couve en Algérie, et, si j'en crois mes renseignements, le général de Gaulle a déjà fait appel à vous. Pour être tout à fait franc, je me suis toujours demandé ce que vous étiez venu faire ici. J'ai pensé un moment que vous étiez impliqué dans le processus de déstabilisation de Batista, mais, malgré l'aide que vous avez apportée à des militants révolutionnaires, je sais à présent qu'il n'en est rien.

– C'est si simple que vous ne le croiriez pas... Si j'étais seul, je rembarquerais sur-le-champ : la vie ici est beaucoup trop monotone pour moi.

– Alors, qu'est-ce qui vous retient ? Votre épouse ?... Elle comprendra d'autant... Permettez-moi un conseil – nous parlons entre amis, n'est-ce pas ? Emmenez votre femme. Elle est imprudente et risque d'avoir, un jour ou l'autre, maille à partir avec la police. Je ne suis pas certain de toujours être en mesure d'intervenir. L'évasion du docteur Pineiro a fait beaucoup de bruit dans les milieux des forces de l'ordre. Des travestis qui avaient été vus en compagnie de Mme Tavernier et de l'écrivain Graham Greene ont été arrêtés, puis torturés. Le corps de l'un d'eux a été retrouvé, atrocement mutilé...

– Alfredo ?!

– Non, je ne crois pas que vous le connaissiez... Alfredo García Olivera, lui, a été relâché sur l'injonction du ministre de l'Intérieur, notre ami Santiago Rey...

– Vous pensez qu'il collabore avec la police ?

– Je ne crois pas. À mon avis, il est en possession de documents suffisamment compromettants pour le protéger ; s'il lui arrivait un... accident, tout cela pourrait être divulgué...

– Voilà, je suis prête !

François retint un sifflement admiratif. Angela s'était changée et portait à présent une robe légère, d'un vert foncé qui mettait en valeur la blancheur de ses épaules et ne laissait rien ignorer de son joli corps.

– Je vous plais ? fit-elle en tournant sur elle-même.

Le mouvement révéla ses longues cuisses nues. Elle était ravissante et le savait.

« Tu vas au-devant d'ennuis », soupira François, amusé, en la contemplant.

L'air entrait par les vitres ouvertes de la voiture et faisait voleter les cheveux de la jeune femme. Le long du Malecón, de charmantes créatures aguichaient les automobilistes. Beaucoup ralentissaient, quelques-uns s'arrêtaient et repartaient après avoir embarqué une ou deux filles. Songeur, François roulait lentement. Ils croisèrent un convoi militaire, tous phares allumés.

– Vous y croyez, vous, à la Révolution ? interrogea Angela.

Tout à ses pensées, il n'enchaîna pas tout de suite.

– Vous y croyez ? répéta-t-elle.

– Révolution, je ne sais pas ; coup d'État, sûrement.

– Ce n'est pas la même chose ?

– Non, une révolution implique un changement profond de politique, de société...

– Alors, vivement la Grande Révolution mondiale !

– Comme vous y allez ! Vous faites partie des privilégiés ; la Révolution que vous appelez de vos vœux vous fera perdre vos privilèges.

– Tout dépend de ceux qui prennent le pouvoir...

– En effet, si ce sont des gens de votre caste, ils renforceront leurs avantages au détriment des déshérités... Mais pourquoi voulez-vous qu'ils fassent une révolution ?

– Pour changer, pour faire bouger les choses...

– Vous dites des bêtises... Valéry a écrit : « Une révolution fait en deux jours l'ouvrage de cent ans et perd en deux ans l'œuvre de cinq siècles. »

– C'est ce que vous pensez ?

– Non, répondit-il avec un rire sans joie. Derrière ce mot, il y a autant d'espoirs que de mensonges.

– Vous n'êtes pas drôle.

– J'en conviens, mais c'est vous qui me parlez de révolution...

Maussade, elle se rencogna.

– Ne faites pas cette tête, cela vous enlaidit. Dites-moi plutôt où vous voulez aller.

– Dans des endroits malfamés, lança-t-elle avec gourmandise. Mon cousin refuse de m'y emmener.

– Ce n'est guère la place d'un ambassadeur de France... Les endroits *malfamés* dont vous rêvez le sont vraiment à La Havane. Les femmes qui les fréquentent sont en général des prostituées ou de vieilles Américaines en quête de sensations fortes. On y trouve de tout : de la drogue, des petites filles ou des petits garçons...

– C'est exactement là où je veux aller !

– Commençons plutôt par aller boire un verre.

Quand ils quittèrent le *Floridita*, Angela était légèrement ivre. Elle prit le bras de son compagnon et se serra contre lui.

– Ce sont les meilleurs crabes *morro* que j'aie mangés de ma vie... Maintenant, allons dans les mauvais lieux !

– Prenons la rue Lamparilla, vous n'aurez que l'embarras du choix.

La foule se pressait dans la venelle où les bars et les bordels se succédaient. Des portiers bonimenteurs, vêtus de vestes aux couleurs criardes agrémentées de brandebourgs ou d'épaulettes dorées, les interpellaient en leur vantant les spécialités de leur établissement et en brandissant de suggestives photos.

– Entrons dans celui-là.

Après la moiteur de la rue, la fraîcheur due à l'air conditionné les fit frissonner. Un homme gras, le visage barré par une fine moustache noire, boudiné dans un costume chiffonné au blanc douteux, les accueillit. Sous sa mine obséquieuse, il les jaugeait de ses petits yeux clairs.

– Ces messieur-dame aimeraient sans doute voir un spectacle un peu... spécial ?

– Très spécial ? s'étonna Angela.

– *Très*, Mademoiselle. Vous ne serez pas déçue. C'est cent dollars par personne... sans les boissons.

– Pour ce prix, ce doit être on ne peut plus... « spécial » ! ironisa François en tendant les billets verts.

– Monsieur en aura pour son argent, soyez-en sûr, assura le moustachu en claquant des doigts.

Une porte, dissimulée sous une portière, s'ouvrit et un jeune homme torse nu, les fesses moulées dans un pantalon corsaire blanc qui faisait paraître plus noire sa peau foncée, les conduisit par un étroit couloir jusqu'à une salle où brillaient une dizaine de flammes tremblotantes. Ils prirent place de part et d'autre d'une table basse sur laquelle la lueur d'une des bougies dessinait un cercle parfait. Le dossier des sièges, fortement incliné, permettait aux consommateurs d'être presque allongés face à la scène. Au-dessous jouait un orchestre. Il semblait de prime abord que les cinq musiciens qui portaient la même tenue que le serveur avaient été engagés pour leur éloquente musculature cuivrée plutôt que pour leurs talents musicaux. Impression fausse : ils se révélaient excellents et jouaient avec un plaisir manifeste, riant et plaisantant comme des gamins. Sur la scène, se balançant dans le halo des projecteurs au rythme de la samba, une mulâtresse se faisait déshabiller par un nain noir portant la perruque poudrée nouée sur la nuque et l'habit d'écarlate à la française. De sa culotte de soie s'échappait un braquemart aux dimensions surprenantes qui faisait l'effet d'une troisième jambe. François commanda une bouteille de champagne et, pour lui, un verre de rhum, alluma un cigare et s'étendit sur son siège. À son côté, jupe remontée assez haut, Angela tirait nerveusement sur sa cigarette, les yeux rivés sur la scène. Quand la danseuse fut nue, elle s'agenouilla, caressant de ses seins la verge du petit homme qui s'épanouissait superbement jusqu'à devenir un monstrueux gourdin. « Quelle splendide cochonnerie ! » soupirait François pour soi-même en sentant gonfler son propre sexe. Tout près de lui, une main entre les cuisses, Angela geignait doucement. Il y avait dans l'air une tension perceptible. Ce qui se passait sur le plateau ne laissait personne indifférent et les musiciens eux-mêmes avaient délaissé leur instrument pour observer le couple phénoménal qui forniquait, à présent, avec force cris et injonctions. Dans la salle, les spectateurs ne demeuraient pas en reste et François ne résista pas plus longtemps aux mains habiles et à la bouche fraîche qui s'emparèrent de lui. Quand la jeune femme le chevaucha en gémissant, il se laissa aller tandis que le nain qui tenait son pénis à deux mains déchargeait entre les seins de sa partenaire. Celle-ci se releva peu après et s'éloigna en remuant des hanches. Pendant encore quelques instants, ce ne fut que soupirs, grognements, rires perçants et murmures obscènes. Le pianiste fut le premier à recouvrer ses esprits ; il regagna sa place.

Avec un naturel confondant, Angela prit la serviette que lui tendait l'un des garçons et tamponna l'intérieur de ses cuisses. François commanda un autre rhum. Une femme sans âge, habillée d'une robe à la mode dans les années vingt, prit possession de la scène et interpella d'emblée les spectateurs avec le débit d'une mitrailleuse : elle voulait savoir s'ils avaient bien joui et s'ils étaient prêts à recommencer. « Oui ! » lui répondit-on aussitôt dans une clameur.

– Afin de permettre à l'honorable société de reprendre des forces, je vais interpréter quelques chansons !

La voix s'éleva, « douce, pâteuse, liquide, d'huile maintenant, une voix colloïdale qui s'écoulait de son corps comme un plasma, et faisait frissonner. Elle mettait quelque chose de plus qu'un sentiment faux, feint, sucré, sentimental dans sa chanson sans aucune niaiserie sirupeuse, aucun sentiment commercialement fabriqué, mais un sentiment véritable[1] ». François applaudit. L'artiste le salua d'un geste de la main et entama une nouvelle mélodie. Quelqu'un cria : *« La Pachanga ! »* Elle s'interrompit net et rétorqua :

– Je ne chante que des boléros !

Digne, elle quitta la scène sous les sifflets. François se leva.

– Venez, je vous raccompagne.

– Déjà ? J'ai envie de rester, moi...

– Pas moi.

1. Guillermo Cabrera Infante, *Trois Tristes Tigres*.

Angela sentit qu'il était inutile d'insister et le suivit.

– Vous partez ? s'étonna le gros homme qui les avait reçus.

Après la relative fraîcheur qui régnait à l'intérieur, la chaleur poisseuse de la rue leur parut plus intense. François tenait le bras de sa compagne et marchait à grandes enjambées.

– N'allez pas si vite, nous avons toute la nuit devant nous.

– Non, je dois rentrer.

– Vous m'aviez promis de m'emmener danser...

– Je ne vous ai rien promis !

Elle se dégagea de colère.

– Vous êtes comme tous les hommes ! Dès qu'ils ont obtenu ce qu'ils veulent, ils ne pensent qu'à s'esquiver... Qu'est-ce qui vous fait rire, maintenant ?

– Vous !

– Pourquoi donc ?...

– Dois-je vous rappeler que vous m'avez pratiquement violé ?

– Cela n'a pas eu l'air de vous déplaire...

– Je ne dis pas le contraire ; c'est juste une mise au point.

Le gamin qui gardait la voiture leur adressa un large sourire, satisfait du généreux pourboire.

La voiture filait le long du bord de mer.

– Vous êtes décidément bien pressé de me quitter, constata la jeune femme d'une voix hargneuse.

– Oui, j'ai ma valise à préparer.

– Vous partez ?

Il ne releva pas. À quel moment avait-il pris sa décision ?... Qu'importe, il devait partir. Le plus dur serait de l'annoncer à Léa. Comment lui faire comprendre que sa place à lui était maintenant là-bas, dans cette Algérie où l'on se battait ? Il prévoyait les cris, les menaces, les pleurs. Il savait les reproches que Léa ne manquerait pas de lui adresser, non sans raisons, et il les comprenait. Il avait cru pouvoir mener une vie heureuse et facile entre la femme qu'il aimait, les enfants qu'il chérissait et un travail qui lui plaisait. Pendant longtemps, il s'était caché combien ce qui se déroulait à présent, en France comme en Algérie, lui importait. Ce qui venait de se produire entre lui et cette fille trop facile lui apparut comme le signe de la lassitude que la vie qu'il menait ici lui adressait. Il avait besoin d'action, de danger. La défaite indochinoise consommée, il avait bien cru s'être définitivement guéri de son goût pour l'aventure. Les souffrances de Léa comme les siennes lui paraissaient alors si grandes, si vaines qu'il avait sincèrement cru ne plus jamais devoir participer à des combats, quels qu'ils fussent, pour quelque cause que ce fût. La situation à Cuba, l'atmosphère tendue qui régnait à La Havane, les bombes, les enlèvements, la guérilla dans la Sierra Maestra, tout cela avait-il contribué à réveiller en lui ce désir de prendre sa part aux événements qu'il pressentait d'une importance extrême pour son pays ? Il ne voulait plus se contenter de les suivre à travers la presse et la radio ; il désirait maintenant y apporter sa contribution. Enfin, il devait bien se l'avouer, l'appel du général de Gaulle, venant après celui de Salan, n'était pas sans chatouiller sa vanité...

Le planton de garde fit ouvrir les grilles de la résidence de l'ambassadeur. François arrêta sa voiture devant le perron et descendit pour ouvrir la portière de sa passagère. Elle était charmante et devait le considérer comme un mufle. Il la prit entre ses bras, puis l'embrassa sur le front.

– J'ai passé une excellente soirée, je vous en remercie sincèrement.

– C'est vrai ?! s'exclama-t-elle. J'avais peur que vous ne me méprisiez... Mais cela m'est bien égal, se reprit-elle aussitôt.

Il lui rendit son long baiser sans déplaisir.

– Vous me plaisez beaucoup, murmura-t-elle en se détachant de lui.

Elle resta debout sur les marches jusqu'à ce que les feux arrière de la voiture eussent disparu.

Il roulait maintenant en direction de la villa où Léa devait l'attendre.

Elle s'était endormie en laissant la radio allumée ; la lampe de chevet éclairait sa nudité. Une goutte de sueur glissa le long de son sein. Comme à chaque fois qu'il la surprenait dans son sommeil, il se sentait ému par sa beauté et sa fragilité. Les maternités n'avaient pas abîmé son corps devenu plus plein, plus voluptueux. Un miroir lui renvoya une image de lui qui ne lui plut pas : ses traits tirés, sa peau luisante, ses vêtements froissés... « J'ai une tête de noceur », pensa-t-il sans même se rendre compte qu'il répétait ce que disait son père des hommes d'âge mûr et bringueurs qui entretiennent des filles trop jeunes et dilapident le patrimoine familial. Il se déshabilla, jeta ses effets dans un coin et se dirigea vers la salle de bains en prenant garde de ne pas faire de bruit. L'eau de la douche lui procura un grand bien-être qu'il prolongea un long moment.

Léa s'était retournée dans son sommeil et occupait, à plat ventre, jambes et bras écartés, toute la largeur du lit. L'étroit bikini avait laissé sur ses fesses une marque claire qui en soulignait la rondeur. Il se pencha et déposa un baiser au creux de ses reins ; il aimait le goût salé-sucré de sa sueur. Il la lécha à petits coups de langue, elle geignit, il la retourna précautionneusement. L'odeur de son sexe fit dresser le sien. Le visage enfoui entre ses cuisses, il se mit à la boire. Réveillée, Léa prit la tête de son mari, la maintint, puis, longuement, jouit en psalmodiant son prénom. Il alla chercher ses lèvres et, doucement, s'enfonça en elle.

Des coups frappés à la porte les réveillèrent. Le soleil était déjà haut. Léa se leva, enfila un peignoir et cria :

– Entrez !

La porte s'entrouvrit et deux petites têtes s'encadrèrent dans l'embrasure : une blonde, une brune, Camille et Claire.

– C'est nous, dit la benjamine.

– Vous n'êtes pas à l'école ? s'inquiéta Léa.

– Mais... c'est jeudi, Maman ! précisa Camille.

– C'est vrai, ma foi, j'avais oublié. Venez me faire un baiser.

Les fillettes entrèrent en se bousculant, revêtues de leurs peignoirs d'un léger coton, l'un jaune, l'autre rose ; elles se précipitèrent dans les bras de leur mère. Toutes trois roulèrent sur le lit défait, bousculant leur père. François se dressa, ébouriffé.

– Mais, ce sont mesdemoiselles mes filles ! Bonjour, les coquines.

– Bonjour, Papa ! crièrent-elles ensemble.

– Il n'y a pas d'école, aujourd'hui ?

– Non, fit Camille d'un ton excédé. C'est jeudi.

– Et c'est l'anniversaire d'Adrien, ajouta Claire.

– Mon Dieu ! Où avais-je la tête ? s'écria Léa. Où est-il ? Allez vite le chercher.

– Je suis là, Maman.

– Bon anniversaire, mon chéri ! Bon anniversaire, mon grand !

« Qu'il est beau », pensa Léa avec fierté. Avec l'autorité de l'aîné, il s'installa entre son père et sa mère, et dit d'une voix câline :

– Ils sont où, mes cadeaux ?

– Tu ne perds pas le nord, toi au moins ! constata François. Va voir sur la terrasse.

Repoussant ses sœurs, il descendit du lit, ouvrit la porte-fenêtre donnant sur le jardin, et sortit. Quelques instants plus tard, il revint, poussant un vélo flambant neuf.

– Il est magnifique ! C'est exactement celui que je voulais... Merci Papa, merci Maman !

Pendant un moment, toute la famille admira l'engin.

– Tu m'emmènes faire un tour ? demanda Camille.

– Moi aussi ! réclama Claire.

Les enfants sortirent, accrochés au vélo, suivis des yeux par les parents attendris.

– Dix ans déjà..., murmura Léa.

– Je t'en prie, n'ajoute pas : « Comme le temps passe ! » Je ne le sais que trop !

– Aurais-tu peur de vieillir ?

– Pas toi ?

Léa se blottit contre lui.

– Une peur affreuse. Dis-moi que nous ne serons jamais vieux !

– Toi, tu ne seras jamais vieille.

Ils restèrent longtemps sans parler dans les bras l'un de l'autre. « Je l'aime, pensait Léa. Oh, comme je l'aime ! » « Je l'aime et je vais la quitter », songeait François. Il resserra son étreinte et déclara :

– Je dois rentrer en France.

Tout le corps de Léa se raidit.

– C'est important : le général de Gaulle m'a écrit.

– Quand pars-tu ?

– Le plus vite possible... Rassure-toi, je ne serai pas absent longtemps.

– Mais si... Je sens que ton absence sera longue.

Il ne répondit pas. Quelque chose lui disait qu'elle avait raison.

LIVRE NEUVIÈME

Sa colère passée, le départ de François laissa Léa désemparée. Il avait insisté pour qu'elle vienne le rejoindre en France au plus vite.

– On verra..., avait-elle répondu.

Toute la magie de La Havane s'était évanouie, son charme puissant n'agissait plus. Il ne subsistait qu'une ville étrangère que les voitures de la police sillonnaient nuit et jour, sursautant au fracas des explosions et que ses riches habitants commençaient à déserter. Les rares relations que Léa avait nouées ne lui étaient d'aucun secours, pas plus que ses enfants. Charles lui manquait ; il n'avait d'ailleurs plus donné de nouvelles depuis quinze jours.

Un matin de février froid et pluvieux, Esteban Ventura se présenta à la villa. Vaguement inquiète, Léa le reçut. Il alla droit au but :

– Avez-vous vu, ces derniers temps, votre fils adoptif, Charles d'Argilat ?

Stupéfaite, Léa le regardait sans comprendre.

– On dirait que vous n'êtes pas au courant... Il a quitté Miami il y a environ une semaine.

– Mais... ce n'est pas possible !

– Nos indicateurs sont formels. Il n'était pas seul, d'ailleurs ; une des filles de ce traître de Pineiro l'accompagnait... Alors, vous n'avez pas la moindre idée de l'endroit où il se trouve ?

Le cœur battant, Léa s'assit.

– Comment pourrais-je le savoir ? Je le croyais toujours à Miami...

– Rien dans ses lettres n'indiquait son intention de quitter les États-Unis ?

« Non », fit-elle de la tête.

– C'est bien embêtant, Madame Tavernier... Nous avons tout lieu de penser qu'il a rejoint les groupes terroristes. Cependant, il se peut qu'il soit toujours à La Havane ; auquel cas, s'il se met en rapport avec vous, conseillez-lui, dans son intérêt et dans le vôtre, de se présenter à la police. Je suis tout personnellement cette affaire : il est de mon devoir de préserver ce pays des agissements des amis de Fidel Castro.

– Mais Charles n'a rien à voir avec eux !

– Madame Tavernier, ne me prenez pas pour un imbécile. Beaucoup de ceux qui avaient cru cela ne sont plus là aujourd'hui. Je renouvelle mon conseil : si vous le voyez, faites en sorte qu'il vienne me voir. Vous m'avez bien compris ?

– Oui, c'est très clair.

Elle le laissa sortir sans avoir la force de le raccompagner. Longtemps elle resta assise, immobile, incapable d'une pensée cohérente. La sonnerie persistante du téléphone l'arracha à son hébétude. Péniblement, elle se dirigea vers l'appareil.

– Allô ?

– Allô, Léa ?... C'est Ramón Valdés... Je voulais savoir si vous et les enfants, vous allez bien... Allô, vous m'entendez ?... Allô ?

– Ramón...

– Ah, vous êtes là, je craignais que nous n'ayons été coupés.

– Venez vite !

– Comment ?... Mais que se passe-t-il ?

– Je n'en sais rien, mais, je vous en prie, venez !

– J'arrive.

Quand elle raccrocha, Léa se sentit un peu mieux. Ramón était la seule personne à qui elle pût encore parler librement.

Il y avait déjà une semaine que Charles se morfondait dans la maison de Silvina Moran, dans le Nuevo Vedado. Il avait quitté Miami en compagnie de Carmen Pineiro à bord du *Fidelidad*, un yacht appartenant à un riche industriel cubain sympathisant du Mouvement du 26-Juillet. Ils avaient été débarqués, de nuit, sur la plage de Santa Fe, avec pour tout bagage un sac de sport. Chacun de son côté, ils avaient pris un bus après avoir mémorisé l'adresse à laquelle ils devaient se rendre. Pour leur sécurité, ordre leur avait été donné de ne pas se la communiquer mutuellement. Charles, lui, était descendu à l'angle de la 7e et de la 20e Rue, qu'il avait remontée en direction du cimetière Colón. En cette fin de matinée, tout était calme et il n'avait pas résisté au désir de s'offrir un café. Quand il avait saisi des mains du marchand ambulant le gobelet en carton, il avait éprouvé un instant de bonheur en prenant conscience qu'il était enfin de retour à La Havane. Autour de lui, des femmes en noir, munies de bouquets de fleurs, entraient dans le cimetière tout en bavardant à grands gestes ; une voiture de police ralentissait. Plus loin, un mendiant portant, suspendue autour du cou, l'image de San Lazaro, poussait sa sébile sous le nez des passants. Des lycéennes en uniforme lui lancèrent des œillades. Un marchand de glaces vantait sa marchandise, et les prostituées la leur à proximité d'un groupe d'hommes qui se découvraient au passage d'un convoi mortuaire. Partout les automobilistes conduisaient en klaxonnant sans relâche... C'était la vie, celle de tous les jours. Charles s'y sentait bien, heureux de cette vitalité retrouvée. Toute inquiétude l'avait abandonné et il allait se battre pour ce peuple-là, avec ce peuple au milieu duquel il se savait prêt à mourir.

Sa boisson avalée, il avait longé le cimetière, pris la 28e Rue jusqu'à la 35e dans laquelle donnait la rue Norte. Sans difficulté, il avait trouvé le numéro 42. Dans ce quartier paisible et verdoyant, cette bâtisse d'un étage arborait un air accueillant. Une Buick grise était garée sous la maison. Il sonna et une jeune fille brune aux cheveux courts vint lui ouvrir.

– Je cherche la *Casa de las Norteñas*, dit-il.

– C'est ici.

– Avez-vous des nouvelles de Pepe ?

Quand elle eut entendu le mot de passe, un sourire éclaira son visage jusque-là méfiant.

– Entrez, je m'appelle Agnès... Vous êtes le Français ? Soyez le bienvenu.

– Nene, que se passe-t-il ? lança une voix depuis l'intérieur de la maison.

– Rien, Maman. C'est un ami qui passe nous voir.

Après avoir inspecté la rue déserte, Agnès le poussa dans une grande pièce où se tenaient trois femmes. La plus âgée vint à sa rencontre.

– Bonjour. Pepe nous a téléphoné pour nous annoncer votre venue... Je suis Silvina Moran et vous avez déjà fait la connaissance de ma fille Agnès. Voici sa sœur, Aymée, et une de leurs amies, Emma. Votre voyage s'est bien passé ?

– Oui, je vous remercie... Tout a l'air bien calme, ici.

Les quatre femmes échangèrent un bref regard.

– En apparence seulement. Il y a eu de nombreuses arrestations dans le Mouvement ; une vingtaine de jeunes gens arrêtés et torturés par l'armée de Batista ont été fusillés à Holguín en guise de représailles après l'exécution du tortionnaire de la région, le colonel Cowley. Partout on incendie des maisons, on pille. Ici, à La Havane, il n'est pas de jour sans que nous apprenions l'enlèvement, la détention, la torture ou la mort d'un ami... Nous vivons dans la peur.

– C'est vrai, Madame Moran, c'est pour cela que nous devons nous battre pour renverser le tyran.

– Tu as raison, Emma, mais, pour une mère, c'est si dur... Chaque jour, je crains que l'on vienne m'annoncer qu'il est arrivé quelque chose à mes enfants.

Silvina Moran se laissa tomber sur un fauteuil à bascule, la tête entre les mains. Ses filles l'entourèrent de leurs bras.

Quelques jours plus tard, Charles revit Faustino Pérez. Le représentant du M-26 à La Havane lui promit qu'il partirait bientôt pour la Sierra. Il se fit violence et s'abstint d'aller embrasser Léa qui devait avoir appris son départ de Miami. Le temps lui paraissait long.

Le 22 février, Charles reçut l'ordre de se rendre à la planque de la 22e Rue. Quand il pénétra dans la pièce où se tenaient déjà cinq ou six personnes, il entendit Faustino Pérez déclarer à un homme au beau regard et aux oreilles décollées :

– Bon, ou tu le fais, ou c'est moi qui me débrouille pour le faire. Décide-toi, Noël[1] !

– Je ne suis pas sûr que ce soit le bon moment.

– La course a lieu demain. Après, ce sera trop tard. Malgré les informations des camarades de *Carteles*, nous n'avons rien pu faire au *Nacional*, il y avait trop de monde à la réception et les agents de SIM ne le quittaient pas d'une semelle. Lisandro et Constantin nous ont indiqué que Fangio devait dîner à l'*Hôtel d'Angleterre* et qu'il se coucherait de bonne heure afin d'être en forme pour le Grand Prix. C'est là que nous irons le cueillir. Maintenant, écoutez-moi bien, voici mes instructions : Noël et Sarita[2], vous prendrez *el Monje negro*[3] avec le Français, vous stationnerez rue Virtudes en face de l'hôtel *Lincoln*, presque à l'angle de San Nicolás. Carapalida[4] conduira la Buick ; William[5], Lilo[6] et Manolo[7] l'accompagneront. Dans la Plymouth prendront

1. Oscar Lucero, *alias* Noël, *alias* Hector, responsable de l'action au Mouvement du 26-Juillet pour La Havane. Arrêté le 1er mai 1958, il fut torturé par Orlándo Piedra Negueruela, chef du Bureau des renseignements, avant d'être assassiné.

2. Blanca Niubo, dite Sarita : épouse d'Oscar Lucero ; enceinte de six mois au moment de l'enlèvement de Fangio.

3. « Le Moine noir » : surnom donné à la voiture dont se servaient les membres du M-26.

4. Manuel Uziel.

5. Carlos García.

6. Angel Luis Guiù.

7. Angel Paya.

place *el Pibe*[1], Uziel[2] et Papito[3]. Les deux voitures se tiendront rue San Nicolás, prêtes à démarrer. Noël, Sarita, le Français, Uziel et Papito, vous entrerez dans le hall de l'hôtel ; Juan-Manuel Fangio s'y trouvera en compagnie des gens de chez Maserati et de journalistes. Il y aura très certainement des policiers en civil : à vous de les repérer. Quand il se dirigera vers la sortie, Noël, Lilo et Manolo, vous l'obligerez à vous suivre. Les autres feront le guet. Tout le monde a compris ?

– Où devrons-nous le conduire ?

– À la 22e Rue. Ensuite, nous aviserons.

Le hall de l'hôtel *Lincoln* était bondé. Le coureur argentin, très entouré, discutait avec son directeur de course, M. Ugolini, en compagnie de Porfirio Rubirosa et de sa jeune femme, l'actrice française Odile Rodin. Devant la foule, les fidélistes hésitèrent. D'un pas tranquille, Manuel Uziel s'approcha du coureur et, calmement, braquant son revolver sur lui, lui dit d'une voix posée :

– Vous devez me suivre.

D'une voix plus forte, il ajouta :

– Que personne ne bouge ! Nous sommes du 26.

Sans doute Fangio lut-il dans les yeux de Manuel sa froide détermination, car il lui emboîta le pas sans un mot. Devant eux, la foule stupéfaite s'écartait. Poussant son otage du canon de son arme, Uziel le fit monter dans la

1. Manolo Nuñez.
2. Primitivo Aguilera.
3. Reinaldo Rodríguez.

Plymouth verte qui démarra sur-le-champ tandis que ses compagnons regagnaient en courant leur véhicule. Pas un coup de feu n'avait été tiré.

Noël se plaça en tête du cortège, suivi par la Plymouth et la Buick. Aucune voiture de police ne les prit en chasse. Ils avaient parcouru un kilomètre environ quand un taxi quitta son stationnement et barra la route à la Buick, qui ne put l'éviter. À cet instant passait une *perseguidora*. Carapalida descendit pour tenter de s'arranger à l'amiable avec le chauffeur de taxi.

– Filez ! ordonna Noël à ses camarades.

La voiture conduite par Noël fit demi-tour tandis que la Plymouth continuait son chemin. Serrant contre eux leur mitraillette, Angel, Lilo et Manolo s'engouffrèrent dans le Monje Negro. Au carrefour, les policiers qui étaient descendus de leur véhicule décidèrent d'emmener les deux conducteurs au poste.

Uziel s'arrêta chez lui, présenta sa femme et son fils âgé de quelques mois à Fangio.

– Je vais changer de voiture. Surveillez-le bien.

Puis, revenant sur ses pas, il s'adressa au champion :

– Il faut que vous compreniez que nous sommes en train de livrer une bataille pour notre dignité d'hommes libres.

Fangio, qui ne s'était pas départi d'un calme ennuyé, sourit devant la tirade du garçon de vingt ans.

Uziel revint au volant d'une Ford et conduisit le prisonnier au 60 de la 22e Rue. Dans ce casernement du Mouvement se trouvait un homme cruellement brûlé. Peu auparavant, l'ingénieur Ramón García avait été arrêté puis torturé par Ventura. Juan-Manuel Fangio eut un geste de recul en l'apercevant.

– Notre camarade a été blessé en procédant à l'essai d'un lance-flammes de sa fabrication. Le tuyau d'alimentation s'est déboîté et les flammes l'ont enveloppé. Il n'en a réchappé que par miracle... mais dans quel état !

– Ne parle plus de ça. J'ai eu de la chance. Samitier, lui, n'en a pas eu...

On chargea Charles d'aller inspecter les alentours de la rue Norte et de revenir leur dire si la voie était libre. C'était le cas.

Quand Fangio entra dans le salon de Silvina Moran, celle-ci attendait avec ses filles au pied de l'escalier qui conduisait à l'étage.

– Vous devez avoir faim. Venez, je vous ai préparé à dîner.

Il la remercia et la suivit dans la salle à manger. Les ravisseurs prirent place aux côtés de leur hôte forcé. Noël et William étaient déjà attablés.

Tous mangèrent de bon appétit. Pendant ce temps-là, Agnès et Aymée montaient la garde. En grand admirateur du champion du monde, Charles lui demanda en rougissant un autographe. Fangio le lui donna en remarquant avec ironie :

– N'est-ce pas compromettant ?

Le jeune homme sourit en haussant les épaules et rangea soigneusement dans son portefeuille la photo dédicacée. Il était une heure du matin quand Fangio monta se coucher au premier étage. Charles s'installa pour la nuit devant la porte de sa chambre ; William surveillait le rez-de-chaussée et Uziel, assis dehors dans un fauteuil à bascule et dissimulé par la haie, passa la nuit l'oreille aux aguets.

Au matin, c'est au lit qu'on servit au coureur un copieux petit déjeuner.

Faustino Pérez et Fernando[1] vinrent relever ceux de la nuit.

– Vous faites la « une » des journaux du monde entier : on ne parle que de nous et de votre enlèvement ! annonça Faustino.

– C'est ce que vous vouliez ? rétorqua froidement l'Argentin.

– En effet, le nom de Fidel est maintenant aussi célèbre que le vôtre, et le 26, votre chiffre fétiche, est mondialement connu comme étant celui de notre Mouvement. La police est sur le pied de guerre et elle a fouillé maison après maison tout le quartier qui entoure l'hôtel. Il y a des barrages sur toutes les routes ; les ports et les aéroports sont sous contrôle de l'armée. La radio et la télévision lancent des appels à témoin et donnent des informations toutes les heures. C'est un succès !

– J'en suis heureux pour vous... Que comptez-vous faire de moi ?

– Nous étudions les conditions de votre libération, sans doute après la course. Nous devons agir prudemment : la police est partout.

Ils passèrent le reste de la matinée à commenter les articles parus dans la presse. Poli, Fangio écoutait d'un air grave, sans émettre le moindre commentaire. Après le déjeuner, il remonta dans sa chambre. Marcelo Salado remplaça Faustino et Fernando. Pour distraire l'attention du champion de la course qui allait commencer sur le Malecón aménagé en circuit de compétition, il se mit à lui lire un reportage paru dans *Bohemia* : « À Cuba ».

1. Arnold Rodríguez, chef de la propagande clandestine à La Havane.

Vers quatre heures, Rafael Piniella fit irruption dans la pièce. Marcelo Salado sortit son pistolet, persuadé que la police encerclait la maison.

– Il y a eu un très grave accident sur le parcours du Grand Prix !

– C'est horrible ! s'écria Silvina Moran en entrant à son tour. À la radio, ils annoncent des dizaines de morts et des centaines de blessés...

Fangio s'était levé, très pâle.

– Ce n'est pas possible... Que s'est-il passé ? Mon enlèvement a pu rendre les conducteurs nerveux...

– Venez, on va regarder la télévision.

– Pourquoi ne pas m'avoir dit que vous l'aviez ? lança-t-il sur un ton de reproche.

– J'avais des ordres..., balbutia-t-elle.

Charles céda sa place à Fangio qui s'assit et crispa ses doigts sur les accoudoirs du fauteuil. Sur l'écran, on voyait maintenant des ambulances, des gens courir en tous sens, des blessés tenter de se relever, des débris de toutes sortes, et, çà et là, des corps immobiles auprès desquels s'affairaient les sauveteurs. Un reporter, micro en main, annonça que, sur ordre du président Batista, la course était suspendue, puis indiqua le bilan provisoire de la catastrophe : quatre morts et une centaine de blessés. Quelques instants plus tard, un des responsables de ce deuxième Grand Prix de La Havane vint répondre aux questions du journaliste.

– Au cinquième tour, le pilote cubain Armendo Cifuentes a perdu le contrôle de sa Ferrari après avoir dérapé sur une flaque d'huile. La voiture est entrée dans la foule. Plus de deux cent mille personnes assistaient à la compétition...

– Comment expliquez-vous la présence de cette flaque d'huile sur la piste ?

– Je ne me l'explique pas. Comme pour chaque compétition, nous avions préalablement examiné le parcours et personne n'avait rien remarqué d'anormal.

– Après l'enlèvement de Juan-Manuel Fangio, le champion du monde, pensez-vous qu'il puisse s'agir d'un nouvel attentat perpétré par les rebelles ?

– Je n'en sais rien, c'est possible...

Quittant des yeux le téléviseur, le coureur se tourna vers ses ravisseurs :

– Vous n'auriez pas fait une chose pareille ?

– Évidemment non ! Mais les sbires de Batista en sont tout à fait capables, dans le seul but de nous discréditer, répondit Rafael Piniella.

Fernando approuva de la tête. La télévision continuait à diffuser des images éprouvantes. Le téléphone sonna. Aymée décrocha.

– C'est pour toi, dit-elle à Piniella.

La conversation fut brève.

– Le Mouvement a pris contact avec l'ambassade d'Argentine. Nous allons vous libérer dans la nuit. Pour le moment, nous attendons les instructions et devons étudier la manière dont nous allons procéder. Pouvez-vous nous laisser ?

Quand Fangio fut remonté dans sa chambre, tout le monde se mit à parler en même temps.

– Nous pourrions le laisser dans une église et...

– Les églises sont fermées la nuit...

– On peut trouver un prêtre qui...

– Si on l'abandonnait au coin d'une rue... ?

– Pour que Ventura et ses hommes l'assassinent en nous mettant le crime sur le dos ?

Silvina, qui avait accompagné le prisonnier, redescendit.

– Il a faim, souffla-t-elle.

– Nous aussi ! s'exclamèrent les kidnappeurs.

Silvina Moran s'efforça d'improviser un repas et dénicha même une bouteille de vieux rhum. Tous s'attablèrent et mangèrent en silence. Il était onze heures du soir.

Le dîner expédié, Uziel sortit dans la rue. Tout était calme, à croire que ce quartier de La Havane avait été oublié par la police. D'une maison voisine montait un air de cha-cha-cha. Un chien aboya.

– C'est l'heure, signala Piniella.

Emma Montenegro avait reçu l'ordre de prendre sa voiture, une Rambles équipée de deux stores sur sa lunette arrière. Fernando avait la responsabilité de remettre Fangio aux autorités argentines ; cela le rendait nerveux. Le coureur s'installa entre Fernando et Flavia ; Rafael Piniella se mit au volant. Près de lui prit place Emma, un pistolet posé sur les genoux. Immédiatement après leur départ, les autres se dispersèrent et Silvina Moran demeura seule dans la *Casa de las Norteñas*.

Une grande confusion régnait à bord de la voiture. Fernando harcelait le conducteur au sujet de l'itinéraire à emprunter.

– Du calme ! ironisa Piniella. Si une *perseguidora* nous tombe dessus, on donne le volant à Fangio et ils pourront toujours courir...

– Ce ne sera pas la peine, renchérit l'Argentin. Piniella conduit déjà comme un champion...

L'exagération du propos détendit l'atmosphère.

Les rues étaient désertes, hormis les voitures de police et les véhicules militaires immatriculés à Florida[1]. Ils arrivèrent sans encombre au 20 de la 12e Rue, à l'angle du Malecón. Il n'y avait personne devant cet immeuble de onze étages où devait avoir lieu la restitution. Tout paraissait paisible. « Trop paisible », pensaient-ils tous. Ils se partagèrent en deux groupes, l'un empruntant l'ascenseur avec l'otage, l'autre passant par l'escalier. Sur l'une des portes était épinglée une carte de visite au nom de Mario Zabalia, « attaché militaire ».

– C'est là, souffla Emma.

Fernando sonna. Entourant le coureur, l'arme au poing, la petite troupe attendit, prête à tirer. Un homme pâle, les traits tirés, ouvrit. Derrière lui se tenaient deux autres Argentins au même teint blême. Le premier recula devant les armes pointées dans sa direction. Fernando poussa le champion vers l'intérieur. Fangio tendit la main à l'un des diplomates puis, se retournant à demi, fit les présentations :

– Mes aimables kidnappeurs qui, je dois le dire, m'ont fort bien traité...

– C'est un vrai soulagement pour nous..., balbutia Julio López, le premier conseiller de l'ambassade d'Argentine. Je vais prévenir Son Excellence de votre libération. M. Lynch tient à venir lui-même vous dire sa joie de vous savoir en bonne santé.

1. Ville du centre de Cuba.

Plus ému qu'il ne voulait bien le paraître, Juan-Manuel Fangio serra la main de ses ravisseurs.

– Quand la dictature sera tombée, proféra Fernando, vous serez notre invité d'honneur !

Toujours en attente de son départ pour la Sierra, Charles avait dû changer de cachette. Il logeait maintenant à Regla, dans une maison basse, près de la cathédrale de Nuestra Señora de Regla, chez un *babala wo*[1], syndicaliste ouvrier et sympathisant du Mouvement du 26-Juillet. Le vieil homme, un mulâtre aux cheveux blancs, recevait chaque jour de nombreux visiteurs venus lui demander conseil, ou d'intervenir auprès des *orishas*, ou de leur accorder sa protection. Chacun déposait son offrande, argent ou aliment, devant l'autel où trônait une réplique de la Vierge noire, patronne de La Havane. Charles avait du mal à cacher son agacement devant ces pratiques, et se refusait à connaître son *orisha*.

Léa marchait de long en large au salon, s'arrêtait, déplaçait un objet, redressait une fleur, repartait avant d'allumer une cigarette, puis de l'éteindre aussitôt.

– Restez donc un peu tranquille, vous m'empêchez de réfléchir, avertit Ramón Valdés.

Un bref instant, elle s'assit. Mais, aussitôt, se releva.

1. Prêtre.

– Enfin, où peuvent-ils être ? On ne disparaît pas comme ça, surtout quand on n'est pas seul... Le docteur Pineiro est persuadé qu'ils se cachent à La Havane, et il parle de revenir pour retrouver sa fille...

– Qu'il n'en fasse rien, surtout ! Ventura aurait beau jeu d'arrêter le père pour obliger la fille à se rendre. Dissuadez-le de rentrer. J'ai quelques contacts avec des professeurs de l'Université proches du Directoire ; je leur ai parlé et ils sont en chasse. Dès qu'ils auront une information, ils me le feront savoir. J'ai aussi des amis journalistes à *Carteles* et à *Bohemia* ; certains sont sympathisants du Mouvement du 26-Juillet et cherchent de leur côté. Avez-vous prévenu François ?

– Non, et que pourrait-il faire d'Alger ?

– Vous devriez rentrer en France...

– Et abandonner Charles ?... Jamais ! Sa mère me l'a confié en mourant ; vous pouvez comprendre ça, vous ?

Ramón se leva, vieilli soudain, et fit quelques pas.

– Nous sommes au bord de la guerre civile, et, pour l'avoir connue de très près, je puis vous dire que c'est la forme la plus abominable de la guerre : le frère tue le frère, la mère dénonce le fils, les filles le père, aucun camp n'est pur, la mort est partout et le sang qui coule agit sur le peuple comme un alcool ; on tue pour tuer, sans nécessité, pour le plaisir... L'ivresse est collective.

En même temps qu'il parlait, des images effrayantes revenaient le hanter. Il avait cru, en fuyant l'Espagne, fuir le souvenir des massacres à l'arme blanche, des bombardements qui éparpillent bras et jambes, des corps suppliciés, des visages défigurés, des femmes éventrées, des bébés coupés en deux, des fillettes violentées... Il avait voulu oublier, dans cette île indolente, tant de crimes commis au nom de la liberté ! Depuis son installation à Cuba, il avait refusé de prendre part à la vie politique du pays, se contentant de bien payer ses ouvriers et de veiller au bon fonctionnement de l'école et du dispensaire qu'il avait fait construire sur ses terres. Sans enfant, il s'intéressait aux progrès des élèves et encourageait ceux qui souhaitaient aller à l'Université en leur accordant des bourses. Il avait rompu tout lien avec le Parti communiste, ne voyant plus que deux ou trois compagnons rescapés, comme lui, de la guerre d'Espagne. Son action en faveur de la République lui valait le respect des militants. En cas de besoin, il savait pouvoir faire appel à eux.

Les pensées qui assaillaient Léa n'étaient pas plus aimables. Elle revoyait Camille courant au-devant de son fils sous les balles des Allemands et des miliciens... la fleur rouge qui s'épanouissait sur sa chemisette blanche... ses bras qui déchiraient l'air... sa chute... la sandalette qui quittait son pied... la mère blessée au visage, rampant vers le petit... atteinte dans le dos, elle tombait sur l'enfant en appelant Léa...

La jeune femme avait refermé ses bras sur sa poitrine, et elle sentait encore contre elle le corps inanimé de Charles, elle se souvenait de sa course folle à travers bois. Elle ne se rendit pas compte que des larmes coulaient sur ses joues.

Ramón Valdés connaissait par François les souffrances endurées par Léa et la promesse qu'il s'était faite de lui en épargner de nouvelles. Au lieu de cela, il l'abandonnait dans ce pays près de l'explosion. Même s'il approuvait la décision de son ami, Ramón ne comprenait pas comment il avait pu la laisser seule avec ses enfants. Bien sûr, Tavernier lui avait confié sa famille, mais il n'était pas maître des événements.

Ramón vint vers Léa et la prit affectueusement par l'épaule, puis la força à s'asseoir auprès de lui.

– Je n'aime pas vous voir pleurer. Tenez... mouchez-vous... Là, c'est mieux. Maintenant, écoutez-moi : il est normal que vous vouliez retrouver Charles, il est comme votre fils et vous vous sentez responsable de lui. Mais vous l'êtes aussi de Camille, de Claire et d'Adrien. Avez-vous pensé à eux ? Ils sont en danger, comme Charles. Si vous ne voulez pas partir, renvoyez-les en France.

Léa lui jeta un regard si désemparé qu'il détourna la tête.

– Le prochain avion pour Paris est dans deux jours, ajouta-t-il avec effort. Laissez-moi prendre des places... Vous êtes d'accord ?... Bon, prévenez votre sœur.

L'avion d'Air France était complet et Ramón Valdés dut louer des places à bord du vol prévu pour le 1er mars. Léa téléphona à Montillac. L'accueil de Françoise, réveillée en pleine nuit, fut tour à tour froid, puis agacé. Enfin elle se radoucit et se déclara heureuse de recevoir ses neveux, accompagnés de Philomène, et conseilla à sa sœur de rentrer au plus vite. Léa ne lui parla pas de la disparition de Charles.

Ce n'est que plus tard dans la soirée que Léa apprit l'enlèvement puis la libération de Fangio, en même temps que l'accident survenu sur le Malecón. Un bref instant, elle pensa que Charles avait pu y prendre part. Elle chassa vite cette pensée.

Avant leur départ, Ramón emmena les enfants se faire photographier dans la vieille ville. Alberto Díaz Gutiérrez fit des portraits que lui-même jugea magnifiques. L'Espagnol, lui, fut quelque peu déçu.

– Ils ne sourient pas, remarqua-t-il.

– Ils pensent, corrigea sentencieusement l'homme de l'art.

La veille du départ, Camille et Adrien se faufilèrent dans le lit de leur mère et insistèrent pour y dormir.

– Après, on te verra plus...

– J'ai pas envie de te laisser.

– Pourquoi tu viens pas avec nous ?

– Et Papa, est-ce qu'il sera à Bordeaux ?

– Tu vas me manquer.

– Vous aussi, mes chéris, vous allez me manquer... Promettez-moi d'être très gentils, de ne pas faire enrager Philomène, de bien obéir à votre tante Françoise et de ne pas vous disputer avec vos cousins...

– Là, Maman, tu nous en demandes un peu trop, bougonna Adrien.

Longtemps Léa les serra contre elle et, tard dans la nuit, elle resta éveillée à les écouter dormir.

Jamais elle n'aurait cru souffrir autant en les voyant s'éloigner sur le tarmac : c'était comme si on lui arrachait le cœur. Cette impression était si réelle qu'elle porta machinalement ses mains à la poitrine et les tint serrées jusqu'au moment où l'avion disparut tout à fait dans les nuages. Elle éclata alors en sanglots. Ramón ne savait que faire pour endiguer son chagrin.

LIVRE DIXIÈME

Perquisitions et arrestations furent nombreuses après la libération du champion automobile. Le capitaine Esteban Ventura s'était aussitôt rendu à la villa de Miramar qu'il avait fait fouiller de fond en comble, suscitant des protestations officielles de la part de l'ambassade de France. Blâmé pour la forme par ses supérieurs, il était revenu à la charge en abordant Léa au casino de l'hôtel *Nacional.*

– Je sais que votre fils a participé à l'enlèvement de Fangio, il a été vu faisant le guet devant l'hôtel *Lincoln*, puis montant dans l'une des voitures des ravisseurs. S'il n'a pas encore fait appel à vous, il le fera dans les jours prochains et, à ce moment-là, je lui mettrai la main dessus, soyez-en sûre.

– Comme je vous l'ai déjà dit, Monsieur Ventura, je n'ai aucune nouvelle de mon fils, mais tout me porte à croire qu'il s'agit d'une escapade d'amoureux...

– Qu'est-ce qui vous fait croire une chose pareille ?

– Ne m'avez-vous pas dit qu'il avait quitté Miami en compagnie d'une jeune fille ?

– C'est exact : la fille du docteur Pineiro, qui n'est autre qu'une dangereuse révolutionnaire !

Léa éclata de rire.

– Vous voyez des révolutionnaires partout, ma parole ! Croyez-vous que je serais ici à jouer tranquillement à la roulette si je pensais que mon fils s'amuse à faire la révolution ?...

L'espace d'un instant, Ventura parut ébranlé par l'argument et considéra, dubitatif, la jeune femme élégante qui, dans sa robe du soir, lui faisait face.

– Au revoir, Monsieur Ventura.

Soudain pâle de rage, il la regarda rejoindre le groupe de ses compagnons, tous à ménager les ambassadeurs du Mexique et du Brésil qui se levèrent à son approche. Le ministre cubain des Affaires étrangères et Santiago Rey, celui de l'Intérieur, s'exécutèrent également.

– J'espère que Ventura ne vous a pas une nouvelle fois importunée de ses questions ? Un mot de vous et je le destitue..., dit celui-ci d'une voix fausse.

Léa frémit ; le ton narquois de Rey lui semblait plus menaçant que celui de son subordonné. Depuis le départ des enfants, elle s'appliquait à donner le change, multipliant les sorties, allant de cocktail en soirée mondaine et de soirée mondaine en bal. Jamais on n'avait autant ri, dansé, bu et flirté à La Havane qu'en ce début de l'année 1958. Dans les belles demeures, les ambassades ou les boîtes de nuit, la fête battait son plein aux rythmes des orchestres de Beny Moré, des frères Castro, du duo Celina et Mentilio, de Miguelita Valdés, de Celia Cruz ou d'Abelardo Barroso. La ville était prise d'une frénésie de plaisirs. Jamais les Américains n'étaient venus aussi nombreux perdre des sommes insensées sur les tapis verts ou dans les machines à sous, s'enivrer autant de rhum et de jolies filles. Tout était prétexte à de folles soirées qui s'achevaient à l'aube sur les plages ou le bord des piscines, dans les rires, les vomissures ou les pleurs.

Grâce à ses sorties, Léa espérait recueillir quelque renseignement concernant Charles et Carmen Pineiro. De son côté, Ramón Valdés avait pressé ses amis d'enquêter au sein des mouvements révolutionnaires. Un journaliste de *Carteles* lui confirma ainsi la participation du jeune homme à l'enlèvement du coureur, mais ignorait ce qu'il était devenu par la suite. Ce fut par Alfredo García qu'ils apprirent que Charles se trouvait toujours à La Havane, passant de planque en planque, ne dormant jamais deux nuits de suite au même endroit.

– Il sait que vous le cherchez. Il vous fait dire de ne rien entreprendre pour le retrouver : vous y risqueriez votre vie et la sienne. Dès que ce sera possible, il entrera en contact avec vous.

– A-t-il besoin d'argent ?

– Je n'en sais rien... Sans doute, mais ce n'est pas le plus important. Pour le moment, vous ne pouvez rien faire, vous êtes étroitement surveillée, tous ceux qui vous approchent le sont aussi. Quant à moi, mes anges gardiens ne me lâchent pas d'une semelle...

– Dans ces conditions, comment avez-vous pu obtenir ces informations ?

– Nous autres, créatures de la nuit, nous avons plus d'un tour dans notre sac. Mes anges gardiens ne sont pas tous insensibles aux charmes de mes copines, et leur vénalité n'est pas négligeable...

– Est-ce suffisant pour que vous leur fassiez confiance ?

– Ne soyez pas naïve : faire confiance à ces brutes !... Mon Dieu, non. Je préfère les faire chanter...

– Mais vous risquez de vous faire tuer !

– Au contraire, moi mort, leur peau ne vaudra pas un clou, et ils ne le savent que trop...

Une lettre de Françoise vint lui apprendre que les enfants étaient parvenus à bon port :

Montillac, le 10 mars 1958.

Ma chère Léa,

Tes enfants sont bien arrivés, ils se montrent charmants, bien élevés, et la petite Claire est délicieuse. Inutile de te dire que les miens ont été heureux de retrouver leurs cousins ; la maison est pleine de rires et résonne du bruit de leurs calvacades. J'ai inscrit Adrien et Camille à l'école des sœurs de Verdelais. Je sais que François et toi, vous auriez préféré l'école communale, mais je t'assure qu'en plus de la nullité des instituteurs, le niveau intellectuel et social des autres élèves y est très bas. Rappelle-toi, c'était déjà comme ça de notre temps.

Ton mari nous a fait la surprise d'une visite éclair. La joie des enfants a été grande, bien moins, cependant, que leur chagrin au moment de son nouveau départ... Je ne crois pas que cela soit salutaire de leur faire vivre de telles émotions. Ton mari a insisté pour nous remettre une grosse somme d'argent pour l'entretien des petits et de Philomène ; ce que nous avons dû accepter, car les affaires sont plutôt difficiles en ce moment. À propos de Philomène, c'est une perle, cette femme-là, qui ne rechigne jamais à la tâche. Et quel amour pour Claire ! Pour ne pas dire quelle vénération... Il est vrai que cette petite mignonne lui ressemble davantage qu'à François ou à toi. Avec elle, tu peux être tranquille pour ta fille.

Cuba libre !

Dans ta lettre qu'Adrien m'a remise, tu ne me dis rien au sujet de Charles. Est-il toujours à Miami ? A-t-il pu reprendre ses études ? Et pourquoi ne pas l'inscrire à la faculté de droit de Bordeaux, puisque c'est le droit qui l'intéresse ? Nous pourrions lui trouver une chambre en ville et le prendre à Montillac tous les week-ends. Qu'en penses-tu ?

À Montillac, tout le monde va bien, les enfants grandissent. Te rends-tu compte que Pierre va bientôt avoir quatorze ans, Isabelle onze et moi... quarante ! Pierre ne pense qu'à la politique et regrette de ne pas avoir l'âge d'aller se battre en Algérie. Tu imagines combien, moi, je m'en réjouis ! Pourtant, je redoute que cette guerre ne s'éternise. Cela va faire quatre ans qu'elle dure. François ne nous a pas dit quand tu pensais rentrer. Ne tarde pas trop, ce n'est pas bon pour des enfants d'être trop longtemps séparés de leurs parents.

Je te quitte à présent, car j'ai promis aux aînés de les emmener au cinéma à Bordeaux.

Tous, ici, se joignent à moi pour t'embrasser.

Ta sœur,

Françoise.

Par le même courrier, Léa avait reçu une lettre de François :

Mon bel Amour,

Déjà trois semaines que je suis loin de toi et des enfants ! Vous me manquez. Pourquoi ne pas venir me rejoindre ? Ici, à Paris, le climat est très tendu. Depuis l'explosion d'une bombe au Palais-Bourbon, les contrôles à l'entrée de la Chambre des députés, des ministères et autres hauts lieux de la politique se sont renforcés.

J'ai revu Sainteny, qui t'envoie ses hommages, et Pierre Mendès France. Ils m'ont ménagé des rencontres avec Georges Bidault (pour lequel j'éprouve toujours autant d'antipathie, ce qui, par ailleurs, est réciproque), Jacques Foccart, François Mitterrand et René Pleven. Il n'est pas sorti grand-chose de tous ces entretiens. La personnalité de Foccart m'intrigue (on le dit très proche de De Gaulle). Il n'a fait aucune allusion à la lettre qu'il m'a envoyée, pas plus qu'à celle du Général. Je ne sais toujours pas pourquoi on m'a fait revenir, ni ce qu'on attend de moi...

En Algérie, la situation se dégrade de jour en jour. La « pacification » coûte actuellement à la France trois cent trente milliards par an. Pour Mendès France, c'est de l'argent fichu en l'air.

J'allais oublier : j'ai quitté la rue de l'Université – cet appartement, sans toi, était sinistre – et je me suis installé à l'hôtel Lutétia.

*En ce moment, à Paris, un livre fait grand bruit. L'auteur, Henri Alleg, un communiste, ancien directeur d'*Alger républicain, *y stigmatise la torture pratiquée par l'Armée. François Mauriac et Claude Bourdet, l'un dans* l'Express, *l'autre dans* France-Observateur, *la dénoncent également. J'ai lu ces articles ainsi que le bouquin d'Alleg : j'en suis encore tremblant de rage, écœuré. En dépit de mon peu d'estime pour l'espèce humaine, ne sachant que trop ce dont elle est capable, je n'aurais tout de même pas cru – ô naïveté ! – que des officiers français puissent s'abaisser à ce point. Tu en jugeras par toi-même : je te le fais parvenir. La plupart de ceux à qui j'ai fait part de mon dégoût et de ma honte après la lecture de* la Question *– c'est-à-dire du livre – m'ont simplement rétorqué que « c'est la guerre », que le FLN fait bien pire, que l'Armée a besoin de renseignements, que la torture épargne des vies humaines de part et d'autre... Bref, la même lâcheté, la même indifférence que sous l'Occupation. Comment, à peine sortis d'un conflit mondial qui a fait des dizaines de millions de* *victimes, puis de la guerre d'Indochine où nous avons laissé nos dernières illusions sur le rôle de la France dans le monde, comment nos dirigeants osent-ils parler de reconquête, de pacification de trois « départements français », un pays dont nous avons en fait colonisé les populations pour le service d'Européens qui, souvent de pauvre extraction, sont venus s'y installer ?*

On vient de m'apporter une convocation du général de Gaulle pour cet après-midi à quinze heures, rue de Solférino. Je vais enfin savoir ce que l'on attend de moi. Je te tiendrai au courant.

Depuis que je suis arrivé à Paris, je n'ai pas reçu un signe de toi. Je sais que j'ai trahi la promesse que je t'avais faite de ne jamais partir pour l'Algérie. Mais ce qui se passe là-bas est si important pour la France que je dois y participer. Il me semble qu'après avoir vécu ce que j'ai vécu, ma place est là. Je sais que tu peux le comprendre mieux que quiconque. Ne fais pas ta mauvaise tête, je t'aime et tu le sais ! Écris-moi, téléphone-moi. Je cours poster cette lettre.

Je couvre ton beau corps de baisers,

François.

Une grande lassitude s'était emparée de Léa. Elle sentait que François s'éloignait, repris par le goût de l'aventure et ce désir de se trouver toujours au cœur de l'événement, d'y prendre sa part. Contre ce mouvement, que pouvait faire une femme amoureuse ? Si encore elle avait été auprès de lui... Sans Charles, elle serait partie sur-le-champ. Mais pouvait-elle abandonner ce gamin qu'elle avait élevé et qui, désormais, risquait chaque jour l'arrestation et la torture ? Elle devait le retrouver et user de tous les arguments pour le ramener en France. C'est dans cet état d'esprit qu'elle répondit à son mari :

La Havane, le 10 avril 1958.

Je suis sûre que tu es sincère quand tu dis m'aimer, mais moins cependant que tu n'aimes ta liberté, la bagarre et ton général de Gaulle. Tu as raison, je peux te comprendre. Non seulement je te comprends, mais je t'envie. Mis à part notre venue à Cuba, tu as toujours agi, en toutes choses, comme bon te semblait. Quant à moi, j'ai l'impression de ne pas avoir conduit ma vie, d'être prisonnière de circonstances qui – je n'arrive d'ailleurs pas à me l'expliquer – me demeurent non seulement imprévisibles, mais se révèlent le plus souvent dramatiques ; je suis le jouet d'un destin qui m'échappe. Et il en va de même aujourd'hui encore.

Comme tu le sais, Charles a quitté Miami. Ce que tu ignores, c'est qu'il se trouve probablement à La Havane et que la police le recherche. Tout porte à croire qu'il a pris part à l'enlèvement de Fangio. Quoi qu'il en soit, je n'ai aucune nouvelle de lui. L'ambassade de France fait procéder à des recherches et, de son côté, Ramón a lancé les républicains espagnols sur ses traces. L'un de nos amis cubains s'efforce, lui, de glaner des informations parmi les milieux interlopes havanais. Sait-on jamais... Dès que je l'aurai retrouvé, je verrai avec l'ambassade le moyen le plus sûr et le plus rapide de lui faire quitter ce pays. Toi, au nom de la France, moi, pour la vie de mon fils, nous allons une nouvelle fois être rattrapés, nous retrouver mêlés à des événements qui ne nous concernent pas vraiment. Il n'y a eu que pendant la guerre que nous avons été à notre place... Enfin, c'est du moins ce que je me dis... Aujourd'hui, la différence, entre toi et moi, c'est que tu avais le choix. Moi, non.

Chaque jour, des attentats se produisent à La Havane et dans le reste de l'île. « La nuit des cent bombes », ont titré les journaux après celle du 15 au 16 mars où elles ont explosé aussi bien en vieille ville qu'à Luyano, dans le Vedado et jusqu'à Miramar. L'ordre de grève générale lancé par Fidel Castro pour le 9 avril a été un échec. Hier, dans les rues, les gens se regardaient avec méfiance, tous les magasins étaient pourtant ouverts et les autobus circulaient normalement. L'appel à la protestation n'avait pas été entendu et seule la police était au rendez-vous...

J'ai appris aujourd'hui même, par Françoise, que tu étais passé voir les enfants ; c'est bien et, je t'en prie, fais-le aussi souvent que tu le pourras. Parle-leur de leur mère. Toi aussi, tu me manques terriblement. Le soir, je me caresse en pensant à toi comme tu m'as appris à le faire. Bien que j'éprouve à chaque fois un bref plaisir, cela est loin de me satisfaire et me laisse, avant de m'endormir, avec une grande tristesse au cœur.

J'espère que les belles Parisiennes ne te feront pas oublier tout à fait ton exilée cubaine...

Je t'aime,

Léa.

P.S. : Je te fais parvenir cette lettre par la valise diplomatique pour qu'elle ne soit pas interceptée. Merci pour le livre.

Léa se réveilla de la sieste le cœur battant. Depuis le départ des enfants, elle s'allongeait tous les après-midi et sommeillait une heure ou deux. Rendue au silence, la grande maison avait pris un air hostile. Sur les injonctions de Ramón Valdés, elle avait engagé un couple qui demeurait sur place. Ramón l'avait choisi sur la recommandation d'un de ses anciens compagnons d'armes. Juan et Mariana

Torres étaient des mulâtres d'une vingtaine d'années, originaires de l'Oriente. Illettrés, issus d'une famille de paysans très pauvres, ils étaient venus dans la capitale pour tenter d'échapper à la famine. Un jour, Léa surprit la femme dans la chambre de Claire, suivant du doigt les lettres d'un abécédaire illustré. À son entrée, Mariana essaya de dissimuler le livre, tout en rougissant.

– Je regardais les images...

Émue par ce mensonge, Léa entreprit dans les jours qui suivirent de lui apprendre à lire. Pendant une semaine, chaque matin, durant une heure, elle lui montra les lettres et les lui fit écrire. Mariana progressait rapidement. Un matin, comme la leçon se terminait, Juan entra, son chapeau à la main, l'air embarrassé.

– Que voulez-vous, Juan ?

Il se dandinait sur le seuil, le menton touchant presque sa poitrine.

– Pourquoi restez-vous sans rien dire : il se passe quelque chose ?

L'inquiétude de Léa alerta Mariana.

– Non, Madame, mais il n'ose pas...

– Il n'ose pas quoi ?

– Vous demander de lui apprendre à lire, comme à moi.

Tant de gaucherie et de bonne volonté les rendaient attendrissants.

– Mais bien volontiers... Si on m'avait dit un jour que je me transformerais en maîtresse d'école !

Le bonheur qui éclaira leurs visages fit comprendre à Léa combien ils souffraient de leur ignorance.

À la fin du mois d'avril, en revenant de la plage, elle trouva un message d'Alfredo García Olivera qui lui donnait rendez-vous le soir même, à minuit, au bar des *Dos Hermanos.*

– Juan, qui a déposé cette lettre ?

– Une grande femme blonde qui m'a dit s'appeler Freddy. Elle était magnifique ! Jamais je n'avais vu une femme pareille...

Léa sourit à l'enthousiasme de Juan que ne semblait pas du tout partager sa jeune épouse.

– Tu n'es qu'un paysan incapable de distinguer une honnête femme d'une putain !

– Tu es complètement folle, voyons : elle a dit qu'elle était une amie de Madame...

– Oh, pardon, s'excusa Mariana en rosissant.

– Cela n'a pas d'importance, la rassura Léa.

Vers dix heures du soir, elle parvint à joindre Ramón Valdés et lui fit part du rendez-vous fixé par Freddy.

– Très bien, j'irai aux *Dos Hermanos* avant vous et vous y attendrai. Mais emmenez Juan avec vous.

– Je puis y aller seule...

– Faites donc ce que je vous dis ! coupa-t-il sèchement.

Songeuse, elle raccrocha ; le ton avait été sans réplique.

Le bar était bondé et plusieurs consommateurs avaient dû rester debout sur le bord de la chaussée, la plupart en quête pour la nuit d'une aventure homosexuelle. Les deux ou trois femmes qu'on remarquait parmi les clients étaient de vieilles prostituées du quartier venues faire une pause dans leur journée de travail. L'arrivée de Léa, suivie de Juan, provoqua une légère baisse dans le niveau sonore des conversations. Un instant plus tard, elles avaient repris comme si de rien n'était. Juan, désorienté par le clin d'œil de certains hommes ou de discrets frôlements, n'avait pas lâché Léa d'un pouce tandis qu'elle se faufilait jusqu'au bar. À une table, elle venait de remarquer Ramón installé en compagnie de deux autres hommes sensiblement de son âge et vraisemblablement espagnols. Il était maintenant minuit passé, Alfredo ne s'était toujours pas montré. Au bar, on se poussa tant bien que mal pour faire place à Léa. Elle commanda un vieux rhum.

– Que buvez-vous ? demanda-t-elle à Juan.

– La même chose que vous.

Dehors, sur le trottoir, cinq musiciens attaquèrent un air. Sous l'œil ébahi de Juan, des hommes s'enlacèrent et se mirent à danser. Il avait l'air si ahuri que Léa éclata de rire.

Une voiture s'arrêta devant l'établissement dans un crissement de freins. Moulé dans une invraisemblable robe de satin violet, coiffé de longs cheveux blonds retenus sur la nuque par un ruban de velours noir et chaussé d'escarpins à hauts talons, Alfredo en descendit. Avec lui, une ravissante jeune femme rousse dans un long fourreau rouge, et un homme vêtu d'un costume de lin blanc froissé. Mais, alors que tous trois faisaient leur entrée d'une démarche instable, Léa fut frappée par les yeux brillants du travesti qui tournillaient, affolés, sous la frange des faux cils. Quand il fut près d'elle, Léa remarqua aussi qu'il ne s'était pas rasé. Il poussa la rousse devant lui. Les deux femmes se dévisagèrent.

– Je vous présente Angela Tabucci, cria-t-il pour se faire entendre dans le brouhaha. C'est un vrai pot de colle !

ajouta-t-il en chuchotant à l'oreille de Léa. Je n'ai pas pu m'en débarrasser...

– Bonjour, lança Angela en tendant la main. Vous êtes Mme Tavernier, n'est-ce pas ? Vous n'avez pas tellement changé, vous êtes même encore plus belle.

– Nous nous connaissons ?

Angela sourit.

– Votre mari m'a posé exactement la même question...

– Vous connaissez François ?

– Nous nous sommes croisés ici peu de jours avant son départ, mais je vous avais déjà vu en Argentine au cours d'un bal où vous portiez une robe bleue...

Léa devint toute pâle et porta la main à ses lèvres comme pour étouffer un cri, les yeux soudain emplis de larmes. Et cette musique, ce tango qui revenait... Elle se retint au rebord du bar. Dehors, les musiciens jouaient : *Adiós muchachos, compañeros de mi vida*... Les conversations s'étaient ralenties, les visages se tournèrent, interrogateurs, vers les musiciens : ce n'était guère fréquent d'entendre cet air-là à Cuba... *Ya me voy, y me resigno contra el destino*... Angela l'enlace... elles tournent tandis que les hommes s'écartent... ses jambes sont de plomb, son corps brûle au souvenir de celui de Sarah, de sa robe rouge, et, comme à Buenos Aires, l'assemblée fait cercle autour d'elles. Depuis longtemps, Léa a fermé les yeux et le temps s'est aboli... elle danse avec Sarah... Sarah n'est pas morte... *Dos lágrimas sinceras derramo en mi partida*...

– Vous vous souvenez ?... C'est moi qui ai demandé cette chanson, susurra une voix inconnue.

Dans un cri de fureur, Léa se dégagea de l'étreinte enjôleuse, jeta sur sa cavalière un regard de haine, puis de dégoût, et la gifla par trois fois. Ses doigts marquèrent la peau blanche.

– François n'a-t-il pas fait la même chose, à Buenos Aires ?... observa Angela, soudainement douce et songeuse.

Léa se retint pour ne pas se laisser aller à la rouer de coups. Elle se détourna et se dirigea vers le bar. Le brouhaha, un instant suspendu, reprit. Sans rien lui avoir demandé, le barman lui versa un nouveau verre de rhum. Elle l'avala d'un trait. Alfredo s'accouda près d'elle, bousculant Juan qui, croyant avoir affaire à une femme, s'écarta sans rechigner. Quand il eut réalisé sa méprise en découvrant de plus près les joues brunies par la barbe, son visage exprima une stupeur telle qu'Alfredo et Léa ne purent réprimer un fou rire. Peu à peu, il gagna l'assistance et, bientôt, toute l'enceinte de *Los Dos Hermanos* ne fut plus qu'un seul et même grand éclat de rire. Tous ces hommes, qu'ils fussent jeunes ou vieux, noirs ou blancs, les quelques femmes aussi, Angela comprise, étaient secoués d'une telle hilarité que des larmes leur venaient aux yeux. Certains, la main sur le flanc, tentaient de juguler la douleur d'un point de côté. Dans la rue, une *perseguidora* ralentit, s'immobilisa tout à fait et les policiers qui s'y trouvaient ouvrirent leur portière, une main posée sur leur arme. À leur vue, les rires s'amplifièrent, tournant au délire. Les policiers demeuraient interdits : de toute leur carrière, aucun n'avait jamais vu pareil prodige. Habituellement, leurs apparitions interrompaient net les conversations et fermaient les visages. Ce soir, une vague montait, retombait et s'élançait de plus belle, c'était un carnaval, une danse de Saint-Guy dont ils étaient totalement exclus. Bah ! ce n'était sûrement pas des révolutionnaires qui riaient comme ça ! Un révolutionnaire, c'est archi-sérieux, même à Cuba...

Affalés sur les tables, assis à même le sol, certains se roulant par terre, les habitués du bar tentaient de reprendre leurs esprits et leur souffle.

– J'en ai fait pipi dans ma culotte ! hurla une prostituée en s'étranglant dans une quinte.

– Moi aussi ! s'écria une autre en regardant, médusée, la petite flaque qui s'élargissait.

Alfredo, le premier, s'était ressaisi.

– Venez, souffla-t-il à Léa.

Juan s'interposa aussitôt.

– Ne vous inquiétez pas, Juan. Suivez-nous.

Le trio passa devant la table de Ramón Valdés qui, tout en s'essuyant les yeux, fit signe à ses compagnons de leur emboîter le pas. Personne ne prêta attention à la porte qui s'était ouverte au fond de l'établissement. Ils débouchèrent dans une cour encombrée de caisses et de tonneaux. Des chats qu'on dérangeait miaulèrent rageusement. Alfredo débarrassa une pile de cageots, découvrant une seconde issue, très étroite, qu'il ouvrit sans difficulté.

– Ça va, dépêchez-vous.

– On va s'apercevoir que nous sommes passés par là, s'inquiéta Ramón en franchissant en dernier le passage.

– Un copain de la boîte va tout remettre en place derrière nous. Une camionnette nous attend au bout de la rue.

– Alfredo, pouvez-vous nous dire ce que tout cela signifie ? interrogea Léa, anxieuse.

– Nous allons chercher Charles.

– Quoi ?!... Vous l'avez retrouvé ?

– Oui, mais je crois qu'il faut faire vite : le type qui l'hébergeait a été arrêté. Je connais leurs méthodes, ils réussiront à le faire parler.

– C'est loin d'ici ?

– Non, à quelques kilomètres : à Regla.

– J'ai aussi des amis par là, enchaîna Ramón. Si cela tournait mal, on pourrait se réfugier chez eux.

Le conducteur de la camionnette somnolait derrière son volant. Il sursauta quand Alfredo ouvrit la portière.

– Rentre chez toi, maintenant, je vais conduire. Tu n'as rien remarqué de spécial ?

– Non, tout est calme.

Léa et Ramón se hissèrent dans la cabine avant tandis que les autres s'accroupissaient à l'arrière.

La route qui menait à Regla était déserte et défoncée. À cette heure, la cité de la Santería paraissait abandonnée. Les rares réverbères à ne pas être hors d'usage diffusaient une lueur sépulcrale. La *Sierra Chiquita* – comme on l'appelait en raison de son passé révolutionnaire et anarchiste – ressemblait à une ville morte. À l'intérieur du véhicule, Espagnols et Cubains se signèrent. Au bout de la rue Martí, en face du port, se dressait la masse sombre de l'église Nuestra Señora de Regla, la Vierge noire qu'on honore comme Yemaya, la patronne des marins. Un chien aboya, un autre lui fit écho. Alfredo coupa le moteur.

– Nous y sommes, souffla-t-il en désignant une bâtisse.

Des bassins proches leur parvenaient le cliquetis des chaînes, le grincement des mâtures, un clapotis d'eau. Des relents de rouille et de goudron planaient sur ces seuls bruits.

– Je n'aime pas ça, grinça un des Espagnols entre ses dents.

Joignant le geste à la parole, il sortit son pistolet.

Trébuchant sur les pavés disjoints du parvis de la cathédrale, Alfredo retira ses escarpins qu'il jeta au fond de la camionnette.

– Vous devriez peut-être enlever aussi la perruque..., suggéra Léa à voix basse.

Machinalement, il obtempéra et la chevelure blonde rejoignit les souliers de satin.

– Restez à côté de moi, recommanda-t-il à la jeune femme. Les autres, près de la camionnette.

Ils se glissèrent le long des façades sombres. Quand ils parvinrent à l'autre bout de la place, Alfredo poussa une porte qui céda dans un crissement. Il leur parut que toute la ville allait se réveiller. Arme à la main, Alfredo s'avança à tâtons.

– Vous avez un briquet ?... Passez-le-moi.

La flamme révéla le grand désordre qui régnait dans la pièce où ils étaient parvenus : non seulement de pauvres meubles y avaient été renversés mais – ô sacrilège ! – l'autel et ses saints avaient été profanés.

– Seigneur !... Jamais je n'aurais cru un Cubain capable de s'en prendre aux *orishas*..., balbutia Alfredo en se signant.

Se reprenant, le Cubain se faufila par une ouverture pratiquée entre les planches arrachées d'une cloison. Hormis un misérable lit de fer les pieds en l'air, il n'y avait rien dans le petit réduit sans porte ni fenêtre qu'ils venaient de découvrir.

– Où est Charles ?! cria presque Léa en secouant le bras de son compagnon.

Une sorte d'effroi l'avait saisie.

– Taisez-vous ! intima-t-il.

Il se pencha sur le sol couvert d'un mauvais carrelage et frappa trois petits coups de sa crosse, puis deux, et de nouveau trois. L'un des carreaux bougea.

– Il est là... Tenez le briquet.

S'aidant de ses ongles longs, il souleva la première dalle ; trois autres suivirent. Deux mains, puis une chevelure poussiéreuse émergèrent du trou. Léa réprima un cri. Alfredo s'efforçait de hisser une jeune femme hors de la fosse.

– Merci, merci... J'ai bien cru qu'on m'avait oubliée là pour toujours...

– Carmen !... Où est Charles ?

À peine debout, la jeune femme s'effondra. Alfredo la remit sur pieds brutalement.

– Ce n'est pas le moment de s'évanouir ! Léa, soutenez-la... Je passe devant.

– Où est Charles ? répéta Léa en criant presque.

– Je... je ne sais pas.

Dès qu'ils ressortirent sur la place, la camionnette vint à leur rencontre, feux éteints.

– Monte derrière, dit Alfredo à Carmen. Vous autres, un coup de main : aidez-la, recouvrez-la de la bâche... Tout le monde s'aplatit comme il peut, et l'un de vous prend la mitraillette.

En retraversant la cité endormie, le moteur faisait un vacarme d'enfer. Le véhicule avait lentement quitté la place et remontait à présent la rue Maceo. Au croisement avec la rue Céspedes, une *perseguidora* tenta tout à coup de leur barrer la route. Le conducteur braqua le volant, la camionnette bondit sur le trottoir et, dans une embardée, réussit tout juste à franchir le barrage improvisé en accrochant l'aile arrière de l'automobile.

– Fonce ! Fonce ! hurla Alfredo.

Par les vitres baissées de la voiture, les policiers avaient ouvert le feu. Dans un ululement, une balle traversa la cabine et transperça le pare-brise. Derrière, Ramón s'était emparé de la mitraillette. Un coup de pied balancé dans la porte arrière l'ouvrit toute grande. Ramón arrosa la voiture immobilisée en travers du carrefour, tandis qu'un des Espagnols le retenait par la ceinture. Léa se retourna. Elle n'eut que le temps de voir s'effondrer un policier qui, une seconde plus tôt, courait, l'arme au poing. Une rafale l'avait atteint en pleine poitrine. La camionnette venait de rejoindre à vive allure la route de Guanabacoa quand deux *perseguidoras* débouchèrent d'une rue adjacente pour la prendre en chasse. Penché par la portière, Alfredo attendit quelques instants que la première se rapprochât. Il tira, visant le conducteur.

– Ralentis ! Laisse-les venir plus près, hurla-t-il hors de l'habitacle.

Le chauffeur obéit, la *perseguidora* gagna du terrain. La balle d'Alfredo étoila subitement le pare-brise et atteignit le policier au milieu du front. Le véhicule zigzaguait dangereusement quand une boule de feu l'atteignit.

– J'avais oublié les cocktails Molotov ! s'écria, tout joyeux, Alfredo. Merci, les gars !

Comme il finissait sa phrase, la *perseguidora* s'enflamma après avoir heurté un pylône électrique.

– Et d'une ! conclut le Cubain.

Une fourgonnette surgie du rideau de fumée s'élançait à son tour à leur poursuite dans un vrombissement de moteur. Depuis le toit, une mitrailleuse lâcha de longues rafales. Tombé de la plate-forme arrière, un corps roula sur la chaussée. Le policier qui conduisait la fourgonnette ne chercha même pas à l'éviter.

– Non ! hurla Léa quand les roues l'écrasèrent. Arrêtez ! Arrêtez ! C'est peut-être Ramón !

– Trop tard pour lui, baissez-vous !

Deux bouteilles incendiaires qu'on avait jetées en direction des poursuivants ratèrent leur cible. Enfin, les tirs nourris de la mitraillette fauchèrent le serveur de la mitrailleuse et blessèrent sans doute le conducteur. La fourgonnette fit un tête-à-queue, décrivit deux tonneaux impressionnants et termina brutalement sa course dans un arbre. Elle prit feu aussitôt. Deux torches vivantes s'extirpèrent de la carcasse, coururent, hallucinées, sur la chaussée, tombèrent et, après quelques soubresauts, demeurèrent immobiles. Léa avait la tête dans les mains.

La camionnette n'avait pas ralenti pour poursuivre sa route jusqu'à Catalina de Güines où elle obliqua et s'enfonça dans un chemin de terre. Au bout se dressait une bâtisse. Léa sauta de son siège, bousculant Alfredo, et se précipita vers l'arrière. Par les deux battants ouverts, Ramón aidait Carmen à descendre. Léa respira profondément tandis que la jeune fille se laissait glisser du marchepied. Elle resta quelques instants repliée sur elle-même. Doucement, Léa lui releva la tête.

– Mon Dieu !

Un filet de sang barrait son visage sali.

– Elle est blessée !

– Ce n'est rien, corrigea Ramón. Juste une égratignure... Reginald Ortega l'a protégée de son corps... Décidément, il était dit que mes pauvres amis finiraient sous les balles de la dictature...

Léa s'approcha et se serra contre lui.

– Ramón, comment vous dire ?... Vous, vos amis... je... je suis profondément désolée pour vos deux compagnons...

– Ne restons pas là, coupa-t-il. Nous discuterons plus tard.

– Ramón a raison, renchérit Alfredo. Une autre voiture est dissimulée ici, nous devons changer de véhicule. Mais, avant, il faut brûler la camionnette.

– Mais...

– Je sais ce que vous allez dire, mais nous n'avons pas le choix. Le camarade espagnol est mort en combattant et les héros n'ont pas besoin de sépulture. Il y a un réservoir d'eau derrière la maison. Léa, emmenez Carmen s'y nettoyer un peu.

Quand elles revinrent toutes deux, le moteur d'une Cadillac ronronnait déjà. Alfredo avait troqué sa robe en lambeaux contre un maillot de corps et une salopette qu'il avait passée par-dessus. Juan et Lazaro, le chauffeur, finissaient d'arroser d'essence la camionnette. Alfredo l'embrasa sitôt que tout le monde fut installé à bord de la Cadillac. Une immense lueur illumina la scène. « Comme à Montillac », pensa Léa, glacée tout à coup.

Ils roulaient à présent en silence. De loin, on voyait encore l'incendie ; il n'allait pas tarder à être découvert.

À l'arrière, sur la confortable banquette, Carmen, exténuée, s'assoupit dans les bras de Léa.

Quand elle sortit de sa torpeur, l'aube commençait à pointer.

– Où allons-nous ? s'inquiéta Léa.

– Nous allons essayer de rejoindre Fidel, répondit Ramón.

– Fidel ?... Mais nous devons rentrer à La Havane...

– C'est tout à fait impossible, rétorqua-t-il. À l'heure qu'il est, les hommes de Ventura sont chez vous – et chez moi aussi, sans aucun doute. Nous n'avons pas le choix. Encore faut-il que nous réussissions à passer les barrages de police...

– Que va devenir Mariana ? demanda Juan.

Un silence répondit à sa question.

Près de Léa, les poings serrés, Juan regardait droit devant lui ; une larme coula le long de sa joue et se perdit dans les poils de sa moustache. Léa retint un geste de compassion.

Par bribes, Léa tentait de soutirer doucement les renseignements sur Charles qu'elle espérait obtenir de Carmen : ils s'étaient retrouvés tous deux dans le refuge de Regla, mais, trois jours plus tôt, des militants du M-26 envoyés par Faustino Pérez étaient venus chercher Charles pour le conduire dans la Sierra. Les passeurs de Faustino devaient revenir pour l'y mener, elle, à son tour. Entre-temps, la maison avait été investie par la police et la jeune fille n'avait eu que le temps de se glisser dans la cache aménagée sous le dallage. Longtemps elle avait entendu les cris qu'avait poussés le vieil homme qui les hébergeait. Puis le silence était retombé, un silence si pesant qu'elle avait craint d'en devenir folle.

Quand Carmen eut terminé son triste récit, Léa sut qu'elle partirait pour la Sierra à la recherche de Charles.

LIVRE ONZIÈME

Lazaro donna un brutal coup de volant qui faillit envoyer la Cadillac dans le décor puis, après un dérapage, prit un chemin bordé de cannes à sucre qui s'ouvrait sur la droite. Personne n'avait prononcé un mot, tous avaient aperçu le barrage que tenait un peu plus loin un détachement militaire. Ramón et Alfredo gagnèrent la banquette, s'accoudèrent sur la plage arrière et s'apprêtèrent à briser la lunette pour ouvrir le feu sur d'éventuels poursuivants en dépit du nuage de poussière que soulevait leur passage. La nuée privait les tireurs de toute visibilité mais signalait leur fuite. Les passagers, cahotés, furent projetés les uns contre les autres. À tout moment ils s'attendaient à un assaut. Rien de tel ne se produisit.

Au bout d'un certain temps, Ramón proposa de faire halte. Le véhicule s'immobilisa au bord du chemin et Lazaro coupa le contact. Tout devint silencieux ; rien ne bougeait alentour et chacun retenait son souffle. Lentement, la poussière retombait ; le soleil était déjà assez haut. Alfredo descendit le premier.

– Nous ne devons plus être bien loin de Nueva Paz, estima Lazaro. Nous sommes à peu près à cent kilomètres de La Havane. Si nous arrivons à franchir ce barrage, nous devrions être tranquilles jusqu'à Santa Clara.

– Tu es sûr qu'il n'y en aura pas d'autres avant ? s'informa Alfredo.

– Il y en aura probablement un à la hauteur de Torriente, sur l'autoroute, un autre peut-être vers Colón, sur la route de Matanzas. On peut sans doute les éviter en passant par Torriente et Jagüey Grande, puis en remontant sur Colón. Là, je crois savoir comment contourner les contrôles, et il ne devrait pas y en avoir d'autres jusqu'à Santo Domingo. Ensuite, je ne sais pas trop ce qu'il y a, mais on ne sera plus qu'à une trentaine de kilomètres de Santa Clara.

Sur une carte, Ramón avait suivi du doigt le trajet qu'indiquait le chauffeur.

– Ça m'a l'air de tenir le coup..., confirma-t-il. Ce qu'il faut, maintenant, c'est se sortir de là. Juan, va donc voir ce qui se passe du côté des soldats, et reviens nous faire un rapport. Alfredo, essaie de nous trouver un chemin parallèle à la route.

L'ancien de la guerre d'Espagne avait spontanément recouvré le ton du commandement. Les deux Cubains s'exécutèrent sans un commentaire.

Juan revint le premier.

– Ils n'ont pas bougé d'un pouce, ils prennent le café.

L'allusion au café fit saliver Léa qui, d'un coup, prit conscience qu'elle mourait de faim et de soif. Elle se passa la langue sur ses lèvres sèches.

Alfredo revenait à son tour.

– À cent mètres sur la gauche, il y a une petite route.

– Sans doute la route qui mène à Palos ; c'est celle qu'il nous faut. Mais il ne faudra pas s'y attarder, l'armée y cantonne les hommes des barrages, ajouta Lazaro.

Affalés devant l'entrée de l'unique café de Palos, des militaires débraillés regardèrent passer la Cadillac d'un air indifférent. À l'intérieur de la voiture, chacun se tenait prêt à défendre chèrement sa peau. Les passagers ne descendirent qu'à Cabezas où ils achetèrent des provisions. En face du bureau de poste, Juan marqua un temps d'arrêt et supplia Léa du regard. La situation n'échappa pas à Ramón.

– Si tu téléphones, mon garçon, tu risques de nous faire repérer et ils finiront par nous mettre la main dessus...

– Venez vite, alerta Alfredo, j'ai l'impression qu'un officier s'intéresse à nous.

Ils remontèrent en voiture. Lazaro démarra doucement et l'officier qui s'avançait dans leur direction se ravisa et revint sur ses pas. Ils sortirent du village sans encombre.

Gâteaux secs, bière tiède et bananes apaisèrent quelque peu leur faim. Sur les routes défoncées, ils croisaient des carrioles attelées de mulets ou des cavaliers à cru sur leur monture, entourés parfois de familles entières. Des enfants nus jouaient un peu partout le long de l'asphalte et des femmes portant paquets ou fagots sur leur tête se retournaient pour les regarder passer.

Grâce aux indications de Lazaro, ils évitèrent le barrage de Colón. À l'endroit où ils se trouvaient à présent, la route longeait la voie ferrée ; ils la quittèrent à Santo Domingo, une colonne de blindés remontant en direction de La Havane. Vers deux heures de l'après-midi, ils entrèrent dans Santa Clara. L'agglomération sommeillait sous le soleil.

– Où allons-nous, maintenant ? interrogea Ramón.

– Chez le frère de mon père, lui répondit Alfredo. C'est un communiste sympathisant du M-26. Il habite près de l'église de la Santissima Madre del Buen Pastor. C'est assez éloigné du centre et nous y serons en sécurité. Mon oncle, Alejandro García, a été plusieurs fois emprisonné sous les différents gouvernements. Il était très proche de Jesús Menendez, l'un des dirigeants noirs des ouvriers du sucre, avec lequel il luttait contre les propriétaires des *centrales*. Il a bien connu Carlos Franqui quand il était aux Jeunesses communistes. Je sais qu'ils ont conservé des relations. Au début des années quarante, Santa Clara était une ville où le racisme était puissant. Les Blancs pouvaient se promener à l'intérieur du parc Léóncio-Vidal, tandis que les Noirs devaient rester au-dehors. On voyait dans ce parc le fameux âne Perico, mascotte de toute la ville, qui circulait toujours en quémandant du pain et jouait avec tout le monde, sans toutefois se laisser monter ; il y avait aussi, au bout du parc, le pont Candado, qu'on appelait « le Pont des bonnes gens » : c'est là que l'on conduisait les cortèges funèbres, car la tradition voulait que jamais sur ce pont ne fût passé un mort qui eût été un méchant. Sous le pont coule le Manso Belico, avec, alentour, des cabarets et des maisons de tolérance où l'on allait danser. Un célèbre flûtiste jouait là dans un orchestre de Cienfuegos et gagnait un *centavo* par danse, plus un pour la *bailarina* et trois pour le propriétaire et la police. Dans un coin isolé se trouvait le kiosque de Daniel, vétéran de la guerre d'Espagne ; c'était le lieu de réunion de tous les camarades communistes de mon oncle, qui m'emmenait souvent chez lui. On s'arrêtait place du Marché chez les Chinois où nous mangions une *completa* de riz, de haricots et de hachis qui coûtait cinq centavos. Pour un sou de plus, j'avais droit à une banane, et mon oncle à un verre de *guarapo*. J'avais cinq ou six ans, mais je m'en souviens comme si c'était hier... Voici l'église, tourne à droite. Tu vois le grand portail vert ? C'est là. Entre dans la cour.

Une truie noire, suivie de ses porcelets, traversait la cour en trottinant. À leur entrée, les poules s'égaillèrent en piaillant. Un homme noir, grand et sec, se tenait, les deux mains appuyées sur le manche d'une fourche. Le haut de son visage était dissimulé par les bords déchiquetés d'un chapeau de paille. Immobile, il regardait les passagers de la Cadillac venir vers lui. Se dégageait de toute sa stature une impression de force et de sérénité.

– Mon oncle ? C'est moi, Alfredo.

– Je le vois bien... Mais que viens-tu faire ici ?

– La police nous recherche. Nous tentons de rejoindre la Sierra.

Il faisait sombre et frais dans la vaste pièce où deux femmes finissaient de débarrasser la table. L'une d'elles, tout de blanc vêtue, reposa les assiettes qu'elle s'apprêtait à emporter à l'office.

– Alfredito !

– Tante Dolorés !

– Sainte Mère de Dieu ! Quel beau garçon tu es devenu... C'est ta pauvre maman qui doit être fière ! Comment va-t-elle ? Il y a si longtemps que je ne l'aie vue... Qui sont ces gens ?... Que tes amis soient les bienvenus, mais ils ont l'air bien fatigués. Antonia, sers donc du café.

– Ma tante, mon amie Léa Tavernier aimerait faire un brin de toilette... et se changer aussi. Tu ne pourrais pas lui trouver un pantalon et une chemisette ?

– Euh... des sandales aussi, peut-être..., glissa Léa en montrant les souliers à talons hauts qu'elle portait toujours aux pieds.

– On va s'occuper de tout ça, trancha Alejandro García. Mais prenons d'abord le café.

À son invitation, tous s'assirent autour de la table et Alfredo entreprit de faire les présentations. Ramón Valdés et Alejandro García se serrèrent la main sans un mot en se regardant droit dans les yeux. Enfin, quand Alfredo eut fini de narrer leur équipée, son oncle demeura quelques instants les yeux mi-clos.

– Vous avez eu beaucoup de chance jusqu'ici... Je ne puis vous assurer qu'il en sera de même pour le reste du chemin. L'armée de Batista patrouille partout et arrête toute les personnes étrangères à la région. De plus, les dénonciations sont nombreuses... Il faut que je réfléchisse à la meilleure manière de vous faire quitter Santa Clara... Je vais en parler aux camarades ; je serai de retour dans la soirée. D'ici là, ne sortez pas de la maison. Toi, tu viens avec moi, ajouta-t-il à l'adresse de son neveu.

Ils ne revinrent que le lendemain soir.

– Nous partirons à la nuit tombée, déclara Alejandro García, et nous irons jusqu'à Trinidad. Là, un avion vous conduira au cœur de la Sierra. Le pilote connaît bien le secteur, il a déjà livré à plusieurs reprises des armes aux combattants. Mais il a eu un problème de moteur au-dessus de Sancti Spíritus : il a dû se poser en catastrophe près du mont Lomas de Banao et rejoindre Trinidad à pied par la forêt. Là, il a pu trouver un mécanicien qui procède aux réparations. Un camarade va essayer de conduire la Cadillac jusqu'à la sortie de Santa Clara et de franchir le barrage. Si tout va bien, un autre s'en occupera jusqu'à votre arrivée. Le premier reviendra ici pour nous dire si la voie est libre.

– Comment quitterons-nous Santa Clara ? demanda Ramón.

– Séparément. Vous, vous partirez avec moi et la femme...

– Je ne quitterai pas Carmen ! s'écria Léa.

– Je vous les confie, tempéra Ramón Valdés à l'intention d'Alejandro García.

– Comme vous voudrez, consentit le vieux communiste.

Maintenant accoutrée d'une chemise et d'un pantalon blancs, les cheveux dissimulés sous un chapeau de *guajiro*[1], Léa avait l'air d'un jeune garçon.

Après avoir avalé un copieux repas, emportant un léger bagage fait d'un peu de linge et de quelques vivres, les fugitifs se mirent en route par petits groupes. Alejandro, Carmen et Léa montèrent dans un autobus surchargé qui les déposa, à la sortie de l'agglomération, devant un panneau qui indiquait : « Trinidad, 130 km ». Sur deux ou trois kilomètres, suivant une route de terre, ils marchèrent en silence. Dans la nuit profonde, d'humbles baraques aux murs de guingois succédaient à présent aux maisons de pierre. Des cahutes en tôle venaient ensuite, certaines croulant sous la végétation. Puis, peu à peu, les habitations

1. Paysan.

firent place à la forêt tropicale. À l'orée du bois, Alejandro obliqua dans un petit chemin sur lequel ils progressèrent pendant encore une dizaine de minutes. Des oiseaux de nuit lançaient leurs drôles de cris.

– On va patienter ici, articula enfin le guide des Français.

Une demi-heure plus tard, ils furent rejoints d'abord par Alfredo et Ramón, puis par Juan et Lazaro.

– La voiture nous attend au kilomètre 6, annonça Alfredo. Ne perdons pas de temps.

Dans la voiture qu'ils avaient récupérée, Léa et Carmen grelottaient malgré la couverture dont Ramón les avait enveloppées. En dépit du mauvais état de la route, ils parvinrent à Condado peu avant minuit.

Chez un paysan sympathisant du M-26, ils entrèrent en contact avec le pilote dont Alejandro leur avait parlé. Pedro Luis Díaz Lanz venait à leur rencontre. Il marqua une hésitation.

– Mais... je te connais, n'est-ce pas ? fit-il en dévisageant Alfredo.

– Oui, on s'est vus avec Carlos Franqui et vous projetiez d'acheminer des armes jusqu'à la Sierra...

– Et c'est bien ce que j'ai fait. J'y ai aussi laissé Franqui.

– Il se trouve toujours là-bas ?

– Oui, il s'occupe de *Radio-Rebelde*

– Votre avion est-il en état ? les interrompit Alejandro García.

– Il le sera demain et, si le temps le permet, nous pourrons décoller aussitôt... Combien êtes-vous ? Cinq ?

– Non, nous ne serons que quatre, notre compagnon Lazaro repart pour La Havane.

– Tant mieux car, même à quatre, nous allons être serrés ! Heureusement, je n'ai pas de fret.

Le lendemain l'avion s'envola à la tombée du jour ; le ciel était couvert, mais le vent était tombé. Ils survolèrent d'abord l'archipel de Los Jardines de la Reina, puis le golfe de Guacanabayo et, enfin, l'extrême pointe de la Sierra Maestra. Ils atterrirent sur un petit terrain près de La Plata. Léa fut la première à descendre du Cessna. Des hommes barbus, en armes, semblaient monter la garde alentour. L'un d'eux s'approcha de l'appareil.

– On ne nous avait pas dit que tu devais revenir, lança-t-il à Díaz.

– Ces gens sont recherchés par les sbires de Batista.

– Et les femmes ?

– Elles aussi... L'une est française, son fils est ici, et l'autre est la fille du docteur Pineiro.

– Mettez-vous à couvert sous les arbres, je vais prévenir le chef.

L'attente dura deux heures, puis l'homme, une torche à la main, revint en compagnie de deux autres rebelles, qui portaient le fusil en bandoulière et fumaient d'épais cigares. Tout en marchant, ils s'esclaffaient et se bousculaient comme des gamins. L'un des nouveaux venus était coiffé d'un béret, l'autre d'une sorte de chapeau tout cabossé. À leurs larges ceintures de cuir munies de multiples petites poches, grenades et poignards se balançaient tranquillement. Leurs treillis vert olive étaient froissés, couverts de taches ; la transpiration leur avait dessiné de larges auréoles sombres sous les aisselles et dans le milieu du dos. Le gaillard au chapeau cabossé arborait une longue barbe qui lui conférait l'allure d'un Christ rigolard. Tous deux portaient beau.

– *Che*, Camilo, arrête tes plaisanteries !

Quand ils ne furent plus qu'à quelques mètres, Léa fronça subitement les sourcils : où donc avait-elle pu apercevoir cette silhouette affublée d'un béret ?... N'était-ce pas l'homme dont la photo avait paru dans *Paris-Match* et en qui elle avait bien cru reconnaître... Et cette voix ?... Le type au béret venait de s'immobiliser à dix pas du petit groupe et la dévisageait à son tour, perplexe. Il prit la torche des mains du guérillero. Sans se quitter des yeux, ils s'avancèrent. Leurs deux cris se rejoignirent :

– Léa !

– Ernesto !

Dans un élan, Léa se jeta dans ses bras. L'instant d'après, elle s'écartait légèrement de lui pour mieux le considérer. Émus, incrédules encore, ils se contemplaient sans mot dire.

– *Che*, tu ne m'avais pas avoué que tu connaissais d'aussi jolies femmes... Mademoiselle, je me demande bien ce que vous pouvez trouver à cet Argentin tout crasseux..., ironisait son compagnon.

Ma foi, c'est vrai qu'il était sale à faire peur, son amoureux de Buenos Aires, et qu'il ne sentait pas très bon... La remarque l'avait pourtant tiré de sa surprise.

– *Che*, laisse, Camilo... Mais que fais-tu ici ?

– Je t'expliquerai, Ernesto, mais c'est un peu long... J'ai dû fuir La Havane parce que mon fils y était recherché par un certain capitaine Ventura...

– Qu'avait-il bien pu faire pour mériter ça ?

– Il... il avait participé à l'enlèvement de Juan Manuel Fangio.

– Et les autres, là ?

– Ramón Valdés est un ami de mon mari, ils ont fait la guerre d'Espagne ensemble...

Ernesto lui tendit la main :

– Soyez le bienvenu.

– ... et voici Alfredo García Olivera ; c'est grâce à lui que nous avons pu nous enfuir. Quant à Juan, il travaillait chez moi avec sa femme ; il a accepté de m'accompagner pour sauver Charles, mais sa femme a dû rester seule dans notre maison...

Elle s'interrompit et baissa la tête.

– Je vois..., murmura Ernesto.

Un lourd silence s'abattit sur la petite équipe. Le compagnon de Guevara réagit le premier.

– Remontons vers le camp, à présent. Nous avons deux heures de marche... Vous n'avez pas de bagages ? demanda-t-il à Léa.

– Nous sommes partis un peu précipitamment... Charles est-il avec vous ? demanda-t-elle à Ernesto.

– Un jeune Français nous a rejoints il y a deux jours... C'est peut-être lui.

– Merci, mon Dieu ! murmura-t-elle comme pour elle-même.

Par un étroit sentier, ils gravirent la montagne. À mesure qu'ils s'élevaient, l'air devenait plus vif. Ils s'arrêtèrent quelques instants. Léa se retourna. D'un coup, elle embrassa le magnifique paysage. La mer étincelait sous le clair de lune ; des gerbes que leur progression avait couchées montait une odeur aigrelette. L'image de

Montillac s'interposa. Elle se revit appuyée contre son chêne du calvaire de Verdelais, regardant au-delà des Landes, vers la mer... Comme tout cela était loin ! Elle pensa à ses enfants courant dans le pré, se poursuivant à travers les vignes, comme elle et ses sœurs l'avaient fait autrefois. Elle s'assit sur le sol caillouteux, entoura ses genoux de ses bras et ne put réprimer un sanglot. Camilo vint s'accroupir auprès d'elle, lui caressa les cheveux en lui parlant comme à une enfant. Au son de cette voix chaude et tendre, elle s'apaisa peu à peu. Derrière ses larmes, elle le regarda. Avec un bon sourire, il l'aida à se remettre sur pieds et tous deux marchèrent un certain temps en se tenant par la taille. Carmen leur décocha un regard curieux tandis qu'Ernesto arborait un air amusé...

Aux abords du camp de La Plata, des jeunes gens s'employaient à confectionner des cocktails Molotov, d'autres fourbissaient leur fusil à la lueur de torches ou de lampes tempêtes. À l'approche de la colonne, les insurgés poussèrent de grandes exclamations et se mirent à applaudir.

– *¡ Viva Camilo !*

– *¡ Viva el señor de la vanguardia !*

– *¡ Viva el Che !*

– *¡ Viva la revolución !* lança à son tour Ernesto.

À deux pas, un barbu coupait posément les cheveux d'un de ses compagnons tandis qu'un groupe de jeunes filles revêtues de l'uniforme rebelle se disputaient des revues, des numéros de *Paris-Match* datés du mois d'avril. Sur la couverture de l'un, Fidel Castro pointait un revolver vers l'objectif, ses lunettes d'intellectuel sur le nez.

– Vous recevez les journaux ? s'étonna Léa.

– Franqui nous les a rapportés de Miami, expliqua Ernesto.

Léa regardait tout autour d'elle, cherchant Charles dans les moindres recoins du campement. Enfin il était à pied d'œuvre au cœur de la Sierra, et il allait pouvoir combattre la tyrannie sous la direction d'un homme qu'il admirait...

Ici ou là, devant les cahutes couvertes de branchages, les guérilleros se reposaient à même le sol. Sur une sorte d'esplanade, certains jouaient aux billes.

– J'ai gagné ! se réjouit un grand gaillard en se dressant d'un coup.

Surprise, le cœur bondissant dans la poitrine, Léa reconnut Fidel Castro.

– Nous avons de la visite, déclara Ernesto en cédant le passage à Léa. Je l'ai connue à Buenos Aires quand elle pourchassait des criminels nazis... Elle est française... Le jeune Français amené par Faustino est son fils et ils sont tous deux poursuivis par la police de Batista. Fidel, je te présente Léa Delmas.

Galant homme, Fidel ôta sa casquette et s'inclina. Il la prit familièrement par le bras, l'attira à l'écart et la conduisit s'asseoir sur un petit banc. Il s'accroupit face à elle.

– Qu'allait donc faire une Française en Argentine ?

– Ernesto vient de vous le dire.

– Pourquoi faisiez-vous cela ?

– J'avais une amie juive qui... qu'on avait déportée... Elle a connu là-bas des choses horribles... elle devait se venger... Vous... vous pouvez comprendre ?

– Je crois comprendre... Et en France, vous étiez dans la Résistance ?

« Oui », fit-elle de la tête.

– Cela a été dur ?

– Très... Mais je crois que je n'ai pas envie d'en parler maintenant. Où se trouve mon fils ?

Fidel fit un signe. Un barbu s'approcha.

– Va chercher le Français.

– Mais il ne rentrera que demain de l'exercice...

– Bien... Quelles sont les nouvelles d'Algérie ? reprit-il en se tournant vers Léa. En avez-vous ? Pensez-vous que le général de Gaulle va revenir au pouvoir ?

– Personnellement, je n'en sais rien, mais mon mari, lui, le souhaite.

– Où est-il en ce moment ?

– Le général de Gaulle l'a convoqué à Paris, il y est allé.

– On dirait que cela ne vous fait pas vraiment plaisir...

– Pas vraiment, répliqua-t-elle d'un ton acerbe. Depuis que nous nous sommes rencontrés, nous n'avons pas cessé d'être mêlés à toutes sortes de conflits. J'en ai assez ! J'ai voulu venir à Cuba pour échapper à cet engrenage et voici que je me retrouve loin de chez moi, séparée de mes enfants, poursuivie par la Gestapo locale, entourée de maquisards sales et hirsutes... J'en ai marre ! marre ! marre !...

Léa s'était levée, criant ses derniers mots. Autour d'eux, tous s'étaient tus et l'observaient. Fidel la considérait avec bienveillance. Ramón Valdés s'approcha et la prit par les épaules.

– *Comandante*, elle est épuisée. Où peut-elle se reposer ?

– Celia, trouve-lui un endroit propre, au calme.

Une jeune femme brune se détacha d'un petit groupe et vint prendre Léa par la main.

Léa dormit près de quinze heures d'affilée dans le hamac que lui avait prêté Celia Sánchez. À son côté, la jeune femme avait passé la nuit la tête appuyée sur un sac de jute et s'était levée tôt.

– Je t'ai rapporté du café... du vrai ! précisa Celia en arborant un air de triomphe.

– Merci, lui répondit Léa, encore engourdie. Jamais je n'aurais cru qu'on dormait aussi bien là-dedans.

– Je ne peux pas en dire autant..., soupira Celia en se frottant le dos.

– C'était le tien ? Oh, je suis désolée...

– Ce n'est pas grave, tu sais, je dormirai mieux ce soir.

Des salves firent sursauter Léa.

– Que... qu'est-ce que c'est ? Une attaque ?

– Non, rassure-toi, ce sont les nouvelles recrues qui sont à l'exercice. Ton fils se trouve parmi elles et c'est apparemment une sacrée gâchette.

– Charles ? !... Mais il n'en est pas question !

– C'est un homme, comment peux-tu l'empêcher de se battre ? observa Celia avec un accent de mépris. Bon, suis-moi, si tu veux faire ta toilette.

Là où le chemin se perdait dans les hautes herbes, des douches en plein air avaient été improvisées à l'aide d'outres en toile percées. Les feuillées étaient aménagées quelques dizaines de mètres plus loin. Léa regarda autour d'elle, cherchant un endroit à l'abri des regards.

– Si tu cherches une cabine, il n'y en a pas. Fais comme moi...

Léa s'exécuta, se déshabilla en même temps que Celia et passa sous l'un des bidons suspendus. L'eau était froide.

– Euh... il y a du savon ?

– Tiens, prends le mien... Il me reste un peu de shampooing, tu en veux ?

Quand elles revinrent au campement, les coups de feu avaient cessé ; tout était calme. Des femmes, montées des hameaux voisins pour apporter des provisions, discutaient avec de très jeunes gens.

– La population nous aide. Pour beaucoup d'entre elles, leur mari ou au moins l'un de leurs fils nous ont rejoints. Certaines nous servent même d'agents de liaison ; les soldats ne s'en méfient pas...

– C'était comme ça en France, au début..., murmura Léa. Celia, sais-tu où sont mes amis ?

– L'Espagnol est parti avec Fidel et Camilo.

– Qui est ce Camilo ?

– Camilo Cienfuegos ? C'est un de nos meilleurs combattants. Il ignore le danger à tel point que Fidel le réprimande souvent. Et puis, il n'arrête pas de faire des blagues ; pas toujours de très bon goût, c'est vrai, mais ses hommes l'adorent. Il rigole toujours, même dans les pires moments. C'est un type très courageux, le Che l'admire beaucoup.

– C'est à cause de sa façon de parler que vous l'appelez *el Che* ?

– Sans doute parce qu'il dit toujours *che* au début ou à la fin de ses phrases...

– C'est vrai. Je l'avais déjà remarqué, à Buenos Aires.

– Ah oui ? Et comment était-il quand tu l'as connu ?

– Très jeune et... très beau.

– Je vois..., fit Celia, tout à coup sérieuse.

– Il y a longtemps que vous êtes... que tu es dans la guérilla ?

– Depuis le débarquement. Mon père est médecin à Manzanilla et j'ai travaillé avec le docteur René Vallejos et Crescencio Pérez à l'organisation M-26, dans les villes et les villages de la Sierra. J'y étais chargée du ravitaillement et des liaisons. Fidel a confiance en moi, je suis à la fois sa confidente, sa secrétaire, son intendante et son infirmière... Depuis des semaines, il a des rages de dents qui l'empêchent de dormir et même de penser, comme il dit. Nous n'avons rien pour nous soigner, tu sais. Nous manquons même de papier et de stylos pour écrire. Fidel n'arrête pas de m'en réclamer, mais où veut-il que j'en trouve ? Depuis quelque temps, il est de très mauvaise humeur et il affirme à qui veut l'entendre que « la cervelle des gens n'est faite que de merde ». Il a raison, la plupart des compagnons sont des paysans, courageux mais sans jugeote. Il souffre du manque de nourriture, de tabac et de vin...

– Ils s'entendent bien, Ernesto et lui ?

– Oui, ils se respectent, ils s'aiment, ils peuvent passer des nuits entières à discuter de littérature, à commenter les écrits de Robespierre, Marx ou Lénine. Le Che lui lit des poètes français en buvant du maté. Et, le matin, ils sont aussi frais qu'après une bonne nuit de repos !

– Crois-tu que je pourrais faire parvenir une lettre à mon mari pour le rassurer et lui dire où je me trouve ?

– C'est sans doute possible, mais il faudra attendre qu'un courrier parte pour La Havane.

– Ce sera long ?

– Je n'en sais rien.

– Et mon fils, quand le verrai-je ?

– Bientôt... Allez, viens avec moi, cela t'occupera... Je vais voir des enfants dont le père a été tué dans les combats. Leur mère est devenue folle de douleur et ne s'occupe plus d'eux...

Elles passèrent la journée à nourrir et cajoler les petits et à essayer de réconforter la jeune mère. Quand elles revinrent au campement, les guérilleros rentraient aussi, victorieux. Ils avaient mené à bien leur opération du jour et rapportaient l'armement pris à l'ennemi.

L'un d'eux, un gamin de dix-huit ans, brandissait fièrement une mitraillette. Un de ses compagnons plus âgé la lui arracha : le garçon se fâcha.

– Elle est à moi !

– *Guajiro*, tu es trop jeune pour posséder une telle arme, tu ne sauras même pas t'en servir !

Camilo Cienfuegos avait assisté à la scène.

– Rends-la-lui, trancha-t-il. C'est lui et non toi qui l'a enlevée aux militaires. Il a risqué sa vie, c'est juste qu'elle lui revienne. *Guajiro*, tu peux garder ton arme.

– Merci, Camilo.

– Si tous nos gars étaient aussi habiles que ce garçon pour récupérer de l'armement, nous n'aurions plus besoin de celles d'Huber Matos, considéra Fidel. Lors de la dernière opération, c'est bien lui, n'est-ce pas, qui a traîné son camarade mort jusqu'aux abords du camp sans abandonner la mitrailleuse dont il s'était rendu maître ?

– Oui, c'est lui.

– Tu lui as appris à s'en servir ?

– C'est même devenu un de nos meilleurs tireurs. Et intelligent, avec ça ; le Che a décidé de lui apprendre à lire.

– Comment s'appelle-t-il ?

– Dariel Alarcón Ramírez, mais ici, tout le monde l'appelle *Benigno*.

Léa !

Tous se retournèrent. Un garçon portant l'uniforme rebelle courait vers elle en brandissant une mitraillette.

– Charles !

Ils tombèrent dans les bras l'un de l'autre. Une barbe naissante le rendait semblable à ses compagnons et ses yeux brûlaient d'un éclat qu'elle ne leur connaissait pas.

– C'est bon de te voir ici... J'ai retrouvé Carmen, tu sais. Merci, merci mille fois : sans toi, je ne l'aurais peut-être jamais revue.

Ils s'installèrent contre un rocher un peu à l'écart afin de reprendre possession l'un de l'autre.

Le dîner, ce soir-là, fut servi avec un peu moins de frugalité qu'à l'ordinaire ; il se composait de viande de cheval bouillie et de riz arrosés de rhum. Après le repas, on alluma des cigares de fabrication locale. Éclairés par une lampe tempête, Fidel et Ernesto commencèrent une partie d'échecs, tandis qu'Alfredo, qui avait déniché une guitare, se mit à chanter en s'accompagnant. Tapant sur des bouteilles, frappant dans leurs mains, les guérilleros lui faisaient écho. À sa suite, Ramón entonna un chant de la Révolution espagnole que reprit Camilo. Et, dans la clarté de cette nuit froide où le feu faisait danser ses ombres mystérieuses, ces hommes et ces femmes qui avaient choisi de combattre pour la liberté oubliaient, l'espace d'un chant, d'une bouffée ou d'un verre, les souffrances endurées par eux-mêmes, comme l'absence de leurs camarades disparus.

Ernesto et Fidel avaient suspendu leur partie et contemplaient, un vague sourire aux lèvres, leur petite communauté. Les yeux d'Ernesto croisèrent ceux de Léa. Le regard du Che, songeur, revoyait ce jeune corps qui s'était si totalement donné, autrefois, et dont, il s'en rendait compte, il était alors tombé amoureux. Le temps n'avait pas de prise sur elle, elle était plus belle encore aujourd'hui, toujours plus désirable. Son mari devait être bien fou pour abandonner une femme pareille... Souvent, il lui était arrivé de repenser à elle dans le cours de ses périples à travers le continent sud-américain en compagnie d'Alberto Granado. Elle surgissait au détour d'une lecture, avec la rencontre d'une jeune fille, dans l'esquisse d'un sourire, les pleurs d'un enfant ou l'incursion même de la mort. En la considérant là, si naturelle parmi ces insurgés, proche et distante à la fois, le visage éclairé par l'intermittence des flammes, fumant paisiblement le cigare et avalant, aussi bien que lui, la fumée, il sut qu'il avait renoué avec une part de lui-même en retrouvant cette âme sœur.

– Parle-moi d'elle, dit Fidel en dérangeant sa rêverie.

Alors Guevara raconta ce qu'il savait de Léa, de ses combats, ce qu'il avait pressenti de ses souffrances, de son courage ou de sa fragilité, de la traque de criminels nazis qui l'avait conduite jusqu'en Amérique du Sud et de son chagrin lors de la mort de son amie Sarah. Mais il dit aussi son goût pour le bonheur et ses accès de joie après le désespoir.

– Tu en parles comme un amant...

L'Argentin ne releva pas.

Charles se fit très vite à la rude vie de la Sierra. Il participait avec bonne humeur aux entraînements, se confirmant excellent tireur, se révélant endurant, bon camarade et joyeux compagnon. Dès qu'il fut intégré à l'escouade que commandait Camilo Cienfuegos, Charles voua à son chef une dévotion presque semblable à celle qui l'attachait à Fidel Castro. Mais une affection et une familiarité qui auraient été tout à fait hors de propos avec ce dernier le rapprochaient de sa nouvelle idole. De son côté, Benigno s'était pris d'amitié pour ce jeune Français qui, en l'absence du Che, l'avait relayé en dispensant les leçons de lecture et d'écriture prodiguées par l'Argentin. Charles s'était laissé pousser barbe et cheveux.

– Te voilà plus cubain qu'un Cubain ! se moquait gentiment Camilo.

C'est avec plaisir qu'il avait retrouvé Carlos Franqui et Faustino Pérez. Parfois, il aidait Franqui à préparer les émissions qu'il diffusait sur *Radio-Rebelde*. Quant à Léa, elle passait d'abattements profonds à d'excessives exaltations. Les quelques nouvelles qui parvenaient de France et d'Algérie jusqu'au sein de la Sierra étaient alarmantes. Elle avait écrit à François, peu de jours après son arrivée, une lettre qu'un membre du 26-Juillet avait pu remettre à l'ambassade de France. L'ambassadeur était parvenu à lui en accuser réception, puis à la faire partir pour l'Europe.

Mon Amour,

Si tu reçois jamais cette lettre, tu sauras que me voici revenue près de quinze ans en arrière. Je ne me trouve plus dans les maquis de Gironde, mais dans ceux qu'abrite la Sierra cubaine. Charles, Carmen et Ramón m'accompagnent et se trouvent ici comme des poissons dans l'eau – ce qui n'est qu'une façon de parler tant l'eau, parmi ces montagnes, fait figure de denrée rare dont il nous faut user avec parcimonie. La crasse devient donc notre meilleure protection contre l'agression des moustiques. Cela ne semble guère déranger nos guérilleros. Pas plus que Charles, d'ailleurs ! Comme tu l'imagines, ce n'est pas tout à fait mon cas.

J'ai retrouvé le jeune étudiant en médecine de Buenos Aires, Ernesto Guevara, qu'ici tout le monde appelle el Che. *Il est devenu médecin mais tous redoutent de se faire soigner par lui... Il est marié avec une Péruvienne dont il a une petite fille ; ce qui ne l'empêche pas de vivre une aventure avec une jolie mulâtresse, la fille d'un maréchal-ferrant. Il est très lié à Fidel Castro qui lui demande fréquemment son avis et avec lequel il joue aux échecs ou bien parle littérature. Cela me rappelle d'autres maquis, chez les Viêt-minh, où d'honorables professeurs discouraient de Victor Hugo, de Racine ou de La Fontaine entre deux assauts. Le Che a ici un autre ami avec lequel il aime à rire et plaisanter. C'est un Havanais de vingt-cinq, vingt-six ans que ses hommes adorent et dont le courage frôle l'inconscience. Il est le fils d'un anarchiste espagnol et, en apparence, il prend tout à la rigolade. Charles a été placé sous ses ordres, car notre fils est devenu un guérillero accompli. Quant à moi, le temps me paraît long, je me languis de toi et des enfants. J'aide Celia Sánchez, une amie de Fidel Castro, et les autres femmes, mais ces tâches subalternes me sont pénibles. Le Che m'a prêté les poèmes de José Martí qui est leur idole à tous ; j'apprends des vers par cœur pour passer le temps :*

Cuba libre !

Las campanas, el Sol, el cielo claro
Me llenan de tristeza, y en los ojos
LLevo un dolor que todo el mundo mira
Un rebelde dolor que el verso rompe
Y es, oh mar ! la gaviota pasajera
Que rumbo a Cuba va sobre tus olas[1] !

J'apprends aussi des poèmes de Nicolás Guillén ; j'aime bien celui-ci, Canción de cuna para despertar a un negrito *:*

Una paloma
cantando pasa :
– Upa, mi negro,
que el sol abrasa !
Ya nadie duerme,
ni está en su casa :
ni el cocodrilo,
ni la yaguaza,
ni la culebra,
ni la torcaza...
Coco, cacao,
cacho, cachaza,
upa, mi negro,
que el sol abrasa[2] !

1. *Dimanche triste* : Les cloches, le Soleil, le ciel clair / M'emplissent de tristesse, et dans les yeux / Je porte une douleur que tout le monde voit, / Une douleur rebelle qui vient briser le vers / Et c'est, ô mer ! la mouette de passage / Qui se dirige vers Cuba sur tes vagues !

2. *Berceuse pour réveiller un négrillon* : Une colombe / passe en chantant : / – Debout, petit nègre, / car le soleil darde ! / Déjà plus personne / au lit, au foyer : / ni le crocodile, / ni le canardeau, / ni le serpent, / ni le pigeon ramier... / Coco, cacao, / Cacho, cachaza, / debout, petit nègre, / car le soleil darde !

Quand je rentrerai, je crois que j'essaierai de traduire de la poésie cubaine.

François, ne trouves-tu pas absurde la vie que nous menons ? Me voici perdue au fin fond de cette île que je croyais paradisiaque ! Si j'avais le cœur à rire, je me moquerais de moi, de mon désir d'exotisme éloigné de tout fusil et de toute idéologie. Venir aux antipodes pour retrouver des combats qui ne sont pas les miens en compagnie d'un enfant et d'un vieux révolutionnaire miraculeusement rescapé d'Espagne qui reprend du service avec entrain, renouant avec les illusions de sa jeunesse ! Moi, mes illusions se sont enfuies depuis longtemps... Quand je les entends discuter, Ramón, Fidel, le Che ou Camilo, j'ai envie de leur crier qu'ils ne sont que des imbéciles, que leur Révolution sombrera comme les autres, qu'ils y laisseront leurs rêves et, peut-être, leur vie, que, s'ils survivent, ils se mueront en barbons ventripotents assoiffés de pouvoir, d'honneurs ou d'argent, qu'ils perdront cette liberté pour laquelle ils se seront tant battus ! Si tu as jamais ces pages entre les mains, tu dois sourire, d'autant plus si, toi aussi, tu te trouves dans quelque maquis en te demandant ce que tu peux bien y faire. Je te connais, c'est l'action qui te fait avancer, mais, dans les moments de repos, tu doutes, tu te dis : « Que suis-je venu foutre ici ? »

Il fait presque nuit et je n'y vois plus guère. Réponds-moi, si tu peux, en passant par l'ambassade de France ; même si cela prend du temps, ils trouveront bien le moyen de me faire parvenir ta lettre.

Tu me manques,

Je t'aime,

Léa.

À ce jour, aucune réponse ne lui était parvenue.

Cette nuit-là, Léa, qui ne pouvait trouver le sommeil, s'éloigna quelque peu du camp et vint s'asseoir au pied d'un grand arbre. Elle s'était enveloppée d'une couverture et contemplait la mer étincelante sous la lune. Elle s'était assoupie quand l'arôme trop sucré du tabac américain la réveilla. Près d'elle, le fumeur regardait au large.

– Tu as une cigarette ? demanda-t-elle.

Il lui tendit un paquet froissé. À la lueur de l'allumette, elle reconnut Camilo. Ils fumèrent en silence. Il éteignit enfin son mégot et se rapprocha de Léa.

– Tu n'as pas froid ?

– Si, un peu.

Il la prit dans ses bras et l'allongea doucement. Il sentait bon, malgré le parfum dont il s'était aspergé. Elle blottit son visage contre son cou, il resserra son étreinte. Elle le laissa faire quand il releva sa jupe sous laquelle elle était nue. Elle gémit un peu quand sa main rencontra sa nudité ; il la caressa sans se presser et sans qu'elle s'y opposât, abandonnée, souple. Elle ne l'aida pas à dénouer son pantalon, parce qu'elle aimait cette sorte d'attente. Quand il s'enfonça en elle, elle se sentit réconciliée, en harmonie avec cette terre sur laquelle il la prenait, et le ciel, au-dessus d'eux, étendit sans fin son voile étoilé. Cette première étreinte fut longue ; ils jouissaient l'un de l'autre sans se déprendre, reconnaissants du plaisir donné, du plaisir reçu. Ils s'endormirent encore enlacés.

Le froid du matin les réveilla ; ils se dévisagèrent avec bonheur, émerveillés d'éprouver tant de joie l'un par l'autre. Il lui fit encore l'amour, lentement, attentif à son plaisir. Main dans la main, ils regagnèrent le camp qui s'éveillait. Léa retrouva son hamac dans la hutte qu'elle partageait avec Celia Sánchez et sombra immédiatement dans un profond sommeil.

– La vie ne vous semble pas trop dure parmi nous ? s'inquiéta un soir Fidel Castro.

La journée avait été rude pour les rebelles. Ils avaient échappé à une attaque des soldats de Batista, mais trois d'entre eux avaient été tués. Les hommes étaient rentrés attristés, harassés. Le front soucieux, Fidel s'était aussitôt retiré à l'écart. Léa l'avait rejoint, inquiète de ne pas voir Ramón parmi les insurgés de retour. Fidel la rassura : l'Espagnol était demeuré en arrière pour ensevelir les compagnons abattus.

– Dure ? Je ne sais pas, s'était interrogée Léa en guise de réponse. Bien sûr, je souffre un peu du manque de confort, mais, surtout, l'absence des miens me pèse et je m'inquiète d'être sans nouvelles d'eux.

– Vous en aurez bientôt, je crois ; l'ambassade de France nous a fait savoir qu'il y avait du courrier pour vous.

– Quand l'aurai-je ?

– L'un des nôtres est en route...

– J'ai remarqué que vous lisiez beaucoup, s'enquit Léa, un peu rassérénée.

– Oui, c'est vrai... En prison, les livres m'ont aidé à vivre. J'aime beaucoup la littérature française ; elle est incomparable dans tous les domaines, y compris évidemment la littérature sociale et politique. Avec *Jean-Christophe*, de Romain Rolland, j'éprouve la même chose que lorsque je lisais *Les Misérables* de Victor Hugo ; j'aurais voulu que le livre ne finisse jamais. Ils appartiennent à des époques différentes et il est bien normal que Rolland nous enthousiasme davantage, car c'est un homme de notre temps et sa plume a défendu les plus grandes causes de ce siècle. Rolland appartient au même groupe idéologique que José Ingenieros, H.C. Wells, Maxime Gorki et d'autres prosateurs assoiffés de justice. J'ai une certaine préférence pour les romans du Russe Dostoïevski, sans conteste le plus extraordinaire de tous les écrivains russes. J'ai lu avec bonheur *Les Frères Karamazov*, *Humiliés et Offensés*, *Crime et Châtiment*, *L'Idiot*. Il m'arrive de penser aux limites étroites de notre savoir, à l'immensité du chemin parcouru par l'intelligence de l'homme grâce à des efforts séculaires. La relativité même de toutes les convictions suffit à m'attrister. Quelle somme d'énergie a coûté le progrès de l'humanité ! Et, dans tout cela, je ne cesse de me demander s'il vaut la peine de consacrer mon temps à de telles études, si cela m'est utile pour combattre les calamités présentes. Mais, de toute façon, on ne peut que ressentir une profonde vénération à l'égard de ces hommes qui ont dédié leur vie entière à penser, à chercher, et qui ont laissé au genre humain le fabuleux héritage de leurs idées. Que pensez-vous de Robespierre ? Robespierre fut idéaliste et honnête jusqu'à sa mort. Ce sont des Robespierre qu'il faut à Cuba, beaucoup de Robespierre...

– Et la Terreur ?

– La Terreur ? Il les fallait, ces quelques mois de Terreur, pour venir à bout d'une terreur séculaire ! Mira a dit : « Passé l'instant où les plus radicaux brandissent leur drapeau et mènent la révolution à son point culminant, la marée commence à descendre. » En France, cette étape commença précisément avec la chute de Robespierre. « La Révolution, comme Saturne, dévore ses propres enfants », dit l'un d'eux. Peut-être pourrai-je, plus tard, expliquer mieux tout cela. J'ai relu dernièrement des passages du livre de Lénine *L'État et la Révolution*, et ceux de Marx, *Le 18-Brumaire de Louis Bonaparte* et *La Guerre civile en France*. Ces trois écrits ont entre eux des rapports très étroits et leur valeur est incalculable. Je suis de ceux qui pensent que, dans une révolution, les principes valent mieux que les canons.

Ce monologue rappelait à Léa les propos que lui avait tenus Hô Chi Minh à son chevet quand, dans le maquis du Tonkin, elle était restée longtemps malade. À cette Française à qui il témoignait de l'estime, Hô parlait comme à lui-même, et comme aujourd'hui Fidel, de ses lectures et de sa foi dans la Révolution. Deux hommes appartenant à deux cultures relayées par la culture française, par l'amour de la littérature du pays des Droits de l'homme, et que leur certitude d'un combat nécessaire pour la libération de leur peuple faisait se rejoindre.

Dans ses moments de repos, Guevara, lui aussi, lisait sous sa tente, à la lueur d'une lampe, allongé dans son hamac. Souvent, Léa venait le rejoindre. Ensemble ils évoquaient Paris, les écrivains qu'ils aimaient. Il s'appliquait à lui parler en français avec un accent qui la faisait rire. Un soir, elle le surprit les sourcils froncés, penché sur un roman français que, visiblement, il avait du mal à comprendre.

– Qu'est-ce que tu lis ? demanda-t-elle.

– Des bouquins que Franqui a trouvés sur une banquette de l'aéroport de Miami : San Antonio. Tu connais ?

– De nom... François l'adore et s'amuse souvent à le lire.

– Ce n'est pas mon cas, je ne comprends pas la moitié de ce qu'il écrit. On dirait qu'il invente des mots. Et, sans cesse, il fait des allusions à des écrits, des lieux dont je n'ai jamais entendu parler.

Cette fois, Léa éclata de rire.

– C'est de l'argot ou, du moins si j'ai bien compris, une sorte d'argot bien à lui.

– Comme, ici, Cabrera Infante ? Si tu n'es pas cubain, tu perds, paraît-il, la moitié du plaisir qu'il y a à le lire... Tiens, par exemple, j'ai noté : « palucher »... « coinceteau »... « enloucedé »... « paxon »... « renoucher »... « larfeuille »... là, attends, je devine que c'est un portefeuille, parce qu'il met de l'argent dedans... Là aussi, il me semble que je comprends : « J'enfonce-rageusement-mon-bitos-autour-de-mon-cercle-polaire-et-je-le-mets... » Ben, pourquoi ris-tu comme une folle ?

L'hilarité de Léa était si forte qu'elle ne parvenait plus à articuler un seul mot. Chaque fois qu'elle levait les yeux sur Ernesto, son fou rire repartait de plus belle, tant il avait l'air vexé. Attirés par cette bruyante gaieté, Charles, Ramón et Camilo pénétrèrent sous la tente et s'esclaffèrent au spectacle de l'enjouement si communicatif de la jeune femme. Violeta, Alfredo, Fidel et Franqui s'approchèrent à leur tour, intrigués. Bientôt, tout le campement fut plié de rire. À regarder ses amis se tenir les côtes et certains visages ruisseler de larmes, le Che, jusque-là si sérieux, fut emporté par la liesse générale.

Fidel, qui s'était laissé tomber près de Léa, demanda entre deux hoquets :

– Mais qu'est-ce qui peut bien vous réjouir comme ça ?

Il fallut un moment à Léa pour reprendre son souffle et se remettre à parler sans se pâmer de rire.

– C'est... c'est Ernesto avec San Antonio...

– Qui c'est, celui-là ? s'enquit Fidel.

– C'est... c'est...

Elle ne put continuer, reprise par la jubilation collective.

– Calmez-vous ! ordonna Ramón. Le Che se trouve mal...

En effet, le rire irrépressible qui secouait Ernesto s'était mué en violente crise d'asthme. Brusquement dégrisée, Léa aida Ramón et Camilo à redresser leur camarade. Celia Sánchez trouva sa poire de Dyspné-Inhal et l'aida à la faire fonctionner. Peu à peu, l'étouffement s'atténua et le sifflement qui accompagnait sa respiration décrut. Guevara resta un long moment immobile, une main posée sur sa poitrine en sueur, tentant de reprendre haleine, le visage rouge, les traits brutalement creusés. Léa, désemparée, le regardait, douloureusement impressionnée. Le bonheur soulevé par ce rire homérique qui avait su jaillir des dizaines de poitrines de rebelles et résonner dans toute la Sierra s'était éteint. Longtemps pourtant, il devait demeurer dans les mémoires.

S'apercevant de l'inquiétude qui marquait le visage de Léa, le Che lui fit signe de s'approcher.

– Ce n'est rien... Ça m'arrive souvent, tu sais... Tu n'y es pour rien... Tiens, emporte donc ce bouquin, tu m'en feras la traduction... Je vais me reposer, maintenant.

Elle ramassa le livre : « *Des clientes à la morgue*, ça va sûrement me distraire », pensa-t-elle en s'éloignant.

LIVRE DOUZIÈME

Depuis son arrivée à Paris, François Tavernier avait revu Jean Sainteny et Pierre Mendès France à deux reprises. À chaque fois les entretiens s'étaient poursuivis tard dans la soirée. Mendès France se disait inquiet des manœuvres souterraines du général de Gaulle.

– Il va nous amener les militaires, bougonnait-il.

Sainteny ne partageait pas son avis. Pour lui, seul le Général se trouvait à même de contenir l'Armée et de garantir les libertés démocratiques. Ces conversations paraissaient hors de propos à Tavernier qui s'en ouvrit sans ambages à Mendès France.

– Il se peut que vous ayez raison, avait rétorqué celui-ci. Mais il convient d'être vigilant et de s'assurer des positions de ceux qui peuvent être conduits au pouvoir dans les mois ou les semaines à venir.

C'est dans ce climat de suspicion qu'il reçut l'ordre du général de Gaulle de se présenter rue de Solférino.

À quinze heures précises, François pénétra dans le bureau de l'aide de camp du Général, le colonel de Bonneval, qui lui sembla soucieux. Le colonel l'introduisit auprès de son patron. La pièce baignait dans une semi-obscurité ; vêtu d'un costume sombre, de Gaulle, qui venait d'être opéré de la cataracte, se tenait dans l'ombre, ne pouvant encore supporter la lumière crue du jour. Les tentures étaient tirées et seule une faible ampoule éclairait un coin du bureau.

– Bonjour, Tavernier, l'accueillit le Général en lui tendant la main.

D'un geste, il l'invita à s'asseoir. Puis il se rassit derrière sa table de travail et alluma une cigarette.

– Enfin, vous voilà ! Vous en avez mis un temps... ! Les événements qui vont se produire dans les jours prochains seront capitaux pour la France. J'ai besoin d'hommes tels que vous, courageux et déterminés, n'appartenant à aucun parti, sans ambitions politiques... Je ne me trompe pas, n'est-ce pas ?... Je garde en mémoire le succès de la mission que je vous avais confiée, à la fin de la guerre, en Union soviétique. J'ai accepté que Jacques Chaban-Delmas constitue à Alger une antenne d'observation composée de Léon Delbecque, le secrétaire de la fédération du Nord des Républicains sociaux, du commandant Jean Pouget – que vous connaissez, je crois – et de Guy Ribeaud, le leader des Jeunesses républicaines sociales. Vous allez les rejoindre, mais vous ne rendrez compte de votre mission qu'à Jacques Foccart et à lui seul. Vous m'avez bien compris ?

– Oui, mon général.

– Allez... Comment va la ravissante Mme Tavernier ?... Présentez-lui mes hommages... Vous recevrez bientôt des instructions quant à la date et aux conditions de votre départ... Au revoir, Tavernier.

François se retrouva devant le 5 de la rue de Solférino sans savoir exactement ce que le grand homme attendait de lui.

Deux jours plus tard, il était prié à un déjeuner à la Boisserie. Il s'y rendit en compagnie de Jacques Foccart. Ils mirent trois heures pour gagner Colombey, un village sans charme de cinq à six cents habitants. Ils pénétrèrent à la Boisserie par un portail surmonté de deux têtes de chevaux en bronze vert. « Une allée sinuant à travers un assez grand jardin les conduisit à une maison grise qui avait dû être assez élégante avant que le Général n'y fasse adjoindre une tour d'angle qui détonnait et faisait assez nouveau riche. Une domestique les conduisit aussitôt dans le salon tendu de toile verte aux lourds meubles de chêne de style mi-rustique, mi-ancien. On y respirait les vertus des familles bourgeoises de province. Les meubles allaient du Louis XV tardif au Napoléon III précoce et au Regency, assemblage dû au hasard des héritages, des cadeaux de mariage, des nécessités de la vie de garnison. La salle à manger et le petit salon constituaient le "séjour" où se déroulait la vie commune. » Pendant le repas, Mme de Gaulle ne prononça pratiquement pas un mot, sauf pour morigéner Louise, la cuisinière, sous le prétexte que le bœuf bourguignon était trop salé...

– Ce n'est pas grave, Yvonne, il est très bien comme cela, nous boirons un verre de plus et voilà tout.

Après le café qu'ils prirent entre hommes, dans le petit salon, en fumant d'assez bons cigares, ils se rendirent dans la tour où le Général avait installé son cabinet de travail. Il ne faisait pas très chaud dans la pièce, organisée autour du grand meuble Empire d'acajou sombre, flanqué d'un classeur dans lequel, assurait le Général, Louis XVI rangeait jadis les dépêches de ses ambassadeurs. Les murs étaient tapissés des livres de Michelet, Thiers, Voltaire ou Bergson, et ornés de quelques photographies dédicacées par Roosevelt, Tchang Kaï-chek, Thierry d'Argenlieu...

– Voici les lieux où je rédige mes Mémoires et où je vis retiré, loin des fureurs du monde... Ces Mémoires me donnent énormément de mal pour les écrire et en vérifier tous les éléments historiques, au détail près. Comprenez-moi, je veux faire une œuvre. Ce n'est pas ce qu'a fait Churchill, qui s'est borné à mettre bout à bout beaucoup de choses... Allons, cela ne vous concerne pas... Tavernier, vous partez demain pour Alger : je dois savoir précisément ce qu'est l'état d'esprit des Français d'Algérie, celui des musulmans et celui de l'Armée. Vous comprenez, le pouvoir n'est pas à prendre, il est à ramasser... J'ai toute confiance en l'équipe de Chaban, mais celui-ci est trop gaulliste pour demeurer parfaitement objectif. Vous aurez forcément un regard neuf sur les hommes et les événements. De plus, vous connaissez le général Salan et nous savons qu'il vous tient en estime. Approchez-le, sondez-le, il peut être utile, le moment venu.

– Me proposez-vous de jouer un double jeu, mon général ?

– Appelez cela comme vous voudrez... Puis-je compter sur vous ?

– Vous le pouvez, mon général.

François n'avait pu se défendre d'une certaine ironie en formulant sa réponse. Il se rendit compte, au regard du Général, que cela l'avait agacé ; celui-ci n'en laissa cependant rien paraître. Très vite, il mit fin à l'entretien.

Sur le chemin du retour, Foccart et lui n'échangèrent pas dix mots.

Le lendemain, François Tavernier prenait l'avion à l'aéroport du Bourget en compagnie de Léon Delbecque, conseiller technique au cabinet de Chaban-Delmas. Delbecque, fils d'un ouvrier du Nord et ancien résistant, était âgé de trente-huit ans. C'était un homme ouvert, aux épaules larges, au verbe facile, et qui donnait parfois une impression de violence contenue. Ses yeux battus, profondément enfoncés, atténuaient cette présomption. Immédiatement, les deux hommes éprouvèrent une vive sympathie l'un pour l'autre. Delbecque, pour répondre à l'appel de Chaban-Delmas, avait abandonné son poste de directeur commercial chez un industriel lillois, Eugène Motte, gaulliste de la première heure. À Tavernier, il fit un « topo » bref et précis sur la situation en Algérie où il avait servi sous les ordres du général de La Bollardière dans les commandos de « bérets noirs ».

– Je suis officiellement chargé par Chaban de créer à Alger une antenne de la Défense nationale dans le but avoué de faciliter les rapports entre Paris et Alger. « J'implante, rue d'Isly, une petite cellule de Républicains sociaux. Pas tellement pour faire progresser ce mouvement gaulliste en Algérie. Avant tout pour stimuler les autres partis et groupements, les faire sortir de leur léthargie. Car, pour moi, la guerre psychologique se gagne surtout à l'arrière, avec les civils. En Algérie, la situation militaire est favorable ; c'est la situation politique qui se dégrade... Raison de plus pour créer un mouvement discipliné et unanime, dont la volonté de vaincre fera impression sur la métropole. Balayer le régime est une chose, trouver un homme de rechange en est une autre. On ne monte pas une affaire comme celle-là sur un simple projet de Constitution. Il faut aussi un homme qui fasse l'unanimité. Si vous voyez quelqu'un d'autre que de Gaulle pour faire l'unanimité, dites-le-moi ; je m'y rallierai ! Je veux rassembler tout le monde, aussi bien les partis traditionnels de la IVe République que les activistes qui vomissent les partis. Pour la première fois, toutes les organisations patriotiques, politiques, syndicales, y compris CGT, poujadistes, étudiants, se regroupent et acceptent de suivre les directives communes. C'est l'embryon du futur Comité de salut public. » Il me revenait de trouver un officier qui connaisse bien l'Armée et qui accepte de renseigner le Comité. Cet officer, c'est le commandant Jean Pouget... Au fait, vous étiez en Indochine et à Diên Biên Phu, vous le connaissez peut-être ?

– Très bien. C'est un homme exceptionnel, courageux et intelligent. À l'époque, déjà, il avait quelques problèmes avec les officiers de l'état-major qu'il traitait de « planqués ». Il a surpris tout le monde en se faisant parachuter sur Diên Biên Phu. Il a payé cher cet acte d'héroïsme ou de folie, comme on voudra : il a passé de durs moments au fameux Camp numéro un... Quand il en est ressorti, maigre comme un loup, malade, Pouget était bien décidé à ne plus jamais se laisser prendre et à réfléchir sur la guerre révolutionnaire... Je suis heureux de devoir travailler avec lui.

Dès leur arrivée, Delbecque et Tavernier furent conduits au quartier résidentiel d'Alger, à El-Biar, où l'Antenne avait loué une discrète villa. Pouget les y attendait en compagnie du commandant Khelifa, lequel se trouvait alors placé en liberté provisoire sous la responsabilité de Pouget. Khelifa avait été emprisonné pour avoir adressé une lettre au Président de la République dans laquelle, avec d'autres officiers algériens, il s'ouvrait de son cas de conscience. Les deux hommes étaient convaincus que seule une égalité totale entre Européens et musulmans pouvait sauver l'Algérie française. Jean Pouget leur fit part des contacts établis avec de jeunes officiers, spécialistes de la guerre psychologique, et des relations qu'il avait nouées avec Michel Goussault, chef du Cinquième Bureau, lequel possédait « un frère député, un frère jésuite, et qui est une magnifique synthèse des deux ».

– De son côté, poursuivit Pouget, Guy Ribeaud a formé des groupes de notables, avocats, médecins, maires de l'Algérois, qu'il réunit pour des dîners de réflexion dont les musulmans ne sont pas absents. Le colonel Thomazo, lui, nous a été d'une grande utilité : il connaît tout le monde. Certains des rendez-vous de Ribeaud ont lieu à la villa Nouvion. Il s'agit d'une vaste et belle demeure, plantée à l'extrémité du balcon Saint-Raphaël qui domine la baie d'Alger et d'où l'on a une vue magnifique. Là se réunit le cercle supermondain de la ville. Simone Nouvion y réalise son rêve : animer un salon politique. On y rencontre Alain de Sérigny, le général Jouhaud, Cuttoli, Delaye, gouverneur adjoint de la Banque d'Algérie, les Quin, une grande famille algéroise, et bien d'autres encore. Dans ce salon ou à la propriété de Ben-Koucha, au milieu des ruines romaines, les hommes de l'Antenne développent des trésors d'imagination pour amener la haute société algéroise et ceux qui tiennent entre leurs mains les commandes du pays, au gaullisme actif. Et ce n'est pas une mince affaire, car l'Algérie aristocratique est demeurée pétainiste et, pour beaucoup, de Gaulle est leur bête noire. Mais le numéro est excellemment au point et nous nous complétons parfaitement. Si Delbecque et Ribeaud sont des gaullistes de toujours, je ne le suis que par raison. Et, pour vous donner une idée de l'ambiance, Chaban est venu en personne à Alger pour nous présenter au ministre résident, Robert Lacoste, qui nous a accueillis par ces mots : « Vous et vos petits copains, vous m'emmerdez sérieusement ! – Je ne comprends pas, cher ami, lui a répondu Chaban. Vous êtes intoxiqués par vos Renseignements généraux ! – Mais oui, c'est ça... Vous vous foutez de moi, mais je sais ce que vous préparez ! » a rétorqué Lacoste... Puis la chute du gouvernement Gaillard a accéléré les choses, enchaîna Pouget. Ordre nous a été donné, de Paris, de préparer une manifestation en vue d'amener de Gaulle au pouvoir. Voici d'ailleurs le tract que nous avons tiré pour appeler la population d'Alger à manifester. Lisez !

Tavernier se saisit du morceau de papier :

Pour maintenir l'Algérie française, pour empêcher toute ingérence étrangère, pour restaurer la grandeur de la France, nous exigeons un gouvernement de Salut public, seul capable de faire respecter ses buts et réformer le système ! Tous à 16 heures 30 au Monument aux morts où une gerbe sera déposée. À 16 heures 30, la manifestation se dispersera dans l'ordre et le silence.

– Thomazo, reprit Pouget, a obtenu de son patron direct, le général Allard, que l'État ne s'oppose pas à la manifestation. De son côté, Salan, pour contrer cette démonstration de force, a fait venir de France des anciens de Rhin-et-Danube et, surtout, des anciens d'Indochine. Lacoste, lui, a tenté d'obtenir de Chaban notre expulsion d'Alger, en vain. Il se borne à interdire le défilé. J'ai appris par un de mes amis que certains groupes extrémistes européens vont profiter du rassemblement pour *ratonner* dans quelques quartiers musulmans, en particulier au Clos-Salembier. J'ai obtenu les noms des six principaux meneurs et je les envoie chercher un à un par deux paras en jeep. Je me méfie aussi de la police de Lacoste et j'ai demandé à un copain de Prosper Mayer, qui est le commandant du 1er RCP, de me prêter une section de paras prélevée sur son régiment ; c'est contre toutes les règles, mais Mayer a accepté.

– Bravo, Pouget ! s'écria Delbecque. Mais il faut que je vous quitte : j'ai un rendez-vous chez les Nouvion.

– Galant, j'espère ! s'esclaffa Pouget.

– Sait-on jamais... ? lâcha Delbecque avec un demi-sourire.

Restés seuls, Tavernier et Pouget se regardèrent avec amitié.

– Je n'aurais pas cru vous revoir avec autant de plaisir, commença Pouget d'une voix forte dans laquelle perçait l'accent de sa Corrèze.

François sourit à cet homme aux cheveux grisonnants, aux épaules larges, à la belle gueule, qui possédait un sens aigu de l'honneur et n'en faisait toujours qu'à sa tête. « Une tête de lard », disait-on de lui à l'état-major.

– Moi aussi, j'en suis heureux, répondit François en lui tendant la main.

Ils demeurèrent un moment immobiles, main dans la main, les yeux dans les yeux. Pouget, le premier, desserra les doigts.

– Ce n'est pas le moment de s'attendrir... Vous allez tout de suite être plongé dans le vif du sujet : j'ai, dans la pièce à côté, six types qu'on fait poireauter debout depuis plus d'une heure. Avec Khelifa, on va les faire parler... Vous ne serez pas de trop.

Trois paras poussèrent les types dans le bureau. Pouget attaqua :

– « Je sais que vous allez samedi au Clos-Salembier, avec vos petits excités, pour *ratonner*... »

– Oh ! mon commandant, ce n'est pas poss...

– Suffit ! J'ai mes sources. Et vous savez bien ce que, chez nous, valent les renseignements...

Depuis la bataille d'Alger, les tenues léopard des parachutistes impressionnaient tout le monde. Ceux-là, il valait mieux les avoir avec soi que contre soi... Pouget continua :

– Je vous le dis tout de suite : si vous allez foutre de l'huile sur le feu au Clos-Salembier ou ailleurs, ce n'est pas votre police que vous trouverez en face de vous, mais ces paras que vous acclamez tant lorsqu'ils cassent du *melon*. Cette fois, c'est vous qu'ils vont triquer d'importance. Et, si ça ne suffit pas, on vous mitraillera !

– Mais je vous jure, mon commandant, que tout cela est faux !

– Ça n'a aucune importance, vous voici prévenus. Dégagez !

Quelques jours plus tard, une information parvint à la villa d'El-Biar : Robert Lacoste, fou de rage, s'apprêtait à envoyer la police arrêter Delbecque et Tavernier. Trois capitaines des paras et Jean Pouget les accompagnèrent aussitôt à l'aéroport et les mirent dans l'avion en partance pour Paris. Quand les policiers se présentèrent à la villa, ils furent accueillis par des parachutistes, mitraillette en bandoulière.

– Vous cherchez quelqu'un ? demandèrent-ils.

Jacques Foccart en personne attendait les deux hommes au bas de la passerelle. Durant le trajet vers Paris, il écouta le compte rendu succinct que lui fit Léon Delbecque, tout en hochant la tête en signe d'approbation. Il le fit déposer devant son immeuble.

– À demain, quinze heures, rue de Solférino, lança-t-il en manière d'au revoir.

La voiture redémarra, puis roula le long des quais à vive allure.

– Maintenant, à nous deux, reprit Foccart.

Tavernier lui dressa un tableau aussi exact que possible de la situation à Alger. Il insista sur le danger que représentait le groupe fasciste des « Sept » dont les membres lui semblaient prêts à tout en attendant leur heure, sur le malaise qui régnait dans l'armée ainsi que sur les doutes que nourrissaient les généraux.

– Avez-vous vu le général Salan ? Quel effet vous a-t-il fait ?

– J'ai vu Salan, il m'a reçu longuement et m'a entretenu de ses préoccupations.

– Vous a-t-il paru en forme, en possession de tous ses moyens ?

– Très en forme et bien déterminé à assumer ses responsabilités de chef des armées.

– Et son entourage ?

– De braves gens... peut-être un peu dépassés par les événements.

– Vous pensez que, le moment venu, il se joindra à nous ?

– C'est probable, mais je n'en suis pas sûr. Il est très choqué par les manœuvres auxquelles se livrent certains gaullistes. Ce sont là ses propres paroles. C'est un républicain convaincu et il fera ce que le gouvernement lui ordonnera.

– Et Lacoste ?

– Il ne décolère pas.

– Bien... Je vais faire part au général de Gaulle de notre conversation. Il se peut qu'il demande à vous voir, tenez-vous prêt... Où êtes-vous descendu ?

– À l'hôtel *Lutétia*.

Parvenu à sa chambre, François se fit couler un bain et demanda qu'on lui passe l'ambassade de France à La Havane. Ce fut Léon Delbecque qu'il eut au bout du fil :

– Êtes-vous libre à dîner ?... Bien. Alors, rendez-vous chez *Lipp* dans une heure ; je voudrais vous présenter un nouveau compagnon.

Une pluie fine tombait sur Paris et les passants se hâtaient. Rue de Rennes stationnaient des véhicules militaires. Un climat de suspicion régnait dans la capitale, les regards se fuyaient, on s'arrachait les journaux dès leur sortie en kiosque et on les dépliait vite à l'abri de la première porte cochère venue. François était de mauvaise humeur ; il n'avait pu obtenir La Havane... Où Léa se trouvait-elle ? Ce soir, elle lui manquait plus cruellement que jamais.

Chez *Lipp*, de nombreuses personnalités en vue piétinaient dans l'attente d'une table ; la salle était comble. Sur la droite, François Mitterrand était installé en compagnie d'une jeune femme et d'un avocat avec lequel Tavernier se rappelait avoir été en affaires : Roland Dumas. Non loin d'eux, la romancière Françoise Sagan riait aux éclats des plaisanteries de Jacques Chazot...

Léon Delbecque vint à sa rencontre :

– Venez, j'ai une table dans le fond, nous y serons plus tranquilles... Il y a la cohue des grands soirs !

Roger Cazes, le patron de la célèbre brasserie, écarta lui-même la table pour permettre à Tavernier de s'installer sur la banquette.

– Cela fait un bon bout de temps que vous n'êtes pas venu, Monsieur Tavernier. Comment se porte votre épouse ?

– Bien, je vous remercie...

– Tavernier, je vous présente Lucien Neuwirth, héros de la Résistance...

– Je vous en prie...

– Vous l'êtes, ce n'est pas une honte... Lucien Neuwirth rejoint l'Antenne. Vous retournerez ensemble en Algérie où vous vous assurerez d'une question essentielle : l'accord des généraux d'Alger sur le nom de De Gaulle. Tenez-vous prêts à partir demain dans la soirée. Je vous rejoindrai dès que possible.

Le dîner se déroula dans une très agréable atmosphère. Les trois hommes parlèrent librement de leur passé et du général de Gaulle en qui ils voyaient le seul rempart contre l'anarchie et le fascisme.

– Êtes-vous si sûr de l'accord du Général ? s'enquit Tavernier.

– J'ai été très longuement reçu par lui, rue de Solférino, le 8 mars dernier, et je lui ai fait part de nos préparatifs en lui disant : « Mon général.... et si, par un concours de circonstances, on finissait par faire appel à de Gaulle... ? » Il m'a alors fait cette réponse que je n'oublierai jamais : « Delbecque ! Avez-vous déjà vu le général de Gaulle abandonner quoi que ce soit, surtout une parcelle du territoire ? Tout dépend quand, comment et à quel moment. Si je dois revenir aux affaires, comment retrouverai-je ce pays ? ces départements ? Mais il n'est pas question pour de Gaulle de lâcher quoi que ce soit... » Je continuai : « Mon général, si jamais un événement survenait ? Si on exploitait un événement ? Si on faisait appel à vous ? Que ce soit les populations d'Algérie, y compris les musulmans, ou que ce soit l'Armée, est-ce que vous refuseriez de revenir comme arbitre ? » Pendant tout ce temps, il n'avait cessé de hocher la tête. « Tout dépend de la façon dont les choses se présentent, enchaîna-t-il. Dans une situation difficile, vous pouvez être certain que je répondrai. Mais, Delbecque, vous avez dit "comme arbitre". Je ne suis pas un arbitre ! Vous ne voyez pas de Gaulle en "arbitre" entre une Constitution que vous connaissez, une guerre que le système ne sait pas terminer, et des députés qui sont pris à la gorge. Si je dois revenir, si on fait appel à moi, eh bien, je reviendrai à la tête des affaires du pays... » C'était clair et précis. Alors, je lui ai raconté les « engagements » que nous prenions vis-à-vis des populations, dans nos ateliers et lors de nos rencontres, avec le programme de réforme des institutions, d'appel à de Gaulle et de sauvegarde de l'Algérie... Il était entièrement d'accord sur la façon dont nous procédions. Je lui ai même révélé que j'avais eu un entretien avec Michel Debré qui m'avait parlé d'un gouvernement de « salut public », et il m'a confié : « Oui, c'est un bon mot. » Mais, quand j'ai voulu entrer dans le détail et lui exposer que, pour préparer ce Comité de salut public qui pourrait faire appel à lui, j'allais créer un « Comité de vigilance », j'ai senti qu'il n'était pas encore prêt. Il a conclu : « Faites pour le mieux », et il s'est levé. La conversation a duré moins d'une heure, puis il m'a pris par l'épaule : « Je vous souhaite bon courage. Faites très attention car, si vous allez trop loin, vous pouvez vous retrouver au gnouf (c'est un mot à lui) ! Tenez-moi au courant. Et gardez le contact avec Foccart. Si cela devait se précipiter, il faut que le contact soit très précis, très serré, car je dois être au courant de ce qui se passe. »

Le lendemain soir, Neuwirth et Tavernier s'envolèrent pour Alger.

Le 26 avril, il pleuvait. Pouget, en tenue léopard, était prêt. Son camarade Prosper Mayer avait effectivement mis à sa disposition plusieurs sections du 1er RCP. À quatorze heures, de jeunes Européens commencèrent à jeter des pierres contre les maisons musulmanes du Clos-Salembier. Immédiatement, Pouget donna l'ordre aux paras de « foncer dans le tas ». Sous l'œil ébahi des musulmans, les militaires « raccompagnèrent » à coups de botte dans les fesses les jeunes fascistes qui n'y comprenaient plus rien. De tous les quartiers d'Alger, les musulmans se dirigeaient en famille vers le Monument aux morts. Des groupes d'anciens combattants, arborant leurs décorations, portaient haut leurs drapeaux et des banderoles sur lesquelles on pouvait lire : « Faute de gouvernement, l'Armée au pouvoir ! » Un troisième cortège les rejoignit, celui des étudiants et lycéens, mené par Pierre Lagaillarde[1]. Devant l'Université, il prit la tête des trois cortèges qui défilèrent aux cris d'« Algérie française ! », vite recouverts par ceux d'« À bas le système ! », « Contre le système ! ». Arrivés au Monument aux morts et après y avoir déposé des gerbes, Auguste Arnould, pilote à Air Algérie, chef du Comité d'entente des anciens combattants et grand habitué des manifestations, se saisit d'un mégaphone et s'adressa à la foule :

– « Mes amis, levons la main droite et prêtons serment de rester à jamais français et de répondre chaque fois que, dans des circonstances analogues, un appel semblable nous sera lancé. »

Toutes les mains se levèrent : « Nous jurons ! » hurlèrent des milliers de voix.

Peu à peu, les manifestants s'éloignèrent, Européens et musulmans mêlés ; certains même s'adressaient la parole...

1. *Pierre Lagaillarde* : avocat, dirigeant de l'Association des étudiants, sous-lieutenant parachutiste qui a participé à l'expédition de Suez et à la bataille d'Alger, numéro un du « Groupe des Sept » qui milite en faveur de l'Algérie française. *Robert Martel* : viticulteur, chef de l'UFNA, défenseur de l'Occident chrétien, arrêté après la découverte, dans sa villa, des membres de son groupe torturant des musulmans qu'ils soupçonnaient d'appartenance au FLN. *Maurice Crespin* : son bras droit. *Le docteur Bernard Lefèvre* : disciple, comme Joseph Ortiz, de Charles Maurras, pétainiste qui conserve pour la personne du Maréchal une profonde vénération. *Roger Goutallier* : patron d'un célèbre restaurant, *le Relais*. *Joseph Ortiz* : poujadiste, patron de bistrot près du forum. *Me Baille* : avocat à Alger, grande gueule qui nourrit une certaine prédilection pour les chansons de corps de garde. Tous les sept veulent renverser la République et établir à sa place un régime autoritaire et corporatiste. « Ces hommes ont le goût du complot, de l'action et de la théorie révolutionnaire d'extrême droite. »

Pouget et ses compagnons se félicitèrent du succès du rassemblement au cours duquel plus de trente mille personnes s'étaient exprimées dans le calme.

Robert Lacoste avait quitté Alger fou de rage. Cependant, avant de partir, le ministre résident avait « vidé son sac » et tous les généraux en avaient pris pour leur grade. Le vieux militant de la SFIO n'y était pas allé de main morte. Il n'oublierait pas de sitôt la tête de Salan, celles d'Allard, de Jouhaud et d'Auboyneau quand il avait gueulé :

– Alors, cette fois que vous pouvez y faire quelque chose, vous allez accepter le Diên Biên Phu diplomatique qui se prépare ? ! Qu'est-ce que vous attendez pour expliquer à l'État que vous en avez par-dessus la tête ?

Peu avant, Alain de Sérigny, patron de *l'Écho d'Alger*, avait tenté de lui soutirer un papier par lequel il « appellerait de Gaulle à la rescousse ». Lacoste avait promis, puis refusa ; il n'avait qu'une hâte : se tirer du guêpier algérien ; sa faillite était totale. À quelques instants de son embarquement, il avait appris que trois soldats français, prisonniers du FLN, avaient été fusillés en Tunisie. Tous les mouvements patriotiques, toutes les associations d'anciens combattants avaient immédiatement appelé à une nouvelle manifestation devant le Monument aux morts, le 13 mai 1958 à seize heures. Le général Massu, qui avait accompagné Lacoste à l'aéroport, avait alors tenté de le retenir :

– Restez avec nous. Si vous partez, il n'y a plus de pouvoir politique, plus rien que l'Armée !

Au dernier moment, le ministre résident avait interdit la manifestation prévue pour le 13 mai.

Depuis quelques jours, un vent lourd venu du désert mettait les nerfs à fleur de peau. Tout le monde était tendu, dans l'attente du rassemblement interdit par Lacoste mais autorisé par Salan. « La rue avait son visage des mauvais jours. » La plupart des magasins n'avaient levé leur rideau qu'à moitié. Dans les bureaux, on se posait plus de questions qu'on n'abattait de travail. Le début de la grève générale avait été fixé à treize heures. Rue d'Isly, Léon Delbecque, revenu de Paris sans Jacques Soustelle, faisait le point avec ses troupes.

– L'objectif de ce rassemblement est, vous le savez tous, de réclamer un gouvernement de salut public présidé par le général de Gaulle...

Rendez-vous fut pris pour le début de l'après-midi devant les locaux du journal militaire *le Bled*, boulevard Laferrière, à deux pas du Monument aux morts.

Ils arrivaient de partout : de Belcourt par la rue de Lyon et le boulevard Baudin, de Bab-el-Oued par la rue d'Isly et le front de mer, d'El-Biar par le GG[1]... Son déjeuner bâclé, le peuple d'Alger ralliait la manifestation avec femmes et enfants, avec ses drapeaux, son enthousiasme, sa colère et sa foi. Les groupes devenaient cortège, et les cortèges, à l'approche du plateau des Glières, sur le large boulevard Laferrière, venaient se noyer dans la multitude d'une foule bruyante et colorée, piquetée de taches vives, chemises claires ou robes éclatantes, et partout, au bout des hampes, cette bannière aux trois couleurs pour laquelle on croyait venir se battre. Tout les éléments du décor avaient disparu, submergés : pelouses, bosquets, tracé des rues... La ville entière était en marche. Des jeunes gens parcouraient en

1. Gouvernement général.

scooter les artères où l'on pouvait encore rouler, en brandissant des drapeaux et en hurlant : « Algérie française ! » Le ciel était d'un bleu éclatant et une petite brise montant de la mer avait remplacé le *khamsin* soufflant du désert.

Des haut-parleurs appelaient au ralliement : « L'Algérie peut être bradée d'un moment à l'autre. Là-bas, dans ce Paris d'un autre monde, le Parlement s'apprête à se réunir et à investir un gouvernement d'abandon. » Lagaillarde, en tenue léopard, s'était hissé sur le Monument aux morts et, accroché aux Poilus sculptés dans la pierre, haranguait la foule :

– Êtes-vous prêts à lutter pour l'Algérie française ?

Une clameur gigantesque lui répondit.

– Êtes-vous prêts à laisser brader notre Algérie ?

– Hou ! Hou ! Hou ! scandait la foule.

– Le peuple exige un gouvernement de salut public... Êtes-vous prêts à abandonner l'Algérie ?

– Non ! clamait la population blanche d'Alger.

La Marseillaise éclata.

Dans les hauteurs, on devina des coups de feu, on entendit des explosions ; les paras refoulaient les étudiants.

Delbecque avait été pris de court par la manœuvre de Lagaillarde. Il convoqua l'état-major de l'Antenne à la villa d'El-Biar.

Avenue Pasteur, les voitures conduisant les généraux au Monument aux morts tentaient de se frayer passage parmi la foule : impossible. Les officiels descendirent. En tête, le général Salan, impeccable dans son habit d'été, la poitrine couverte de ses décorations, avançait lentement, suivi du général Jouhaud et de l'amiral Auboyneau en grand uniforme blanc. Derrière, le général Massu en tenue camouflée, le béret rouge rabattu sur l'œil gauche. Salan, habituellement pâle, était écarlate, et Jouhaud, d'ordinaire rougeaud, avait blêmi. Massu, à son habitude, montrait un visage renfrogné. Une immense ovation les salua :

– Vive l'Armée !... L'Armée au pouvoir !... Vive Massu !

Salan déposa une gerbe de roses, ranima la flamme, salua pendant la minute de silence.

À peine les officiers généraux eurent-ils regagné leurs véhicules que Lagaillarde hurla :

– En avant ! Tous au Gouvernement général ! Contre ce système pourri, suivez-moi !

La foule obéit et monta, telle une irrépressible marée, à l'assaut du GG. Les grenades lacrymogènes demeurèrent sans effet, la foule se rua sur les grilles et un camion militaire que conduisait un manifestant enfonça le portail principal ; la foule s'y engouffra en hurlant. Des pierres jaillirent, faisant voler en éclats les baies vitrées. Et, alors que des officiers refusaient d'obéir aux ordres du colonel Trinquier, les paras disparaissaient, comme absorbés par la masse des manifestants. Par centaines, ceux-ci envahissaient le Gouvernement général, précipitant par les fenêtres dossiers et meubles, et mirent le feu à la bibliothèque aux cris d'« Algérie française ! », « l'Armée au pouvoir ! ».

Dans le grand bureau du premier étage, Maisonneuve, le directeur de cabinet de Lacoste, qui assurait ses fonctions en son absence, tentait de le joindre à Paris :

– C'est... c'est l'émeute, Monsieur le ministre. Les paras et la foule s'installent partout... Faut-il faire tirer, Monsieur le ministre ?

– Mais non ! hurlait Lacoste qui se trouvait dans le bureau de Félix Gaillard. Où est Salan ?

– On le cherche, Monsieur le ministre...

Lagaillarde, qui, entouré de ses lieutenants, venait de pénétrer dans le bureau de Maisonneuve, cherchait aussi le général pour lui remettre le pouvoir. Massu apparut à son tour, mâchoires serrées, la gueule encore plus tordue qu'à l'ordinaire. Dehors, la foule criait :

– Vive Massu !... Massu au pouvoir !...

Il se dirigea vers les tenues léopard.

– Virez-moi tous ces excités !

À l'adresse de Lagaillarde qui s'approchait en le saluant, il hurla :

– Qu'est-ce que vous foutez dans cet uniforme ?

Enfin Salan fit son entrée. On le poussa tout de suite vers le balcon : il fallait annoncer quelque chose à la foule. Le général s'avança vers la rambarde. Les Algérois le reconnurent et se déchaînèrent :

– Hou ! Hou !... Salan, bradeur !... Salan, franc-maçon !... Salan, l'Indochine !... Fous le camp, pourri !... Vive Massu !... L'Armée au pouvoir !... À bas Salan !...

Le commandant en chef recula et, livide, dévisagea un Massu stupéfait qui, gêné, se détourna. Les capitaines Marion et Angels s'efforcèrent de le persuader de paraître à nouveau. Dans le bureau voisin où Salan s'était retiré, Maisonneuve tentait d'expliquer à Félix Gaillard et à Lacoste la situation dans laquelle ils se trouvaient : Massu était le seul capable de faire entendre raison à la foule. « Alors, qu'il y aille ! » À cet instant seulement, Salan remarqua la présence de Tavernier.

– Vous arrivez bien tard, lui lança le vieil « Indochinois » tout en l'invitant à entrer dans son bureau.

– Il fallait que je m'informe de ce qui se passe ici, mon général. On peut dire que tout cela est pour le moins... confus !

– Que pensez-vous que cela puisse donner ?

François Tavernier réfléchit quelques instants.

– Difficile à dire... Trop de tendances et de partis en lice... Nous sommes au bord de l'explosion. Il semblerait que seul le général de Gaulle puisse nous aider à y voir plus clair...

– De Gaulle ! Toujours de Gaulle !... J'ai bien l'impression que c'est lui qui tire les ficelles de tout cela... Mais ce n'est pas sans risques. Il y a danger de manipulation par les groupes extrémistes. Ici, c'est un véritable panier de crabes et à Paris, cela ne vaut guère mieux. Pensez-vous vraiment que de Gaulle soit l'homme de la situation ?

– Il m'en a tout l'air.

– Qu'attend-il alors pour se manifester ?

– Il veut sans doute s'assurer du soutien de l'Armée, mais il ne veut pas non plus être porté au pouvoir par un putsch. S'il revient aux affaires, ce sera dans la légalité.

– En êtes-vous si sûr ?

– C'est du moins ce qu'il m'a dit...

Le général Salan lui jeta un regard soupçonneux.

– Vous avez vu le Général ?

– Oui, rue de Solférino et à Colombey... Il était très soucieux de votre accord.

– Ah bon ! fit Salan d'un air satisfait.

– Oui, il ne fera rien sans votre approbation ni celle des généraux.

– Je réponds de l'Armée et de mes officiers, mais... comment être certain que le général de Gaulle s'engagera en faveur de l'Algérie française ?

– L'Algérie ne fait-elle pas partie intégrante de la France ?

– Certes, mais quelques-uns me suspectent de vouloir la brader... comme l'Indochine, disent-ils !

– Les données ne sont pas les mêmes. Sur le plan militaire, vous avez la situation bien en main et la population d'origine européenne s'y trouve plus nombreuse. Cependant...

– Cependant ?

– Comment être sûr de l'intégration des populations musulmanes dans l'Algérie française ? Le FLN est puissant, il est soutenu par la plupart des pays arabes et par l'opinion mondiale. Ces mouvements de libération, ce désir d'indépendance, nous avons vu où cela nous a menés en Indochine...

– Oui, mais comme vous l'avez vous-même remarqué, la situation est bien différente.

– L'est-elle tellement ? La jeunesse musulmane d'Algérie rêve d'égalité, de reconnaissance, elle se méfie de l'intégration. Pour elle, ce n'est qu'un mot que les Européens sont les seuls à employer...

– Que devrais-je faire, selon vous ?

– Vous méfier, tout d'abord, des tendances fascistes qui se font jour ici ou là. Vous rappeler ensuite que c'est uniquement dans la légalité que l'on doit s'employer à en appeler au général de Gaulle.

– La légalité... Oui, bien sûr !

La nuit était tombée sur le Forum alors que la foule, massée sur l'esplanade jonchée de débris, scandait toujours ses slogans, seulement éclairée par la lueur de la lune ; les réverbères avaient été fracassés à coups de pierres dès le début de la manifestation. On ne distinguait que la blancheur presque phosphorescente des chemises dans la brume de mer.

François Tavernier et Léon Delbecque, l'« envoyé de Jacques Soustelle », furent introduits dans le bureau de Maisonneuve. Les discussions reprirent. Enfin on se mit d'accord sur le texte à adresser au général de Gaulle. Massu le signa et se rendit au balcon pour annoncer cet appel aux trente mille manifestants :

« Nous faisons appel au général de Gaulle, seul capable de prendre la tête d'un gouvernement de salut public, au-dessus de tous les partis, pour assurer la pérennité de l'Algérie française, partie intégrante de la France. »

Il était vingt-trois heures quarante-cinq.

À Matignon, Félix Gaillard avait réuni un Conseil interministériel, en liaison avec Pierre Pflimlin qui venait d'être investi à la présidence du Conseil. Afin d'empêcher que ne se généralise et ne se renforce le mouvement d'Alger, ordre avait été donné de couper les communications téléphoniques et télégraphiques entre l'Algérie et la métropole. Tous les vols à destination d'Alger étaient suspendus.

Dans la Ville blanche, on s'empressait auprès du général Salan. Le général Petit, de l'état-major du général Ély, chef des forces armées, réputé pour son intégrité, s'entretenait avec lui.

– Mon général, s'écria Léon Delbecque à l'adresse de Massu, en attendant l'arrivée de Soustelle, il faut constituer un Comité de salut public et exiger de Paris un gouvernement de salut public.

Massu consulta Salan du regard.

– Allons-y, dit Massu. Qui met-on, dans votre Comité ?

– Ceux qui sont ici, répondit Lagaillarde. Et, bien sûr, mon général, vous en êtes le président.

Massu commença d'établir la liste :

Le Comité de salut public du 13 mai 1958 à Alger : M. le général Massu ; M. le lieutenant-colonel Trinquier ; M. le lieutenant-colonel Ducasse ; M. le colonel Thomazo ; M. Auguste Arnould, pilote ; M. André Baudier, commis aux HLM ; M. Mohamed Berkani, comptable ; M. Taïeb Chikh, agriculteur ; M. Maurice Coulondre ; M. Léon Delbecque, conseiller technique de la Défense nationale ; M. René Denis ; M. Claude Dumont ; M. Armand Froment ; M. Joseph Jolivet ; M. Pierre Lagaillarde ; M. Jean Lalane ; M. Jacques Lasuière ; M. Bernard Lefèvre ; M. Jean Lhostis ; M. Mohand Saïdi Madani ; M. Saci Madhi ; M. Robert Martel ; M. Claude Martin ; M. Jacques Merlot ; M. Gabriel Montigny ; M. Paul Moreau ; M. Maurice Mouchant ; M. Roger Muller ; M. Edgar Nazare ; M. Lucien Neuwirth ; M. Rodolphe Parachini ; M. Armand Perrou ; M. André Prost ; M. André Regard ; M. Marcel Schambill ; M. Alain de Sérigny ; M. François Tavernier ; M. Armand Vacher ; M. René Vinciguerra.

Quand on eut terminé de recopier la liste, le général Salan la signa. La nuit était tombée. Il fut alors décidé de la rédaction d'un premier communiqué qui serait ensuite lu à la foule par Massu. À trois heures du matin, celui-ci revint au balcon où il fut follement acclamé.

– « Nous apprenons à la population d'Alger que le gouvernement d'abandon de Pflimlin vient d'être investi par deux cent soixante-treize voix contre cent vingt-quatre par suite de la complicité des voix communistes. Nous exprimons notre reconnaissance à la population qui a veillé pour accueillir Jacques Soustelle. Jacques Soustelle, par deux fois, a été empêché de venir nous rejoindre. Une troisième fois, il a réussi à se mettre en sécurité et nous espérons qu'il sera des nôtres dans la journée. Le Comité supplie le général de Gaulle de vouloir bien rompre le silence en s'adressant au pays en vue de la formation d'un gouvernement de salut public qui, seul, peut sauver l'Algérie de l'abandon et, ce faisant, d'un Diên Biên Phu diplomatique évoqué à maintes reprises par M. Robert Lacoste. En tout état de cause, le Comité de salut public, qui vous représente, continue d'assurer la liaison entre la population et l'Armée qui assume le pouvoir jusqu'à la victoire finale. En attendant Jacques Soustelle, le bureau du Comité est constitué par le général Massu, M. Delbecque, délégué par M. Soustelle, M. Madani et M. Lagaillarde. Nous décrétons dès maintenant la mobilisation de toutes les énergies françaises au service de la Patrie et vous demandons d'être prêts à répondre au premier appel lancé par le Comité de salut public. Nous sommes fiers de pouvoir prouver au monde que la population d'Alger a su faire la parfaite démonstration de la fraternité totale entre les populations françaises européenne et musulmane, unies sous les plis du drapeau français. »

La fin de la nuit fut calme. Lentement, la foule quitta le Forum.

Le jour qui se levait sur Alger teintait la Ville blanche de nuances délicates, du rose au bleu nacré. Une brume légère montait de la mer, annonçant une journée torride. Des bouteilles de bière, des vieux papiers, des pierres jonchaient l'esplanade. Dès neuf heures, des mots d'ordre couraient la ville : « Tous au Forum ! la grève générale reprend ! » À dix heures, les blindés firent leur apparition ; le colonel Thomazo dirigeait la manœuvre et fit placer des engins aux carrefours stratégiques. La foule se dirigeait, nombreuse, vers le Forum sous un soleil éclatant.

La journée se déroula pourtant sans désordres. Des colonels entraient et sortaient du Gouvernement général, porteurs d'instructions contradictoires. Léon Delbecque passait communication sur communication à Paris pour tenter de faire venir Soustelle. Dans son bureau, le général Salan attendait la suite des événements, demandant à Tavernier des avis qu'il était bien en peine de lui donner, tant régnait partout la plus grande confusion. Tandis que le général Massu répondait aux questions des journalistes, Paul Teitgen, secrétaire général de la Préfecture de police, tout juste arrivé de Paris, fut amené à Salan par quatre parachutistes. Quand il entra chez le général, Alain de Sérigny, délégué du Comité de salut public, se trouvait à ses côtés.

– Si on touche à l'un de vos cheveux, j'en fais mon affaire, lui déclara le patron de *l'Écho d'Alger*.

– M'en fous, rétorqua Teitgen, ivre de rage. J'ai été proprement arrêté par des éléments que vous êtes incapables de contrôler !

– C'est inadmissible ! s'écria le « Chinois ». Rentrez chez vous !

Salan lui tourna le dos et se replongea dans ses dossiers.

En quittant les lieux, Teitgen croisa Massu qui ne lui adressa qu'un bref signe de tête. Dès l'arrivée du général, on lui passa une communication en provenance de Paris.

– « Qu'est-ce que c'est que cette histoire, Massu ? Un coup d'État ? » vociférait dans le combiné Robert Lacoste.

– « Mais non, Monsieur le ministre, c'est pas un coup d'État. On a constitué un Comité pour prouver à l'Assemblée que l'Algérie veut rester française. Il faut bien que je contrôle la foule. »

– « Je comprends que vous essayiez de coiffer la manifestation pour la contrôler, mais il est inconcevable, Massu, vous entendez bien, inconcevable que vous participiez à une organisation révolutionnaire ! »

– « Mais il s'agit de canaliser et d'arrêter l'émeute : je peux quand même pas tirer sur la foule... »

Tard dans la nuit, des échanges de ce genre se poursuivirent entre Paris et Alger. La foule, elle, s'était retirée et la ville dormait.

En ce 13 mai, jour de l'Ascension, la foule, désertant les plages et les pique-niques à l'ombre des parasols, était revenue se masser en nombre. Les cheveux blancs soigneusement peignés, l'uniforme impeccable, le général Salan vint féliciter le Comité de salut public.

– Il faut vous adresser à la foule, lui dit Léon Delbecque.

– Entendu, j'y vais.

Delbecque le précéda sur le balcon et annonça aux milliers de manifestants que le général Salan s'apprêtait à leur parler.

– Vive Salan !... Vive l'Algérie française !...

– « Algérois, Algéroises, mes amis. Tout d'abord, sachez que je suis des vôtres, puisque mon fils est enterré au cimetière du Clos-Salembier. Je ne saurai jamais l'oublier, puisqu'il est dans cette guerre qui est la vôtre. Depuis dix-huit mois, je fais la guerre aux *fellaghas* ; je la continue et nous la gagnerons. Ce que vous venez de faire, en montrant à la France votre détermination de rester français par tous les moyens, prouvera au monde entier que, toujours et partout, l'Algérie sauvera la France. Tous les musulmans nous suivent. Avant-hier, à Biskra, sept mille musulmans sont allés porter des gerbes au Monument aux morts pour honorer la mémoire de nos trois soldats fusillés en territoire tunisien. Mes amis, l'action qui a été menée ici a ramené près de vous tous les musulmans de ce pays. Maintenant, pour nous tous, ici, le seul terme, c'est la victoire avec cette Armée que vous n'avez pas cessé de soutenir et qui vous aime. Avec les généraux qui m'entourent, le général Jouhaud, le général Allard, le général Massu qui, ici, vous a préservés des *fellaghas*, nous gagnerons parce que nous l'avons mérité et que là est la voie sacrée pour la grandeur de la France... Vive la France !... Vive l'Algérie française ! »

La foule, conquise, répéta : « Vive la France !... Vive l'Algérie française ! » Salan salua de la main et se retourna. Ses yeux croisèrent alors ceux de Tavernier qui le fixaient avec insistance. Le général reprit alors le micro.

– Et vive de Gaulle !...

– Vive de Gaulle !... Vive de Gaulle !..., scanda la foule.

D'une même voix, elle entonna *la Marseillaise.*

L'antenne avait gagné. Le responsable du pouvoir civil et militaire, le représentant officiel de l'Algérie venait de faire appel, en présence de milliers de témoins, au Général.

– Bravo ! fit Delbecque en s'approchant de Tavernier. Nous avons réussi.

Le soir même, Charles de Gaulle adressait, de Colombey, le communiqué suivant :

La désintégration de l'État entraîne infailliblement l'éloignement des peuples associés, le trouble de l'Armée au combat, la dislocation nationale, la perte de l'indépendance. Depuis douze ans, la France, aux prises avec des problèmes trop rudes pour le régime des partis, est engagée dans un processus désastreux. Naguère, le pays, dans ses profondeurs, m'a fait confiance pour le conduire jusqu'au salut. Aujourd'hui, devant les épreuves qui montent de nouveau vers lui, qu'il sache que je me tiens prêt à assumer les pouvoirs de la République.

Des nouvelles contradictoires circulaient en tous sens. Entre autres, que Lagaillarde se serait emparé de *Radio-Alger*. Le colonel Godard demanda immédiatement confirmation, puis détacha deux escadrons de gendarmes mobiles afin d'assurer la protection de la station. Lucien Neuwirth, un gros revolver passé dans la ceinture, obtint du général Massu qu'il lui confiât la direction de la radio. Cependant, Godiveau, patron de *Radio-Alger*, ne cessait d'appeler au secours : « Ils vont tout enfoncer et prendre le micro ! » Massu donna alors pour consigne à Trinquier d'envoyer une compagnie dégager l'immeuble. Lagaillarde, qui avait intercepté l'ordre, enjoignit à deux grandes gueules du Comité de salut public d'emboîter le pas dare-dare à la compagnie et de prendre le contrôle de la station en dépit de la protection déployée par les paras. Mais Neuwirth avait assisté à toute la manœuvre. Il fit rapidement prévenir Pouget qui alerta à son tour le capitaine Grazziani. Sur-le-champ, celui-ci s'arrangea avec le capitaine chargé d'expulser les émeutiers, et seuls les paras eurent le droit de pénétrer dans les locaux.

Neuwirth venait de marquer un point sur Lagaillarde. Il avait collaboré à la radio de Londres, il se souvenait des notes de musique qui y annonçaient le début des émissions en direction de la France occupée. Il procéda de même et, par l'intermédiaire de la radio, lança cet appel : « Que tous les automobilistes scandent à coups de klaxon les notes suivantes : "tatata tata, tatata tata" ! » Bientôt, toute la ville d'Alger retentit du fameux « tatata tata » qui signifiait désormais « Al-gé-rie fran-çaise ». Puis, Neuwirth fit orienter les émetteurs vers la métropole. Rapidement, à Paris, on put entendre les ovations réservées par la foule aux discours retransmis du général Massu et du général Salan, puis le nom de Soustelle acclamé à la suite de celui du général de Gaulle, le tout ponctué de « tatata tata », destinés à devenir le signe de ralliement des ultras.

Le lendemain, ce fut bien autre chose encore : il fallait absolument montrer à Paris que c'était toute l'Algérie, Européens et musulmans confondus, qui réclamait le retour du général de Gaulle. Dans la nuit, le colonel Trinquier, le colonel Godard, le capitaine Léger et Sirvin – ce capitaine qui parlait indifféremment le français et l'arabe – sillonnaient la Casbah et tous les autres quartiers musulmans, discutant avec les chefs d'îlot qui rechignaient encore. Beaucoup avaient peur des Français ; on les rassurait :

– « Ne vous en faites pas, il y aura les Bleus[1] et les militaires, vous devez prendre part à cette révolution, vous devez exiger votre place dans cette Algérie nouvelle qui est en train de se créer devant vous et dont de Gaulle sera le garant ! »

1. Les gardes mobiles.

Le nom de De Gaulle faisait des miracles, les musulmans avaient confiance en lui. Ils descendirent par milliers, avec femmes et enfants, portant des pancartes sur lesquelles on lisait : « Comité de salut public de la Casbah », « Nous sommes français ! », « Nous voulons rester français ! », « Intégration », etc. Le cortège emprunta la rue d'Isly et remonta vers le Forum. Il faisait très chaud. La foule musulmane rejoignit la foule européenne et se mêla à elle. L'espace d'un moment on ressentit une vive tension. Puis le miracle se produisit : des mains se tendirent, des bras s'enlacèrent, on pleurait, on riait... Fini, les ratonnades, les bombes dans les cafés ou les cinémas... on était tous frères ! Entre les quarante mille Européens et les trente mille musulmans, c'était l'effusion, la réconciliation. D'une même voix ils entonnèrent *la Marseillaise.*

Enfin Soustelle arriva. Entre Salan et lui, les choses pourtant ne se présentaient pas sous les meilleurs auspices. Tout de suite agacé par les « Vive Soustelle ! », « Soustelle avec nous ! » qu'on entendait de toutes parts, « le Mandarin » refusa de lui remettre les affaires civiles.

– J'assume ici tous les pouvoirs et il est hors de question que je puisse en déléguer la moindre part !

En accord avec Salan, Soustelle proposa alors un plan qui obtint l'agrément du représentant de la République. Il s'agissait, pour l'ancien gouverneur, de « structurer la révolution du 13 mai de façon que le système se persuade qu'il n'avait aucune chance de reprendre le dessus : créer des Comités de salut public dans toute l'Algérie ; exalter la fraternisation ; informer la métropole et l'étranger qu'à nul moment, la Révolution n'avait été un putsch fasciste... ».

Quelques-uns rêvaient toujours de prendre le pouvoir par les armes. Un plan baptisé « Résurrection » avait été conçu à Paris comme à Alger. Les paras furent placés en état d'alerte. Il était prévu que deux régiments parachutistes venus d'Alger, le 1er et le 3e RCP, renforcés par deux autres, habituellement cantonnés à Toulouse et à Bayonne, seraient parachutés sur Paris et sa banlieue dans la nuit du 27 au 28 mai. Le régiment de blindés stationné à Saint-Germain-en-Laye viendrait leur prêter main-forte. Les gardes mobiles, les CRS et la police devaient ensuite se ranger à leurs côtés. Dans la capitale, on vit alors des chars et des véhicules blindés prendre position aux abords du palais de l'Élysée, de la Chambre des députés et du palais du Luxembourg. Les ponts ainsi que les entrées de la ville étaient désormais gardés. Il régnait dans la cité une atmosphère d'état de siège. Le café, l'huile, le sucre vinrent à manquer ; les Parisiens amassaient des provisions. Dans les rues s'échangeaient des regards muets, chargés de suspicion. Jamais le vieux slogan « Les murs ont des oreilles » n'avait été si présent à l'esprit de chacun. On s'attendait au pire, mais le pire ne se produisit pas, grâce à un communiqué que fit diffuser le général de Gaulle : « J'attends des forces terrestres, navales et aériennes présentes en Algérie qu'elles demeurent exemplaires sous les ordres de leurs chefs. » L'opération « Résurrection » avait fait long feu.

La position du capitaine Pouget était de plus en plus nettement écartée. Lui qui n'aspirait qu'à une vraie révolution dans le cours de laquelle musulmans et Européens auraient réellement pris leur destinée en main, dérangeait. Cependant on n'osait le jeter en prison. On l'assigna seulement à résidence à la villa d'El-Biar. Plus personne ne l'écoutait ; on le prenait pour un dingue, dangereux tant il conservait d'amis parmi les jeunes paras, et peut-être aussi chez trois des coprésidents du Comité de salut public : Jacques Chevallier, le maire d'Alger, Jacques Soustelle, qui avait la confiance des ultras, et Yacef Saadi, qui jouissait de celle du FLN. Le colonel Godard, chef de la Sûreté, auquel Pouget avait réclamé la libération de Saadi, lui avait répliqué :

– Tu nous emmerdes, avec ton Yacef ! Salan n'en veut pas.

Lui qui avait enduré l'emprisonnement au camp viêt-minh numéro un, qui en était revenu malade, les cheveux prématurément blanchis, se sentait à présent écœuré par tant de « grenouillages » politiques. Il repensait à sa vie gâchée, à ses enfants qui avaient grandi loin de lui, il se voyait contraint de renoncer à son rêve de créer une armée populaire capable de défendre une Algérie authentiquement libérale. Pouget rentra dans le rang, au grand soulagement des rescapés de l'Antenne. Tavernier fut le seul à le voir s'éloigner avec regret, car il était probablement l'unique acteur de toute cette affaire à se montrer totalement désintéressé.

Dans les jours qui suivirent, on assista à un nombre incroyable d'aller et retour : émissaires politiques, ministres, généraux se pressaient dans le bureau du général Salan. Jacques Foccart, qui fit le voyage en compagnie de Roger Frey, couvrit Salan d'éloges et l'assura qu'il rapporterait à de Gaulle la manière magistrale dont il avait assumé ses responsabilités, et combien ce qu'il faisait en ce moment constituait une aide précieuse au Général pour les jours à venir.

Le 19 mai, le général de Gaulle tint à l'hôtel du Palais d'Orsay une conférence de presse qui connut à Alger un grand retentissement ; *l'Écho d'Alger* en rapporta de longs extraits :

« Ce qui se passe en ce moment en Algérie par rapport à la métropole, et dans la métropole par rapport à l'Algérie, peut conduire à une crise nationale grave. Mais aussi ce peut être le début d'une sorte de résurrection. *Voilà pourquoi le moment m'a semblé venu où il pourrait m'être possible d'être utile encore une fois directement à la France, parce que je suis un homme seul, que je ne me confonds avec aucun parti, avec aucune organisation, que, depuis cinq ans, je n'exerce aucune action politique, que, depuis trois ans, je n'ai fait aucune déclaration, que je suis l'homme qui n'appartient à personne et qui appartient à tout le monde. »*

À la question : « Comment jugez-vous les événements actuels en Algérie, le soulèvement de la population, l'attitude de l'Armée ? », il a répondu :

« En Algérie, il y a une population, tant française de souche que musulmane, qui, depuis des années, est dans la guerre, les meurtres, les attentats. Et cette population constate, depuis que cela dure, que le système établi à Paris ne peut pas résoudre ses problèmes. Bien mieux, elle a vu ce système s'orienter récemment vers "les offices de l'étranger". Elle a entendu l'homme qui est d'ailleurs mon ami et qui se trouvait à ce moment ministre de l'Algérie déclarer publiquement : "Nous allons à un Diên Biên Phu diplomatique." Comment voulez-vous qu'à la longue, cette population, dans l'état où elle est, ne se soulève pas ? En outre, elle donne en ce moment le spectacle magnifique d'une immense fraternisation... L'Armée a constaté cette grande émotion populaire et a jugé de son devoir d'empêcher que cela tourne au désordre. Elle l'a fait et elle l'a bien fait... Et puis, enfin, cette Armée s'est mélangée, en Algérie, avec la population, et, par conséquent, ne peut pas se dérober et s'empêcher d'éprouver les mêmes sentiments que cette popu-

lation... Je comprends parfaitement bien l'attitude et l'action du commandement militaire en Algérie... Les généraux d'Algérie ne sont pas des factieux. »

À la question : « Quelle fonction envisagez-vous de remplir ? », de Gaulle répond :

« À la tête du gouvernement de la République. »

« Mais quelle procédure prévoyez-vous d'adopter pour votre retour aux affaires ? »

« Si de Gaulle était amené à se voir déléguer des pouvoirs exceptionnels, pour une durée exceptionnelle, dans un moment exceptionnel, cela ne pourrait évidemment pas se faire suivant la procédure et les rites habituels, tellement habituels que tout le monde en est excédé. »

À Maurice Duverger, du Monde, *qui lui demande si le pouvoir qu'il revendique ne risque pas de mettre en péril les libertés publiques, il répond :*

« L'ai-je fait ? Les libertés publiques, je les ai rétablies quand elles avaient disparu. Croit-on qu'à soixante-sept ans, je vais commencer une carrière de dictateur ? »

Un autre lui demande pourquoi il n'a pas condamné la sédition des militaires algérois ; il rétorque avec ironie :

« Le gouvernement ne l'a pas dénoncée. Moi qui ne suis pas le gouvernement, pourquoi le ferais-je ? »

Il termine en disant : « Maintenant, je vais rentrer dans mon village et m'y tiendrai à la disposition du pays. »

Le lendemain, Salan se présentait au balcon du Gouvernement général et s'adressait en ces termes à une foule prévenue de l'allocution par des haut-parleurs juchés sur des camions :

– « Algériennes, Algériens ! Au cours de ces journées, de ce Forum devenu le haut lieu de la résistance à l'abandon a jailli une intense clameur vers Paris. Dans un élan unanime de ferveur patriotique, vous avez crié votre volonté farouche de construire une Algérie française nouvelle et fraternelle, marquée par la vie en commun des diverses communautés. Hier soir, de Paris, du cœur même de l'Île-de-France, une voix sereine s'est fait entendre. Le général de Gaulle s'est écrié : "C'est peut-être le début d'une sorte de résurrection." Il faut en prendre acte. Hâtez-vous, les choses et les esprits vont vite. Ainsi, celui qui, en d'autres heures cruciales pour la Patrie, a su montrer la voie du salut, a affirmé publiquement, avec force et sans ambiguïté, qu'il comprenait vos angoisses et vos élans. Alger, Oran, Constantine, les habitants des cités et des douars[1], ceux des plaines et des plateaux, les montagnards des djebels les plus reculés, les nomades du Sahara, tous se rassemblent pour affirmer leur fierté et leur volonté d'être français et pour dire leur certitude de notre victoire. De toute l'Algérie française jaillit un immense cri de patriotisme et de foi. Dix millions de Français décidés à rester français vous disent, mon général, que vos paroles ont fait naître dans leur cœur une espérance de grandeur et d'unité nationale ! »

Après un lourd silence, la foule entonna d'une seule voix le chant des soldats d'Algérie lors du débarquement de 1944 sur les côtes de la Méditerranée :

C'est nous les Africains qui revenons de loin.
Nous venons des colonies pour défendre le pays ;
Nous avons laissé là-bas nos parents, nos amis,

1. Anciennes divisions administratives rurales d'Afrique du Nord.

Cuba libre !

Et nous avons au cœur une indicible ardeur,
Car nous voulons porter haut et fier
Le beau drapeau de notre France entière...

Des larmes coulaient sur le visage buriné de vieux soldats français et musulmans à la poitrine constellée de décorations.

François Tavernier et Léon Delbecque se heurtèrent à propos de la Corse. Pour faire pression sur le gouvernement, Delbecque préconisait la création, dans l'île, de Comités de salut public. Tavernier ne voyait dans l'opération qu'une manœuvre putschiste.

– Et alors ? s'écria Delbecque. Il faut savoir ce que l'on veut ! Le gouvernement tarde à faire appel au général de Gaulle ; il faut qu'il croie que la Corse s'est ralliée à Alger et qu'à tout moment l'insurrection peut fondre sur la métropole !

Malgré la sympathie qu'il éprouvait à l'égard de Delbecque et de Neuwirth, François Tavernier trouvait contestables leurs méthodes qui s'inscrivaient à ses yeux dans la plus pure tradition des mouvements fascistes. Il se sentait de plus en plus défiant envers l'entourage du général de Gaulle. « J'ai confiance en lui, je n'ai guère confiance dans ceux qui l'entourent. Ils sont prêts à tout pour l'amener au pouvoir, mais lui, jusqu'à quel point en est-il d'accord ? » s'interrogeait-il. Il laissa donc ceux de l'Antenne « débarquer » en Corse en compagnie du colonel Thomazo, d'Alain de Sérigny et de Roger Frey, et profita de leur absence pour s'infiltrer parmi les clans de l'extrême droite favorables au retour du Général, puis parmi les milieux d'extrême gauche.

Pascal Arrighi, député de la Corse, muni d'un ordre de mission signé par le général Salan, avait quant à lui précédé les « expéditionnaires ». Il était accompagné du commissaire de police Renucci, d'un fonctionnaire algérois, Hubert Paldacci, du représentant Antoine Belgodère et escorté par le commandant Freddy Bauer, ancien patron des paras de Corte et de Calvi, À son arrivée sur l'île de Beauté, deux cent cinquante parachutistes commandés par le capitaine Manteï se placèrent sous son autorité.

LIVRE TREIZIÈME

Des cris s'élevaient à l'entrée. Un grand remue-ménage s'ensuivit.

En même temps que Celia Sánchez, Léa se leva, intriguée, pour s'informer de ce qui se passait. Des hommes en loques, épuisés, venaient de regagner le campement. Certains soutenaient leurs camarades blessés, d'autres portaient à dos d'homme les plus atteints. Parmi eux, Léa reconnut instantanément Camilo puis découvrit, sur une civière de fortune, Charles. Sous la barbe et la crasse qui le recouvraient, le visage du jeune homme était livide.

– Il est blessé à l'épaule... il a perdu beaucoup de sang, commenta en hâte Benigno tandis qu'il déposait le brancard avec précaution.

– Vite ! De l'eau ! supplia Léa en se penchant sur la blessure.

– Laisse-moi faire, intima Ernesto tout en l'écartant doucement.

Le geste précis, il dégagea la plaie en arrachant les derniers lambeaux du vêtement, puis, lentement, nettoya les chairs entaillées.

– Ce n'est rien, conclut-il de son examen. La balle est ressortie de l'autre côté... Ah, il revient à lui. Ça va, mon garçon ?

Charles esquissa un sourire. En essayant de se redresser, il le transforma vite en grimace.

– Ne bouge pas, tu as besoin de repos.

Charles était à peine installé à l'abri d'une infirmerie de campagne qu'on vint allonger Camilo à son côté ; le Cubain, lui, était touché à la cuisse.

– Il a pris la balle qui m'était destinée, expliqua le guérillero en désignant Charles. Je n'ai rien pu faire, il s'est jeté devant moi... Merci, camarade !

Fidel Castro, qu'on venait d'avertir de l'arrivée des troupes défaites, se présenta pour prendre de leurs nouvelles.

– Ne t'inquiète pas, le rassura Camilo. Nous n'avons que des blessés. Eux, de leur côté, ont eu de nombreux morts. Et puis nous leur avons enlevé trois mitraillettes et une dizaine de fusils... Le Français s'est bien battu, je lui dois même la vie.

Camilo se rétablit rapidement, à la différence de Charles qui fut pris d'une mauvaise fièvre.

– Il lui faut des antibiotiques, constata le Che.

– Mais où s'en procurer ? s'inquiéta Léa.

– À la Moncada, à Santiago.

– J'y vais, déclara Alfredo.

– Je t'accompagne, ajouta tout de suite Benigno.

– Je connais bien la ville, dit Juan Torres. J'en suis aussi.

Sur l'accord de Camilo, ils partirent sur-le-champ.

Deux jours plus tard, ils étaient de retour, chargés des précieuses boîtes de médicaments, mais aussi de quelques cigares. À La Plata, les trois hommes furent accueillis avec des acclamations.

– Ça n'a pas été trop dur ? s'enquit Camilo.

– Une simple partie de plaisir, lui lança Alfredo, goguenard.

– Tu parles ! renchérit Benigno. Ce type est un vrai lion. À lui tout seul, il a forcé la porte de la caserne de la Moncada, et devinez comment ?... En se déguisant en fille ! Si vous aviez vu la tête des soldats de Batista, ils n'en croyaient pas leurs yeux... Moi non plus, d'ailleurs ! Les militaires le regardaient comme s'ils n'avaient jamais vu de femme. Ils n'ont pas fait un geste quand Alfredo a poussé la porte. Et quand il leur a fait signe de le suivre, ils ont obéi comme des petits chiens. « J'ai mal au ventre, j'ai mal au ventre, leur répétait-il. J'ai besoin de voir un infirmier. » Quand il fut conduit à l'infirmerie, il sortit sa mitraillette de dessous ses jupons, se fit remettre les médicaments nécessaires, puis, d'une seule rafale, descendit tous les types présents. Un vrai carnage ! du sang partout ! Nous sommes ressortis en hâte tandis que Juan, qui nous attendait à l'extérieur, couvrait notre retraite en ouvrant le feu sur nos poursuivants. Lui aussi a fait un sacré carton !

Grâce à l'action des antibiotiques, la fièvre tomba. Mais Charles tardait à récupérer et ne tenait pas sur ses jambes. Tout le temps qu'il resta alité, Léa ne quitta pas son chevet. Aux premiers signes d'amélioration de son état, elle décida de s'octroyer enfin quelque repos, mais à l'instant où elle allait regagner son hamac, Charles la retint :

– Parle-moi de ma mère...

Émue, Léa considéra avec tendresse le visage émacié du garçon.

– Ta mère..., murmura-t-elle. Ta mère était la femme la plus étonnante, la plus courageuse que j'aie connue. Avant moi, Camille s'était engagée dans la Résistance avec une lucidité que je n'ai jamais eue. Elle partageait avec ton père le sentiment que chacun d'entre nous se devait de combattre l'occupant. Pour cela, elle était prête à sacrifier sa vie. Au mépris de sa fragilité, de sa peur aussi, elle accomplit des missions au cours desquelles elle fit preuve d'une grande détermination, d'une abnégation sans failles. De nombreuses fois, elle m'a soutenue quand j'étais sur le point d'abandonner... Camille, elle, jamais n'a douté de la victoire. Elle aspirait à vivre dans un monde en paix, plus juste, plus humain. Jamais elle n'a douté du bien-fondé de notre combat. Quand ta mère est morte et que je t'ai emporté, blessé, j'ai cru que je n'aurais jamais la force de la remplacer auprès de toi. Mais sans doute devait-elle veiller sur nous, car c'est elle qui m'a insufflé l'énergie qu'il m'a fallu pour poursuivre, malgré tout. Et je crois avoir plus souffert de sa disparition que de celle de mes parents... Bien que très différentes, Camille et moi, nous étions très proches l'une de l'autre. Elle me connaissait mieux que moi-même et elle avait pour moi une indulgence, une amitié qui ne se sont jamais démenties. Aujourd'hui, elle se sentirait fière de toi. Tu lui ressembles beaucoup : comme elle, tu vas jusqu'au bout de ce que tu crois juste. Tu es le digne fils de ta mère !

– Et c'est à toi que je le dois, Léa.

– Merci de me dire ça, mais je ne peux pas le croire. Je t'ai élevé avec tout l'amour dont j'étais capable, j'ai tenté de la remplacer auprès de toi, mais, si j'y suis parvenue, ce n'est que grâce à son souvenir... Elle continue à tant me manquer !

Ils restèrent longtemps immobiles, silencieux, main dans la main. La fatigue eut enfin raison de Charles ; il s'endormit dans un sourire.

Épuisée, Léa regagna l'abri et s'étendit dans son hamac. Les yeux clos, elle revoyait le doux visage de Camille, entendait sa voix... Elle se renversa dans le hamac, essayant de retrouver l'impression des lèvres de son époux courant sur son corps. Elle soupira... Décidément, il était trop loin ! Des lèvres, pourtant, se posaient sur son cou. Elle entrouvrit les yeux : Camilo souriait auprès d'elle. Elle frissonna. Elle se souleva et lui tendit sa bouche. Ils échangèrent un baiser brutal qui leur rappela la violence de leur désir. Camilo la releva et l'entraîna vers la grotte dont ils avaient fait leur refuge amoureux. Là, ils se déshabillèrent avec des gestes impatients, puis se jetèrent l'un contre l'autre. Leurs corps en nage glissaient, se prenaient, se déprenaient avec des bruits de succion. Leurs sexes douloureux se cherchaient, ils se chevauchèrent furieusement avec des cris de souffrance et de plaisir mêlés. Tout à leur joie voluptueuse, ils roulèrent hors de leur rude couche, jusque sur le gravier de la grotte. Les pointes des gravillons les écorchaient, redoublant leur jouissance. Quand ils retombèrent, épuisés, du sang perlait çà et là sur leur peau. Apaisés, ils s'assoupirent sans se déprendre tout à fait.

Quand ils revinrent, il régnait une grande effervescence au camp de La Plata.

– Fidel demande à tous les commandants de le rejoindre, lança Benigno en apostrophant Camilo. Il t'a déjà réclamé trois fois !

Camilo lâcha la main de Léa et s'élança à la suite de l'autre guérillero.

Une dizaine d'hommes malpropres et hirsutes entouraient Castro. Une carte de l'île était étalée devant lui.

– Ah, te voilà enfin ! rabroua-t-il Camilo. « Tu as une fâcheuse tendance à foutre le plus de bordel possible et à nous laisser nous dépatouiller après. Tu n'as même pas pris la peine de m'envoyer la liste des hommes, des armes et des balles que tu as avec toi. Je ne sais pas non plus si tu as une seule mine. » J'espère que tu seras à la hauteur de la mission dont je vais te charger, mais « n'oublie pas qu'on va essayer de te baiser tout au long du chemin ! Mission est donc donnée au commandant Camilo Cienfuegos de conduire une colonne rebelle de la Sierra Maestra à la province de Pinar del Río, en exécution du plan stratégique de l'Armée rebelle. La colonne numéro 2, "Antonio-Maceo", force d'invasion ainsi nommée en hommage au glorieux combattant de l'Indépendance, partira d'El Salto mercredi prochain, 20 août 1958. Au commandant de la colonne d'invasion est accordée la faculté d'organiser des unités de combat rebelles sur toute l'étendue du territoire national, jusqu'à ce que les commandants de chaque province parviennent, avec leurs colonnes, dans les régions placées respectivement sous leur autorité ; il appliquera le Code pénal et les lois agraires de l'Armée rebelle dans le territoire envahi ; il percevra les impôts établis par les règlements militaires ; il combinera ses opérations avec celles de toute autre force révolutionnaire qui serait déjà en train d'opérer dans un secteur déterminé ; il créera un front permanent dans la province de Pinar del Río, qui constituera la base opérationnelle définitive de la colonne d'invasion, et désignera à cet effet des officiers de l'Armée rebelle jusqu'au grade de commandant de colonne. Tout en ayant pour objectif primordial de porter la guerre de libération jusqu'à l'ouest de l'île, et toute autre question tactique étant subordonnée à cette fin, la colonne d'invasion battra l'ennemi en toutes les occasions qui pourront se présenter en cours de trajet. Les armes confisquées à l'ennemi seront destinées par priorité à la mise sur pied d'unités locales. »

Camilo ne souriait plus, il avait du mal à cacher son émotion. Quoi ? Lui, le *chicharón*, le coureur de jupons, le « fouteur de bordel », comme disait Fidel, se retrouvait nommé à la tête de la colonne « Antonio-Maceo » ?

– Je compte sur toi, ajouta Castro en lui tendant la main.

– Tu le peux, *comandante*.

– Bravo, camarade, le complimenta le Che en le serrant dans ses bras.

À tour de rôle, les commandants Juan Almeida, Ramiro Valdés, Crescensio Pérez et Huber Matos le félicitèrent chaleureusement.

Ils quittèrent Fidel à l'arrivée de journalistes étrangers. Ceux-ci étaient nombreux à être venus dans la Sierra Maestra à la suite du déjà célèbre entretien de Castro avec Herbert L. Matthews. Aujourd'hui, c'était le tour d'un éditorialiste du *Washington Post*, Karl E. Meyer, qui succédait lui-même aux correspondants de *Paris-Match*, Enrique Meneses, Michel Duplaix et Paul Slade. En verve, le chef de la rébellion parla littérature au journaliste éberlué.

– Avez-vous lu *Kaputt* de Malaparte ?... Et les *Mémoires de guerre* du général de Gaulle ?

Camilo Cienfuegos ironisait sur le goût de Fidel pour les interviews et les photographes de presse : « Il se prend pour Marilyn Monroe... les seins en moins ! Bientôt, il passera plus de temps avec eux qu'avec nous... »

Une autre visite avait divisé les maquisards : celle de Carlos Rafael Rodríguez, un des dirigeants du Parti communiste cubain. Certains redoutaient la mainmise du Parti sur le Mouvement du 26-Juillet. Nul n'ignorait les sympathies de Raúl Castro à son endroit, à la différence de Fidel qui s'en était toujours défendu. Ces divergences avaient même suscité cette remarque de Rodríguez : « Dans la Sierra de Cristal dont Raúl a le commandement, l'harmonie règne avec les communistes ; en revanche, dans la Sierra Maestra de Fidel, l'harmonie fait place à la suspicion. »

– Tu ne peux pas venir avec moi, ce sera trop dur !

– Pourquoi, Camilo ? D'autres femmes partent bien avec vous ; pourquoi pas moi ?

– Tu n'as rien à faire ici, ce pays n'est pas le tien, et la guérilla n'est pas une affaire de femmes.

– Je t'en prie, laisse-moi t'accompagner. Tu emmènes Charles et je ne veux pas le laisser seul.

– Charles est un homme.

– C'est encore un enfant, il a besoin de moi. Je ne peux pas...

Cette discussion, Léa et Camilo la tenaient pour la énième fois. La jeune femme s'obstinait dans son désir de demeurer auprès de son amant. Pour sa part, Ernesto

Guevara s'opposait lui aussi à sa présence au sein de la 2e colonne, si grande était sa crainte que quelque chose de fâcheux lui arrivât.

– J'ai fait la guerre avant de te connaître, et les nazis étaient bien plus terribles que les sbires de Batista !

– Peut-être, répliquait le Che, mais tu savais pourquoi tu combattais.

L'avait-elle jamais vraiment su ? Il lui semblait au contraire qu'elle avait toujours été le jouet du hasard. Les circonstances, seules, l'avaient amenée à souscrire des engagements pour lesquels elle avait risqué sa vie. En France, cela lui avait tout de suite paru logique. Ici, à Cuba, rien de semblable : cette révolution n'était pas la sienne, même si elle la comprenait. De la même façon, n'avait-elle pas compris l'engagement de Sarah auprès des vengeurs juifs ? Là aussi, elle s'était jointe à eux par hasard, par amitié, sûrement pas au terme d'une réflexion politique ou idéologique. Devrait-elle toujours se trouver mêlée à des événements qui ne la concernaient pas ? Loin de son pays, de ses enfants, de l'homme qu'elle aimait... Pourquoi s'obstinait-elle à vouloir participer à cette lutte où elle avait tout à perdre, à commencer par la vie ? Le Che non plus n'était pas cubain, mais il aspirait à répandre la Révolution sur la Terre entière, il se voulait citoyen d'un monde qu'il souhaitait transformer radicalement. L'Argentin rêvait d'égalité, de liberté pour tous, et, pour cela, était prêt à sacrifier sa vie. Et Camilo ? Cette révolution était devenue son affaire, elle lui offrait l'occasion de donner un sens à son existence. Sans elle, il n'aurait été que le fils d'un exilé espagnol condamné à exercer de petits boulots et à végéter dans une quotidienne médiocrité. Le récit qu'il avait fait à Léa de son enfance, puis de son séjour aux États-Unis, le lui avait laissé entendre. La guérilla lui avait permis de faire jaillir le meilleur de lui-même, d'échapper à la pauvreté, de démontrer sa force d'âme et son courage. Avec ferveur et générosité, il avait épousé la cause cubaine, convaincu d'instinct qu'elle était juste et bonne. Ses conversations régulières avec le Che le confortaient dans cet idéalisme. Il dévorait les livres que l'Argentin lui prêtait, puis réclamait des précisions, des explications, un approfondissement qu'Ernesto se faisait un devoir de lui apporter. Quant à Ramón, il avait renoué dans ce nouveau combat avec les illusions de ses vingt ans. Ce qui avait échoué en Espagne pouvait réussir à Cuba. Il s'en était convaincu. Son passé de républicain espagnol lui conférait une autorité qu'il appréciait et il se sentait avec Fidel dans une communion de pensée qui le portait à vouer au jeune chef une admiration et un dévouement sans bornes. Il était persuadé du triomphe ultime de la Révolution, mais s'était préparé de longue date à mourir pour qu'il advienne. « *¡ Libertad o muerte !* La liberté ou la mort ! » aimait-il à répéter...

Peu avant le départ de la 2e colonne, Léa fut témoin de l'exécution d'un jeune homme de dix-sept ans. Accusé d'avoir dérobé une boîte de lait concentré et trois cigares, il avait été condamné à mort par le tribunal de l'Armée rebelle. Apprenant la sentence, Fidel confirma :

– Il faut en effet le fusiller. Pour faire un exemple.

De son côté, Camilo n'avait demandé que de retirer au coupable le privilège de participer à l'invasion, estimant qu'il serait suffisamment puni par cette exclusion. Ses compagnons s'étaient tous rangés à cet avis. Ils jouaient aux cartes avec le jeune voleur quand arriva le message de

Castro. Camilo devint livide mais, cherchant à déguiser son émotion, il regarda le garçon droit dans les yeux et articula froidement :

– Tu seras passé par les armes à quatre heures. Fidel a entériné la décision du tribunal.

Tous échangèrent des regards stupéfaits, croyant à une de ces plaisanteries de mauvais goût dont leur chef était coutumier. Le teint blême de celui-ci, les larmes qui emplissaient ses yeux les détrompèrent. Avec sang-froid, sans cesser de jouer, le jeune homme laissa tomber :

– C'est bien...

Camilo se leva en jetant sèchement ses cartes sur le sol et sortit. Le gamin tendait déjà sa casquette à Benigno qui avait perdu la sienne lors des combats de Jobal :

– Tiens, Lali...

– Mais... pourquoi me fais-tu cadeau de ta casquette ?

– Moi, on va me fusiller. Je ne craindrai plus le soleil...

Léa courut derrière Camilo.

– Ce n'est pas vrai ? On ne va pas le fusiller... Ce n'est qu'un gosse !

– Il a été jugé ; la sentence sera exécutée.

– Ce n'est pas possible ! Tu ne peux pas laisser faire une chose pareille...

– Je suis responsable de la discipline de mes hommes, et tout vol est passible de la peine de mort. Maintenant, laisse-moi.

Il s'éloigna, les épaules voûtées. Lui-même n'assisterait pas à l'exécution.

À quatre heures précises, le jeune homme fut passé par les armes. Charles ne put retenir ses larmes et beaucoup, parmi les guérilleros, se détournèrent pour cacher les leurs.

Plus tard, lorsque Camilo les rejoignit, tous remarquèrent qu'il avait les yeux rougis.

Dans la nuit, blotti contre Léa, il se remit à pleurer comme un enfant.

C'est avec cette tristesse au cœur qu'ils se mirent en route pour la province de Pinar del Río. Avant le départ, Camilo avait harangué ses troupes :

– « Camarades, on nous a confié la difficile mais glorieuse tâche de conduire la guerre à l'ouest. Rappelons-nous que cette colonne porte le nom d'Antonio Maceo, et que cette mission fut déjà accomplie autrefois par le "Titan de bronze". Nous avons l'obligation de faire notre devoir. Il se peut que nous restions nombreux sur le chemin, mais nous ne pouvons nous dérober à cette tâche. S'il ne reste qu'un seul d'entre nous en vie, il ira jusqu'au bout, en notre nom à tous. Je voudrais encore vous signaler quelque chose : ceux qui ne veulent pas y aller peuvent se retirer. Ils peuvent être assurés qu'on ne les traitera pas de lâches. Nous savons tous que nous nous aventurons en terrain inconnu, que nous ignorons les obstacles que nous risquons de rencontrer en chemin. Nous souffrirons de la faim, d'une multitude de privations. Notre effort sera *titanesque* ! En vérité, ce sera une tâche très dure, mais nécessaire... »

Aucun des combattants ne quitta les rangs. Tous ovationnèrent leur chef :

– *¡ Viva Camilo !... ¡ Viva Cuba !*

Désemparée, Léa regarda s'ébranler cette troupe d'hommes barbus, mal vêtus, qui allaient souvent nu-pieds et parmi lesquels se trouvaient Charles et Ramón.

Le soir, Ernesto lui lut des poèmes de Neruda tout en sirotant son maté. Mais une violente crise d'asthme l'obligea à interrompre sa lecture. Le visage congestionné, il essayait de reprendre son souffle. Ses mains se crispaient sur sa poitrine. De temps à autre, il parvenait à sourire à Léa, croyant ainsi pouvoir lui faire comprendre que la crise allait bientôt passer. Il ruisselait de sueur, dégageait une odeur de crasse et de transpiration rances. Elle ôta sa chemise trempée et lui essuya le visage et la poitrine.

– Merci, murmura-t-il sans rouvrir les yeux.

Peu à peu, le sommeil la gagna à son tour.

Le lendemain du départ de Camilo et de sa colonne, le Che reçut de Fidel Castro cet ordre militaire :

Est assignée au commandant Ernesto Guevara la mission de conduire, depuis la Sierra Maestra jusqu'à la province de Las Villas, une colonne rebelle, et d'opérer dans ledit territoire conformément au plan stratégique de l'Armée rebelle. La colonne numéro 8 qui se destine à cet objectif portera le nom de « Ciro-Redondo », en hommage à l'héroïque capitaine rebelle mort au combat et élevé à titre posthume au grade de commandant. La colonne 8 « Ciro-Redondo » partira de Las Mercedes entre le 24 et le 30 août. Le commandant Ernesto Guevara est nommé chef de toutes les unités rebelles du Mouvement du 26-Juillet qui opèrent dans la province de Las Villas, dans les zones tant rurales qu'urbaines, et lui est donnée carte blanche pour recueillir et disposer des fonds nécessaires à la conduite de la guerre et à l'entretien de notre propre Armée ; pour appliquer le Code pénal et les lois agraires de l'Armée rebelle dans le territoire où opéreront ses forces ; pour coordonner les opérations, les plans, les dispositions administratives et d'organisation militaire avec les autres forces révolutionnaires opérant dans cette province, qui devront être invitées à se fondre en seul corps de l'Armée afin de « vertébrer » et unifier l'effort militaire de la Révolution ; pour mettre sur pied des unités locales de combat et nommer les officiers de l'Armée rebelle jusqu'au grade de commandant de colonne. La colonne numéro 8 aura pour objectif stratégique de prendre sans cesse le dessus sur l'ennemi dans la région centrale de Cuba et d'intercepter, jusqu'à la totale paralysie, les mouvements terrestres de ses troupes d'ouest en est, en attendant d'autres ordres qui viendront au moment opportun.

Fidel Castro Ruz,
commandant en chef.

Quelques jours plus tard, ce fut ainsi au tour du commandant Che Guevara de quitter La Plata à la tête de trois cents combattants. Léa était parmi eux ; Castro avait fini par accéder à sa demande, en dépit de l'opposition du Che. Elle avait été chargée de conduire la fourgonnette qui servait d'ambulance. Elle suivait la troupe, à l'arrière, en roulant au pas.

La colonne se mit en marche vers sept heures du soir, le 30 août, sous un violent orage consécutif au cyclone « Daisy ». Ordre avait été transmis à tous de marcher en silence, d'effacer toute trace de leur passage, de maintenir une stricte discipline et de s'abstenir de fumer. En cours de route, ils firent une courte pause, puis reprirent leur marche et, vers cinq heures du matin, atteignirent une ferme abandonnée, épuisés par les vingt-huit kilomètres qu'ils venaient de parcourir, chargés de leurs sacs, sous une pluie battante.

Dans la matinée, ils s'emparèrent de trois camions ennemis, mais ceux-ci refusèrent de démarrer. Survolés par des avions, ils ne repartirent qu'à la nuit, dans la boue et le vent, déchirant un peu plus leurs vêtements aux ronces et aux rochers. Une accalmie de quelques heures redonna espoir à la petite troupe transie, mais cet espoir fut vite balayé par un nouveau cyclone qui répondait, lui, au doux nom d'« Ella » et se révéla plus féroce encore que le précédent. Pataugeant dans la boue, ils gagnèrent enfin les bords du río Cauto en crue. Le courant charriait des arbres entiers, des cadavres d'animaux. Il s'agissait maintenant de faire franchir le fleuve à ces hommes dont la majorité ne savait même pas nager. C'est là que, soudain, la fourgonnette rendit l'âme. On répartit en hâte le matériel sanitaire entre une dizaine d'hommes qui le chargèrent sur leur dos ; Léa prit sur elle les réserves de morphine et les précieux antibiotiques.

Le lendemain, ils réquisitionnèrent quatre-vingt-neuf mulets, ânes et chevaux à La Finca El Jardin. Les paysans leur firent bon accueil et leur remirent des provisions. Après qu'ils eurent traversé sur leurs montures le río Salado, un sympathisant du 26-Juillet leur fit don de quarante-huit paires de bottes. Le même jour, le Che forma une escouade regroupant les combattants punis pour actes d'indiscipline et la baptisa *« escuadra de los descamisados*[1] *»* ; il en confia le commandement à Armando Acosta, avec ordre d'y faire observer la plus grande rigueur. On confisqua leur arme aux *descamisados* ; ils ne pouvaient la regagner qu'au combat.

Ils firent leur jonction avec la colonne de Camilo Cienfuegos le 6 septembre, dans les locaux d'une sucrerie, la Concepción. Pieds nus, Camilo et Ernesto lavèrent leur

1. « Escouade des sans-chemises ».

linge et se prirent mutuellement en photo. Le soir, ce fut la fête : ils mangèrent de la viande de bœuf, burent du rhum, fumèrent des cigares acceptables. Après une brève colère en découvrant la présence de Léa, Camilo fut heureux et ému de la revoir.

– Je t'en prie, prends bien soin d'elle, fais en sorte qu'il ne lui arrive rien ! supplia-t-il en étreignant fortement le bras du Che.

– Je n'ai pas besoin de tes recommandations, répondit celui-ci en se dégageant doucement.

Le jour suivant, les deux colonnes se séparèrent et repartirent chacune de leur côté. « Vinrent des jours difficiles sur le territoire pourtant ami de l'Oriente. Il fallut traverser des rivières en crue, des chenaux et des ruisseaux transformés en rivières, lutter inlassablement pour empêcher les munitions, les armes, les obus d'être trempés, chercher des montures fraîches et laisser sur place les chevaux fatigués, fuir les zones habitées au fur et à mesure qu'on s'éloignait de la province d'Oriente. On marchait péniblement à travers des terrains inondés, attaqués par des hordes de moustiques qui rendaient les heures de repos plus insupportables encore. On mangeait mal et peu, on buvait l'eau des ruisseaux serpentant à travers les marécages. On traînait lamentablement de ces journées épouvantables. De surcroît, la troupe souffrait du manque de chaussures, et de nombreux compagnons allaient pieds nus dans les bourbiers du sud de Camagüey. La boue et la flotte clapotaient à cœur joie, on ne tenait qu'à force de volonté[1]. »

Une nuit, ils traversèrent une lagune semée de plantes coupantes qui mirent en charpie les pieds tuméfiés et déjà

1. Ernesto Guevara, *Souvenirs de la guerre révolutionnaire.*

insensibles de ceux qui marchaient sans chaussures. Le Che lui-même avait perdu une de ses bottes dans les marécages et portait à la place une godasse qui ne faisait qu'accuser son allure de clochard. Léa suivait la troupe, hébétée de fatigue, couverte de boue. Quand il lui arrivait de croiser le regard du Che, ils échangeaient un sourire las.

Les soldats de Batista se dérobaient devant l'avancée de cette armée de loqueteux et d'affamés aux yeux brûlants de fièvre. De nombreux accrochages se produisirent pourtant. Ils firent neuf tués.

La plupart du temps, les deux colonnes cheminaient de conserve, le plus souvent de nuit, et se soutenaient à l'heure des combats. Pourtant, le moral des insurgés baissait chaque jour un peu plus. Un après-midi, grâce à la petite radio de campagne qu'ils possédaient, ils entendirent l'annonce de leur mort. Cela les mit en joie, mais pour peu de temps seulement. « Le pessimisme les gagnait petit à petit ; la faim, la soif, la fatigue, le sentiment d'impuissance face aux forces ennemies qui les encerclaient de plus en plus, mais, surtout, la terrible maladie de pieds connue chez les paysans sous le nom de *mazamora* – "bouillie de maïs" – et qui faisait de chaque pas un supplice, avaient changé la colonne en troupe d'ombres. L'état physique du groupe empirait de jour en jour, et quant aux repas – un jour oui, un jour non, un autre jour peut-être –, ils n'étaient pas faits pour améliorer leur condition. Les journées les plus dures, ils les passèrent encerclés dans les environs de la centrale sucrière Baraguá, dans des marécages pestilentiels, sans une goutte d'eau potable, harcelés par l'aviation, sans un seul cheval qui aurait pu aider les faibles à traverser ces bourbiers hostiles, les godasses complètement esquintées par cette eau saumâtre, avec des plantes qui blessaient leurs pieds nus. Quand ils rompirent le cercle de Baraguá pour atteindre la fameuse voie de Jucáro à Morón, site historique qui fut le théâtre d'engagements sanglants avec les Espagnols pendant la guerre d'Indépendance, ils étaient réellement dans une situation désastreuse. Ils n'eurent pas le temps de récupérer, car des trombes d'eau, l'inclémence du climat s'ajoutant aux attaques de l'ennemi, les obligèrent à reprendre leur marche, de plus en plus harassés, de plus en plus découragés. La tension était à son comble ; seules les insultes et les menaces en tout genre arrivaient à faire avancer cette masse épuisée. Une vision, à l'horizon, ranima leurs visages et redonna courage à la guérilla : celle d'une tache bleue, vers l'ouest, la masse bleuâtre du massif montagneux de Las Villas, aperçu pour la première fois par les hommes ; à compter de cet instant, les mêmes privations parurent beaucoup plus supportables, tout eut l'air facile. Ils échappèrent au dernier cercle en traversant à la nage le Jucáro qui sépare les provinces de Camagüey et de Las Villas, et ils eurent l'impression d'en avoir fini avec les ténèbres[1]. »

Quarante-huit heures plus tard, ils étaient à l'abri au cœur de la cordillère Trinidad-Sancti Spíritus, prêts à entamer la nouvelle phase de la guerre. Ils se reposèrent un jour ou deux, puis poursuivirent leur chemin afin de s'employer à empêcher la tenue des élections qui devaient avoir lieu le 3 novembre. Rude tâche, en raison du peu de temps dont ils disposaient, également à cause des dissensions qui existaient au sein même du mouvement révolutionnaire – des luttes intestines qui finiraient par coûter cher. Ils attaquèrent les hameaux pour faire obstacle aux réunions qui

1. *Ibid.*

devaient s'y tenir. De leur côté, au nord de la province, les troupes de Camilo Cienfuegos avaient déjà eu raison de cette farce électorale. Tout, depuis le transport des troupes de Batista jusqu'au trafic commercial, était paralysé.

Dans l'Escambray, Ernesto Guevara prit contact avec les dirigeants des différents groupes révolutionnaires opérant dans la région. La rencontre avec le commandant Víctor Bordón, responsable du mouvement du 26-Juillet dans la région, réunissant sous ses ordres deux cent vingt sympathisants de Fidel, réfugiés là après l'échec de la grève d'avril, manqua de chaleur.

Combien y-a-t-il de guérilleros bordonistes avec toi ? demanda le Che, visiblement agacé par le chapeau de cowboy de Bordón.

– Ils appartiennent au 26-Juillet, pas à moi, rétorqua celui-ci, tout aussi agacé.

– Le commandant est à la tête de l'ensemble des forces. Dans la guérilla il ne peut y avoir qu'un commandant, je suis ce commandant, tu seras un des capitaines...

Víctor Bordón blémit, serra les poings, on sentait qu'il aurait volontier tué l'Argentin. Faisant mine de ne rien avoir remarqué, Ernesto Guevara continua sur le même ton :

– Discipline de fer, niveau moral élevé, compréhension parfaite de la tâche à réaliser, sans fanfaronnades, ni illusions trompeuses, ni fausse espérance d'un triomphe facile, lutte à outrance. Ceux qui ne sont pas d'accord peuvent partir immédiatement en laissant leurs armes !

Une quinte de toux l'interrompit, la crise d'asthme menaçait. D'un geste de la main il fit signe que c'était terminé et, courbé, entra sous la tente.

Les hommes de Bordón se regardaient avec stupeur. Une centaine d'entre eux quitta le campement. Les autres restèrent, leur chef avec eux. D'autres maquisards de l'Escambray, Rolando Cubela, Tony Santiago, Mongo González et Faure Chomón, du Directoire révolutionnaire, l'accueillirent avec une certaine condescendance. Une scission intervenue au sein du Directoire ayant donné naissance à un « Second Front de l'Escambray », dirigé par Eloy Gutiérrez Menoyo, hostile à Castro, le Che tint à le voir lui aussi. Enfin, il ne négligea pas Felix Torres qui contrôlait un petit maquis communiste. Non sans mal, le Che parvint à les réunir tous et leur exposa la situation présente, puis le plan des actions à venir. Par une nuit froide, à la lueur des flammes d'un brasero, ces hommes que tant de choses séparaient et auxquels s'était joint Enrique Oltuski, responsable provincial du M-26 pour Las Villas, se retrouvèrent et découvrirent un Guevara à la chemise largement ouverte, aux cheveux hirsutes ; le petit chien aux grandes oreilles qui était étendu à ses pieds répondait au nom de Miguelito. Fumant un énorme cigare, le commandant de la 8e colonne surprit désagréablement, par son allure, les chefs révolutionnaires de l'Escambray. Quoi ? ce n'était donc que ça, ce fameux médecin argentin, le premier à être promu commandant dans la Sierra, et auquel Fidel Castro avait délégué tous les pouvoirs dans la région qu'ils contrôlaient ? Une discussion tendue s'engagea entre ces hommes courageux. Comme souvent, le Che se montra dur et cassant :

– « Tout ça, c'est des conneries ! Vous croyez comme ça qu'on peut faire une révolution dans le dos des Américains ? Les vraies révolutions, il faut les faire dès le début, pour que tout le monde sache à quoi s'en tenir. Il s'agit de se gagner le peuple. Une vraie révolution n'avance pas masquée. »

Le débat se poursuivit durant toute la nuit. À l'aube, épuisés, ils se séparèrent : ils mèneraient la lutte ensemble.

Le Che installa son campement au lieu-dit Caballete de Casa, sur une colline de huit cents mètres d'altitude, entourée de forêts impénétrables, d'où l'on pouvait apercevoir les villes de Sancti Spíritus et Placetas. D'entrée de jeu, il y établit une école d'entraînement à l'intention des nouvelles recrues qui affluaient, nombreuses, des villages environnants mais aussi de plus loin, de Cienfuegos et de La Havane. En quelques jours, des baraquements furent dressés à l'abri des arbres. L'émetteur radio fonctionnait, les vivres étaient régulièrement acheminés, en dépit des difficultés d'accès, les ateliers de sellerie, d'outillage et même de fabrication de cigares tournaient à plein. Léa et l'équipe médicale, qui s'étaient épuisées à soigner les coupures occasionnées par les plantes aquatiques et à apaiser les souffrances des victimes de la *mazamora* ou de la dysenterie, prirent possession d'un baraquement sur lequel elles peignirent une immense croix rouge. Quand tout fut à peu près rangé, Léa s'octroya un bain qui lui sembla le plus agréable de toute sa vie.

De son côté, satisfait de l'aménagement du camp, le Che consentit alors à s'accorder un peu de repos, à se laver et à changer ses vêtements raides de crasse. C'est au cours de cette période de répit qu'il reçut une missive de Fidel Castro :

Si l'on veut l'unité des forces opérant dans cette province, il est logique que le commandement en revienne au commandant le plus ancien, à celui qui a montré les plus grandes capacités militaires et d'organisation, à celui qui suscite le plus d'enthousiasme, le plus de confiance dans le peuple ; et ces qualités, tu les réunis. Je n'accepte aucun autre chef que toi si les forces ne parviennent pas à un accord. Dans le cas contraire, tu dois prendre le commandement de toutes les forces du Mouvement du 26-Juillet et de celles qui s'y uniront spontanément, et poursuivre la réalisation de nos plans stratégiques. C'est un crime contre la Révolution que de fomenter des querelles et des divisions qui n'étaient pas apparues jusqu'à présent sur nos champs de bataille, mais qui ont causé tant de dommages aux guerres de libération du passé. Ceux qui ont du mérite, des capacités et du patriotisme trouveront dans la Révolution plus d'occasions qu'ils n'en pourront saisir de s'élever à la plus grande gloire et d'obtenir les honneurs les plus hauts. L'ennemi est en face : tel est l'unique domaine où puisent leur légitimité toutes les ambitions, toutes les aspirations, tous les rêves de grandeur. Les postes, les honneurs obtenus par nos commandants ne sont pas le produit du favoritisme ou de passe-droits, mais du mérite, de la valeur et du sacrifice. C'est face à l'ennemi que nos hommes continueront à rechercher les grades, la grandeur, le prestige moral, sans y prétendre ni les ambitionner, car les hommes humbles qui sont aujourd'hui les hérauts et les chefs de la Révolution n'y pensaient pas quand ils se sont enrôlés dans nos troupes pourchassées, affamées, faibles et acculées ; ils n'y pensaient pas non plus, ceux qui sont tombés au cours de cette longue marche, consolidant de leur sang et de leur vie chaque victoire de notre Armée qui s'est constituée et organisée sur la base du mérite, du sacrifice et du désintéressement le plus pur. Quand nous avons commencé cette guerre, personne ne croyait qu'on pouvait combattre une armée aussi moderne et puissante. Nous l'avons continuée alors que nous n'étions plus que douze et que personne ne nous prêtait plus le moindre soutien.

Avant de continuer l'avancée, il faut :

1. Que tes hommes récupèrent physiquement ;

2. Que la lutte s'intensifie dans les provinces d'Oriente, de Camagüey, de Las Villas et de Pinar del Río, pour obliger l'ennemi à utiliser au maximum ses forces sur tous les fronts et l'empêcher de concentrer sur toi le gros de ses forces ;

3. Créer des foyers rebelles tout au long de ton parcours ;

4. Étudier et préparer minutieusement tes plans d'avancée, réunir des guides, prendre des contacts préalables et prévoir soigneusement toutes les difficultés que tu pourras rencontrer ;

5. Surtout, cette fois-ci, pour ce qui te reste à parcourir, il faut maintenir rigoureusement le secret. Il faut induire l'ennemi en erreur en lui faisant croire que tu as renoncé à ton projet, et le surprendre complètement.

Si tu as des objections ou des suggestions à faire pour ce qui concerne ces instructions, je suis prêt à les reconsidérer, mais j'espère que tu seras d'accord avec moi.

Je donne l'accolade, avec toute mon admiration et mon affection, aux héroïques soldats de ta colonne.

Le Che rejoignit Camilo qui faisait le siège d'une caserne près de la petite ville de Yaguajay. Léa l'accompagnait. « Il y avait, entre le Che et Camilo, une grande complicité faite d'estime mutuelle et de fraternité profonde, toujours masquée par les plaisanteries de Camilo. Son immuable chapeau de cow-boy vissé sur le crâne, la barbe longue et noire lui allongeant encore le visage, Camilo était un ouvrier de La Havane à la langue bien pendue qui feignait de se moquer de tout et de tous, mais qui avait surtout ébloui le Che par son génie de la guérilla. Dans les moments de vérité, son courage était inouï. Quand il faisait partie de la colonne du Che dans la sierra Maestra, ses amis étaient stupéfaits par son sang-froid lors des embuscades.

Léa retrouva Charles amaigri, mais plein d'entrain.

Les soldats de la caserne encerclée, commandés par le capitaine González, résistaient de leur mieux, mais les rebelles qui investissaient les maisons alentour, passant de toit en toit, traversant les patios, brisant les vitres, leur donnaient bien du fil à retordre. En sautant d'une corniche, le Che tomba dans une cour intérieure ; il se blessa à l'œil droit et au bras. Transporté dans une clinique, on décela une fracture du coude. Il refusa la piqûre antitétanique à cause de son asthme. Puis, pour combattre la douleur, il avala quantité de comprimés d'aspirine.

À deux heures du matin, Guevara entra sans armes dans la caserne, accompagné du curé de Cabaiguán.

– Je suis le Che et c'est moi qui fixe les conditions, parce que c'est moi le vainqueur, répliqua-t-il à l'officier qui le recevait avec hauteur.

Quatre-vingt-dix soldats se rendirent. Sept mitrailleuses de calibre 30, quatre-vingt-cinq fusils et mitraillettes légères ainsi que des munitions furent saisis. Le succès était complet.

Deux heures après cette reddition, le Che et ses insurgés marchèrent sur Placetas, une ville de trente mille habitants, à trente-cinq kilomètres de là, et y pénétrèrent sans coup férir. Ils trouvèrent une garnison totalement démoralisée. Depuis un entrepôt voisin, le Che joignit par téléphone Faure Chomón qui était posté en embuscade à Báez, au sud-est de la ville, pour barrer aussi le passage à l'Armée sur cette route secondaire.

– Quelle est la situation par chez toi ? s'enquit le Che.

– J'ai placé trente hommes en embuscade à la hauteur de Falcón pour le cas où des renforts se rapprocheraient.

– Pas trace de renforts du côté de Santa Clara ?

– Non, aucune.

Le Che se mit à rire.

– Ils ne savent plus où ils en sont !

Tandis qu'une foule en liesse se précipitait dans les rues de Placetas, les cloches des églises carillonnèrent. Les prisonniers furent remis à la Croix-Rouge. Les rebelles venaient de conquérir plus de huit mille kilomètres carrés, et la route de Santa Clara était désormais libre.

Le 27 décembre, les pelotons de la 8e colonne se rassemblèrent vers minuit dans la principale artère de Placetas, tandis que les forces du Directoire se massaient à Manicaragua, à trente kilomètres de Santa Clara.

Ernesto Guevara prit place dans un tout-terrain Toyota rouge. Près de lui, une jeune femme blonde, militante originaire de Santa Clara, lui servait de guide ; elle s'appelait Aleida March. La ville était calme, silencieuse. Cloîtrés dans leurs casernes, les soldats se tenaient sur la défensive. Au matin, l'aviation ennemie bombarda l'agglomération. Une bombe tomba devant la maternité de l'hôpital, détruisant huit maisons. À l'ouest de Santa Clara, les troupes de Bordón attaquèrent un convoi de l'Armée qui transportait des renforts. Par la route de Manicaragua, les hommes du Directoire, sous les ordres de Rolando Cubela, effectuèrent leur entrée dans la ville et assiégèrent aussitôt le casernement du 31e escadron de la Garde rurale. Le peloton de Pacho Fernández pénétra à son tour dans les faubourgs et vint se placer en embuscade, tandis que le gros de la 8e colonne progressait à partir de l'Université, sous le pilonnage de l'aviation. Mais voici que dans un virage de la voie ferrée surgirent les dix-neuf wagons blindés du train envoyé en renfort par Batista. Un feu roulant partait de ses meurtrières. La population, qui était restée longtemps terrée, s'employait à présent à dresser partout des barricades pour ralentir la progression des chars. Les affrontements durèrent toute la journée et firent de nombreuses victimes de part et d'autre.

À l'aide de grenades et de cocktails Molotov, les rebelles se lancèrent à l'assaut du train blindé. Les soldats les accueillirent à coups de mortier. Les deux locomotives firent marche arrière, poussant leurs dix-neuf wagons. Le train s'éloigna à bonne vitesse. Mais, à quatre kilomètres de là, la voie ayant été coupée, il dérailla dans un terrible fracas. Des flammes jaillirent aussitôt des locomotives, gagnant les wagons d'où les militaires bondissaient pour échapper à l'incendie. Beaucoup tombaient au fur et à mesure sous les balles des insoumis. Des wagons renversés, on tira un incroyable arsenal : six bazookas, cinq mortiers de soixante millimètres, quatre mitrailleuses de calibre 30, un canon de vingt millimètres, des mitraillettes légères, des grenades, six cents fusils automatiques, des batteries antiaériennes et près d'un million de balles... C'était un véritable trésor sur lequel on avait mis la main ! Il fut immédiatement réparti entre les différents secteurs de la ville où les affrontements faisaient rage. L'aviation, qui avait un peu plus tôt cessé ses bombardements, les reprit alors de plus belle. De son côté, *Radio-Rebelde* diffusait sans désemparer des informations et des messages en direction des habitants, les exhortant à se joindre aux « combattants de la liberté ».

Les policiers du colonel Rojas se rendirent : ils étaient trois cent quatre-vingt seize, les rebelles cent trente. Le peloton du capitaine Pachungo prit le tribunal malgré la présence des tanks qui étaient censés le protéger, tandis que le gouvernement provincial, défendu par une centaine de soldats, était attaqué sur le devant par les forces d'Alfonso Zayas et sur l'arrière par le peloton d'Alberto Fernández. Armé d'une grenade, le capitaine Pachungo obligea les soldats à se rendre. Cinq avions bombardèrent alors le périmètre du tribunal, mais furent vite mis en fuite par le tir des batteries antiaériennes récupérées à bord du train blindé. La prison tomba à son tour, les détenus politiques furent libérés, cependant que les « droit commun » profitaient de la confusion pour s'évanouir dans la nature. L'un après l'autre, les foyers de résistance loyaliste étaient réduits à néant. On se battait encore devant le *Gran Hotel* où s'étaient réfugiés des membres du SIM[1]. Les policiers y retenaient les clients dont ils se servaient comme boucliers humains. Ils avaient procédé de même à la caserne Leoncio-Vidal et au casernement du 31e escadron.

Après être définitivement venu à bout de la prise de Yaguajay, Camilo Cienfuegos rejoignit avec le gros de sa troupe les insurgés de Santa Clara. Le Che l'aperçut avec soulagement. Les deux amis tombèrent dans les bras l'un de l'autre.

– Tu arrives après la bataille ! le taquina Guevara tout en l'étreignant de plus belle.

– Je voulais t'en laisser toute la gloire ! rétorqua l'autre.

1. Service de renseignement militaire.

Léa avait fait preuve d'un grand courage. En compagnie du Che, elle avait participé à l'attaque du train blindé. Alors que Guevara, en dépit de son bras blessé, lançait ses hommes à l'assaut, elle avait abattu un soldat qui venait de mettre le *comandante* en joue.

– Je te dois la vie, lui souffla-t-il.

– Tu vois que tu as bien fait de m'emmener...

Avec Amado Morales, membre du commando-suicide, elle se glissa sur les toits d'une caserne. *El Vaquerito* voulait l'incendier mais, s'agissant d'une construction tout en maçonnerie, entourée d'une haute enceinte, il était difficile d'y pénétrer et d'y mettre le feu. *El Vaquerito* eut alors une idée magnifique : trouver des réservoirs d'essence et des tuyaux, les assembler, les relier à une pompe, puis arroser les casernements, enfin débrancher la pompe et mettre le feu au tuyau. Malheureusement, ils ne purent réunir tout l'équipement nécessaire et se résolurent à engager l'assaut. Au cours de l'attaque, Mariano Pérez fut blessé. Le Che leva alors les embuscades et concentra toutes ses forces autour de la caserne, tandis que les bombardements continuaient de plus belle. Au terme de durs combats, l'officier commandant le détachement de la base, s'avisant de l'état de ses troupes et du nombre des blessés, ordonna de hisser le drapeau blanc. Le Che entra dans l'enceinte, puis donna pour consigne de porter assistance aux soldats touchés. Peu après, il fit hisser la bannière du 26-Juillet et récupérer les armes abandonnées par les défenseurs de la place. À cette occasion, Roberto Rodríguez fut promu capitaine. Épuisé, ployant sous le poids des cartouchières, des grenades et d'un fusil qui paraissait plus grand que lui, *el Vaquerito*, derrière ses longs cheveux, sa barbe et sa casquette, avait l'air d'un gavroche mal élevé. Zaïla Rodríguez, une jeune métisse, s'était elle aussi battue courageusement. En récompense pour sa bravoure, Ernesto lui fit cadeau d'un Garand et lui déclara :

– Les armes, on les gagne au combat !

Ce jour-là, *el Vaquerito* eut lui aussi la vie sauve grâce au sang-froid de Léa qui s'était jetée sur lui à l'instant précis où un soldat avait fait feu. Elle fut atteinte à l'épaule.

– Ce n'est rien, grinça-t-elle. J'ai déjà été blessée à cet endroit.

Pansée, elle rejoignit le jeune homme qui, les larmes aux yeux, ne savait comment la remercier. Elle le suivit jusque dans les environs de Cabaiguán, une bourgade de seize mille habitants qu'ils envahirent en compagnie des forces du Directoire. Les membres du peloton-suicide y firent du bon travail, prenant un cinéma et un commissariat.

À Caibarién, ils s'attaquèrent à la caserne. *El Vaquerito* s'empara d'un camion de pompiers qu'il fit remplir d'essence et conduire à proximité du bâtiment qu'on aspergea de combustible, au risque de tout faire sauter, les assiégeants compris ! À l'aide d'un porte-voix, il s'adressa alors aux soldats. Un drapeau blanc surgit d'une fenêtre. Le jeune homme s'avança, mais le lieutenant de garde refusa de se rendre, craignant les représailles. Indigné, *el Vaquerito* lui proposa alors un duel au pistolet, hors de la caserne, et lui intima de cesser d'exposer la vie de ses soldats qui ne voulaient plus se battre. L'officier insulta *el Vaquerito* qui lui fit répondre qu'il se sentait trop fatigué pour répliquer et que, tandis que les militaires réfléchissaient, il allait faire une petite sieste... Aussitôt dit, aussitôt fait : il se laissa tomber sur un lit de camp et s'endormit profondément.

Pour le moral des assiégés, ce fut le coup de grâce : ils ne tardèrent pas à se rendre[1].

Le lendemain, le peloton d'*el Vaquerito* occupa la gare. Ensuite, ce fut la conquête de Santa Clara, rue par rue, maison après maison. *El Vaquerito* prenait des risques insensés.

– On n'entend jamais la balle qui va vous tuer, assurait-il en s'esclaffant.

À cinquante mètres du poste de police, sur une terrasse surplombant la rue Garofalo, il prit position en compagnie d'Orlando Beltran et de Leonardo Tamayo. Plus tard, celui-ci devait raconter :

« Nous avions à peine eu le temps de nous abriter quand nous avons aperçu un groupe de six gardes en train de courir au milieu du parc. Nous avons fait feu, mais deux chars qui se trouvaient à proximité dans la rue nous ont tiré dessus au canon de trente. J'ai crié : "Vaquerito, couche-toi, tu vas te faire tuer !" Il n'a pas bougé. Un tout petit peu plus tard, j'ai repris : "Pourquoi tu ne tires plus ?" Il n'a rien répondu. J'ai regardé et j'ai vu qu'il était couvert de sang. Nous l'avons tout de suite emmené au poste médical. Un coup de feu mortel : un tir de M-1 en pleine tête[2]. »

Empruntant un tunnel percé à travers le mur, le Che monta rejoindre les attaquants et tomba sur les deux hommes qui transportaient le cadavre de Roberto Rodríguez. Il eut un geste navré en le découvrant et murmura, en contemplant la face ensanglantée :

1. *Cf.* Paco Ignacio Taibo II, *Che.*
2. *Ibid.*

– Ils m'en ont tué cent...

Aussitôt qu'elle fut prévenue, Léa, avec l'aide d'une vieille femme de Santa Clara, procéda à la toilette mortuaire du jeune capitaine, puis le veilla toute la nuit.

Recru de fatigue, hâve, les cheveux hirsutes et le bras dans le plâtre, le Che ressemblait, dans son uniforme dépenaillé, à un simple et misérable homme de troupe. Seul son regard perçant le désignait comme un chef. Il parcourait la ville, s'informait du nombre des blessés, de l'avancée des troupes rebelles. Dans certains quartiers, on se battait au corps à corps à la lueur des explosions de cocktails Molotov et des flammes des incendies.

Au lendemain de ce triste jour, alors que Léa prenait un peu de repos dans le parc jouxtant l'infirmerie de fortune installée dans une cabane de jardiniers, elle vit arriver un groupe de *Barbudos* ; Charles se trouvait parmi eux. Elle se releva péniblement : elle allait devoir s'occuper du blessé qu'ils lui apportaient.

– Mettez-le là, fit-elle en désignant une civière posée à même le sol. Allez me chercher de l'eau... et trouvez-moi un médecin !

Elle sourit à Charles : il était vivant ! Mais pourquoi pleurait-il ? La fatigue ? Son copain blessé ? Léa se pencha sur la civière.

– Carmen !

Malgré la crasse et le sang qui lui barbouillaient le visage, Léa reconnut la fille du docteur Pineiro, le premier amour de Charles. Avec des gestes doux, elle nettoya le front ; une partie du cuir chevelu avait été arrachée. La plaie était impressionnante, mais ne lui parut pas d'une extrême gravité. Elle écarta la chemise imbibée de sang ; Carmen avait été atteinte en plusieurs endroits.

– C'est une rafale de mitraillette, laissa échapper Charles entre deux sanglots.

Léa appliqua sur les plaies des compresses qui se gorgèrent aussitôt de sang. La jeune fille ouvrit les yeux et promena un regard affolé autour d'elle.

– Je suis là, balbutia Charles en lui prenant la main.

Elle eut un sourire heureux.

– Aide-moi à me lever.

Tous s'entre-regardèrent et des larmes leur vinrent aux yeux. Léa, le cœur serré, lui caressa la joue :

– Ne bouge pas. Tu as été légèrement blessée... On va venir te soigner.

– C'est pour ça que je me sens si fatiguée ?... J'ai froid... Il fait froid, n'est-ce pas ?... Qui est-ce qui pleure ?... C'est toi, Charles ?... Pourquoi pleures-tu ? Ce n'est pas grave, je n'ai même pas mal... Mais... j'ai tellement froid.

Quelqu'un la recouvrit d'une couverture.

– Merci... Il va bientôt faire nuit... J'ai froid... Charles !...

– Carmen !

Un instant incrédule, le jeune homme se jeta sur le corps de son amie en criant. Ses camarades tentèrent de le relever.

– Laissez-le, dit Léa, je vais m'en occuper. Rejoignez votre groupe.

Ils obéirent comme à regret. Après leur départ, Léa ferma les paupières de Carmen. Elle resta longtemps accroupie au pied d'un arbre, les yeux secs, le regard fixe, indifférente au bruit de la mitraille et des combats, n'entendant que les sanglots de cet homme qu'elle avait vu grandir et pour lequel elle avait tant rêvé d'une vie heureuse. Elle se sentait responsable de son chagrin. Sans elle, il eût poursuivi tranquillement ses études à Bordeaux ou à Paris. À Cuba, il avait trouvé l'aventure, un but à sa vie, mais aussi la souffrance et la mort.

Soudain, le Che fut près d'eux.

– Je viens d'apprendre, pour Carmen...

Il posa sa main sur l'épaule de Charles :

– Tu dois retourner combattre, on a besoin de toi.

Charles releva la tête, le visage lavé de larmes. Il posa ses lèvres sur celles de son amante et, sans un mot, se redressa, empoigna le fusil mitrailleur que lui tendait le Che et s'éloigna. Léa bondit pour le retenir, mais Ernesto l'arrêta en l'agrippant brutalement par le bras.

– Laisse-le partir.

– Tu es fou ! Il va se faire tuer !

– Peut-être... mais, pendant les combats, il ne pensera plus à son chagrin.

Léa cessa de se débattre et le dévisagea avec stupeur :

– Tu es un monstre !

Il eut un sourire sans joie.

– La Révolution demande beaucoup de sacrifices...

– Mais, c'est un enfant !

– Non, maintenant, c'est un homme.

Le lendemain, en présence d'une vingtaine de guérilleros et de Charles, Carmen fut portée en terre dans le cimetière de Santa Clara. Durant la courte cérémonie, Léa ne quitta pas des yeux son fils adoptif. Les traits tirés, livide, le jeune homme se tenait droit, l'air absent. Après l'ultime bénédiction du prêtre, il s'en fut sans un regard pour Léa.

Le 1er janvier 1959, les insurgés, tout comme les militaires et le reste de la population, apprirent par la radio la fuite de Batista. À douze heures trente, la bataille de Santa Clara était terminée.

Fidel Castro organisa l'offensive finale en sommant la garnison de Santiago de déposer les armes, puis en ordonnant au Che et à Camilo Cienfuegos de marcher sur La Havane. Consigne était donnée au Che d'enlever la forteresse de La Cabaña, et à Camilo de s'assurer le contrôle de la caserne de Colombia. La grève générale fut décrétée pour quinze heures à Santiago.

À l'aube du 2 janvier, Camilo et le Che partirent en direction de La Havane.

LIVRE QUATORZIÈME

Léa monta dans la Chevrolet vert olive qu'on avait réquisitionnée et où se trouvaient déjà Ernesto, Camilo et la jeune institutrice, Aleida March, qui avait servi de guide au Che pendant la bataille de Santa Clara. À leurs regards, Léa devina qu'ils étaient devenus amants et s'en réjouit en silence.

Sur le chemin, la population leur faisait une haie d'honneur, brandissant des drapeaux cubains et ceux du 26-Juillet. Derrière, à bord d'un autre véhicule, suivaient Charles, Juan Albarón et un Ramón Valdés qui avait été blessé à la jambe, mais, heureusement, sans gravité. Le fils adoptif de Léa avait désormais l'air d'un véritable *Barbudo* avec ses longs cheveux sales et une barbe qui le vieillissait. Le chagrin que la jeune femme avait éprouvé à la mort d'*el Vaquerito* et de Carmen s'était atténué avec ces retrouvailles. À présent, elle avait hâte de se retrouver à La Havane, de se rendre à l'ambassade de France, d'avoir des nouvelles de François et de ses enfants. À part soi, elle rêvait aussi de prendre un bon bain...

Durant leur remontée triomphale, les combattants mangèrent enfin à leur faim et purent dormir dans de vrais lits. Léa ne se lassait pas de laisser couler l'eau des douches sur son corps que Camilo emportait, tout mouillé, pour l'allonger sans ménagement sur quelque couche hospitalière. Quand il contemplait la peau de son ventre et de ses seins que le hâle du visage et des bras rendait plus pâle, et la plaie à peine refermée de sa blessure, il se sentait submergé par une émotion jusque-là inconnue de lui.

– Je t'aime, murmurait-il, les lèvres dans ses cheveux humides.

Elle ne répondait pas, mais le serrait tendrement contre elle.

Camilo les quitta pour rejoindre sa colonne à la tête de laquelle il entra dans La Havane. Tout de suite il se dirigea vers la caserne de Colombia dont il prit possession. Le colonel Ramón Barquin, tout juste libéré de l'île des Pins, lui en tendit les clefs.

– Je pensais les remettre au vainqueur de Santa Clara, avoua le colonel. Vous n'êtes que son second, m'a-t-on dit... Or c'est à lui que revenait Colombia, et non la Cabaña qui n'est qu'une position de second ordre...

– Je suis bien de votre avis, colonel, mais Fidel Castro en a décidé autrement.

De son côté, Ernesto Guevara, après s'être emparé de la Bastille havanaise, eut à résoudre un problème immédiat : Faure Chomón et Rolando Cubela, deux des dirigeants du Directoire qui avaient combattu sous ses ordres à Santa Clara, et auxquels Castro avait refusé l'honneur de se joindre aux colonnes du 26-Juillet qui fondaient sur la capitale, occupaient à présent l'Université et le Palais présidentiel, et refusaient d'en déloger. Camilo émit l'idée de faire donner le canon, mais Ernesto s'y opposa et se rendit au Palais pour parlementer. À la fin, il convainquit

Chomón d'abandonner les deux places. « L'homme qui ne riait jamais » se laissa persuader et se retira, accompagné de Cubela et de leurs partisans.

Fidel pouvait à présent entrer en triomphateur dans La Havane. Il mit huit jours pour gagner la capitale.

Les véhicules de l'Armée rebelle avaient le plus grand mal à se frayer passage parmi la foule en délire. Les gens brandissaient des drapeaux cubains, déployaient des banderoles sur lesquelles on pouvait lire : *« ¡ Viva Fidel ! », « ¡ Viva la Revolución ! »*, slogans repris et répétés à l'infini. Hommes et femmes se précipitaient sur les « Barbus », les étreignaient, leur offraient des fleurs, des cigares, des fruits... Les guérilleros, pour la plupart de jeunes paysans illettrés de l'Oriente, répondaient par de larges sourires. Debout dans un *command-car*, Fidel Castro saluait la multitude, les yeux brillants, le visage radieux. Venu au-devant de lui depuis la capitale, Camilo Cienfuegos, que leurs admirateurs acclamaient autant que Fidel, envoyait des baisers aux filles sans lâcher son cigare. Son chapeau de cow-boy rejeté en arrière découvrait son ample front.

– On dirait des acteurs de cinéma, murmuraient des femmes.

Assise entre Vilma Espín et Celia Sánchez, Léa s'amusait de cette apothéose en comparant pour elle-même l'attitude de Fidel à celle de Camilo. Le premier recevait l'hommage du peuple cubain avec émotion et une certaine componction qui la faisait sourire ; on sentait qu'il s'était investi du pouvoir de diriger ce peuple et qu'il n'abandonnerait à personne ne serait-ce qu'une parcelle de cette autorité. Le second acceptait la ferveur populaire d'un air rigolard, sans trop y croire, mais en la jugeant cependant bonne à prendre. Les jeunes Cubains se retrouvaient davantage dans ce type gouailleur qui paraissait s'ébaudir comme un gosse qui vient de commettre une bonne farce. D'emblée, ils le sentaient proche d'eux, aimant la vie, la plaisanterie, les filles, plus proche que ne leur paraissait cet autre au regard de feu, à la parole envoûtante, capable de les entraîner jusqu'à la mort sans vraiment comprendre pourquoi. Certains le touchaient telle une idole, des mères lui tendaient leur enfant, et lui, paternel, déposait au hasard un baiser sur une joue ou sur un front. D'autres encore se jetaient à terre en criant justice pour la mort d'un époux, d'un fils... Fidel consolait, réconfortait. Bousculés par la liesse populaire, les envoyés spéciaux de la presse internationale accomplissaient leur travail avec grandes difficultés, prenant cliché sur cliché. Se jetant dans les bras des « Barbus », un foulard rouge ou un œillet derrière l'oreille, toutes les jeunes filles réclamaient de se faire photographier en compagnie d'un héros de la Révolution. Les anciens insurgés se laissaient faire, émerveillés comme des gosses devant une montagne de cadeaux.

La caravane, qui avait été immobilisée une énième fois, repartit, ne s'arrêtant plus que pour faire le plein d'essence sans payer : c'était un ordre émanant de Castro en personne, en guise de représailles contre la compagnie pétrolière britannique après que Londres eut accepté de livrer des avions à Batista, ceux-là mêmes qui avaient bombardé les rebelles à Santa Clara. Lentement, au beau milieu d'une foule enfiévrée, le cortège approchait de La Havane. À Matanzas, à cent cinquante kilomètres de la capitale, Léa et ses compagnons s'accordèrent quelques heures de repos, en dépit du vacarme ambiant qui se prolongea toute la nuit.

Il faisait un temps frais et lumineux, en ce matin du 8 janvier. Léa avait pris place dans une jeep en compagnie d'autres jeunes femmes de la Sierra. Toutes portaient des uniformes propres, ornés du brassard du 26-Juillet. Tout au long du chemin, des marchands de souvenirs proposaient leur pacotille : des photos de Fidel prises sous toutes les coutures, en pied, en buste, au milieu de ses « Barbus » ou dans les rochers de la Sierra, sans compter une série infinie d'articles inspirés du thème des héros du jour. Entre mille autres babioles, on y trouvait des gobelets peints à l'effigie des quatre hautes figures de la Révolution : Fidel Castro, Che Guevara, Manuel Urrutia et Camilo Cienfuegos, ou des poupées barbues en uniforme kaki portant le désormais fameux brassard du « 26 ». Léa en acheta deux pour ses filles, mais se refusa à acquérir une nappe décorée en son milieu d'un affreux portrait de Fidel... « Garanti grand teint ! » criaient les marchands. De centaines de postes de radio s'échappaient les nouvelles chansons composées à la gloire de la Révolution : *Sierra Maestra, ¡ Que viva Fidel !, La Revolución de la Juventud, Fidel te llego*, etc., qui saturaient les ondes.

On entra enfin dans les faubourgs de La Havane au son des cloches qui battaient à toute volée au haut des églises. À perte de vue, un océan de bras agitait d'innombrables fanions. Soudain, le cœur de Léa se mit à cogner : il lui semblait entendre... non, ce n'était pas possible ! et cependant... Au fur et à mesure de leur irrésistible avancée, la rumeur se précisait. Elle se tourna vers ses compagnes :

– Vous... vous entendez ?

– Oui, ils chantent *la Marseillaise.*

– Mais pourquoi ?

La plus âgée la considéra avec un air de reproche :

– C'est toi, une Française, qui poses cette question ? Mais *la Marseillaise* est le premier chant de la liberté que nous ayons appris, c'est l'hymne international des révolutionnaires... Normal que nous le chantions aujourd'hui : ne sommes-nous pas libres ? Regarde le peuple autour de nous, il acclame la Révolution : alors, tout naturellement, il entonne *la Marseillaise*, le chant de toutes les révolutions du monde... « Aux armes, citoyens, formez vos bataillons ! Marchons, marchons, qu'un sang impur abreuve nos sillons... », déclama-t-elle à pleins poumons.

Le visage baigné de larmes, serrant alternativement les mains de Violeta et de Celia, loin de son pays qui lui revenait tout à coup si fort, dilatant sa poitrine, Léa reprit de tout son cœur : « ... Allons enfants de la Patrie, le jour de gloire est arrivé... »

Debout dans une jeep qui progressait avec lenteur, le fusil en bandoulière, tenant par la main le petit Fidelito, son fils âgé de dix ans, Castro souriait à la multitude. La fatigue autant que les larmes rougissaient ses yeux. Il tenait à saluer par priorité les *marines* qui, les premiers, s'étaient ralliés à sa cause. Face au fort de la Cabaña, sur le port, tout de blanc vêtus, les *marines* présentèrent les armes au nouveau chef. Descendu de voiture, ému, Fidel serra les mains qui se tendaient. « Ce serait un jeu d'enfant de le descendre », marmonna un correspondant de presse. Les « Barbus » qui assuraient le service d'ordre durent le dégager à coups de crosse. À pied, il eut de la peine à parcourir les trois cents mètres qui le séparaient du Palais du gouvernement où l'attendait le Président Urrutia. Quand les deux hommes parurent au balcon, les acclamations redoublèrent et Fidel étendit les mains au-dessus de la marée humaine qui, peu à peu, fit silence, suspendue aux lèvres de son libérateur :

– « Je vous ai libérés d'un tyran qui opprimait le peuple et martyrisait ceux qui osaient élever la voix contre les abus du régime ! Une grande puissance proche de nous – vous voyez qui je veux dire [la foule hurla de rire] – m'accuse aujourd'hui d'être un agent communiste et, qui plus est, un assassin, pour avoir fait exécuter, en province, des hommes dangereux qui ont été de véritables tueurs à gages de Batista. Vous savez que nos prisons sont pleines de ces policiers qui ont torturé et égorgé vos frères sous l'ancien régime. Ils sont venus se réfugier d'eux-mêmes dans nos prisons, craignant la colère du peuple. Des tribunaux militaires examinent les dossiers de ces criminels dont les procès s'ouvriront dans quelques jours. Mais, je veux que le monde entier sache que c'est vous, le peuple de Cuba, qui décidera de leur sort. Si vous demandez leur grâce, ils seront graciés, car je ne suis pas un assassin. Mercredi prochain, sur cette même place, j'attendrai votre verdict au cours d'un grand meeting populaire. »

– Mort aux assassins ! gronda aussitôt la foule.

À présent, la nuit était tombée. Castro devait se rendre au quartier général de l'Armée, commandé par Camilo Cienfuegos à la forteresse Colombia, et prononcer un discours devant les soldats des forces rebelles, ceux des anciennes troupes de Batista qui s'étaient rendus, ainsi que devant la population civile incitée à se rassembler en masse.

– Toute La Havane est venue t'entendre ! s'écria Camilo à la vue de l'énorme assistance.

Sous les projecteurs, la multitude mouvante faisait l'effet d'une mer avec ses grondements, ses déferlements, son souffle qui semblaient à tout instant sur le point d'emporter la haute et étroite estrade sur laquelle Fidel Castro allait prendre la parole.

– *¡ Viva Fidel !... ¡ Viva Camilo !...*, tonnaient des dizaines de milliers de voix.

Castro répondit enfin :

– « Je crois que nous sommes parvenus à un moment décisif de notre histoire : la tyrannie a été renversée, la joie est partout immense. Et pourtant, il reste beaucoup à faire. Ne nous y trompons pas, ne croyons pas que tout est désormais facile, car il est bien possible que tout, désormais, devienne plus difficile. Le premier devoir de tout révolutionnaire est de dire la vérité : tromper le peuple, l'entretenir dans des illusions fallacieuses aboutirait aux pires conséquences ; c'est pourquoi j'estime qu'il faut le mettre en garde contre un optimisme exagéré. Est-ce que j'ai raison, Camilo ? »

– *¡ Tienes razón, Fidel*[1] *!*

– « Comment l'Armée rebelle-t-elle gagné la guerre ? En disant la vérité. Comment la tyrannie a-t-elle perdu la guerre ? En trompant ses soldats. Lorsque nous éprouvions un revers, nous l'annoncions à *Radio-Rebelde*, nous n'hésitions pas à critiquer les erreurs de n'importe lequel de nos officiers, nous avertissions tous nos compagnons pour qu'il ne leur arrive pas la même chose. Il n'en allait pas ainsi pour l'armée de Batista : des unités distinctes tombaient

1. Tu as raison, Fidel.

dans les mêmes erreurs parce qu'on ne disait pas la vérité aux soldats. C'est pourquoi je veux commencer ou, plus exactement, continuer à user des mêmes principes avec le peuple : lui dire la vérité. *¿ No tengo razón, Camilo*[1] *?* »

– *¡ Tienes razón, Fidel*[2] *!*

– *¡ Si, si ! ¡ Tienes razón, Fidel*[3] *!* reprit la foule à pleine gorge.

S'approchant encore du micro, le prenant en main d'un geste tendre, Castro poursuivit comme en confidence, d'une voix plus basse qui vola dans la nuit, faisant de ses dizaines de milliers d'auditeurs autant de complices attentifs :

– « J'ai une question à poser au peuple : Pourquoi cacher des armes en différents endroits de la capitale ? Pourquoi dissimuler des armes en ce moment même ? Pour quoi faire ?... Des armes à quel usage ? Pour se battre contre qui ? Contre le gouvernement révolutionnaire qui a l'appui du peuple entier ? »

– Non, non !..., répondit l'auditoire.

– « Est-ce que la situation est la même avec le juge Urrutia à la tête de la République qu'avec Batista ? »

– Non ! Non !...

– « Des armes, pourquoi ? Est-ce qu'il y aurait une dictature, ici ? »

– Non !...

– « Est-ce qu'on veut donc se battre contre un gouvernement de liberté qui respecte les droits du peuple ? »

– Non ! Non !...

1. N'ai-je pas raison, Camilo ?
2. Tu as raison, Fidel !
3. Oui, oui ! Tu as raison, Fidel !

– « Des armes, pour quoi faire ? alors qu'il va y avoir des élections dès que possible ?... Cacher des armes, à quelles fins ? Pour faire chanter le Président de la République ?... Des armes, pour quoi faire ?... Eh bien, il faut que je finisse par vous le dire : il y a deux jours, des membres d'une certaine organisation se sont rendus dans une base militaire et ils ont fait main basse sur cinq cents armes légères, six mitrailleuses et quatre-vingt mille projectiles. »

– Allons les chercher ! vociféra le public.

D'une voix plus forte, Castro continua :

– « Un grand pas a été franchi, un pas en avant définitif, semble-t-il ; nous voici dans la capitale, nous voici au camp de Colombia et les forces révolutionnaires semblent victorieuses. Le gouvernement est constitué, reconnu par de nombreux pays du monde entier. Selon toute vraisemblance, la bataille de la paix est gagnée, et pourtant, nous ne devons pas céder à l'optimisme. *¿ No tengo razón, Camilo*[1] *?* »

– *¡ Tienes razón, Fidel*[2] *!*

Depuis quelques instants, un couple de colombes, peut-être affolées par les projecteurs, voletait autour de l'orateur. L'une d'elles se jucha finalement sur son épaule. L'autre hésita, puis se posa auprès de sa compagne sous l'œil rigolard de Camilo. Au spectacle d'un tel prodige, des milliers de Cubains firent le signe de la croix. Par ce signe, Dieu Lui-même montrait qu'Il prenait Fidel sous Sa protection et, avec lui, le peuple cubain. Dans la tradition afro-cubaine, la colombe représente la Vie et Fidel, placé sous la

1. N'ai-je pas raison, Camilo ?
2. Tu as raison, Fidel !

protection du bel oiseau blanc, voyait s'ouvrir devant lui une destinée toute de bonheur et de gloire.

Le jour se levait, Fidel Castro regagna le dernier étage de l'hôtel *Hilton* et Camilo Cienfuegos la maison qu'il occupait à l'intérieur du camp, où l'attendait Léa. La jeune femme avait suivi le discours, retransmis à la télévision.

– Formidable, le coup des colombes ! s'enthousiasma-t-elle.

– N'est-ce pas ?..., répondit-il, laconique, avant d'ajouter : Viens, j'ai envie de faire un tour le long de la mer ; je suis trop excité pour dormir.

Plusieurs véhicules stationnaient devant le bâtiment.

– Donne-moi les clefs de la Cadillac, demanda-t-il au jeune soldat de faction.

– Bien, *comandante*.

La voiture dévala la colline et déboucha en trombe sur le Malecón, au moment où le soleil levant illuminait la baie. Camilo roula à vive allure jusqu'au port, fit demi-tour dans un crissement de pneus, puis repartit à tombeau ouvert en direction de Miramar. Il répéta ce manège plusieurs fois.

– Si nous nous arrêtions pour boire quelque chose ? suggéra Léa d'une voix douce, en posant la main sur son bras.

Camilo tourna la tête vers elle et la regarda comme s'il sortait d'un rêve. Il sourit et, progressivement, ralentit. Il s'arrêta enfin en face de la Cabaña et de la gigantesque statue représentant le Christ. Il aida galamment Léa à descendre. Une légère brise faisait voleter leurs cheveux. Ils marchèrent le long de l'eau en se tenant par la taille ; on aurait dit un couple d'amoureux comme il y en avait tant à

La Havane... Ils allèrent à pied jusqu'au bar *Los Dos Hermanos* dont l'enseigne clignotait dans le petit matin ; l'établissement était ouvert jour et nuit. Léa n'y était pas revenue depuis sa fuite de La Havane.

À cette heure, le café était désert. Ils s'installèrent au comptoir et commandèrent deux cafés.

– J'ai faim, dit Léa, la tête appuyée contre l'épaule de son compagnon.

– J'ai des petits pains au chocolat tout chauds, proposa le barman.

Les petits pains étaient délicieux, ils en dévorèrent plusieurs, les accompagnant de force café.

Le lendemain, Camilo partit pour Pinar del Río et Léa retourna à la villa de Miramar. Un spectacle désolant l'y attendait : la maison avait été mise à sac ; la vaisselle en pièces, les tentures arrachées, les fauteuils éventrés, les meubles brisés attestaient la fureur des policiers, venus en vain perquisitionner. Juan Albarón suivait Léa de pièce en pièce, telle une ombre. Dans l'une des salles de bains, des traces de sang séché, sur le carrelage, les firent frémir. On était toujours sans nouvelles de Mariana : Juan, qui était rentré à La Havane quelques heures avant Léa, avait déjà couru les commissariats. Mais les policiers en déroute, que seul préoccupait leur salut, avaient bien d'autres chats à fouetter... Camilo avait promis d'organiser des recherches et, peu avant son départ, il n'avait pas oublié de donner les instructions nécessaires.

De jeunes volontaires vinrent aider Léa à remettre de l'ordre dans la maison et le téléphone fut rapidement rétabli.

Deux jours après avoir repris possession des lieux, Léa rendit visite à l'ambassadeur de France ; le diplomate l'accueillit avec émotion. Comme elle avait changé ! La jeune et élégante Européenne s'était muée en une guérillera amaigrie et hâlée.

– Que je suis heureux de vous revoir en bonne santé ! Votre mari se fait un sang d'encre et, depuis Alger, nous bombarde de dépêches. Je vais enfin pouvoir lui faire télégraphier que vous êtes saine et sauve.

– Comment va-t-il ?

– Bien, je crois... Vous êtes au courant des événements qui se sont déroulés tant en France qu'en Algérie ?... Ce qui est sûr, c'est qu'il y a participé de manière active. Mais je n'en sais guère plus...

– M'a-t-il écrit ?

– Oui et j'ai là, pour vous, plusieurs lettres ; ma secrétaire va vous les remettre.

Dès qu'elle entra en possession du précieux courrier, Léa quitta précipitamment l'ambassade, oubliant même de remercier S.E. M. Grousset... Arrivée chez elle, elle arracha la première enveloppe :

Mon Amour,

Je suis fou d'angoisse ! Aucune nouvelle de toi, et Grousset ne m'a pas caché son inquiétude. On se bat, paraît-il, dans tout l'Oriente et jusqu'à Santa Clara. As-tu pris part aux combats ? Dès que tu le pourras, donne-moi signe de vie.

Je t'envoie ces quelques lignes d'Alger qui vit dans une confusion totale. De Gaulle a réussi son coup ; et rien de moins démocra-

tique que ce coup-là. Dans son entourage proche, il y a des gens douteux, issus de l'extrême droite ; on ne peut qu'être inquiet pour l'avenir.

Jamais tu ne m'as autant manqué. Dès réception de cette lettre, réponds-moi !

Je t'aime.

François.

La lettre suivante était de sa sœur :

Bien chère Léa,

Où es-tu ? Que deviens-tu ? Tes enfants et moi, nous vivons dans la plus grande anxiété. Camille se réveille maintenant chaque nuit en t'appelant. Quant à Adrien, ses cauchemars l'empêchent de dormir paisiblement. Seule la petite Claire ne donne aucun signe de mélancolie.

Les événements que nous avons connus, en France et en Algérie, ont créé ici un climat de méfiance et d'angoisse. Le retour du général de Gaulle en atténue un peu l'impact, mais la guerre se poursuit au-delà de la Méditerranée et le moral de l'Armée est, paraît-il, très mauvais. Par la presse, nous avons aussi suivi l'évolution de la situation à Cuba. Quand je pense que tu es mêlée à tout cela ! Et peut-être même en danger...

François nous a écrit que Charles se trouvait toujours avec toi, ainsi que son ami Ramón Valdés ; cela me rassure un peu. Je t'en supplie, dès que tu le pourras, reviens ! Montillac sans toi n'est plus Montillac...

Nous t'embrassons tous.

Ta sœur,

Françoise.

À la troisième, elle reconnut l'écriture d'Adrien :

Maman chérie,

Je t'écris au nom de nous trois. Tu nous manques tellement ! Si tu restes longtemps absente, Camille va tomber malade. Oncle Michel et tante Françoise sont très gentils avec nous, ils essaient de nous distraire, mais cela devient de plus en plus difficile. Heureusement, nous avons eu des nouvelles de Papa. Je suis fier qu'il soit avec le général de Gaulle. Mon cousin Pierre et moi, si nous étions grands, nous irions les rejoindre pour faire la guerre et pour que l'Algérie reste française. Papa et oncle Michel ont de grandes discussions là-dessus ; ils ne sont pas d'accord. Je crois que mon oncle est pour l'Algérie française, et que Papa est contre. Et toi, qu'en penses-tu ?

Charles a bien de la chance de se battre auprès de Fidel Castro. A-t-il laissé pousser sa barbe, lui aussi ? On a entendu à la radio que les Barbudos *étaient entrés à La Havane. Est-ce que tu étais avec eux ? Ça devait être formidable ! Vivement que je grandisse pour, moi aussi, faire la guerre ! Camille dit que tout cela, c'est des bêtises et que les hommes feraient mieux de s'occuper de leurs enfants plutôt que de se tirer dessus. Ce sont les filles qui parlent comme ça, parce qu'elles ne connaissent rien aux affaires des hommes. Quand tu seras là, je suis sûr que tu la feras changer d'avis.*

Tous les trois, nous t'embrassons très fort. Tu nous manques beaucoup, reviens vite !

Ton fils qui t'aime.

Adrien.

La dernière avait été oblitérée à Alger :

Ma femme adorée,

De Gaulle vient d'être élu Président de la République avec soixante-huit pour cent des suffrages, et Chaban-Delmas siège à la présidence de l'Assemblée nationale. Les Comités de salut public, nés du 13 mai, ont disparu et le général de Gaulle a lancé un appel aux combattants algériens en leur proposant la paix des braves ; Ferhat Abbas a répondu qu'un cessez-le-feu ne pourrait intervenir qu'après un accord politique. J'ai effectué plusieurs voyages en Algérie avec le Général. C'est Michel Debré qui est chargé de former le premier gouvernement de la Ve *République.*

Ainsi, Castro a finalement triomphé et, avec lui, la Révolution. La presse française a fait de longs comptes rendus, souvent contradictoires, de la fuite de Batista, de la perte de la bataille de Santa Clara par les rebelles, puis de leur victoire, la nuit de la Saint-Sylvestre, enfin de l'entrée dans La Havane de ton amoureux argentin. En revanche, j'ai appris avec déplaisir la fuite de notre « ami » Ventura ! Qu'en est-il de la junte militaire, du général Eulogio Cantillo et du docteur Carlos Pietra, ce membre de la Cour suprême de Cuba qu'on a provisoirement nommé Président de la République en sa qualité de doyen des magistrats ? Mais, aux dernières nouvelles, on nous dit que Fidel Castro récuse ce président-là et souhaite introniser un autre magistrat, Manuel Urrutia, un ancien de Santiago qui fut exilé à Miami. Qu'en est-il ? J'imagine la pagaille, là-bas…

En France, en dépit du retour de De Gaulle, tout est bien morose. Le temps est épouvantable : froid, neige et inondations touchent un peu toutes les régions. Les prix augmentent, ce qui mécontente tout le monde ; on craint des grèves. J'ai passé Noël avec les enfants, un Noël rendu bien triste par ton absence, malgré le bel arbre et la crèche que nous avions faits, les cadeaux et le délicieux réveillon confectionné par ta sœur. Le lendemain, par un beau temps froid, nous nous sommes promenés tous les quatre à travers les vignes. Je leur ai parlé de la petite Léa courant à travers la campagne... Camille me serrait fort la main. « Raconte encore Maman quand elle était petite », me disait-elle. J'ai dû un peu inventer, puisque je ne connais pas tout de ton enfance. Alors, je leur ai dressé le portrait de Léa tel que je le voyais, j'ai dit ton courage, ton rire, ta joie de vivre, ton mauvais caractère aussi – ce à quoi Camille ne voulait pas croire... –, et tes bêtises, enfin, qui ont fait la joie d'Adrien et l'ont d'ailleurs décidé à écrire Les Aventures de Léa *sous la forme d'une bande dessinée. J'avais déjà remarqué la qualité de ses dessins, mais, cette fois, il a accompli d'extraordinaires progrès. « Nous en ferons peut-être un artiste », dit ta sœur avec, dans la voix, un accent de réprobation...*

La phrase fit sourire Léa qui se figurait fort bien la moue de sa sœur à l'idée d'une telle éventualité : « Un artiste dans la famille ! Un peintre ! Et pourquoi pas un comédien ? ! Passe encore quand on est Picasso... » Pourtant, il semblait qu'Adrien fût véritablement né avec un crayon entre les doigts. Très petit, il dessinait des chevaux, des avions, des cow-boys avec une surprenante maîtrise. Il avait réalisé des portraits de ses sœurs et de ses parents que Léa conservait précieusement. Songeuse, elle reprit sa lecture :

... Quant à moi, il m'est difficile de te raconter ce qu'a été ma vie depuis mon départ de La Havane, trop de choses devant encore demeurer secrètes. Malgré tout, je ne pense pas être doué pour la politique ; je manque à la fois d'hypocrisie et d'ambition person-

nelle. Et puis, je ne suis pas un tueur, à l'instar de mes compagnons de l'Antenne – hormis Pouget, qui est un pur et que l'on a poussé à l'écart.

J'ai su par l'ambassadeur de France à La Havane que Ramón et Charles se trouvaient avec toi, ce qui m'a quelque peu rassuré. J'attends toujours de tes nouvelles avec une impatience que tu devines. Loin de toi, je mesure mieux l'importance que tu as dans ma vie. J'ai hâte de te serrer à nouveau dans mes bras et de te redire mon amour. Écris-moi pour me dire que tu m'aimes, toi aussi, et que tu es en bonne santé.

Ton vieil époux solitaire,

François.

Léa s'installa à sa table pour lui répondre sur-le-champ :

Mon cher vieux mari,

Pour moi aussi, la vie sans toi n'a plus de sens. C'est comme si j'étais amputée d'une part essentielle de moi-même.

Je suis revenue à La Havane dans le cortège de Fidel et de ses « Barbus » en compagnie de Charles et de Ramón qui, tous deux, se portent très bien. Ma vie, ces derniers mois, a été celle d'une maquisarde, avec ses peurs, ses joies, ses blessures, son exaltation et son ennui. J'ai participé à la bataille de Santa Clara aux côtés du Che et d'un jeune garçon courageux qui a trouvé la mort sous mes yeux. Il s'appelait el Vaquerito *et je ne pourrai jamais l'oublier. L'amie de Charles, Carmen Pineiro, a elle aussi été tuée ; je n'ai pas besoin de t'en dire davantage.*

Dès que ce sera possible, je viendrai te rejoindre avec Charles.

Mais, avant ce départ, il y aura pas mal de choses à régler ici. À mon retour, j'ai trouvé la maison saccagée et des indices suspects qui me font redouter que Maríana – la jeune femme que j'avais engagée pour s'occuper de la villa et dont je n'ai pu obtenir la moindre nouvelle – n'ait connu un sort funeste. L'un des chefs de la Révolution met pourtant tout en œuvre pour retrouver sa trace, mais je crains que ce ne soit en vain. Juan, son mari qui m'avait accompagné dans la Sierra, erre comme une âme en peine à travers la ville.

Charles, lui, est devenu un parfait guérillero que Fidel en personne a félicité pour sa bravoure au combat. Les jours que j'ai passés avec ces gens me les ont rendus chers à jamais. L'idéal révolutionnaire est une bien noble chose, et j'espère que Cuba réussira là où tant d'autres nations ont échoué.

Pendant les longues marches, les nuits sans sommeil et les heures d'inaction forcée, j'ai eu le temps de réfléchir à ce qui m'est essentiel ; à savoir : toi et les enfants – Charles y compris, bien entendu. J'arrive aujourd'hui à un âge où je dois prendre conscience de ce qui est important et de ce qui l'est moins. J'ai eu la chance, ou la malchance, de vivre mon adolescence dans une époque troublée, qui imposait de faire des choix. Je crois que ceux que j'ai faits n'étaient pas tout à fait mauvais ; en tout cas, je ne les regrette pas. Même cette triste équipée d'Argentine, avec Sarah, m'a permis de mieux comprendre certaines des terribles réalités de cette vie. Quant à l'épopée indochinoise, elle m'a ouvert les yeux sur les injustices commises par nos compatriotes dans ces pays qu'ils n'ont su qu'exploiter sans les comprendre. Ici, maintenant, j'ai vu tout un peuple se lever pour recouvrer sa liberté et son honneur. Je suppose que si je me trouvais en Algérie, j'apprendrais encore de nouvelles choses et que je me sentirais plus proche des Algériens que des Européens...

J'ai lu le livre que tu m'as envoyé, la Question, *et je l'ai prêté à Fidel, puis au Che. Tous deux sont sortis bouleversés de cette lecture, manifestant la plus grande difficulté à croire que des Français aient pu se rendre coupables d'une pareille barbarie. Charles aussi l'a lu et la seule phrase qu'il m'ait dite après m'avoir restitué le livre d'Alleg a été : « Si j'étais en France, je rejoindrais le FLN. » Sont-ils nombreux, les jeunes Français à penser comme lui ?*

Tu ne sembles pas ravi de l'arrivée de De Gaulle au pouvoir. Pourtant, tu y as contribué et parfois en marge de la légalité, si j'ai bien compris...

Je suis heureuse que tu aies pu passer les fêtes de Noël avec les enfants. Ici, nous avons oublié de le célébrer et j'ai même passé la nuit du 24 au 25 décembre dans un camion ! J'espère ardemment que, l'année prochaine, nous serons tous réunis pour l'occasion.

Tu me manques... tu me manques ! J'ai grande hâte de te revoir.

Je t'aime,

Léa.

Rêveuse, elle laissait errer son regard au-delà du jardin, mais sans voir la mer... Son cœur se serra quand elle songea qu'elle allait devoir quitter ce pays pour lequel elle éprouvait désormais une si vive tendresse. La sonnerie du téléphone l'arracha à ses pensées.

– Allô ?... C'est moi, Camilo. Je m'ennuie sans toi... Viens me rejoindre !

Il l'appelait à l'instant précis où elle venait d'éprouver l'envie de l'entendre... Camilo représentait pour elle ce que Cuba avait produit de plus beau, de plus proche d'un idéal humain. Il se montrait à la fois drôle et tendre, courageux et indolent, goûtant la musique, aimant les femmes... qui le lui rendaient bien ! Avec lui, Léa se sentait d'emblée en sécurité, tout en se trouvant confortée dans sa féminité. Si elle n'avait aimé si totalement François, elle eût follement aimé Camilo.

– Allô, Léa ?... Tu m'entends ?... Viens, je te dis...

– Mais où es-tu ?

– Je repars pour l'île des Pins... Je sais qu'un bateau largue les amarres cet après-midi : prends-le. J'ai tellement envie de toi...

– Moi aussi, souffla Léa. J'arrive !

– Merci, ma femme adorée !

« Ma femme adorée... » Comme il avait dit cela ! Elle réalisa tout à coup qu'elle se devait maintenant de faire le point et de ne pas le laisser s'embarquer vers un avenir impossible.

Elle reprit son stylo pour répondre successivement à Adrien et à sa sœur :

Mon grand,

Ta lettre m'a fait un immense plaisir. Je vois avec fierté que tu t'occupes beaucoup de Camille. C'est très bien, mais dites-vous tous les deux que je serai bientôt près de vous.

Charles a énormément changé, et pas seulement à cause de sa grosse barbe – tu auras du mal à le reconnaître. Nous nous trouvions ensemble auprès de Fidel Castro et de l'ami de ton père, Ramón Valdés. Tu diras à Camille que beaucoup de femmes ont combattu avec autant de courage que les hommes.

Tu ne me parles pas de l'école : j'espère que tu ne profites pas de notre absence pour ne pas travailler... Papa m'a écrit que tu voulais faire une bande dessinée, quelle bonne idée ! Moi aussi, j'adore les bandes dessinées ; je t'en rapporterai d'ailleurs une qui raconte l'histoire de Fidel et de ses Barbudos.

Tu as dû beaucoup grandir et je vais également avoir du mal à te reconnaître. Mais, quoi qu'il en soit, tu resteras toujours mon petit *garçon. La petite Claire doit avoir beaucoup changé, elle aussi ; tu ne me dis rien d'elle. Parle-lui souvent de moi et de Papa pour qu'elle ne nous oublie pas.*

Votre père m'a appris que vous aviez passé Noël tous ensemble et que vous aviez été très gâtés. Comme je vous envie, tous les quatre ! Mais je vous promets que ce sera notre dernier Noël séparés les uns des autres.

Embrasse fort pour moi tes sœurs, ton oncle et ta tante, et garde pour toi mes meilleurs baisers.

Ta mère qui t'aime.

Ma bien chère sœur,

Cela a été pour moi un grand réconfort que de recevoir cette lettre de toi qui me donnait tant de bonnes nouvelles des enfants et de vous deux. Heureusement que tu t'es muée pour eux en une seconde mère qui, j'en suis sûre, sait apaiser leurs angoisses. Je ne te remercierai jamais assez de tout ce que tu fais pour eux.

Te retracer ce qu'a été ma vie durant ces derniers mois équivaudrait à écrire un roman d'aventures qui te paraîtraient bien souvent invraisemblables. Mais je te le raconterai plutôt de vive voix, ce qui, d'ailleurs, ne saurait plus trop tarder : je rembarquerai pour la France dès que j'aurai réglé nos affaires ici et restitué la maison en bon état.

Cuba libre !

Dans ta lettre, tu ne me parles presque pas de Montillac : les vendanges ont-elles été bonnes et comment se présente l'année 59 ? François me dit qu'il y a eu des inondations dans toute la France. Par bonheur, Montillac se trouve à l'abri de ce fléau. Tu ne me dis pas non plus comment se portent ton mari et tes enfants. Et toi, ma petite sœur, comment vas-tu ? Toutes ces charges qui pèsent sur toi ne te sont-elles pas trop lourdes ? As-tu seulement le temps de penser un peu à toi, de courir parfois les boutiques de Bordeaux ou même de Paris ?...

Dès que je connaîtrai la date de mon retour, je vous préviendrai. En attendant cet heureux moment, prends bien soin de toi et de tous nos petits.

Je vous embrasse tous.

Ta sœur qui t'aime,

Léa.

Léa inscrivit les différentes adresses sur les enveloppes, les cacheta et chercha des timbres dans son secrétaire.

LIVRE QUINZIÈME

Le bateau qui la conduisait à l'île des Pins était bondé de jeunes gens barbus portant l'uniforme vert olive. Les rires et les plaisanteries allaient bon train. Beaucoup lançaient à Léa des regards énamourés, sans toutefois oser lui adresser la parole. Au débarcadère, Camilo, entouré de sa garde, son éternel chapeau rejeté en arrière, l'attendait. À peine la passerelle eut-elle été posée qu'il grimpa à bord et la prit dans ses bras sous les vivats des jeunes soldats. Il les salua de la main tout en maintenant Léa contre lui.

Le port de Nueva Gerona grouillait de monde. Marchands de souvenirs de la Révolution, vendeurs de café, gamins dépenaillés, jolies filles, militaires et curieux s'y pressaient. Tous deux prirent place dans une jeep que conduisit Camilo. Ils longèrent la Playa Bibijagua, longue grève de sable volcanique noir en bordure de laquelle émergeaient les cinq bâtiments circulaires du Presidio Modelo où Fidel Castro avait été incarcéré plusieurs mois durant après l'attaque de la caserne de la Moncada. Ils roulèrent encore jusqu'à la deuxième ville de l'île, La Fe, aux rues bordées d'arbres. Par un large portail, ils pénétrèrent dans le jardin d'une ravissante maison de style colonial. Sous la véranda qui l'entourait, des soldats se prélassaient dans des rocking-chairs. Ils se levèrent à l'arrivée de la jeep. Camilo sauta au bas du véhicule qu'il contourna pour aider Léa à descendre. Une jeune femme noire s'approcha, portant sur un plateau des verres remplis d'une boisson ambrée. Camilo en prit un et le tendit à sa compagne.

– Bienvenue, mon amour, et à ta santé !

Léa leva son verre de bon cœur et goûta au délicieux mélange.

– Hum... c'est très fort ! Qu'est-ce que c'est ?

– C'est un cocktail de ma préparation... Même Papa Hemingway en redemanderait, n'est-ce pas ?... Viens, maintenant, je vais te montrer la maison.

Il prit deux autres verres et gravit le perron, suivi de Léa. La demeure était spacieuse et fraîche, pourvue d'un mobilier sombre, assez ancien. Il poussa la porte d'une vaste chambre au beau milieu de laquelle trônait un monumental lit à baldaquin.

– Tu seras là comme une reine, déclara-t-il en posant les verres sur une tablette de marbre. J'ai réquisitionné cette maison pour toi... Elle te plaît ? ajouta-t-il en jetant son chapeau sur le lit.

– Beaucoup... Ah, non !

– Qu'est-ce qu'il y a ?

– On ne met pas son chapeau sur un lit, ça porte malheur ! précisa-t-elle en retirant le couvre-chef.

Elle le déposa sur une chaise. Il éclata de rire, puis tenta de la faire basculer sur la courtepointe immaculée.

– Je ne te savais pas à ce point superstitieuse...

– Ça dépend ! fit-elle, mystérieuse, en lui échappant.

Dehors, des musiciens jouaient en sourdine un boléro mélancolique et lancinant. Camilo l'enlaça. Ils dansèrent quelques instants, étroitement pressés l'un contre l'autre. Doucement, il la renversa sur le lit, puis, tout aussi posément, la dévêtit. Il demeura longtemps à contempler le corps nu qu'il caressait en même temps d'une main attentive. Jamais il n'avait imaginé connaître une telle femme ni, surtout, désiré la garder auprès de lui. Le plaisir qu'elle lui offrait n'était rien auprès du bonheur qu'il éprouvait au spectacle du sien. Ses cris, ses soupirs dans la jouissance le rendaient fou de joie et de reconnaissance. Elle s'abandonnait dans ses bras comme aucune femme, avant elle, ne l'avait fait, avec un naturel, une impudeur dont même les Cubaines ne témoignaient pas. Il avait vite avoué son amour pour elle au Che, son rude compagnon au combat, mais aussi son meilleur ami. Celui-ci lui avait tout de suite rappelé que Léa était une femme mariée, mère de plusieurs enfants, et qu'elle retournerait tôt ou tard dans son pays.

– Elle peut divorcer... Toi, tu divorces bien de ta Péruvienne pour épouser Aleida March !

– Ce n'est pas tout à fait la même chose : Aleida est cubaine.

– Léa, en m'épousant, le deviendra.

– Camilo, je connais cette femme, je sais qu'elle est merveilleuse... mais tu commettrais l'erreur de ta vie en l'épousant. C'est une Française orgueilleuse et gâtée... Elle a aussi beaucoup souffert...

– Justement !

– Justement quoi ? Ne sois pas idiot, elle n'abandonnera jamais ses enfants... Tu l'as bien vue, avec son fils adoptif : elle est venue jusque dans la Sierra pour veiller sur lui. Enfin, elle est très éprise de son mari.

– Je n'ai pas cette impression quand elle est dans mes bras...

– Léa est une femme sensuelle qui aime l'amour et ne sait pas rester longtemps chaste...

– Je suis sûr qu'elle m'aime !

– À sa façon...

– Tu dis ça parce que tu es jaloux.

Ernesto Guevara avait regardé son ami d'un air ébahi, avant d'éclater de rire :

– Crois-moi, Camilo, ce n'est ni une femme pour moi, ni une femme pour toi.

– Tu as pourtant été son amant...

– C'est vrai, et c'est l'un des plus beaux souvenirs de ma vie... Pourtant, dès ce moment-là, j'ai toujours su que je la perdrais...

– Avoue que tu as été troublé quand tu l'as revue dans la montagne, avec son petit baluchon.

– Oui, et j'ai eu un désir fou de la prendre dans mes bras... Le souvenir des moments passés autrefois auprès d'elle m'est alors brusquement revenu. Pendant un bref instant, la tentation de tout plaquer là et de partir avec elle m'a traversé l'esprit... mais ce n'était ni raisonnable, ni réaliste.

– Parce que tu penses que ce que nous avons fait depuis tant de longs mois était raisonnable et réaliste ?

Le Che n'avait pas répondu. Il avait rallumé son cigare. Les deux hommes étaient restés longtemps silencieux, fumant, égarés dans des pensées divergentes mais habitées par une même femme prénommée Léa...

La nuit était tombée lorsqu'elle se dégagea des bras de son amant endormi. Devant le miroir de la salle de bains, elle contempla son visage aux lèvres gonflées qui portait encore les marques du plaisir. Elle souleva ses seins aux pointes meurtries par les morsures, et sourit à son reflet. Combien de fois s'était-elle ainsi contemplée dans une glace après l'amour ? Elle aimait ces meurtrissures sur son corps, ces odeurs qui s'échappaient de son ventre, cette liqueur qui coulait doucement le long de ses cuisses.

– François..., murmura-t-elle.

Elle frissonna en entendant le son de sa propre voix. Pourquoi, chaque fois qu'elle s'était fougueusement abandonnée aux bras d'un autre homme, repensait-elle toujours à lui, François ? Absent, il se faisait plus présent encore, et les sexes qui l'avaient pénétrée toujours l'avaient menée, par-delà l'espace qui les séparait, à se réunir à lui. François seul comptait ; les autres n'avaient été là que pour l'aider à rendre ses absences moins pénibles. À travers eux, c'est avec lui qu'elle faisait l'amour, et ses amants n'avaient en somme jamais constitué que des instruments de plaisir nécessaires à sa survie. Jamais, ou presque... N'éprouvait-elle pas pour Camilo un sentiment voisin de l'amour ? Ne savait-elle pas qu'elle ne le quitterait qu'avec regret, un lourd chagrin au cœur ? En acceptant de rejoindre Camilo sur l'île des Pins, elle s'était cependant promis de lui annoncer son prochain départ pour la France. Mais, pour l'heure, elle n'avait pas encore osé abîmer le bonheur de son amant.

Soudain, le visage du Cubain s'encadra dans le miroir au côté du sien. Ils se contemplèrent complaisamment ; le regard de Camilo disait tout son attachement ; celui de Léa, sa tendre complicité.

– Je veux que tu deviennes ma femme, lui murmura-t-il dans le cou.

Léa ferma les yeux en souriant et s'abandonna contre son torse nu.

– Dis oui, ajouta-t-il en chuchotant.

Le tumulte de son cœur lui semblait emplir la pièce. Elle recula encore devant le mal qu'elle allait lui faire. Il la souleva alors et la porta jusqu'à leur lit. Elle se débattit, ce n'était plus le moment, elle devait lui parler, mais les lèvres de Camilo fermèrent les siennes. Les mains de l'homme malmenaient ses seins et son sexe la pénétra avec force. Alors, une nouvelle fois, elle se laissa faire...

Longtemps ils restèrent immobiles, couverts de sueur, reclus dans les bras l'un de l'autre.

– Ma femme..., souffla-t-il.

– Non ! s'écria Léa en se dégageant presque brutalement.

Surpris, il se redressa à son tour.

– Non, répéta-t-elle plus doucement, je ne suis pas ta femme. Les circonstances m'ont séparée de l'homme que j'aime, mais je suis venue te dire que je pars pour le rejoindre.

– Tu... tu ne peux pas faire ça !... Tu es ma femme..., balbutia-t-il.

– Non, Camilo, je suis celle d'un autre, et tu le sais, tu l'as toujours su. Je ne suis que ta maîtresse.

– Je ne te laisserai pas partir !

– Il le faut, pourtant. Ici, je ne serais qu'un obstacle pour toi. Tu te dois à la Révolution, ton pays a besoin de toi, Fidel et le Che aussi. Tu as encore de grandes choses à accomplir pour le peuple cubain.

– Pourquoi m'as-tu fait croire que tu m'aimais ? s'emporta-t-il en lui saisissant brutalement la taille.

– Tu me fais mal !... Je n'ai rien voulu te faire croire. J'aime être dans tes bras et, auprès de toi, je n'ai plus peur, j'oublie un peu que je suis loin, si loin de mes enfants...

Il resserra son étreinte.

– Je t'en prie, poursuivit Léa, ne gâche pas les derniers instants que nous passons ensemble. Je veux emporter le souvenir de ton rire, de ta joie, de tes caresses, de ton courage. Je veux pouvoir te revoir dans les rues de La Havane, triomphant, heureux comme un gamin. Je veux que tu demeures libre pour l'énorme tâche qui t'attend encore. Une vie magnifique s'ouvre aujourd'hui à toi...

– Pas sans toi !

– Il le faut, Camilo, tu le sais. Demande à Ernesto ce qu'il en pense...

– Le Che ne pense qu'au succès de la Révolution et fait toujours passer ses préoccupations sentimentales au second plan. S'il le jugeait nécessaire, il abandonnerait sur-le-champ femme et enfants pour s'en aller combattre les ennemis de la Révolution n'importe où dans le monde... Moi, je me bats d'abord pour le peuple cubain, pour qu'il n'ait plus faim, qu'il ne soit plus exploité par des politiciens avides à la solde des États-Unis, je me bats pour que, quelle que soit la couleur de leur peau, les enfants de ce pays aillent à l'école, pour que les femmes trouvent leur place dans la société et ne se voient plus cantonnées aux travaux subalternes dans des logements de misère... J'ai si souvent vu ma mère ravauder nos pauvres vêtements à la lueur d'une bougie, j'ai si longtemps dormi avec mes frères dans un coin sombre de l'unique pièce que nous habitions... Je la regardais, pâle et fatiguée, pousser par moments un désespérant soupir quand ses yeux se tournaient vers nous. Dans ces moments-là, je me jurais qu'un jour elle vivrait dans une grande maison pleine de lumière où nous aurions chacun notre chambre... Cela te fait sourire ?... Ce que je te raconte doit te sembler si exotique ! Que sais-tu des pauvres immigrés espagnols qui, un jour, ont quitté leur pays, taraudés par une misère si grande que les frères d'une même famille portaient à tour de rôle l'unique paire de chaussures de la maisonnée, que des femmes accouchaient dans le renfoncement des portes, que l'on abandonnait des enfants en bas âge devant quelque riche demeure dans l'espoir qu'ils seraient recueillis par les propriétaires, que des filles se prostituaient en cachette afin de nourrir leurs petits frères ?... Mes parents, avant de débarquer à Cuba, ont connu tout cela, et cette île constituait leur seul espoir, leur seul refuge. Alors ils se sont pris à l'aimer et, quand nous sommes nés, Osmany, Humberto et moi, nous avions une patrie au nom de laquelle nous étions prêts à mourir... Mon père était un anarchiste mais il aimait l'ordre, il participait à de nombreuses réunions politiques, ce qui lui valut parfois des ennuis avec la police. Mais c'était un homme honnête, sincère, qui allait au bout de ses convictions...

Camilo donnait libre cours à ses souvenirs, et Léa, émue, admirait son visage qui trahissait si explicitement l'émotion qu'il éprouvait à l'évocation de ses parents. Elle se souvint de la visite qu'ils avaient rendue à leur fils après la chute de Santa Clara. Ils avaient posé, l'air gauche, le fusil à la main, auprès de Camilo au volant d'une jeep. Plus tard, toujours affublés de ces fusils dont ils ne savaient que faire, on leur avait tiré le portrait parmi tout un groupe de *Barbudos*. Quand ils étaient repartis pour La Havane, les yeux de Camilo s'étaient emplis de larmes...

– Je t'en supplie, reste !

– Non, répéta-t-elle d'une voix qu'elle avait faite douce et ferme à la fois.

Elle se libéra délicatement de son étreinte. Jamais elle n'avait dû faire une chose aussi difficile : rompre avec un homme qu'elle aimait tendrement. Il lui semblait qu'un grand froid s'abattait sur eux. Doucement, elle referma la porte de la salle de bains.

Longtemps elle laissa couler l'eau sur son corps dont la moindre parcelle se rappelait encore les caresses de son amant. Quand, enfin, elle rentra dans leur chambre, elle était vide : Camilo l'avait quittée. Une profonde lassitude s'abattit sur elle, aussitôt suivie par une de ces tristesses qui vous serrent si cruellement le cœur.

– Camilo..., murmura-t-elle.

On frappa.

– Oui ! cria-t-elle presque.

Une jeune femme poussa la porte et Léa, inconsciemment déçue, referma le peignoir d'éponge sur sa poitrine.

– Le *comandante* Camilo nous a annoncé que vous souhaitiez prendre le prochain bateau qui va faire route vers Batabano ; il partira dans trois heures. Vous avez juste le temps de vous préparer. Avez-vous besoin d'aide ?

– Non, je vous remercie... Où est le *comandante* ?

– Il vient de repartir pour La Havane à bord de son Cessnas.

Au débarcadère, une voiture arborant le fanion du 26-Juillet l'attendait. Malgré le mauvais temps, ils furent à La Havane rapidement. Devant la villa de Miramar, le chauffeur lui tendit sa valise, s'inclina et repartit sans un mot.

Depuis les fenêtres grandes ouvertes lui parvenaient les bribes d'une conversation animée. Dans le grand salon violemment éclairé, trois *Barbudos* marchaient de long en large.

– Charles !... Ramón !... Alfredo !...

Elle courut vers eux et Charles, le premier, la saisit entre ses bras.

– Quel plaisir de vous retrouver tous les trois !... Comment avez-vous appris mon retour ?

– « On » nous a prévenus..., fit mystérieusement Alfredo.

L'élégant travesti avait maintenant fait place à un véritable *Barbudo* et sa barbe était presque aussi fournie que celle de Camilo. Celles de Charles et de Ramón n'étaient pas moins florissantes...

Après les avoir presque furieusement embrassés tous les trois, Léa accepta le verre que lui proposait Alfredo.

– Toujours ton fameux cocktail ?

– Toujours... mais un peu amélioré. À notre santé et à celle du Che qui vient de recevoir la nationalité cubaine !

– À la santé d'Ernesto et à la nôtre !... Ouh !... En effet, tu l'as diablement amélioré. Avec de l'alcool à quatre-vingt-dix, je suppose ?... Hum, c'est fort, mais c'est bon... De quoi parliez-vous, à mon arrivée ?

– De votre retour en France, à Charles et à toi, répondit Ramón.

– Et c'est cela qui vous faisait crier ?

– Charles prétend que sa place est désormais ici et qu'il ne rembarquera pas, compléta Alfredo.

Léa regarda son fils adoptif avec tendresse. Son engagement dans la guérilla, les combats et la mort de Carmen l'avaient mûri. Le jeune homme grandi trop vite était à présent bien loin, aussi loin que le jeune étudiant fraîchement arrivé d'Europe. Aujourd'hui, c'était un homme qui avait déjà souffert. Elle s'approcha de lui.

– Je sais ce que tu ressens et je le comprends. Je ne t'obligerai pas à revenir avec moi. Si tu crois sincèrement que ta vie est ici, reste. Mais je te demande de réfléchir encore. Ce que tu as connu est terminé. À présent vont se mettre en place une administration, une police et une société dont tu ne feras pas partie. Les Cubains, à juste titre, veulent construire seuls leur nouvelle existence et leur avenir. Autant la guérilla a su t'ouvrir ses rangs, autant ce nouveau gouvernement ne te réservera pas de place. Sache-le.

Un verre suspendu à mi-chemin de ses lèvres, Charles fixait le sol, l'air subitement maussade.

– Ta mère a raison, Charles. Et tu le sais aussi bien qu'elle, renchérit Ramón.

– Vous... vous vous êtes donné le mot ? Mais vous aussi, Ramón, vous étiez étranger à ce pays...

– Pas vraiment, Charles. La culture cubaine est très imprégnée de culture hispanique et chez la plupart des Cubains scintille une petite flamme castillane. Quant à moi, tu sais, je n'ai guère eu le choix : c'était l'exil à Cuba ou les prisons de Franco... Rentre en France, mon garçon, finis tes études et reviens si tu penses toujours que tu peux être utile à ce pays. En faisant ce choix, tu feras preuve non seulement d'intelligence, mais d'un véritable sens des réalités de ce monde.

– Toi aussi, Alfredo, tu es de leur avis ? s'enquit le jeune homme.

– Tu vas me manquer, gamin, mais, en effet, je crois qu'il vaut mieux que tu partes. Garde plutôt le souvenir des heures intenses que tu as vécues ici, ce seront sans doute les plus pures de ta vie. Tu auras connu les combats, la faim, les souffrances et la mort, mais aussi la solidarité, l'amitié, la fidélité à un idéal. Les hommes et les femmes qui ont été tes compagnons ont su donner le meilleur d'eux-mêmes, avec leur jeunesse et leur sincérité, pour une noble cause. Ils ont remporté une grande victoire sur ceux qui les opprimaient et ils vont maintenant être confrontés aux réalités du pouvoir. Certains y sont préparés, d'autres non. L'avenir de la Révolution va se jouer dans les mois, voire les semaines qui viennent. Fidel en a pleinement conscience, mais, autour de lui, l'a-t-on assez compris ? Je redoute les ambitions et les jalousies qui commencent à se faire jour, les aspirations aux prébendes ou aux vengeances. L'unité révolutionnaire résistera-t-elle à la pression des partis ? Le Parti communiste prend une importance grandissante ; Raúl et le Che feront tout pour amener Fidel à partager leurs vues. Des gens comme moi ont tout à craindre du puritanisme des communistes ; on n'aime guère les pédés, à Moscou...

– Mais Cuba n'est pas l'Union soviétique ! s'exclama Charles.

– Non, mais peut le devenir...

– Je vois mal les Cubains se convertir à ce que tu appelles le « puritanisme soviétique » ! protesta à son tour Léa.

– Oh ! il y aura des aménagements, bien sûr, du moins dans les premiers temps ; ce sera un communisme à la sauce caraïbe... Mais crois-moi, Charles, pars avant d'être déçu. Conserve le souvenir du bonheur d'un peuple qui vient de secouer son joug, celui des larmes de joie qui coulaient sur les joues de vieux nègres aux mains et au corps déformés par le travail dans les plantations de cannes, celui du baiser des filles échappant à la prostitution, celui de la reconnaissance des mères, de la gaieté qui s'est emparée des enfants aux premiers rires de leurs parents...

– Je te trouve bien pessimiste, mon fils, l'interrompit Ramón. Contrairement à toi, je suis convaincu que Fidel, Raúl, le Che et Camilo se feront les garants des acquis de la Révolution. Avec eux, elle demeurera exemplaire et fera le tour du monde. J'ai confiance. Malgré tout, et comme je l'ai déjà dit, je persiste à penser que la place de Charles n'est plus ici. S'il souhaite vraiment combattre au nom de l'idéal révolutionnaire, il doit d'abord s'instruire et ne partir qu'ensuite se joindre à la lutte pour la liberté, où qu'elle ait lieu.

– Ami, ton optimisme et ta confiance en l'homme sont bien réconfortants. Malgré ton âge et ton expérience, tu as gardé une vision juvénile du monde...

– Moque-toi autant que tu voudras, mais je ne pourrais plus vivre si je ne croyais pas en un monde meilleur... Avant de connaître Fidel Castro et ses compagnons, je n'avais qu'une piètre estime pour le genre humain, j'avais toujours présentes à l'esprit les horreurs commises pendant la guerre d'Espagne, puis celles, plus atroces encore, perpétrées par l'Allemagne nazie. Or là, dans la Sierra, j'ai vu le courage, la solidarité, l'abnégation ; j'ai vu des jeunes gens, des hommes mûrs, des paysans illettrés, des étudiants, de pauvres types combattre, la faim au ventre, au mépris de leur vie, pour arracher le droit de vivre dignement, le droit d'être des hommes et non des esclaves... Léa, dites-lui que j'ai raison !

Léa l'avait écouté avec surprise, se demandant ce qu'en aurait pensé François. Tant de candeur la désarmait.

– Moi aussi, j'ai confiance en l'homme ; il est capable du pire, mais du meilleur aussi. Il y a en chacun de nous du bon et du mauvais, je préfère croire que le bon peut l'emporter..., approuva Charles.

– Bravo ! s'écria Alfredo. Vive l'utopie ! Buvons tous aux « lendemains qui chantent » !

La lumière s'éteignit brusquement.

– Heureusement que j'ai pensé à apporter des bougies, remarqua Alfredo.

– J'ai faim... Y a-t-il quelque chose à manger ? interrogea Léa.

Charles se leva et se dirigea vers la cuisine. Il revint quelques instants plus tard.

– Le réfrigérateur est plein : il y a des œufs, du jambon, des fruits...

– J'ai apporté des pâtes. Je vais vous faire un peu de cuisine !

Tous se retournèrent. Fidel Castro se tenait dans l'encadrement de la porte, les bras chargés de paquets. Il était suivi de Camilo qui en portait tout autant et du Che, pâle et amaigri. Léa se précipita vers lui.

– Je croyais que le docteur Fernández Mell t'avait ordonné le repos le plus complet ?

– Il ne veut rien savoir, s'interposa Fidel. À l'examen, le docteur Conradino Polanco a diagnostiqué un double emphysème du poumon droit et lui a interdit de fumer. Mais notre héros n'en fait qu'à sa tête et il n'a promis de se reposer qu'à la condition de pouvoir fumer un *puro* par jour...

– Voilà qui est raisonnable, approuva Léa.

– Cela le serait si Monsieur ne s'était pas fait fabriquer des spécimens de cinquante centimètres de long !

– Fidel, oublie-moi, veux-tu ? Ce n'est pas pour entendre parler de ma santé que je suis venu ici ce soir. Je me suis fait une piqûre d'adrénaline avant de partir et, en cas de crise, j'ai ce qu'il faut sur moi.

– Bien, fais comme tu veux... mais ne compte pas sur moi pour aller à ton enterrement ! lança Fidel. À présent, où est la cuisine ?

– Je vais vous montrer, dit Charles.

Ramón et Alfredo les suivirent après avoir débarrassé Camilo de ses victuailles.

Pendant un moment, les trois amis restèrent silencieux, mal à l'aise. Tout à coup, Léa se souvint qu'elle était la maîtresse de maison.

– Voulez-vous goûter la préparation d'Alfredo ? C'est très fort, mais ça se laisse boire...

Ils prirent, toujours sans mot dire, les verres qu'elle leur tendait, puis les levèrent sans trinquer.

– Ça réveillerait un mort ! s'étrangla le Che.

– C'est exactement ce qu'il me fallait, se félicita Camilo après avoir vidé son verre d'un trait.

– Assieds-toi, ordonna Ernesto à Léa, j'ai à te parler. Camilo m'a fait part de ton intention de rentrer chez toi et je t'approuve. Ç'aurait été une erreur de rester ici, quels que soient vos sentiments à tous les deux. Je crois que j'ai réussi à le lui faire comprendre. Un avion part demain pour la Jamaïque...

– La Jamaïque ?

– Oui, un bateau français en provenance de Caracas – le *Flandres*, je crois – y fait actuellement escale avant de voguer vers votre pays ; j'y ai fait retenir deux places, l'une pour toi, l'autre pour Charles. Dans une quinzaine de jours, vous serez au Havre.

– C'est une longue traversée...

– Elle te permettra de faire le point et de te reposer. J'ai été très heureux de te revoir... Peut-être nous retrouverons-nous un jour à Paris... Je voulais te dire que tu as été une compagne merveilleuse et si courageuse durant ton séjour parmi nous. Nous ne l'oublierons pas. Tu vas rejoindre ton pays, ton mari, tes enfants... C'est bien : ta place est auprès d'eux...

– Oh, Ernesto, vous allez tant me manquer !

– Toi aussi, ma chérie, tu vas nous manquer..., murmura le Che en l'attirant contre lui.

Camilo les regardait d'un air attendri : la femme qu'il aimait et l'homme qu'il estimait le plus, son meilleur ami, dans les bras l'un de l'autre ! À cet instant, il sut, avec une certitude qui lui glaça le sang, qu'il ne reverrait jamais Léa, qu'à jamais elle allait sortir de sa vie. Il eut un bref haut-le-corps.

– Tiens, fit-il en lui tendant une caissette de la taille d'une boîte à cigares. Je l'ai faite pour toi, là-haut, dans la Sierra.

Sans un mot, Léa prit la caissette et l'ouvrit.

– Oh !... Merci.

Dans une pièce de bois, Camilo avait sculpté un petit buste de la jeune femme.

– Il... il te plaît ? interrogea timidement Camilo. Je le trouve assez ressemblant, non ?

– Il est magnifique ! reconnut-elle, les larmes aux yeux. Merci, merci, répéta-t-elle, jetant les bras autour de son cou.

Dans la cuisine, Fidel, enveloppé dans un tablier blanc, jetait les spaghettis dans l'eau bouillante.

Le jour se levait à peine quand Léa sortit dans le jardin. Le temps était couvert, la mer grise, agitée, et un vent frais soufflait en rafales, soulevant les cheveux de la jeune femme qui se tenait sous la véranda, une tasse de café à la main.

La soirée s'était terminée tard ; on avait beaucoup bu, ri et chanté. Enfin, Fidel l'avait longuement serrée contre lui. À son tour, Camilo, son chapeau à la main, l'avait fiévreusement regardée, comme pour graver à jamais ses traits dans sa mémoire. Puis il avait esquissé un pas de rumba, le même avec lequel il avait accueilli, gouailleur et crasseux, les officiers, dans leur uniforme impeccable, qui étaient venus lui remettre les clefs de la caserne Colombia – une pitrerie qui n'allait pas manquer de lui valoir la haine de certains, et causer le départ de quelques autres pour Miami... Puis son cœur s'était serré quand il avait franchi le portail du jardin. Avant de l'embrasser, Ernesto l'avait contemplée d'un air songeur, son regard brûlant de fièvre semblant vouloir lui dire encore quelque chose. Mais, avec un imperceptible mouvement d'épaules qui pouvait signifier « À quoi bon ? », il s'était éloigné à son tour, de sa démarche si particulière, l'échine voûtée. Quelque chose d'elle-même s'en était allé avec eux, une partie de sa jeunesse qui l'abandonnait ; elle avait eu un bref sanglot. Quand elle s'était retournée, les yeux de Charles et ceux de Ramón étaient posés sur elle, avec, chez le premier, une tendresse inquiète, et, chez le second, une profonde compassion. Elle avait alors levé les mains comme pour signifier : « C'est mieux ainsi, non ? »

Tout habillée, elle s'était jetée sur son lit et avait dormi quelques heures d'un sommeil de plomb. Au réveil, un mal de tête lui avait rappelé les libations de la veille. Le vent et le café chassèrent la douleur.

Soudain, Charles fut près d'elle ; il la dominait d'une tête. Il déposa un baiser sur ses cheveux.

– Tu es bien matinale, toi aussi.

– Je... je disais adieu à tout cela... Veux-tu du café ?

– Merci, j'en ai bu un dans la cuisine... Avant de partir, je vais faire un tour à Regla.

– Comment vas-tu y aller ?

– Camilo a laissé une moto, dehors.

– Voudrais-tu mettre un cierge à la Vierge pour moi ?... Et n'oublie pas qu'on vient nous chercher à trois heures.

– Je serai là. Mon sac est prêt.

– Le mien aussi... Tu te souviens de toutes ces malles que nous avions en arrivant ? Aujourd'hui, un sac suffit à tout ranger...

– N'aie pas le regret de tes élégantes toilettes, tu es tellement plus belle comme ça !

Léa eut un rire sans joie.

– Tu trouves ?... Je préférerais pourtant une de ces jolies robes à cette tenue de guérillera. Mais les pillards ne m'ont pas laissé le moindre jupon...

– Si cela te manque tant, pourquoi ne pas être allée dans les boutiques ?

– Je ne sais pas... Manque d'entrain... fatigue.

– Je vois... À tout à l'heure !

Il s'éloigna d'un pas souple. Soudain, une brutale angoisse saisit Léa, elle se précipita vers lui, l'arrêta.

– Comme tu es pâle, remarqua-t-il en souriant.

– Tu vas revenir, n'est-ce pas ?

« Oui », fit-il de la tête.

Allongée sur un transat, Léa regardait deux beaux enfants qui jouaient à la marelle.

– Tu as triché ! protesta le garçon qui devait avoir neuf ou dix ans.

– Je ne triche jamais, rétorqua, hautaine, la fillette, à peine plus âgée, en le repoussant.

– Arrête de me bousculer !

– Tu n'es qu'une sale mioche ! Je ne joue plus avec toi.

Léa sourit ; on aurait dit Adrien et Camille.

– Anne ! Pierre ! Cessez de vous disputer, ordonna une mince et belle jeune femme qui se tenait étendue non loin de Léa.

– Mais, Maman, on ne se dispute pas...

– Alors, arrêtez de faire tant de bruit, vous m'empêchez de lire.

– Elle va bientôt nous dire qu'on lui donne la migraine, chuchota le garçonnet à sa sœur, l'air taquin.

– Ne te moque pas de Maman !

– Vous n'avez pas bientôt fini ? ! Vous me donnez mal à la tête ! s'écria leur mère en se levant.

– Tu vois ? Je te l'avais bien dit, observa le gamin en s'éclipsant vivement pour échapper à la main qui se levait sur lui.

Anne s'élança à sa poursuite, passant très près du transat où se trouvait Léa. La jeune mère porta une main longue et fine à sa tempe, le regard subitement désemparé.

– Je suis désolée. Madame, mes enfants sont tellement turbulents..., s'excusa-t-elle d'un ton las.

– Mais non, ils sont charmants.

– C'est vrai ?... Mais pourquoi faut-il qu'ils fassent autant de bruit ?

« J'ai l'impression d'avoir déjà entendu cette voix », se dit Léa en dévisageant sa voisine. Leurs regards se croisèrent et se firent interrogateurs. Elles se reconnurent simultanément.

– Léa !

– Claire !

Elles esquissèrent un geste, et d'un même élan, tombèrent dans les bras l'une de l'autre. Quand elles s'écartèrent, une grande émotion se lisait sur leur visage.

– Qu'es-tu devenue ?

– Qu'as-tu fait, pendant tout ce temps ?

– Es-tu mariée ? As-tu des enfants ?

– Quelle joie de te revoir !

– Je vis à Caracas, mon mari est diplomate.

– Je viens de La Havane, je rentre chez moi.

– Tu te souviens de Berlin ?

– Que sont devenues Jeanine et Mistou ?

– Tu te rappelles le Kurfürstendam ?

– La piscine du *Blue and White* ?...

– Et la chambre des cocottes ?...

– Tu as épousé ton beau capitaine ?

– Et toi, ton beau Tavernier ? La tête du colonel McClintock quand il t'a vue dans ses bras[1] !

Elles riaient comme deux collégiennes qui, au retour de vacances, ont mille choses à se raconter. Anne et Pierre les

1. Voir *Le Diable en rit encore.*

observaient, intrigués ; jamais ils n'avaient vu leur mère rire avec moins de retenue, parler aussi familièrement à une inconnue.

– Mes enfants, je vous présente une vieille amie, Léa Delmas. Nous étions ensemble à la Croix-Rouge, à Berlin.

– Vous connaissez Papa, alors ? demanda le petit Pierre.

– Mais oui, c'était même un type épatant, ton Papa.

– Ça, je le sais, rétorqua le garçonnet avec sérieux.

– Mes chéris, c'est bientôt l'heure du dîner, allez prendre votre bain et vous changer... Je vous rejoins. Léa, tu dînes avec nous, bien sûr ?

– Je ne suis pas seule à bord ; Charles, mon fils adoptif, m'accompagne.

– Il est évidemment le bienvenu !

– Mais... je n'ai rien à me mettre, on m'a tout volé à Cuba !

– Alors, viens jusqu'à ma cabine, je vais te passer une robe.

Beaucoup de têtes se levèrent quant Léa fit son entrée dans le bar du Flandres. La longue robe blanche prêtée par Claire Mauriac lui allait comme un gant et faisait ressortir sa peau hâlée. Une écharpe de mousseline rouge cachait la blessure de son épaule. Elle s'assit sur un haut tabouret. Le barman s'empressa :

– Que désirez-vous, madame ? Un alexandra, un porto, un *mojito* ?

– Non, donnez-moi un *cuba libre* !

Remerciements

L'auteur tient à remercier pour leur collaboration le plus souvent involontaire, les publications et personnes suivantes :

Autrement ; *Bohemia* ; *Carteles* ; *Historia* ; *L'Express* ; *Le Nouvel Observateur* ; *Le Monde* ; *Paris-Match* ; *Témoignage chrétien* ; José A.-RABAZA ; Dariel ALARCON-RAMIREZ ; Henri ALLEG ; Alain AMMAR ; Reinaldo ARENAS ; Hannah ARENDT ; Antoine ARGOUD ; Georges ARNAUD ; Raymond ARON ; Miguel BARNET ; René BATISTA MORENO ; Abdelhamid BENZINE ; Alfred BERENGUER ; Erwan BERGOT ; Georges BIDAULT ; Marcel BIGEARD ; Lucien BODARD ; Natalia BOLIVAR-IROSTEGUI ; Bachaga Saïd BOUALEM ; Merry & Serge BROMBERGER ; Georges BUIS ; Guillermo CABRERA ALVAREZ ; Guillermo CABRERA-INFANTE ; Albert CAMUS ; Daniel CAMUS ; Marie-Hélène CAMUS ; Georges CARLEVAN ; Alejo CARPENTIER ; Carmen CASTILLO ; Fidel CASTRO ; Jean CAU ; Maurice CHALLE ; Faure CHOMON ; *Éditions Chronique* ; Camilo CIENFUEGOS ; Jean-Pierre CLERC ; Jean CORMIER ; Maurice COTTAZ ; Claude COUFFON ; Yves COURRIÈRE ; Jean DANIEL ; André DEBATTY ; Régis DEBRAY ; Jean DEJEUX ; Jacques DELARUE ; Jacques DELORME ; Hélie DENOIX de SAINT-MARC ; François DENOYER ; René DEPESTRE ; Zelma DIAZ ; Elvira DIAZ-VALLILA ; Raymond DRONNE ; Jean-Raphaël DUFOUR ; Claude DULONG ; René DUMONT ; Claude DURAND ; Georgette ELGEY ; André EULOGE ; Roger FALIGOT ; Jacques FAUVET ;

Jean FERNIOT ; Jean FERRANDI ; Jacques FOCCART ; Jean-François FOGEL ; Ania FRANCOS ; Carlos FRANQUI ; William GALVEZ ; Alain GANDY ; Gabriel GARCIA MARQUEZ ; Charles de GAULLE ; Philippe GAVI ; Francis GIACOBETTI ; François GOGUEL ; Pierre & René GOSSET ; Graham GREENE ; Daniel GUÉRIN ; Alfredo GUEVARA ; Ernesto « Che » GUEVARA ; Yves GUILBERT ; Gilbert GUILLEMINAULT ; Claude GUY ; Janette HABEL ; Hervé HAMON ; Mohand HAMOUMOU ; Ernest HEMINGWAY ; HÔ CHÎ MINH ; Jacques ISORNI ; Edmond JOUHAUD ; Claude JULIEN ; Pierre KALFON ; K.S. KAROL ; George-Armstrong KELLY ; Guelma KHENATA ; Pascal KROP ; Jean LACOUTURE ; Jacques LANZMANN ; Fabrice LAROCHE ; Jean LARTÉGUY ; Jacques LAURENT ; Robert LAURINI ; Jacques LEPRÉVÔST ; Mohamed LEBJAOUI ; André LEWIN ; Myriam LOPEZ ; C.-F. de LORENCEZ ; Marita LORENZ ; André MALRAUX ; José MARTÍ ; François MASPERO ; Jacques MASSU ; Herbert L. MATTHEWS ; Antoine MAULINIER ; Claude MAURIAC ; François MAURIAC ; Allec MELLOR ; Constantin MELNIK ; Pierre MENDÈS FRANCE ; Robert MERLE ; Pierre MESSMER ; Pierre MIQUEL ; Roger MIQUEL ; François MITTERRAND ; Roger MORALES ; Marie-France MOTTIN ; Maurice MOUILLAUD ; Raymond MUELLE ; Émile MUS ; Paul MUS ; Marcel-Edmond NAEGELEN ; Jean-Jacques NATTIEZ ; Christophe NICK ; Pierre NORA ; Erik ORSENNA ; Claude PAILLAT ; Frank PAIS ; Pierre PÉAN ; Pierre PÉLISSIER ; Faustino PÉREZ ; Pierre PÉREZ ; Hernan PEREZ CONCEPCION ; Gilles PERRAULT ; Alain PEYREFITTE ; Jean-Marc PILLAS ; Jean PINO GARNIER ; Jean PLANCHAIS ; Dominique PONCHARDIER ; Serrano PUIG ; *Radio-Habana* ; Robert RAYNAUD ; Edmond REBOUL ; Georges ROBIN ; Osvaldo RODRIGUEZ ; Mariano RODRIGUEZ HERRERA ; Suzel RODRIGUEZ-GARBEY ; Luis ROSADO ; Bertrand ROSENTHAL ; Patrick ROTMAN ; Michel ROUX ; Jules ROY ; Chantal de RUDDER ; Jean SAINTENY ; Raoul SALAN ; Jorge SALAZAR ; Léo SAUVAGE ; Tarcidos SAVIGUÊ ; Ted

SCHWARZ ; Pierre SERGENT ; Jorge (Papito) SERGUERA ; Alain de SÉRIGNY ; Jean-Jacques SERVAN-SCHREIBER ; *Éditions du Seuil* ; Alain-Gérard SLAMA ; Jacques SOUSTELLE ; Benjamin STORA ; Fernande STORA ; Jean-Jacques SUSINI ; Tad SZULC ; Paco Ignacio TAIBO II ; Bertrand TAVERNIER ; Claude TENNE ; Germaine TILLION ; Jean-Raymond TOURNOUX ; Roger TRINQUIER ; Henri de TURENNE ; Amado VALDES ; Zoé VALDÉS ; Armando VALLADARES ; Jorge VALLS ; René VASQUEZ DIAZ ; Mercedes VERDERES-KERRIA ; Jeannine VERDÉS-LEROUX ; Mauricio VINCENT ; Jean-Pierre VITTORI ; Léa WIAZEMSKY ; Pierre WIAZEMSKY ; Daniel ZIMMERMANN.

DU MÊME AUTEUR

Aux éditions Fayard :

Blanche et Lucie, roman, 1976.
Le Cahier volé, roman, 1978.
Contes pervers, nouvelles, 1980.
La Révolte des nonnes, roman, 1981.
Les Enfants de Blanche, roman, 1982.
Lola et quelques autres, nouvelles, 1983.
Sous le ciel de Novgorod, roman, 1989.
La Bicyclette bleue, roman, 1981.
101, avenue Henri-Martin (La Bicyclette bleue, tome II), roman, 1983.
Le Diable en rit encore (La Bicyclette bleue, tome III), roman, 1985.
Noir Tango, roman, 1991.
Rue de la Soie, roman, 1994.
La Dernière Colline, roman, 1996.
Roger Stéphane ou la passion d'admirer, Carnets I, Fayard/Spengler, 1995.
Pêle-Mêle, chroniques de l'Humanité, Carnets, Fayard, 1998.

Aux éditions Jean-Jacques Pauvert :

O m'a dit, entretiens avec l'auteur d'*Histoire d'O,* Pauline Réage, 1975 ; nouvelle édition, 1995.

Aux éditions Le Cherche-Midi :

Les Cent Plus Beaux Cris de femmes, anthologie, 1980.
Poèmes de femmes, anthologie, 1993.

Aux éditions Albin Michel/Régine Deforges :

Le Livre du point de croix, en collaboration avec Geneviève Dormann, 1987.
Marquoirs, en collaboration avec Geneviève Dormann, 1987.

Aux éditions Albin Michel :
Pour l'amour de Marie Salat, roman, 1987.

Aux éditions Plume :
Rendez-vous à Paris, illustré par Hippolyte Romain, 1992.

Aux éditions Spengler :
Paris chansons, photographies de Patrick Bard, 1993.

Aux éditions Stock :
Les Poupées de grand-mère, en collaboration avec Nicole Botton, 1994.
Le Tarot du point de croix, en collaboration avec Éliane Doré, 1995.
Ma Cuisine, anciennes et nouvelles recettes de Régine Deforges, album illustré, 1996.

Aux éditions Blanche :
L'Orage, roman érotique, 1996.

Édition exclusivement réservée aux adhérents du Club
LE GRAND LIVRE DU MOIS
15, rue des Sablons
75116 PARIS
réalisée avec l'autorisation des éditions FAYARD

Achevé d'imprimer
par Maury-Eurolivres – 45300 Manchecourt

ISBN : 2-7028-2519-2
Dépôt légal : Février 1999